봄·봄

대한민국 스토리DNA 021

봄·봄

초판 1쇄 발행 | 2018년 3월 29일
초판 3쇄 발행 | 2024년 9월 25일

지은이 김유정
발행인 한명선

책임편집 김수경
제작총괄 박미실
디자인 모리스

주소 서울시 종로구 평창길 329(우편번호 03003)
문의전화 02-394-1037(편집) 02-394-1047(마케팅)
팩스 02-394-1029
전자우편 saeum2go@hanmail.net
블로그 blog.naver.com/saeumpub
페이스북 facebook.com/saeumbooks
인스타그램 instagram.com/saeumbooks

발행처 (주)새움출판사
출판등록 1998년 8월 28일(제10-1633호)

© 새움출판사, 2018
ISBN 979-11-87192-89-3 04810
       978-89-93964-94-3 (세트)

• 잘못된 책은 바꾸어 드립니다.
• 책값은 뒤표지에 있습니다.

대한민국
스토리DNA
021

봄·봄

김유정 작품 선집

새움

차례

엮는 말 • 7

단편소설

걸쭉하고 능청맞고 진솔한… 시대를 넘어선 유정의 문학

오랜 세월 김유정에 미쳐 살았다. 무엇이 그렇게 좋았던가. 그것들이 내 눈에 보인 것이다. 그 어떤 것보다 귀하게 보였다. 다른 데서 찾지 못한 가치의 발견.

작은 것이 더 아름답다. 그 작은 것들의 보석 같은 반짝임. 넘치는 그 매력에 홀렸다.

부러웠다. 그 시절 어떻게 저런 작품을 썼단 말인가. 단연 빼어나고 독특하다. 오랜 세월이 흘러도 그 빛이 바래지 않는다. 변하기는커녕 날이 갈수록 더욱 반짝였다.

1930년대 쓰인 그 소설이 지금도 학교 교실에서 당당히 읽히고 있잖은가. 오늘 이 시간 서점 진열대에서 독자를 기다리고 있는 1920-1930년대 문학 작품이 김유정의 소설 말고 또 누구의 것이 있는가.

그리하여 김유정은 아직도 우리 곁에 '영원한 청년 작가'로 살아 있다. 어떻게 그런 일이? 교실에서 김유정 소설을 읽고 있는 학생들을 통해 그 답을 찾는다.

"짧아요. 그리고 웃겨요."

짧으면서도 재미를 줄 수 있는 글이 어디 쉬운 일인가.

더 놀라운 것은 학생들이 그 소설이 1930년대 까마득 먼 그 시대의 작가 작품이라는 것을 전혀 개의치 않는다는 사실이다. 이야기 전개의 그 어수룩 투박함마저 김유정 소설만의 재미가 아니냔 눈높이로 즐기고 있음이다.

"정말 놀라워요. 김유정의 탁월한 그 언어 감각 말입니다."

김유정 소설을 읽은 국문학과 학생들의 말이다.

「산골 나그네」, 「봄·봄」, 「총각과 맹꽁이」, 「금 따는 콩밭」, 「가을」, 「봄밤」. 제목만 봐도 시골 분위기가 물씬 풍기고 생동감이 넘친다.

'봄·봄'. 얼마나 기발한 제목인가. 김유정은 '봄과 봄' 사이에 가운뎃점(·)을 찍으면서 독자들이 이것을 어떤 의미로 해석할까, 그 생각을 하며 혼자 낄낄 웃었을 것이다. 문학 작품의 모든 문자나 기호는 독자들이 나름의 의미를 줌으로써 살아나 존재하는 것이 니까.

김유정 소설을 연구하는 어떤 학자는 그 가운뎃점을 하늘 땅 사람(· — ㅣ)의 하늘, 즉 우주 섭리로 보아 '봄은 다시 온다'는 뜻으로, 어떤 대학생은 소설 내용으로 보아 두 남녀 사랑이 팽팽하다고, 그 점을 '사랑의 대등점'이라고 보았다. 중학생 하나는 '봄·봄'의 가운뎃점을 '점순이 점'이라고 했다. 얼굴에 점이 있으니까 이름을 점순이라고 붙였다는 것. 아하!

읽는 사람마다 달라질 그 가운뎃점의 의미 찾기, 김유정의 소설을 읽는 또 다른 재미가 될 터이다.

나즉나즉, 퐁! 퐁! 퐁! 쪼록 퐁! 주뼛주뼛, 주춤주춤, 쪼록, 찌르쿵! 찌르쿵! 찔거러쿵! 후룩후룩, 수근수근, 와글와글 (「산골 나그네」에서)

김유정 소설의 절묘한 의성어·의태어·첩어 등의 빈도 높은 사용은 현장감을 살리는 데 썩 그만이다.

　산골의 가을은 왜 이리 고적할까! 앞뒤 울타리에서 부수수 하고 떨닢은 진다. (…) 가을할 때가 지었으니 돈냥이나 좋이 퍼질 때도 되었다. (「산골 나그네」에서)

　한자어 '낙엽'의 당대 순우리말이 '떨닢'이고 '추수하다'는 말이 '가을하다'였다는 것을 확인하는 일도 김유정 소설을 읽는 재미가 될 것이다.

　넌이 나에게 되지 않은 큰 체를 하게 된 것도 결국 이 자식을 낳았기 때문이다. 전에야 그 상판대길 가지고 어딜 끽소리나 제법 했으랴. 흔히 말하길 계집의 얼골이란 눈의 안경이라 한다. 마는 제아무리 물커진 눈깔이라도 이 얼골만은 어째 볼 도리 없

봄·봄

을 게다. (…) 그러나 아무리 생각해 봐도 년의 낯짝만은 걱정이다. (「아내」에서)

서울말 '얼골'과 속어 '상판대기' '낯짝' 등이 같은 작품 안에서 섞여 쓰이고 있음도 눈여겨 살필 일이다.

김유정은 어렸을 적 한학을 했지만 그의 모든 소설에는 한자가 보이지 않는다. 다른 작가들이 한자를 괄호 속에 넣어 썼지만 김유정의 경우 그런 것도 없다. 답은 쉽게 나온다. 판무식 밑바닥 인생들이 자기들 이야기를 하고 있다는, 그 걸쭉한 구어체 문장에 눈길을 둘 일이다.

그 바보들이 하는 말과 그 짓거리를 바보 아닌 독자들이 내려다보며 웃기, 그것이 바로 김유정 소설이 획득한 해학 아니겠는가.

더 중요한 것은 모든 것을 알고 있으면서도 모른 척 시치미를 뗀 작가 김유정의 능청이다. 다른 작가들처럼 지식인으로서 뭔가를

'말하기' 위해 소설을 쓴 것이 아니라, 작가는 뒤로 빠지고 밑바닥 그 인생들이 자기 이야기를 하게 함으로써 그것을 내려다본 독자들의 몫을 남긴 것이다.

김유정 소설은 그 결말이 모두 미진하다. 이 또한 독자들이 그 뒷이야기를 마무리하게 하자는, 열린 구조를 통한 '독자의 몫' 남기기일 것이다.

그리하여 김유정 소설은 읽을수록 새롭다. 다시 읽을 때마다 다른 의미가 짚이고 그 맛 또한 색다르다.

김유정 탄생 110주년에 즈음하여 그의 소설 24편과 콩트 1편을 발표 연대순으로 한데 모아 엮었다. 아울러 이 작품 선집에 소설 외에 수필 9편을 함께 묶어 빼어난 이야기꾼 김유정을 만나는 즐거움에 보탬이 되고자 했다.

소설이 그의 천재성으로 빚어낸 예술혼의 형상화라면 그가 남긴 수필들은 소설 쓰기에서 보여준 그 능청 시치미가 아닌 인간

봄·봄

김유정의 진솔한 생각, 특히 병마와 싸우던 그 처절한 시간들을 돌아보게 하는 매우 소중한 글이라고 본다.

　이번 '새움'의 김유정 작품 선집이 대한민국 스토리DNA 시리즈에 함께함으로써 한국 문학의 지평이 더욱 단단하게 다져지리라 믿는다.

2018년 3월
전상국(소설가·김유정문학촌 촌장)

일러두기

1. 표기는 작품의 원형을 해치지 않는 선에서 현재의 원칙에 따랐다. 다만 작가의 의도나 문투가 담긴 일부 표현, 방언이나 속어, 대화체의 옛 표기 등은 되도록 원본을 살렸다.
2. 현재의 어법에 비추어 부자연스러운 일부 표현은 현대의 독자들이 이해하기 쉽도록 수정했다.
3. 고어가 된 말이나 한자어, 생소한 외국어는 본문 하단에 간략한 설명을 붙였다.
4. '단편소설 / 콩트 / 수필' 장르의 작품을 선별하여 각 장르마다 발표된 연대순으로 수록했다.

단편소설

산골 나그네

밤이 깊어도 술꾼은 역시 들지 않는다. 메주 뜨는 냄새와 같이 퀴퀴한 냄새로 방 안은 괴괴하다.* 윗간에서는 쥐들이 찍찍거린다. 홀어미는 쪽 떨어진 화로를 끼고 앉아서 쓸쓸한 대로 곰곰 생각에 젖는다. 가뜩이나 침침한 반짝 등불이 북쪽 지게문에 뚫린 구멍으로 새 드는 바람에 번득이며 빛을 잃는다. 헌 버선짝으로 구멍을 틀어막는다. 그리고 등잔 밑으로 반짇그릇을 끌어당기며 시름없이 바늘을 집어 든다.

산골의 가을은 왜 이리 고적할까! 앞뒤 울타리에서 부수수 하고 떨닢**은 진다. 바로 그것이 귀밑에서 들리는 듯 나즉나즉 속삭인다. 더욱 몹쓸 건 물소리, 골을 휘돌아 맑은 샘은 흘러내리

---

* 쓸쓸한 느낌이 들 정도로 아주 고요하다.
** 낙엽.

봄·봄

고 야릇하게도 음률을 읊는다.

퐁! 퐁! 퐁! 쪼록 퐁!

바깥에서 신발 소리가 자작자작 들린다. 귀가 번쩍 띄어 그는 방문을 가볍게 열어젖힌다. 머리를 내밀며

"덕돌이냐?" 하고 반겼으나 잠잠하다. 앞뜰 건너편 수퐁* 위를 감돌아 싸늘한 바람이 낙엽을 훌뿌리며 얼굴에 부딪힌다.

용마루가 쌩쌩 운다. 모진 바람 소리에 놀라 멀리서 밤 개가 요란히 짖는다.

"쥔어른 계서유?"

몸을 돌리어 바느질거리를 다시 들려 할 제 이번에는 짜장 인기가 난다. 황급하게

"누기유?" 하고 일어서며 문을 열어 보았다.

"왜 그리유?"

처음 보는 아낙네가 마루 끝에 와 섰다. 달빛에 비끼어 검붉은 얼굴이 해쓱하다. 추운 모양이다. 그는 한 손으로 머리에 둘렀던 왜수건을 벗어 들고는 다른 손으로 흩어진 머리칼을 쓰담아 올리며 수줍은 듯이 쭈뼛쭈뼛한다.

"저…… 하룻밤만 드새고 가게 해주세유—"

남정네도 아닌데 이 밤중에 웬일인가, 맨발에 짚신짝으로. 그야 아무렇든—

"어서 들어와 불 쬐게유."

* '수풀'의 방언.

나그네는 주춤주춤 방 안으로 들어와서 화로 곁에 도사려 앉는다. 낡은 치맛자락 위로 삐어지려는 속살을 아무리자 허리를 지그시 튼다. 그러고는 묵묵하다. 주인은 물끄러미 보고 있다가 밥을 좀 주려느냐고 물어보아도 잠자코 있다. 그러나 먹던 대궁*을 주워 모아 짠지 쪽하고 갖다 주니 감지덕지 받는다. 그리고 물 한 모금 마심 없이 잠깐 동안에 밥그릇의 밑바닥을 긁는다.

밥숟갈을 놓기가 무섭게 주인은 이야기를 붙이기 시작하였다. 미주알고주알 물어보니 이야기는 지수가 없다. 자기로도 너무 지쳐 물은 듯싶은 만치 대고** 추근거렸다. 나그네는 싫단 기색도 좋단 기색도 별로 없이 시나브로 대꾸하였다. 남편 없고 몸 붙일 곳 없다는 것을 간단히 말하고 난 뒤 "이리저리 얻어먹고 단게유." 하고 턱을 가슴에 묻는다.

첫닭이 홰를 칠 때 그제야 마을 갔던 덕돌이가 돌아온다. 문을 열고 감사나운 머리를 디밀려다 낯선 아낙네를 보고 눈이 휘둥그렇게 주춤한다. 열린 문으로 억센 바람이 몰아들며 방 안이 캄캄하다. 주인은 문 앞으로 걸어와 서며 덕돌이의 등을 뚜덕거린다.

젊은 여자 자는 방에서 떠꺼머리총각을 재우는 건 상서롭지 못한 일이었다.

"얘, 덕돌아, 오늘은 마을 가 자고 아침에 온."

* 먹다가 그릇에 남긴 밥.
** 무리하게 자꾸. 또는 계속하여 자꾸.

봄·봄

가을할 때가 지났으니 돈냥이나 좋이 퍼질 때도 되었다. 그 돈들이 어디로 몰키는지 이 술집에서는 좀체 돈맛을 못 본다. 술을 판매야 한 초롱에 오륙십 전 떨어진다. 그 한 초롱을 잘 판대도 사날씩이나 걸리는 걸 요새 같아선 그 알량한 술꾼까지 씨가 말랐다. 어쩌다 전일에 펴 놓았던 외상값도 갖다 줄 줄을 모른다. 홀어미는 열벙거지가 나서 이른 아침부터 돈을 받으러 돌아다녔다. 그러나 다리품을 들인 보람도 없었다. 낼 사람이 즐거야 할 텐데 우물쭈물하며 한단 소리가 좀 두고 보자는 것이 고작이었다. 그렇다고 안 갈 수도 없는 노릇이다. 나날이 양식은 딸리고 지점집에서 집행을 하느니 뭘 하느니 독촉이 어지간치 않음에랴……

"저도 이젠 떠나가겠에유."

그가 조반 후 나들이옷을 바꾸어 입고 나서니 나그네도 따라 일어서다 그의 손을 자상히 붙잡으며 주인은

"고달플 테니 며칠 더 쉬어 가게유." 하였으나

"가야지유, 너무 오래 신세를……."

"그런 염려는 말구."라고 누르며 집 지켜 주는 셈치고 방에 누웠으라 하고는 집을 나섰다. 백두고개를 넘어서 안말*로 들어가 해동갑으로 헤매었다. 헤실수로 간 곳도 있기야 하지만 맑았다.** 해가 지고 어두울 녘에야 그는 흘부들해서*** 돌아왔다. 좁쌀 닷

---

* 강원도 춘천에 있는 마을 이름.
** 여기서 '맑다'는 '넉넉하지 못하고 이익이나 소득이 보잘것없이 적다'는 뜻으로 쓰였다.
*** 흘부들하다 : 몸이나 마음이 지치고 고달파서 축 처지다.

되밖에는 못 받았다. 다른 사람들은 돈 낼 생각커녕 이러면 다시 술 안 먹겠다고 도리어 을러 보냈던 것이다. 그러나 이만도 다행이다. 아주 못 받느니보다는. 끼니때가 지났다. 그는 좁쌀을 씻고 나그네는 솥에 불을 지피어 부랴사랴 밥을 짓고 일변 상을 보았다.

밥들을 먹고 나서 앉았으려니깐 갑자기 술꾼이 몰려든다. 이거 웬일인가. 처음에는 하나가 오더니 다음에는 세 사람 또 두 사람. 모두 젊은 축들이다. 그러나 각각들 먹일 방이 없으므로 주인은 좀 망설이다가 그 연유를 말하였으나 뭐 한동리 사람인데 어떠냐 한데서 먹게 해달라는 바람에 얼씨구나 하였다. 이제야 운이 트나 보다. 양푼에 막걸리를 딸쿠어 나그네에게 주어 솥에 넣고 좀 속히 데워 달라 하였다. 자기는 치마꼬리를 휘둘러가며 잽싸게 안주를 장만한다. 짠지, 동치미, 고추장, 특별 안주로 삶은 밤도 놓았다. 사촌 동생이 맛보라고 며칠 전에 갖다 준 것을 아껴 둔 것이었다.

방 안은 떠들썩하다. 벽을 두드리며 아리랑 찾는 놈에, 건으로 너털웃음 치는 놈, 혹은 수군숙덕하는 놈…… 가지각색이다. 주인이 술상을 받쳐 들고 들어가니 짜위*나 한 듯이 일제히 자리를 바로잡는다. 그중에 얼굴 넓적한 하이칼라 머리가 야리**가 나서 상을 받으며 주인 귀에다 입을 비켜 댄다.

"아주머니, 젊은 갈보 사왔다지유? 좀 보여 주게유."

---

* 남에게 드러내지 않고 자기들끼리 짜고 하는 약속.
** 야로. 남에게 드러내지 않고 우물쭈물하는 속셈이나 수작을 속되게 이르는 말.

영문 모를 소문도 다 듣는다.

"갈보라니 웬 갈보?" 하고 어리빵빵하다 생각을 하니, 턱없는 소리는 아니다. 눈치 있게 부엌으로 내려가서 보강지* 앞에 웅크리고 앉았는 나그네의 머리를 은근히 끌어안았다. 자, 저 패들이 새댁을 갈보로 횡보고 찾아온 맥이다. 물론 새댁 편으론 망측스러운 일이겠지만 달포나 손님의 그림자가 드물던 우리 집으로 보면 재수의 빗발이다. 술국을 잡는다고 어디가 떨어지는 게 아니요, 욕이 아니니 나를 보아 오늘만 좀 팔아 주기 바란다— 이런 의미를 곰살궂게 간곡히 말하였다. 나그네의 낯은 별반 변함이 없다. 늘 한 양으로 예사로이 승낙하였다.

술이 온몸에 돌고 나서야 뒷술이 잔풀이가 난다. 한 잔에 오전. 그저 마시긴 아깝다. 얼간한 상투백이가 계집의 손목을 탁 잡아 앞으로 끌어댕기며

"권주가 좀 해, 이건 꾸어 온 보릿자룬가."

"권주가? 뭐야유?"

"권주가? 아 갈보가 권주가도 모르나, 으하하하." 하고는 무안에 취하여 푹 숙인 계집 뺨에다 꺼칠꺼칠한 턱을 문질러 본다. 소리를 아무리 시켜도 아랫입술을 깨물고는 고개만 기울일 뿐. 소리는 못하나 보다. 그러나 노래 못 하는 꽃도 좋다. 계집은 영 내리는 대로 이 무릎 저 무릎으로 옮아앉으며 턱밑에다 술잔을 받쳐 올린다.

* '아궁이'의 방언.

술들이 담뿍 취하였다. 두 사람은 곯아져서 코를 곤다. 계집이 칼라 머리 무릎 위에 앉아 담배를 피워 올릴 때 코웃음을 흥치더니 그 무지스러운 손이 계집의 아래 뱃가죽을 사양 없이 움켜잡았다. 별안간 "아야" 하고 퍼들껑하더니* 계집의 몸뚱어리가 공중으로 도로 뛰어오르다 떨어진다.

"이 자식아, 너만 돈 내고 먹었니?"

한 사람 새 두고 앉았던 상투가 콧살을 찌푸린다. 그리고 맨발 벗은 계집의 두 발을 양손에 붙잡고 가랑이를 쩍 벌려 무릎 위로 지르르 끌어올린다. 계집은 앙탈을 한다. 눈시울에 눈물이 엉기더니 불현듯이 쪼록 쏟아진다.

방 안에서 악머구리 소리가 끓어오른다.

"저 잡놈 보게, 으하하하하……."

술은 연실 데워서 들여가면서도 주인은 불안하여 마음을 졸였다. 겨우 마음을 놓은 것은 훨씬 밝아서이다.

참새들은 소란히 지저귄다. 기직** 바닥이 부스럼 자국보다 질 배 없다. 술, 짠지 쪽, 가래침, 담뱃재─ 뭣 해 너저분하다. 우선 한길치에 자리를 잡고 계배***를 대보았다. 마수걸이가 팔십오 전, 외상이 이 원 각수****다. 현금 팔십오 전, 두 손에 들고 앉아 세고 또 세어 보고…….

---

  * 퍼들껑하다 : 갑자기 몸을 움츠렸다가 펴다. 새나 물고기가 날개나 꼬리를 치는 소리를 한 번 내다.
 ** 왕골껍질이나 부들 잎으로 짚을 싸서 엮은 돗자리.
*** 술값을 치를 때에 먹은 술의 순배나 잔의 수효를 세어서 계산함.
**** 돈을 '원'이나 '환' 단위로 셀 때, 그 단위 아래에 남는 몇 전이나 몇십 전을 이르는 말.

봄·봄

뜰에서는 나그네의 혀로 끌어올리는 인사.

"안녕히 가십시게유."

"입이나 좀 맞치고 뽀! 뽀! 뽀!"

"나두."

찌르쿵! 찌르쿵! 찔거러쿵!

"방아머리가 무겁지유? ……고만 까부를까."

"들 익었에유. 더 찧어야지유."

"그런데 얘는 어쩐 일이야……."

덕돌이를 읍엘 보냈는데 날이 저물어도 여태 오지 않는다. 흩어진 좁쌀을 확에 쓸어 넣으며 홀어미는 퍽이나 애를 태운다. 요새 날씨가 차지니까 늑대, 호랑이가 차차 마을로 찾아 내린다. 밤길에 고개 같은 데서 만나면 끽소리도 못 하고 욕을 당한다.

나그네가 방아를 괴놓고 내려와서 키로 확의 좁쌀을 담아 올린다. 주인은 그 머리를 쓰담고 자기의 행주치마를 벗어서 그 위에 씌워 준다. 계집의 나이 열아홉이면 활짝 필 때이건만 버캐된 머리칼이며 야윈 얼굴이며 벌써부터 외양이 시들어 간다. 아마 고생을 짓한* 탓이리라.

날씬한 허리를 재빨리 놀려 가며 일이 끊일 새 없이 다구지게 덤벼드는 그를 볼 때 주인은 지극히 사랑스러웠다. 그리고 일변 측은도 하였다. 뭣하면 딸과 같이 자기 곁에서 길래** 살아 주었

* 짓하다 : 몹시 심하게 겪거나 당하다.
** 오래도록 길게.

으면 상팔자일 듯싶었다. 그럴 수 있다면 그 소 한 마리와 바꾼대도 이것만은 안 내놓으리라고 생각도 하였다.

아들만 데리고 홀어미의 생활은 무던히 호젓하였다. 그런데다 동리에서는 속 모르는 소리까지 한다. 떠꺼머리총각을 그냥 늙힐 테냐고. 그러나 형세가 부치므로 감히 엄두도 못 내다가 겨우 올봄에서야 다붙어 서둘게 되었다. 의외로 일은 손쉽게 되었다. 이리저리 언론이 돌더니 남촌산에 사는 어느 집 둘째딸과 혼약하였다. 일부러 홀어미는 사십 리 길이나 걸어서 색시의 손등을 문질러 보고는

"참 애기 잘도 생겼세!"

좋아서 사돈에게 칭찬을 뇌고 뇌곤 하였다.

그런데 없는 살림에 빚을 내어 가며 혼수를 다 꾀여 매 놓은 뒤였다. 혼인날을 불과 이틀 격해 놓고 일이 그만 빗났다. 처음에야 그런 말이 없더니 난데없는 선채금 삼십 원을 가져오란다. 남의 돈 삼 원과 집의 돈 오 원으로 거추꾼에게 품삯 노비 주고 혼수하고 단지 이 원— 잔치에 쓸 것밖에 안 남고 보니 삼십 원이란 입내도 못 낼 소리다. 그 밤 그는 이리 뒤척 저리 뒤척 넋 잃은 팔을 던져 가며 통밤을 새웠던 것이다.

"어머님! 진지 잡수세유."

새댁에게 이런 소리를 듣는다면 끔찍이 귀여우리라. 이것이 단 하나의 그의 소원이었다.

"다리 아프지유? 너무 일만 시켜서……"

주인은 저녁 좁쌀을 쓸어 넣다가 방아다리에 깝신대는 나그

네를 걸삼스럽게* 쳐다본다. 방아가 무거워서 껍적이며 잘 으르
지 않는다. 가냘픈 몸이라 상혈이 되어 두 볼이 새빨갛게 색색거
린다. 치마도 치마려니와 명주 저고리는 어찌 삭았는지 어깨께
가 손바닥만 하게 척 나갔다. 그러나 덕돌이가 왜포 다섯 자를
바꿔 오거든 첫대 사발화통**된 속곳부터 해 입히고 차차 할 수
밖엔 없다.

"같이 찧시다유."

주인도 나머지 방아다리에 올라섰다. 그리고 찌껑 위에 놓인
나그네의 손을 눈치 안 채게 슬며시 쥐어 보았다. 더도 덜도 말
고 그저 요만한 며느리만 얻어도 좋으련만! 나그네와 눈이 고만
마주치자 그는 열적어서*** 시선을 돌렸다.

"퍽도 쓸쓸하지유?" 하며 손으로 울 밖을 가리킨다. 첫밤 같
은 석양판이다. 색동저고리를 떨쳐입고 산들은 거방진 방아 소
리를 은은히 전한다. 찔그러쿵! 찌러쿵!

그는 나그네를 금덩이같이 위하였다. 없는 대로 자기의 옷가
지도 서로서로 별러**** 입었다. 그리고 잘 때에는 딸과 진배없이 이
불 속에서 품에 꼭 품고 재우곤 하였다. 하지만 자기의 은근한
속심은 차마 입에 드러내어 말을 못 건넸다. 잘 들어 주면이거니
와 뭣하게 안다면 피차의 낯이 뜨뜻할 일이었다.

---

* 걸삼스럽다 : 걸쌈스럽다. 보기에 남에게 지려고 하지 않고 억척스러운 데가 있다.
** 사발화통 : 사발허통. 주위가 막힌 곳 없이 터져 있어 허전함.
*** 열적다 : 열없다. 좀 겸연쩍고 부끄럽다.
**** 벼르다 : 일정한 비례에 맞추어서 여러 몫으로 나누다.

그러자 맘먹지 않았던 우연한 일로 인하여 마침내 기회를 얻게 되었다. 나그네가 온 지 나흘 되던 날이었다. 거문관이 산기슭에 있는 영길네 벼방아를 좀 와서 찧어 달라고 한다. 나그네는 줄밤을 새우므로 낮에나 푸근히 자라고 두고 그는 홀로 집을 나섰다.

머리에 겨를 보얗게 쓰고 맥이 풀려서 집에 돌아온 것은 이럭저럭 으스레하였다. 늙은 한 다리를 끌고 뜰 앞으로 향하다가 그는 주춤하였다. 나그네 홀로 자는 방에 덕돌이가 들어갈 리 만무한데 정녕코 그놈일 게다. 마루 끝에 자그마한 나그네의 짚신이 놓인 그 옆으로 질목*째 벗은 왕달 짚신이 왁살스럽게 놓였다. 그리고 방에서는 수군수군 낮은 말소리가 흘러나온다. 그는 무심코 닫은 방문께로 귀를 기울였다.

"그럼 와 그러는 게유? 우리 집이 굶을까 봐 그리시유?"

"……"

"어머이도 사람은 좋아유…… 올해 잘만 하면 내년에는 소 한 바리 사놀 게구 농사만 해두 한 해에 쌀 넉 섬, 조 엿 섬, 그만하면 고만이지유…… 내가 싫은 게유?"

"……"

"사내가 죽었으니 아무튼 얻을 게지유?" 옷 터지는 소리, 부시럭거린다.

"아이! 아이! 아이 참! 이거 노세유."

---

* '길목버선'의 방언. 먼 길을 갈 때 신는 허름한 버선.

쥐 죽은 듯이 감감하다. 허공에 아롱거리는 낙엽을 이윽히[*] 바라보며 그는 빙그레한다. 신발 소리를 죽이고 뜰 밖으로 다시 돌아섰다.

저녁상을 물린 후 그는 시치미를 딱 떼고 나그네의 기색을 살펴보다가 입을 열었다.

"젊은 아낙네가 홀몸으로 돌아다닌대두 고생일 게유. 또 어차피 사내는……."

여기서부터 사리에 맞도록 이 말 저 말을 주섬주섬 꺼내 오다가 나의 며느리가 되어 줌이 어떻겠느냐고 꽉 토파[**]를 지었다. 치마를 흡싸고 앉아 갸웃이 듣고 있던 나그네는 치마끈을 깨물며 이마를 떨어뜨린다. 그러고는 두 볼이 빨개진다. 젊은 계집이나 시집가겠소 하고 누가 나서랴. 이만하면 합의한 거나 틀림없을 것이다.

혼수는 전에 해둔 것이 있으니 한시름 잊었다. 그대로 이앙[***]이나 고쳐서 입히면 고만이다. 돈 이 원은 은비녀, 은가락지 사다가 각별히 색시에게 선물 내리고…….

일은 미룰수록 낭패가 많다. 금시로 날을 받아서 대례를 치렀다. 한편에서는 국수를 누른다. 잔치 보러 온 아낙네들은 국수 그릇을 얼른 받아서 후룩후룩 들이마시며 시악시 잘났다고 추었다.

[*] 이윽하다 : '이슥하다'의 방언. 지난 시간이 얼마간 오래다.
[**] 마음에 품고 있던 사실을 다 털어 내어 말함.
[***] '이음새'를 뜻하는 순우리말.

주인은 흥겨움에 너무 겨워서 축배를 흔근히* 들었다. 여간 경사가 아니다. 뭇사람을 비집고 안팎으로 드나들며 분부하기에 손이 돌지 않는다.

"얘 메누라! 국수 한 그릇 더 가져온—"

어째 말이 좀 어색하구면— 다시 한번,

"메누라 얘야! 얼른 가져와—"

삼십을 바라보자 동곳**을 찔러 보니 제물에 멋이 질려 비드름하다. 덕돌이는 첫날을 치르고 부썩부썩 기운이 난다. 남이 두 단을 털 제면 그의 볏단은 석 단째 풀려 나간다. 연방 손바닥에 침을 뱉어 붙이며 어깨를 으쓱거린다.

"끅! 끅! 찍어라, 굴려라, 끅! 끅!"

동무의 품앗이 일이다. 거무투룩한 젊은 농군 댓이 볏단을 번차례로 집어 든다. 열에 뜬 사람같이 식식거리며 세차게 벼알을 절구통 배에서 주룩주룩 흘려 내린다.

"얘! 장가들고 한턱 안 내니?"

"일색이더라. 딴딴히 먹자. 닭이냐? 술이냐? 국수냐?"

"웬 국수는? 너는 국수만 아느냐?"

저희끼리 찧고 까분다. 그들은 일을 놓으며 옷깃으로 땀을 씻는다. 골바람이 벼깔치를 부옇게 풍긴다. 옆산에서 푸드득 하고 꿩이 날며 머리 위를 지나간다. 갈퀴질을 하던 얼굴 넓적이가 갈퀴를 놓고 씽급하더니 달려든다. 장난꾼이다. 여러 사람의 힘을

---

* 흥건히. 물 따위가 푹 잠기거나 고일 정도로 많게.
** 상투를 튼 뒤에 그것이 다시 풀어지지 않도록 꽂는 물건.

봄·봄

빌리어 덕돌이 입에다 헌 짚신짝을 물린다. 버들껑거린다. 다시 양귀를 두 손에 잔뜩 훔켜잡고 끌고 와서는 털어 놓은 벼무더기 위에 머리를 틀어박으며 동서남북으로 큰절을 시킨다.

"야아! 야아! 아!"

"아니다, 아니야. 장갈 갔으면 산신령에게 이러하다 말이 있어야지. 괜스레 산신령이 노하면 눈깔망나니* 내려보낸다."

뭇 웃음이 터져 오른다. 새신랑의 옷이 이게 뭐냐. 볼기짝에 구멍이 다 뚫리고…… 빈정대는 사람도 있다. 그러나 덕돌이는 상투의 먼지를 털고 나서 곰방대를 피워 물고는 싱그레 웃어 치운다. 좋은 옷은 집에 두었다. 인조견 조끼, 저고리, 새하얀 옥당목 겹바지, 그러나 아끼는 것이다. 일할 때엔 헌옷을 입고 집에 돌아와 쉴 참에나 입는다. 잘 때에도 모조리 벗어서 더럽지 않게 착착 개어 머리맡에 위에 놓고 자곤 한다. 의복이 남루하면 인상이 추하다. 모처럼 얻은 귀여운 아내니 행여나 마음이 돌아앉을까 미리미리 사려 두지 않을 수도 없는 노릇이다. 그야말로 이십 구 년 만에 누런 이 조각에다 어제야 소금을 발라 본 것도 이 까닭이었다.

덕돌이가 볏단을 다시 집어 올릴 제 그 이웃에 사는 돌쇠가 옆으로 와서 품을 안는다.

"얘 덕돌아! 너 내일 우리 조마댕이** 좀 해줄래?"

"뭐 어째?" 하고 소리를 빽 지르고는 그는 눈귀가 실룩하였다.

---

* 눈이 부리부리하고 사나운 짐승이란 뜻으로, '호랑이'를 비유적으로 이르는 말.
** 조마당질. 조를 떨어 알곡을 거두는 일.

"누구보고 해라야? 옹? 이 자식 까놀라!"

어제까진 턱없이 지냈단대도 오늘의 상투를 못 보는가!

바로 그날이었다. 윗간에서 혼자 새우잠을 자고 있던 홀어미는 놀라 눈이 번쩍 띄었다. 만뢰* 잠잠한 밤중이다.

"어머니! 그거 달아났에유. 내 옷도 없구……."

"옹?" 하고 반마디 소리를 치며 얼떨김에 그는 캄캄한 방 안을 더듬어 아랫간으로 넘어섰다. 황망히 등잔에 불을 댕기며

"그래 어디로 갔단 말이냐?"

영산이 나서** 묻는다. 아들은 벌거벗은 채 이불로 앞을 가리고 앉아서 징징거린다. 옆자리에는 빈 베개뿐 사람은 간 곳이 없다. 들어 본즉 온종일 일하기에 피곤하여 아들은 자리에 들자 고만 세상을 잊었다. 하기야 그때 아내도 옷을 벗고 한자리에 누워서 맞붙어 잤던 것이다. 그는 보통때와 조금도 다름없이 새침하니 드러누워서 천장만 쳐다보았다. 그런데 자다가 별안간 오줌이 마렵기에 요강을 좀 집어 달래려고 보니 뜻밖에 품 안이 허룩하다. 불러 보아도 대답이 없다. 그제는 어림짐작으로 우선 머리맡 위에 놓았던 옷을 더듬어 보았다. 딴은 없다.

필연 잠든 틈을 타서 살며시 옷을 입고 자기의 옷이며 버선까지 들고 내뺐음이 분명하리라.

"도적년!"

---

* 자연계에서 나는 온갖 소리.
** 영산이 나다 : 뜻밖의 일로 넋이 나갈 만큼 흥분하다. '영산'은 참혹하고 억울하게 죽은 사람의 넋을 뜻한다.

모자는 관솔불을 켜들고 나섰다. 부엌 잿간을 뒤졌다. 그리고 뜰 앞 수풀 속도 낱낱이 찾아봤으나 흔적도 없다.

"그래도 방 안을 다시 한번 찾아보자."

홀어미는 구태여 며느리를 도적년으로까지는 생각하고 싶지 않았다. 거반 울상이 되어 허벙저벙* 방 안으로 들어왔다. 마음을 가라앉혀 들춰 보니 아니나 다르랴 며느리 베개 밑에서 은비녀가 나온다. 달아날 계집 같으면 이 비싼 은비녀를 그냥 두고 갈 리 없다. 두말없이 무슨 병패가 생겼다. 홀어미는 아들을 데리고 덜미를 잡히는 듯 문밖으로 찾아 나섰다.

마을에서 산길로 빠져나가는 어귀에 우거진 숲 사이로 비스듬히 언덕길이 놓였다. 바로 그 밑에 석벽을 끼고 깊고 푸른 웅덩이가 묻히고 넓은 그물이 겹겹산을 에돌아 약 십 리를 흘러내리면 신연강 중턱을 뚫는다. 시내에 반쯤 파묻히어 번들대는 큰 바위는 내를 싸고 양쪽으로 질펀하다. 꼬부랑길은 그 틈바귀로 뻗었다. 좀체 걷지 못할 자갈길이다. 내를 몇 번 건너고 험상궂은 산들을 비켜서 한 오 마장 넘어야 겨우 길다운 길을 만난다. 그리고 거기서 좀 더 간 곳에 냇가에 외지게 잃어진 오막살이 한 간을 볼 수 있다. 물방앗간이다. 그러나 이제는 밥을 찾아 흘러가는 뜬 몸들의 하룻밤 숙소로 변하였다.

벽이 확 나가고 네 기둥뿐인 그 속에 힘을 잃은 물방아는 을

---

* 허방지방. 허둥지둥. 정신을 차릴 수 없을 만큼 갈팡질팡하며 다급하게 서두르는 모양.

씨년스럽게 모로 누웠다. 거지도 고 옆에 홑이불 위에 거적을 덧 쓰고 누웠다.

거푸진 신음이다. 으! 으! 으흥!

서까래 사이로 달빛은 쌀쌀히 흘러든다. 가끔 마른 잎을 뿌리 며—

"여보 자우? 일어나게유 얼핀.*"

계집의 음성이 나자 그는 꾸물거리며 일어앉는다. 그리고 너 털대는 홑적삼을 깃을 여며 잡고는 덜덜 떤다.

"인제 고만 떠날 테이야? 쿨룩……."

말라빠진 얼굴로 계집을 바라보며 그는 이렇게 물었다.

십 분가량 지났다. 거지는 호사하였다. 달빛에 번쩍거리는 겹 옷을 입고서 지팡이를 끌며 물방앗간을 등졌다. 골골하는 그를 부축하여 계집은 뒤에 따른다. 술집 며느리다.

"옷이 너무 커…… 좀 적었으면……."

"잔말 말고 어여 갑시다, 펄쩍……."

계집은 부리나케 그를 재촉한다. 그리고 연해 돌아다보길 잊 지 않았다. 그들은 강길로 향한다. 개울을 건너 불거져 내린 산 모퉁이를 막 꼽뜨리려** 할 제다. 멀리 뒤에서 사람 욱이는 소리 가 끊일 듯 날 듯 간신히 들려온다.

바람에 먹히어 말소리는 모르겠으나 재없이*** 덕돌이의 목성

---

* 얼른.
** 꼽뜨리다 : '굽어들다'의 방언.
*** '근거는 없지만 틀림없이'를 뜻하는 순우리말.

임은 넉히 짐작할 수 있다.

"아 얼른 좀 오게유."

똥끝이 마르는 듯이 계집은 사내의 손목을 겁겁히 잡아끈다. 병든 몸이라 끌리는 대로 뒤툭거리며 거지도 으슥한 산 저편으로 같이 사라진다. 수은빛 같은 물방울을 뿜으며 물결은 산벽에 부닥뜨린다. 어디선지 지정치 못할 늑대 소리는 이 산 저 산서 와글와글 굴러 내린다.

1933년 3월, 《제일선》

총각과 맹꽁이

잎잎이 비를 바라나 오늘도 그렇다. 풀잎은 먼지가 보얗게 나
풀거린다. 말똥한 하늘에는 불더미 같은 해가 눈을 크게 떴다.

땅은 달아서 뜨거운 김을 턱밑에다 품긴다. 호미를 옮겨 찍을
적마다 무더운 숨을 헉헉 도른다. 가물에 조잎은 앤생이*다. 가
끔 엎드려 김매는 이의 코며 눈퉁이를 찌른다.

호미는 퉁겨지며 쨍 소리를 때때로 낸다. 곳곳이 박힌 돌이다.
예사 밭이면 한번 찍어 넘길 걸 서너 번 안 하면 흙이 일지 않는
다. 콧등에서, 턱에서 땀은 물 흐르듯 떨어지며 호미자루를 적시
고 또 흙에 스민다.

그들은 묵묵하였다. 조밭 고랑에 쭉 늘어박혀서 머리를 숙이

---

* 잔약한 사람이나 보잘것없는 물건을 낮잡아 이르는 말.

고 기어갈 뿐이다. 마치 땅을 파는 두더지처럼—. 입을 벌리면 땀 한 방울이 더 흐를 것을 염려함이다.

그러자 어디서 말을 붙인다.

"어이 뜨거, 돌을 좀 밟았다가 혼났네."

"이놈의 것도 밭이라고 도지*를 받아 처먹나."

"이제는 죽어도 너와는 품앗이 안 한다."고 한 친구가 열을 내더니,

"씨값으로 골치기나 하자구 도루 줘 버려라."

"이나마 없으면 먹을 게 있어야지—"

덕만이는 불안스러웠다. 호미를 놓고 옷깃으로 턱을 훑는다. 그리고 그편으로 물끄러미 고개를 돌린다.

가혹한 도지다. 입쌀 석 섬. 보리, 콩, 두 포의 소출은 근근 댓 섬. 나눠 먹기도 못 된다. 본디 밭이 아니다. 고목 느티나무 그늘에 가리어 여름날 오고 가는 농군이 쉬던 정자터이다. 그것을 지주가 무리로 갈아 도지를 놓아 먹는다. 콩을 심으면 잎 나기가 고작이요 대부분이 열지를 않는 것이었다. 친구들은 일상 덕만이가 사람이 병신스러워, 하고 이 밭을 침 뱉어 비난하였다. 그러나 덕만이는 오히려 안 되는 콩을 탓할 뿐 올해는 조로 바꾸어 심은 것이었다.

"좀 쉐서들 하세—"

한 고랑을 마치자 덕만이는 일어서 고목께로 온다. 뒤묻어 땀

* 도조(賭租). 남의 논밭을 빌려서 부치는 대가로 해마다 내는 벼.

바가지들이 웅게중게* 모여든다. 돌 위에 한참 앉아 쉬더니 겨우 생기가 좀 돌았다. 곰방대들을 꺼내 문다. 혹은 대를 들고 담배 한 대 달라고 돌아치며 수선을 부린다.

"북새**가 드네. 올 농사 또 헛하나 보다—"

여러 눈이 일제히 말하는 시선을 더듬는다. 바람에 아른거리는 저편 버덩의 파란 볏잎을 이윽히 바라보았다. 염려스러이—

젊은 상투는 무척 시장하였다. 따로 떨어져 쭈크리고 앉았다. 고개를 폭 기울이고는 불평이 요만이 아니다.

"제미붙을, 배고파 일 못하겠네—"

"하기 죽겠는걸, 허리가 착 까부러지는구나—"

옆에서 받는다.

"이 땀을 흘리고 에누리 없이 일할 수 있나? 진흥회 아니라 제 할아비가 온대두—" 하고 또 뇌더니 아무도 대답이 없으매

"개×두 없는 놈에게 호포***는 올려두 곁두리만 안 먹으면 산담 그래—"

어조를 높여 일동에게 맞장을 청한다.

"너는 그래두 괜찮아, 덕만이가 다 호포를 낼라구."

뚝건달 뭉태는 콧살을 찡긋이 비웃으며 바라본다. 네나 내나 촌뜨기들이 떠들어 뭣 하리. 그보다—

* '옹기중기'의 방언.
** 많은 사람이 야단스럽게 부산을 떨며 법석이는 일.
*** 戶布. 고려·조선 시대에, 집집마다 봄가을에 무명이나 모시 따위로 내던 세금.

봄·봄

"여보게들 오늘 참 들병이* 온 것을 아나?"

이 말에 나이찬 총각들은 귀가 번쩍 띄었다. 기쁜 소식이다. 그 입을 뻔히 쳐다보며 뒷말을 기다린다. 반갑기도 하려니와 한편으로는 의아하였다. 한참 바쁜 농시방극에 뭘 바라고 오느냐고 다 같은 질문이다.

그것은 들은 체 만 체 뭉태는 나무에 비스듬히 자빠져서 하늘로 눈만 껌벅인다. 그리고 홀로 침이 말라 칭찬이다.

"말쑥하고 살집 좋더라. 내려 씹어두 비린내두 없을걸― 제일 그 볼기짝 두두룩한 것이……."

"나이는?"

"스물둘, 한창 폈더라―"

"놈팽이 있나?"

예제서 슬근슬근 죄어들며 묻는다.

"없어. 남편을 잃고서 홧김에 들병으로 돌아다니는 판이라데―"

"그럼 많이 돌아먹었구면?"

"뭘 나이를 봐야지 숫배기더라."

"얘 좋구나, 한잔 먹어 보자."

이쪽저쪽서 수군거린다. 풍년이나 만난 듯이 야단들이다. 한 구석에 앉았던 덕만이가 일어서 오더니 뭉태를 꾹 찍어 간다. 느티나무 뒤로 와서

---

* 들병장수. 병에다 술을 가지고 다니면서 파는 사람. 다른 소설 「솥」 「아내」 등에서도 들병이를 등장시켰던 김유정은 들병이의 생활을 담은 수필 「조선의 집시」를 발표하기도 했다.

"성님, 정말 남편 없수?"

"그럼 정말이지—"

"나 좀 장가들여 주. 한턱내리다."

뭉태의 눈치를 훑는다. 의형이라 못 할 말 없겠지만 그래두 어쩐지 얼굴이 후끈하였다.

"염려 말게. 그러나 돈이 좀 들걸—"

개울 건너서 덕만 어머니가 온다. 점심 광주리를 이고 더워서 허덕인다. 농군들은 일어서 소리치며 법석이다. 호미자루를 뽑아 호미등에다 길군악을 치는 놈도 있다.

"점심, 점심이다. 먹어야 산다!"

저녁이 들자 바람은 산들거린다. 뭉태는 제집 바깥뜰에 보릿짚을 깔고 앉아서 동무 오기를 고대하였다. 덕만이가 제일 먼저 부리나케 내달았다. 뭉태 옆에 와 궁둥이를 내려놓으며 좀 머뭇거리더니

"아까 말이 실토유. 꼭 장가 좀 들여 주게유."

"글쎄 나만 믿어. 설사 자네에게 거짓말하겠나."

"성님만 믿우, 꼭 해주게유." 하고 다지고

"내, 내 닭 팔거든 호미씨세날* 단단히 답례하리다." 하고 또 한번 굳게 다진다.

낮에 귀띔해 왔던 젊은 축들이 하나 둘 모인다. 약속대로 고

---

* 호미씻이날. 농가에서 농사일, 특히 논매기의 만물을 끝낸 음력 7월쯤에 날을 받아 하루를 즐겨 노는 일.

봄·봄

스란히 여섯이 되었다. 모두들 일어서서 한 덩어리가 되어 수군거린다. 큰일이나 치러 가는 듯 이러자 저러자 의견이 분분하여 끝이 없다. 어떻게 해야 돈이 덜 들까가 문제다. 우리가 막걸리 석 되만 사 가지고 가자, 그래 계집더러 부으라고, 낭중*에 얼마간 주면 그만이다 하니까 한편에선 그러지 말고 그 집으로 가서 술을 대구 퍼먹자. 그리고 시치미 딱 떼고 나오면 하고 우기는 친구도 있다. 그러나 뭉태는 말하였다. 계집을 우리 집으로 부르자. 소주 세 병만 가져오래서 잔풀이로 시키는 것이 제일 점잖다고.

술값은 각 추렴으로 할까 혹은 몇 사람이 술을 맡고 그 나머지는 안주를 할까를 토의할 제 덕만이는 선뜻 대답하였다. 오늘 밤 술값은 내 혼자 전부 물겠다고. 그리고 닭도 한 마리 내겠으니 아무쪼록 힘써 잘 해달라고 뭉태에게 다시 당부하였다.

뭉태는 계집을 데리러 거리로 나갔다. 덕만이는 조금도 지체 없이 오라 경계하였다. 그리고 제집을 향하여 개울 언덕으로 올라섰다.

산기슭에 내를 앞두고 놓았다. 방 한 칸, 부엌 한 칸, 단 두 칸을 돌로 쌓아 올려 이엉으로 덮은 집이었다. 식구는 모자뿐. 아들이 일을 나가면 어머니도 따라 일찍 나갔다. 동네로 돌아다니며 일자리를 찾았다. 그리고 온종일 방아품을 팔아 밥을 얻어다가 아들을 먹여 재우는 것이 그들의 살림이었다. 딸은 선체를 받고 놓았다. 아들 장가들일 예정이던 것이 빚구멍 갚기에 시나브

* 김유정 소설 속 낭중, 낭종 등은 '나중'의 의미다.

로 녹여 버리고

"그까짓 며느리쯤은 시시하다유." 하고 남들에게는 겉을 꺼리지만—

"언제나 돈이 있어 며느리를 좀 보나—"

돌아서 자탄을 마지않는 터이다. 반드시 장가는 들여야 한다.

덕만이는 언덕 밑에다 신을 벗었다. 그리고 큰 몸집을 사리어 사뿟사뿟 집엘 들어섰다. 방문이 벌떡 나가떨어지고 집 안이 휑하다. 어머니는 자는 모양. 닭의 장문을 조심해 열었다. 손을 집어 넣어 손에 닿는 대로 허구리께를 슬슬 긁어 주었다. 팔아서 등걸잠뱅이 해 입는다는 닭이었다. 한 손이 재빠르게 모가지를 움켜잡자 다른 손이 날갯죽지를 움키려 할 제 그만 빗났다. 한 놈이 풍기니까 뭇 놈이 푸드득 하며 대고 골골거린다.

별안간

"획— 획— 이 망할 년의 ×으로 난 놈의 쾡이—" 하고 줴박는 듯이 방에서 튀어나는 기색이더니

"다 쫓았어유. 염려 말구 주무시게유—" 하니까

"닭장 문 좀 꼭 얽어라."

소리뿐으로 다시 조용하다.

그는 무거운 숨을 돌렸다. 닭을 옆에 감추고 나는 듯 튀어 나왔다. 그리고 뭉태 집으로 내달으며 그의 머리에 공상이 한두 가지가 아니었다. 뭉태가 예쁘달 때엔 어지간히 출중난 계집일 게다. 이런 걸 데리고 술장사를 한다면 그밖에 더 큰 수는 없다. 뭐

해만 잘 하면 소 한 마리쯤은 낙자없이* 떨어진다. 그리고 아들
도 곧 낳아야 할 텐데 이게 무엇보다 큰 걱정이었다.

뭉태는 얼근하였다. 들병이를 혼자 껴안고 물리도록 시달린
다. 두터운 입술을 이그리며,
"요것아, 소리 좀 해라, 아리랑 아리랑."
고갯짓으로 계집의 엉덩이를 두드린다.
좁은 봉당이 꽉 찼다. 상 하나 희미한 등잔을 복판에 두고 취
한 얼굴이 청승궂게 죄어 앉았다. 다 같이 눈들은 계집에서 떠나
지 않는다. 공석에서 벼룩은 들끓으며 등어리 정강이를 대고 뜯
어 간다. 그러나 긁는 것은 사내의 체통이 아니다. 꾹 참고 제 차
지로 계집 오기만 눈이 빨개 손꼽는다.
"술 좀 천천히 붓게유."
"그거 다 없어지면 뭘루 놀래는 게지유?"
"그럼 일루 밤새유? 없으면 같이 자지유—"
계집은 곁눈을 주며 생긋 웃어 보인다. 덩달아 맹입**이 맥없
이 그리고 슬그머니 뺑긴다.***
얼굴 까만 친구가 얼마 벼르다가 마코**** 한 개를 피워 올린다.
그리고 우격으로 끌어당겨 남 보란 듯이 입을 맞춘다. 계집은 예

* 낙자없다 : '영락없다'의 방언.
** 맨입.
*** 뺑긋하다.
**** 1930년대 인기 있었던 담배 이름.

사로 담배를 받아 피고는 생글거린다. 좌중은 밸이 상했다. 양궐련 바람이 시다는 둥 이왕이면 속곳 밑 들고 인심 쓰라는 둥 별별 핀둥이*가 다 들어온다.

"돌려라 돌려, 혼자만 주무르는 게야?"

목이 마르듯 사방에서 소리를 지르며 눈을 지릅뜬다. 이 서슬에 계집은 일어서서 어디로 갈지를 몰라 술병을 들고 갈팡거린다.

덕만이는 따로 떨어져 봉당 끝에 구부리고 앉았다. 애꿎은 담배통만 돌에다 대고 두드린다. 암만 기다려도 뭉태는 저만 놀뿐 인사를 아니 붙인다. 술은 제가 내련만 계집도 시시한지 눈거들떠보지 않는다. 그래 입때 말 한마디 못 건네고 홀로 끙끙 앓는다.

봉당 아래 하얀 귀여운 신이 납죽 놓였다. 덕만이는 유심히 보았다. 돌아앉아서 남이 혹시 보지나 않나 살핀다. 그리고 퍼드러진 시커먼 흙발에다 그 신을 꿰고는 눈을 지그시 감아 보았다. 계집의 신이다. 다시 벗어 제 발에 꿰고는 짝 없이** 기뻐한다.

약물같이 개운한 밤이다. 버들 사이로 달빛은 해맑다. 목이 터지라고 맹꽁이는 노래를 부른다. 암수놈이 의좋게 주고받는 사랑의 노래였다.

이 소리를 들으매 불현듯 울화가 터졌다. 여태껏 누르고 눌러오던 총각의 쿠더분한*** 울분이 모조리 폭발하였다. 에이 하치 못

* '핀잔'의 방언.
** 짝(이) 없다 : 서로 비교할 만한 상대가 없을 만큼 대단하거나 매우 심하다.
*** 쿠더분하다 : 하는 짓이나 성미 따위가 단정하지 못하고 던적스럽다.

한 인생! 하고 제 몸을 책하고 난 뒤 계집의 앞으로 달려들어 무릎을 꿇었다. 두 손을 공손히 무릎 위에 얹었다. 그 행동이 너무나 쑥스럽고 남다르므로 벗들은 눈이 컸다.

"뵈기는 아까부터 뵈었으나 인사는 처음 여쭙니다." 하고 죽어가는 음성으로 억지로 봉을 뗐다.* 그로는 참으로 큰 용기다.

"저는 강원두 춘천군 신남면 중리 아랫말에 사는 김덕만입니다. 울 아버지가 성이 광산 김갑니다."

두 손을 자꾸 비비더니

"어머니허구 단 두 식굽니다. 하치 못한 사람을 찾아 주셔서 너무 고맙습니다. 저는 서른넷인데두 총각입니다."

"……?"

계집은 영문을 몰라 어안이 벙벙하다가

"고만이올시다." 하며 이마를 기울여 절하는 것을 볼 때 참았던 고개가 절로 돌았다. 그리고 터지려는 웃음을 깨물다 재채기가 터져 버렸다.

"일테면 인사로군? 뭘 고만이야, 더 허지ㅡ"

여기저기서 키키거린다. 그런 인사는 좀 됐다 하자구 핀잔이 들어온다.

모처럼 한 인사가 실패다. 그는 그 자리에서 일어나지도 못하고 얼굴이 벌게서 고개를 숙인 채 부처가 되었다.

* 봉을 뗴다 : 입을 뗴다.

새벽녘이다. 달이 지니 바깥은 검은 장막이 내렸다.

세 친구는 봉당에 곯아떨어졌다. 술에 취한 게 아니라 어찌 지껄였던지 흥에 취하였다. 뭉태, 덕만이, 까만 얼굴, 세 사람이 마주 보며 앉았다. 제가끔 기회를 엿보나 맘대로 안 되며 속만 탈 뿐이다.

뭉태는 계집의 어깨를 잔뜩 움켜잡고 부라질*을 한다.

실상은 안 취했건만 독단 주정이요 발광이다. 새매같이 쏘다가 계집 귀에다 눈치 빠르게 수군거리곤 그 옆구리를 꾹 찌르고

"어이 술 췌. 소피 좀 보고 옴세—"

벌떡 일어서 비틀거리며 싸리문 밖으로 나간다. 좀 있더니 계집이 마저 오줌 좀 누고 오겠노라고 나가 버린다.

덕만이는 실쭉허니 눈만 둥굴린다. 일이 내내 마음에 어그러지고 말았다. 그다지 믿었던 뭉태도 저 놀 구멍만 찾을 뿐으로 심심하다. 그리고 오줌은 만드는지 여태들 안 들어온다. 수상한 일이다. 그는 벌떡 일어서 문밖으로 나왔다.

발밑이 캄캄하다. 더듬어 가며 잿간, 낟가리, 나뭇더미 틈바귀를 샅샅이 내려 뒤졌다. 다시 발길을 돌리어 근방의 밭고랑을 뒤지기 시작하였다. 눈에서 불이 난다.

차차 동이 튼다. 젖빛 맑은 하늘이 품을 벌린다. 고운 봉우리, 험상궂은 봉우리, 이쪽저쪽서 하나 둘 툭툭 불거진다. 손뼉 같은 콩잎은 이슬을 머금고 우거졌다. 스칠 새 없이 다리에 척척 엉

---

* 몸을 좌우로 흔드는 짓.

봄·봄

기며 물을 뿜는다. 한동안 해갈을 하고서 밭 한복판 고랑에 콩
잎에 가린 옷자락을 보았다. 다짜고짜로 달려들었다. 그러나

"이게 무슨 짓이지유? 아까 뭐라구 마쳤지유?*"

하고는 저로도 창피스러워 뒤 칸 거리에서 다리가 멈칫하였
다. 의형이라고 믿었던 게 불찰이다. 뭉태는 조금도 거침없었다.
고개도 안 돌리며,

"저리 가. 왜 사람이 눈치를 못 차리고 저 뻔새**야."

화를 천둥같이 내지른다. 도리어 몰리니 기가 안 막힐 수 없
다. 말문이 막혀 먹먹하다.

"그래 철석같이 장가들여 주마 할 제는 언제유?"

하고 지지 않게 목청을 돋웠다.

……(원문 7행 탈락)……

"술값 내슈. 가게유—"

손을 벌릴 때

"나하고 안 살면 술값 못 내겠시유." 하고는 끝대로 배를 튀겼
다. 눈은 눈물이 어리어 야속한 듯이 계집을 쏘았다.

계집은 술 먹고 술값 안 내는 경우가 뭐냐고 중언부언 떠든다.
나중에는 내가 술 팔러 왔지 당신의 아내가 되러 온 것이 아니라
고 좋이 타이르기까지 되었다. 뭉태는 시끄러웠다. 술값은 내가
주마고 계집의 팔을 이끌어 콩 포기를 헤집고 길로 나가 버린다.

시위도 좀 해봤으나 최후의 계획도 글렀다. 덕만이는 아주 낙

* 말했지유? 하였지유?
** 본새. 어떤 물건의 본디의 생김새. 어떠한 동작이나 버릇의 됨됨이.

담하고 콩밭 복판에 멍하니 서서 그들의 뒷모양만 배웅한다. 계집이 길로 나서자 눈이 빠지게 기다리던 깜둥이 총각이 또 달려든다.

……(원문 4행 탈락)……

이것을 보니 가슴은 더욱 쓰라렸다. 동무가 빤히 지키고 섰는데도 끌고 들어가는 그런 행세는 또 없을 게다. 눈물은 급기야 꺼칠한 윗수염을 거쳐 발등으로 줄대* 굴렀다.

이 집 저 집서 일꾼 나오는 것이 멀리 보인다. 연장을 들고 밭으로 논으로 제각기 흩어진다. 아주 활짝 밝았다.

덕만이는 금시로 콩밭을 튀어 나왔다. 잿간 옆으로 달려들며 큰 돌멩이를 집어 들었다. 마는 눈을 얼마 감고 있는 동안 단념하였는지 골창으로 던져 버렸다. 주먹으로 눈물을 비비고는

"살재두 나는 인전 안 살 터이유—"하고 잿간을 향하여 소리를 질렀다.

그리고 제집으로 설렁설렁 언덕을 내려간다.

그러나 맹꽁이는 여전히 소리를 끌어올린다. 골창에서 가장 비웃는 듯이 음충맞게 "맹—" 던지면 "꽁—" 하고 간드러지게 받아넘긴다.

1933년 9월, 《신여성》

* 끊이지 않고 잇달아 계속.

소낙비

음산한 검은 구름이 하늘에 뭉게뭉게 모여드는 것이 금시라도 비 한 줄기 할 듯하면서도 여전히 짓궂은 햇발은 겹겹 산속에 묻힌 외진 마을을 통째로 자실 듯이 달구고 있었다. 이따금 생각나는 듯 살매들린* 바람은 논밭 간의 나무들을 뒤흔들며 미쳐 날뛰었다. 뫼 밖으로 농군들을 멀리 품앗이로 내보낸 안말의 공기는 쓸쓸하였다. 다만 맷맷한 미루나무숲에서 거칠어 가는 농촌을 읊는 듯 매미의 애끊는 노래—

매—음! 매—음!

춘호는 자기 집— 올봄에 오 원을 주고 사서 든 묵삭은 오막살이집— 방문턱에 걸터앉아서 바른 주먹으로 턱을 괴고는 봉

---

* 살매들리다 : '산매(山魅)들리다'의 변한말. 산귀신이 몸에 들러붙다.

당에서 저녁으로 때울 감자를 씻고 있는 아내를 묵묵히 노려보고 있었다. 그는 사날 밤이나 눈을 안 붙이고 성화를 하는 바람에 농사에 고리삭은 그의 얼굴은 더욱 해쓱하였다.

아내에게 다시 한번 졸라 보았다. 그러나 위협하는 어조로

"이봐, 그래 어떻게 돈 이 원만 안 해줄 테여?"

아내는 역시 대답이 없었다. 갓 잡아 온 새댁 모양으로 씻는 감자나 씻을 뿐 잠자코 있었다.

되나 안 되나 좌우간 이렇다 말이 없으니 춘호는 울화가 터져서 죽을 지경이었다. 그는 타곳에서 떠돌아 온 몸이라 자기를 믿고 장리*를 주는 사람도 없고 또는 그 알량한 집을 팔려 해도 단 이삼 원의 작자도 내닫지 않으므로 앞뒤가 꼭 막혔다마는, 그래도 아내는 나이 젊고 얼굴 똑똑하겠다, 돈 이 원쯤이야 어떻게라도 될 수 있겠기에 묻는 것인데 들은 체도 안 하니 썩 괘씸한듯싶었다.

그는 배를 튀기며 다시 한번

"돈 좀 안 해줄 테여?"

하고 소리를 빽 질렀다.

그러나 대꾸는 역** 없었다. 춘호는 노기충천하여 불현듯 문지방을 떠다밀며 벌떡 일어섰다. 눈을 홉뜨고 벽에 기댄 지게막대를 손에 잡자 아내의 옆으로 바람같이 달려들었다.

* 長利. 돈이나 곡식을 꾸어 주고, 받을 때에는 한 해 이자로 본디 곡식의 절반 이상을 받는 변리(邊利). 흔히 봄에 꾸어 주고 가을에 받는다.
** 亦. 역시. 또한.

봄·봄

"이년아, 기집 좋다는 게 뭐여. 남편의 근심도 덜어 주어야지, 끼고 자자는 기집이여?"

지게막대는 아내의 연한 허리를 모질게 후렸다. 까부라지는 비명은 모지락스레 찌그러진 울타리 틈을 벗어 나간다. 잼처* 지게막대는 앉은 채 고꾸라진 아내의 발뒤축을 얼러 볼기를 내리갈겼다.

"이년아, 내가 언제부터 너에게 조르는 게여?"

범같이 호통을 치고 남편이 지게막대를 공중으로 다시 올리며 모질음을 쓸 때 아내는

"에그머니!"

하고 외마디를 질렀다. 연하여 몸을 뒤치자 거반 엎어질 듯이 싸리문 밖으로 내달렸다. 얼굴에 눈물이 흐른 채 황그리는** 걸음으로 문 앞의 언덕을 내리어 개울을 건너고 맞은쪽에 뚫린 콩밭 길로 들어섰다.

"너, 네가 날 피하면 어딜 갈 테여?"

발길을 막는 듯한 의미 있는 호령에 달아나던 아내는 다리가 멈칫하였다. 그는 고개를 돌리어 싸리문 안에 아직도 지게막대를 들고 섰는 남편을 바라보았다. 어른에게 죄진 어린애같이 입만 종깃종깃하다가*** 남편이 뛰어나올까 겁이 나서 겨우 입을 열었다.

* 재차.
** 매우 급하게 허둥거리는.
*** 종깃종깃하다 : 쫑긋쫑긋하다. 말을 하려고 자꾸 입을 달싹이다.

"쇠돌 엄마 집에 좀 다녀올게유."

쭈뼛쭈뼛 변명을 하고는 가던 길을 다시 힁하게* 내걸었다. 아내라고 요새 이 돈 이 원이 급시로 필요함을 모르는 바도 아니었다마는, 그의 자격으로나 노동으로나 돈 이 원이란 감히 땅띔도 못 해볼 형편이었다. 벌이래야 하잘것없는 것— 아침에 일어나기가 무섭게 남에게 뒤질까 영산이 올라 산으로 빼는 것이다. 조그만 종댕이**를 허리에 달고 거한 산중에 드문드문 박혀 있는 도라지, 더덕을 찾아가는 일이었다. 깊은 산속으로 우중충한 돌 틈바귀로 잔약한 몸으로 맨발에 짚신짝을 끌며 강파른 산등을 타고 돌려면 젖 먹던 힘까지 녹아내리는 듯 진땀이 머리로 발끝까지 쭉 흘러내린다.

아랫도리를 단 외겹으로 두른 낡은 치맛자락은 다리로, 허리로 척척 엉기어 걸음을 방해하였다. 땀에 불은 종아리는 거친 숲에 긁혀 매어 그 쓰라림이 말이 아니다. 게다가 무거운 흙내는 숨이 탁탁 막히도록 가슴을 찌른다. 그러나 삶에 발버둥치는 순진한 그의 머리는 아무 불평도 일지 않았다.

가뭄에 콩 나기로 어쩌다 도라지순이라도 어지러운 숲속에 하나, 둘, 뾰족이 뻗어 오른 것을 보면 그는 그래도 기쁨에 넘치는 미소를 띠었다.

때로는 바위도 기어올랐다. 정히 못 기어오를 그런 험한 곳이면 칡덩굴에 매어달리기도 하는 것이었다. 땟국에 전 무명적삼

* 옆길로 빠지지 않고 곧바로.
** '종다래끼'의 방언.

봄·봄

은 벗어서 허리춤에다 꾹 찌르고는 호랑이숲이라 이름난 강원
도 산골에 매어달려 기를 쓰고 허비적거린다. 골바람은 지날 적
마다 알몸을 두른 치맛자락을 공중으로 날린다. 그제마다* 검붉
은 볼기짝을 사양 없이 내보이는 칡덩굴이 그를 본다면, 배를 움
켜쥐어도 다 못 볼 것이다마는, 다행히 그윽한 산골이라 그 꼴
을 비웃는 놈은 뻐꾸기뿐이었다.

이리하여 해동갑으로 혜갈**을 하고 나면 캐어 모은 도라지,
더덕을 얼러 사발 가웃 혹은 두어 사발 남짓하게 되는 것이다.
그러면 동리로 내려와 주막거리에 가서 그걸 내주고 보리쌀과
사발 바꿈을 하였다. 그러나 요즘엔 그나마도 철이 겨워*** 소출이
없다. 그 대신 남의 보리방아를 온종일 찧어 주고 보리밥 그릇이
나 얻어다가는 집으로 돌아와 농토를 못 얻어 뻣뻣이 노는 남편
과 같이 나누는 것이 그날 하루하루의 생활이었다.

그러고 보니 돈 이 원커녕 당장 목을 딸대도 피도 나올지가
의문이었다.

만약 돈 이 원을 돌린다면 아는 집에서 보리라도 꾸어 파는
수밖에는 다른 도리가 없다. 그리고 온 동리의 아낙네들이 치맛
바람에 팔자 고쳤다고 쑥덕거리며 은근히 시새우는 쇠돌 엄마
가 아니고는 노는 보리를 가진 사람이 없다. 그런데 도둑이 제

* 그때마다.
** 허둥지둥 헤맴. 또는 그런 일.
*** 겹다 : 때가 지나거나 기울어서 늦다.

발 저리다고 그는 자기 꼴 주제에 제불에* 눌려서 호사로운 쇠돌 엄마에게는 죽어도 가고 싶지 않았다. 쇠돌 엄마도 처음에는 자기와 같이 천한 농부의 계집이련만 어쩌다 하늘이 도와 동리의 부자 양반 이주사와 은근히 배가 맞은 뒤로는 얼굴도 모양내고, 옷치장도 하고, 밥걱정도 안 하고 하여 아주 금방석에 뒹구는 팔자가 되었다. 그리고 쇠돌 아버지도 이게 웬 땡이난 듯이 아내를 내어논 채 눈을 살짝 감아 버리고 이주사에게서 나온 옷이나 입고 주는 쌀이나 먹고 연년이 신통치 못한 자기 농사에는 한 손을 떼고는 히짜를 뽑는** 것이 아닌가!

사실 말인즉, 춘호 처가 쇠돌 엄마에게 죽어도 아니 가려는 그 속 까닭은 정작 여기 있었다.

바로 지난 늦은 봄, 달이 뚫어지게 밝은 어느 밤이었다. 춘호가 보름게추***를 보러 산모통이로 나간 것이 이슥하여도 돌아오지 않으므로 집에서 기다리던 아내가 이젠 자고 오려나 생각하고는 막 드러누워 잠이 들려니까 웬 난데없는 황소 같은 놈이 뛰어들었다. 허둥지둥 춘호 처를 마구 깔다가 놀라서 으악 소리를 치는 바람에 그냥 달아난 일이 있었다. 어수룩한 시골 일이라 별반 풍설도 아니 나고 쓱싹 되었으나 며칠이 지난 뒤에야 그것이 동리의 부자 이주사의 소행임을 비로소 눈치채었다.

그런 까닭으로 해서 춘호 처는 쇠돌 엄마와 직접 관계는 없단대도 그를 대하면 공연스레 얼굴이 뜨뜻하여지고 무슨 죄나 진 듯이 어색하였다.

그리고 더욱이 쇠돌 엄마가

"새댁, 나는 속곳이 세 개구, 버선이 네 벌이구 행"

하며 아주 좋다고 한들대는 꼴을 보면 혹시 자기에게 함정을 두고서 비양거리는 거나 아닌가, 하는 옥생각으로 무안해서 고개를 못 들었다. 한편으로는 자기도 좀만 잘했더면 지금쯤은 쇠돌 엄마처럼 호강을 할 수 있었을 그런 갸륵한 기회를 깝살려* 버린 자기 행동에 대한 후회와 애탄으로 말미암아 마음을 괴롭히는 그 쓰라림도 적지 않았다.

그러나 아무러한 욕을 보더라도 나날이 심해 가는 남편의 무지한 매보다는 그래도 좀 헐할 게다.

오늘은 한맘 먹고 쇠돌 엄마를 찾아가려는 것이었다.

춘호 처는 이번 걸음이 헛발이나 안 칠까 일념으로 심화를 하며 수양버들이 쭉 늘어박힌 논두렁길로 들어섰다. 그는 시골 아낙네로는 용모가 매우 반반하였다. 좀 야윈 듯한 몸매는 호리호리한 것이 소위 동리의 문자로 외입깨나 함 직한 얼굴이었으되 추레한 의복이며 퀴퀴한 냄새는 거지를 볼 지른다. 그는 왼손 바른손으로 겨끔내기로 치맛귀를 여며 가며 속살이 삐질까 조심조심 걸었다.

감사나운 구름송이가 하늘 신폭을 휘덮고는 차츰차츰 지면

---

* 깝살리다 : 재물이나 기회 따위를 흐지부지 놓치다.

으로 처져 내리더니 그예 산봉우리에 엉기어 살풍경이 되고 만다. 먼 데서 개 짖는 소리가 앞뒤 산을 한적하게 울린다. 빗방울은 하나 둘 떨어지기 시작하더니 차차 굵어지며 무더기로 퍼부어 내린다.

춘호 처는 길가에 늘어진 밤나무 밑으로 뛰어들어가 비를 거니며* 쇠돌 엄마 집을 멀리 바라보았다. 북쪽 산기슭 높직한 울타리로 뺑 돌려 두르고 앉았는 오목하고 맵시 있는 집이 그 집이었다. 그런데 싸리문이 꼭 닫힌 걸 보면 아마 쇠돌 엄마가 농군청에 저녁 제누리**를 나르러 가서 아직 돌아오지 않은 모양이었다.

그는 쇠돌 엄마 오기를 지켜보며 우두커니 서서 기다리고 있었다.

나뭇잎에서 빗방울은 뚝뚝 떨어지며 그의 뺨을 흘러 젖가슴으로 스며든다. 바람은 지날 적마다 냉기와 함께 굵은 빗발을 몸에 들이친다.

비에 쪼르륵 젖은 치마가 몸에 찰싹 휘감기어 허리로, 궁둥이로, 다리로, 살의 윤곽이 그대로 비쳐 올랐다.

무던히 기다렸으나 쇠돌 엄마는 오지 않았다. 하도 진력이 나서 하품을 하여 가며 정신없이 서 있노라니 왼편 언덕에서 사람 오는 발자국 소리가 들린다. 그는 고개를 돌려 보았다. 그러나 날쌔게 나무 틈으로 몸을 숨겼다.

동이배를 가진 이주사가 지우산을 받쳐 쓰고는 쇠돌네 집을

* 거니다 : 긋다. 비를 잠시 피하여 그치기를 기다리다.
** '곁두리'의 방언. 농사꾼이나 일꾼들이 끼니 외에 참참이 먹는 음식.

봄·봄

향하여 엉덩이를 껍죽거리며 내려가는 길이었다. 비록 키는 작달막하나 숱 좋은 수염이라든지, 온 동리를 털어야 단 하나뿐인 탕건이든지, 썩 풍채 좋은 오십 전후의 양반이다. 그는 싸리문 앞으로 가더니 자기 집처럼 거침없이 문을 떠다밀고는 속으로 버젓이 들어가 버린다.

이것을 보니 춘호 처는 다시금 속이 편치 않았다. 자기는 개 돼지같이 무시로 매만 맞고 돌아치는 천덕구니다. 안팎으로 귀염을 받으며 간들대는 쇠돌 엄마와 사람 된 치수*가 두드러지게 다름을 그는 알 수가 있었다. 쇠돌 엄마의 호강을 너무나 부럽게 우러러보는 반동으로 자기도 잘만 했더라면 하는 턱없는 희망과 후회가 전보다 몇 갑절 쓰린 맛으로 그의 가슴을 집어뜯었다. 쇠돌네 집을 하염없이 건너다보다가 어느덧 저도 모르게 긴 한숨이 굴러 내린다.

언덕에서 쏠려 내리는 사태 물이 발등까지 개흙으로 덮으며 소리쳐 흐른다. 빗물에 푹 젖은 몸뚱어리는 점점 떨리기 시작한다.

그는 가볍게 몸서리를 쳤다. 그리고 당황한 시선으로 사방을 경계하여 보았다. 아무도 보이지는 않았다. 다시 시선을 돌리어 그 집을 쏘아보며 속으로 궁리하여 보았다. 안에는 확실히 이주사뿐일 게다. 그때까지 걸렸던 싸리문이라든지 또는 울타리에 넌 빨래를 여태 안 걷어들인 것을 보면 어떤 맹세를 두고라도 분명히 이주사 외의 다른 사람은 하나도 없을 것이다.

* 체면, 위신.

소낙비

그는 마음 놓고 비를 맞아 가며 그 집으로 달려들었다. 봉당으로 선뜻 뛰어오르며

"쇠돌 엄마 기슈?"

하고 인기를 내보았다.

물론 당자의 대답은 없었다. 그 대신 그 음성이 나자 안방에서 이주사가 번개같이 머리를 내밀었다. 자기 딴은 꿈밖이란 듯 눈을 두리번두리번하더니 옷 위로 불거진 춘호 처의 젖가슴, 아랫배, 넓적다리, 발등까지 슬쩍 음충히 훑어보고는 거나한 낯으로 빙그레한다. 그리고 자기도 봉당으로 주춤주춤 나오며

"쇠돌 엄마 말인가? 왜 지금 막 곧 온됐으니 안방에 좀 들어가 기다렸으면……."

하고 매우 일이 딱한 듯이 어름어름한다.

"이 비에 어딜 갔에유?"

"지금 요 밖에 좀 나갔지, 그러나 곧 올걸……."

"있는 줄 알고 왔는디……."

춘호 처는 이렇게 혼잣말로 낙심하며 섭섭한 낯으로 머뭇머뭇하다가 그냥 돌아갈 듯이 봉당 아래로 내려섰다. 이주사를 쳐다보며 물 차는 제비같이 산드러지게

"그럼 요담에 오겠어유, 안녕히 계시유."

하고 작별의 인사를 올린다.

"지금 곧 온됐는데, 좀 기달리지……."

"담에 또 오지유."

"아닐세, 좀 기다리게. 여보게, 여보게, 이봐!"

춘호 처가 간다는 바람에 이주사는 체면도 모르고 기가 올랐다. 허둥거리며 재간껏 만류하였으나 암만해도 안 될 듯싶다. 춘호 처가 여기에 찾아온 것도 큰 기적이려니와 뇌성벽력에 구석진 곳이겠다 이렇게 솔깃한 기회는 두 번 다시 못 볼 것이다. 그는 눈이 뒤집히어 입에 물었던 장죽을 쑥 뽑아 방 안으로 치뜨리고는 계집의 허리를 뒤로 다짜고짜 끌어안아서 봉당 위로 끌어올렸다.

계집은 몹시 놀라며

"왜 이러서유, 이거 노세유."

하고 몸을 뿌리치려고 앙탈을 한다.

"아니 잠깐만."

이주사는 그래도 놓지 않으며 허겁스러운 눈짓으로 계집을 달랜다. 흘러내리는 고의춤을 왼손으로 연송* 치우치며 바른팔로는 계집을 잔뜩 움켜잡고 엄두를 못 내어 쩔쩔매다가 간신히 방 안으로 끙끙 몰아넣었다. 안으로 문고리는 재빠르게 채이었다.

밖에서는 모진 빗방울이 배춧잎에 부딪히는 소리, 바람에 나무 떠는 소리가 요란하다. 가끔 양철통을 내려 굴리는 듯 거푸진 천둥소리가 방고래를 울리며 날은 점점 침침하였다.

얼마쯤 지난 뒤였다. 이만하면 길이 들었으려니, 안심하고 이주사는 날숨을 후— 하고 돌린다. 실없이 고마운 비 때문에 발악도 못 치고 앙살도 못 피우고 무릎 앞에 고분고분 늘어져 있는

* '연방'의 북한말.

계집을 대견히 바라보며 빙긋이 얼러 보았다. 계집은 온몸에 진땀이 쭉 흐르는 것이 꽤 더운 모양이다. 벽에 걸린 쇠돌 엄마의 적삼을 꺼내어 계집의 몸을 말쑥하게 훌닦기 시작한다. 발끝서부터 얼굴까지……

"너, 열아홉이라지?"

하고 이주사는 취한 얼굴로 얼근히 물어보았다.

"니에—"

하고 메떨어진 대답. 계집은 이주사 손에 눌리어 일어나도 못하고 죽은 듯이 가만히 누워 있다.

이주사는 계집의 몸뚱이를 다 씻기고 나서 한숨을 내뿜으며 담배 한 대를 떡 피워 물었다.

"그래, 요새도 서방에게 주리경을 치느냐?"

하고 묻다가 아무 대답도 없으매

"원 그래서야 어떻게 산단 말이냐. 하루 이틀이 아니고, 사람의 일이란 알 수 있는 거냐? 그러다 혹시 맞아 죽으면 정장* 하나 해볼 곳 없는 거야. 허니, 네 명이 아까우면 덮어놓고 민적을 가르는 게 낫겠지."

하고 계집의 신변을 위하여 염려를 마지않다가 번뜻 한 가지 궁금한 것이 있었다.

"너 참, 아이 낳았다 죽었다더구나?"

"니에—"

* 呈狀. 소장(訴狀)을 관청에 냄.

봄·봄

"어디 난 듯이나 싶으냐?"

계집은 얼굴이 홍당무가 되어지며 아무 말 못 하고 고개를 외면하였다.

이주사도 그까짓 것 더 묻지 않았다. 그런데 웬 녀석의 냄새인지 무생채 썩는 듯한 시크무레한 악취가 불시로 코청을 찌르니 눈살을 찌푸리지 않을 수 없다. 처음에야 그런 줄은 소통 몰랐더니 알고 보니까 비위가 족히 역하였다. 그는 빨고 있던 담배통으로 계집의 배꼽께를 똑똑히 가리키며,

"얘, 이 살의 때꼽 좀 봐라. 그래 물이 흔한데 이것 좀 못 씻는단 말이냐?"

하고 모처럼의 기분이 상한 것이 앵하단 듯이 꺼림한 기색으로 혀를 찼다. 하지만 계집이 참다 참다 이내 무안에 못 이기어 일어나 치마를 입으려 하니 그는 역정을 벌컥 내었다. 옷을 빼앗아 구석으로 동댕이를 치고는 다시 그 자리에 끌어 앉혔다. 그리고 자기 딸이나 책하듯이 아주 대범하게 꾸짖었다.

"왜 그리 계집이 달망대니? 좀 듬직지가 못하구……"

춘호 처가 그 집을 나선 것은 들어간 지 약 한 시간 만이었다. 비가 여전히 쭉쭉 내린다. 그는 진땀을 있는 대로 흠뻑 쏟고 나왔다. 그러나 의외로 아니 천행으로 오늘 일은 성공이었다. 그는 몸을 솟치며 생긋하였다. 그런 모욕과 수치는 난생처음 당하는 봉변으로, 지랄 중에도 몹쓸 지랄이었으나 성공은 성공이었다. 복을 받으려면 반드시 고생이 따르는 법이니 이까짓 거야 골백 번 당한대도 남편에게 매나 안 맞고 의좋게 살 수만 있다면 그는

사양치 않을 것이다. 이주사를 하늘같이, 은인같이 여겼다. 남편에게 부쳐 먹을 농토를 줄 테니 자기의 첩이 되라는 그 말도 죄송하였으나 더욱이 돈 이 원을 줄 게니 내일 이맘때 쇠돌네 집으로 넌지시 만나자는 그 말은 무엇보다도 고마웠고 벅찬 짐이 나 푼 듯 마음이 홀가분하였다. 다만 애키는* 것은 자기의 행실이 만약 남편에게 발각되는 나절에는 대매에 맞아 죽을 것이다. 그는 일변 기뻐하며 일변 애를 태우며 자기 집을 향하여 세차게 쏟아지는 빗속을 가분가분 내리달렸다.

춘호는 아직도 분이 못 풀리어 뿌루퉁하니 홀로 앉았다. 그는 자기의 고향인 인제를 등진 지 벌써 삼 년이 되었다. 해를 이어 흉작에 농작물은 말 못 되고 따라 빚쟁이들의 위협과 악다구니는 날로 심하였다. 마침내 하릴없이 집 세간살이를 그대로 내버리고 알몸으로 밤도주하였던 것이다. 살기 좋은 곳을 찾는다고 나 어린 아내의 손목을 이끌고 이 산 저 산을 넘어 표랑하였다. 그러나 우정 찾아든 곳이 고작 이 마을이나 산속은 역시 일반이다. 어느 산골엘 가 호미를 잡아 보아도 정은 조그만치도 안 붙었고, 거기에는 오직 쌀쌀한 불안과 굶주림이 품을 벌려 그를 맞을 뿐이었다. 터무니없다 하여 농토를 안 준다. 일 구멍이 없으매 품을 못 판다. 밥이 없다. 결국에 그는 피폐하여 가는 농민 사이를 감도는 엉뚱한 투기심에 몸이 달떴다. 요사이 며칠 동안을 두고 요 너머 뒷산 속에서 밤마다 큰 노름판이 벌어지는 기미를

* 켕기는.

봄·봄

알았다. 그는 자기도 한몫 보려고 끼룩거렸으나 좀체로 밑천을 만들 수가 없었다.

이 원! 수나 좋아서 이 이 원이 조화만 잘한다면 금시발복(今時發福)이 못 된다고 누가 단언할 수 있으랴! 삼사십 원 따서 동리의 빚이나 대충 가리고 옷 한 벌 지어 입고는 진저리나는 이 산골을 떠나려는 것이 그의 배포였다. 서울로 올라가 아내는 안잠을 재우고 자기는 노동을 하고, 둘이서 다부지게 벌면 안락한 생활을 할 수가 있을 텐데, 이런 산 구석에서 굶어 죽을 맛이야 없었다. 그래서 젊은 아내에게 돈 좀 해오라니까 요리 매낀 조리 매낀 매만 피하고 곁들어 주지 않으니 그 소행이 여간 괘씸한 것이 아니다.

아내가 물에 빠진 생쥐 꼴을 하고 집으로 달려들자 미처 입도 벌리기 전에 남편은 이를 악물고 주먹뺨을 냅다 붙인다.

"너 이년, 매만 살살 피하고 어디 가 자빠졌다 왔니?"

볼치 한 대를 얻어맞고 아내는 오기가 질리어 병병하였다. 그래도 직성이 못 풀리어 남편이 다시 매를 손에 잡으려 하니 아내는 질겁을 하여 살려 달라고 두 손으로 빌며 개신개신 입을 열었다.

"낼 돼유―, 낼, 돈, 낼 돼유―"

하며 돈이 변통됨을 삼가 아뢰는 그의 음성은 절반이 울음이었다.

남편이 반신반의하여 눈을 찌긋하다가

"낼?"

하고 목청을 돋웠다.

"네, 낼 된다유—"

"꼭 되여?"

"네, 낼 된다유—"

남편은 시골 물정에 능통하니만치 난데없는 돈 이 원이 어디서 어떻게 되는 것까지는 추궁해 물으려 하지 않았다. 그는 적이 안심한 얼굴로 방문턱에 걸터앉으며 담뱃대에 불을 그었다. 그제야 아내도 비로소 마음을 놓고 감자를 삶으러 부엌으로 들어가려 하니 남편이 곁으로 걸어오며 측은한 듯이 말리었다.

"병 나, 방에 들어가 어여 옷이나 말리여, 감자는 내 삶을게—"

먹물같이 짙은 밤이 내리었다. 비는 더욱 소리를 치며 앙상한 그들의 방 벽을 앞뒤로 울린다. 천장에서 비는 새지 않으나 집 지은 지가 오래되어 고래가 물러앉다시피 된 방이라 도배를 못한 방바닥에는 물이 스며들어 귀축축하다. 거기다 거적 두 닢만 덩그렇게 깔아 놓은 것이 그들의 침소였다. 석유불은 없어 캄캄한 바로 지옥이다. 벼룩은 사방에서 마냥 스멀거린다.

그러나 등걸잠에 익달한 그들은 천연스럽게 나란히 누워 줄기차게 퍼붓는 밤비 소리를 귀담아듣고 있었다. 가난으로 인하여 부부간의 애틋한 정을 모르고 나날이 매질로 불평과 원한 중에서 복대기던 그들도 이 밤에는 불시로 화목하였다. 단지 남의 품에 든 돈 이 원을 꿈꾸어 보고도—

"서울 언제 갈라유."

남편의 왼팔을 베고 누웠던 아내가 남편을 향하여 응석 비슷이 물어보았다. 그는 남편에게 서울의 화려한 거리며 후한 인심에 대하여 여러 번 들은 바 있어 일상 안타까운 마음으로 몽상은 하여 보았으나 실지 구경은 못 하였다. 얼른 이 고생을 벗어나 살기 좋은 서울로 가고 싶은 생각이 간절하였다.

"곧 가게 되겠지, 빚만 좀 없어도 가뜬하련만."

"빚은 낭종 갚더라도 얼핀 갑세다유—"

"염려 없어. 이달 안으로 꼭 가게 될 거니까."

남편은 썩 쾌히 승낙하였다. 딴은 그는 동리에서 일컬어 주는 질군으로 투전장의 가보쯤은 시루에서 콩나물 뽑듯 하는 능수였다. 내일 밤 이 원을 가지고 벼락같이 노름판에 달려가서 있는 돈이란 깡그리 모집어 올 생각을 하니 그는 은근히 기뻤다. 그리고 교묘한 자기의 손재간을 홀로 뽐내었다.

"이번이 서울 처음이지?"

하며 그는 서울 바람 좀 한번 쐬었다고 큰 체를 하며 팔로 아내의 머리를 흔들어 물어보았다. 성미가 워낙 겁겁한지라 지금부터 서울 갈 준비를 착착 하고 싶었다. 그가 제일 걱정되는 것은 둠* 구석에서 내** 자라 먹은 아내를 데리고 가면 서울 사람에게 놀림도 받을 게고 거리끼는 일이 많을 듯싶었다. 그래서 서울 가면 꼭 지켜야 할 필수조건을 아내에게 일일이 설명치 않을 수도 없었다.

첫째, 사투리에 대한 주의부터 시작되었다. 농민이 서울 사람

---

* 두메. 도회에서 멀리 떨어져 사람이 많이 살지 않는 변두리나 깊은 곳.
** 내내. 줄곧.

에게, '꼬라리'라는 별명으로 감잡히는 그 이유는 무엇보다도 사투리에 있을지니 사투리는 쓰지 말며, '합세'를 '하십니까'로, '하게유'를 '하오'로 고치되 말끝을 들지 말지라. 또 거리에서 어릿어릿하는 것은 내가 시골뜨기요 하는 얼뜬 짓이니 갈 길은 재게 가고 볼 눈을 또릿또릿이 볼지라— 하는 것들이었다. 아내는 그 끔찍한 설교를 귀담아들으며 모기 소리로 '네, 네'를 하였다. 남편은 뒤 시간가량을 샐 틈 없이 꼼꼼하게 주의를 다져 놓고는 서울의 풍습이며 생활방침 등을 자기의 의견대로 그럴싸하게 이야기하여 오다가 말끝이 어느덧 화장술에까지 이르게 되었다. 시골 여자가 서울에 가서 안잠을 잘 자주면 몇 해 후에는 집까지 얻어 갖는 수가 있는데, 거기에는 얼굴이 예뻐야 한다는 소문을 일찍 들은 바 있어 하는 소리였다.

"그래서 날마다 기름도 바르고, 분도 바르고, 버선도 신고 해서 쥔 마음에 썩 들어야……"

한참 신바람이 올라 주워섬기다가 옆에서 쌔근쌔근 소리가 들리므로 고개를 돌려 보니 아내는 이미 곯아져 잠이 깊었다.

"이런 망할 거, 남 말하는데 자빠져 잔담—"

남편은 혼자 중얼거리며 바른팔을 들어 이마 위로 흐트러진 아내의 머리칼을 뒤로 쓰다듬어 넘긴다. 세상에 귀한 것은 자기의 아내! 이 아내가 만약 없었던들 자기는 홀로 어떻게 살 수 있었으려는가! 명색이 남편이며 이날까지 옷 한 벌 변변히 못 해 입히고 고생만 짓시킨 그 죄가 너무나 큰 듯 가슴이 뻐근하였다. 그는 왁살스러운 팔로다 아내의 허리를 꼭 껴안아 가지고 앞으로 바특이 끌어당겼다.

밤새도록 줄기차게 내리던 빗소리가 아침에 이르러서야 겨우 그치고 점심때에는 생기로운 볕까지 들었다. 쿨렁쿨렁 논물 나는 소리는 요란히 들린다. 시내에서 고기 잡는 아이들의 고함이며, 농부들의 희희낙락한 메나리도 기운차게 들린다.

비는 춘호의 근심도 씻어 간 듯 오늘은 그에게도 즐거운 빛이 보였다.

"저녁 제누리 때 되었을걸, 얼른 빗고 가봐ー"

그는 갈증이 나서 아내를 대고 재촉하였다.

"아직 멀었어유ー"

"먼 게 뭐냐, 늦었어ー"

"뭘!"

아내는 남편의 말대로 벌써부터 머리를 빗고 앉았으나 원체 달포나 아니 가리어 엉큰 머리가 시간이 꽤 걸렸다. 그는 호랑이 같은 남편과 오래간만에 정다운 정을 바꾸어 보니 근래에 볼 수 없는 희색이 얼굴에 떠돌았다. 어느 때에는 맥적게* 생글생글 웃어도 보았다.

아내가 꼼지락거리는 것이 보기에 퍽이나 갑갑하였다. 남편은 아내 손에서 얼레빗을 쑥 뽑아 들고는 시원스레 쭉쭉 내려 빗긴다. 다 빗긴 뒤, 옆에 놓은 밥사발의 물을 손바닥에 연신 칠해 가며 머리에다 번지르하게 발라 놓았다. 그래 놓고 위서부터 머리

* 맥적다 : 맥쩍다. 열없고 쑥스럽다.

칼을 재워 가며 맵시 있게 쪽을 딱 찔러 주더니 오늘 아침에 한 사코 공을 들여 삼아 놓았던 짚신을 아내의 발에 신기고 주먹으로 자근자근 골을 내주었다.

"인제 가봐!"

하다가

"바루 곧 와, 응?"

하고 남편은 그 이 원을 고이 받고자 손색없도록, 실패 없도록 아내를 모양내어 보냈다.

1935년 1월, 《조선일보》

봄·봄

노다지

그믐칠야 캄캄한 밤이었다. 하늘에 별은 깨알같이 총총 박혔다. 그 덕으로 솔숲 속은 간신히 희미하였다. 험한 산중에도 우중충하고 구석배기 외딴 곳이다. 버석만 하여도 가슴이 덜렁한다. 호랑이, 산골 호생원!

만귀는 잠잠하다.* 가을은 이미 늦었다고 냉기는 모질다. 이슬을 품은 가랑잎은 바시락바시락 날아들며 얼굴을 축인다.

꽁보는 바랑을 모로 베고 풀 위에 꼬부리고 누웠다가 잠깐 깜박하였다. 다시 눈이 띄었을 적에는 몸서리가 몹시 나온다. 형은 맞은편에 그저 웅크리고 앉았는 모양이다.

"성님, 인저 시작해 볼라우!"

* 만귀는 잠잠하다 : 만귀잠잠(萬鬼潛潛). 깊은 밤에 모든 것이 다 잠든 듯이 고요하다.

"아직 멀었네, 좀 춥더라도 참참이 해야지—"

어둠 속에서 그 음성만 우렁차게, 그러나 가만히 들릴 뿐이다. 연모를 고치는지 마치 쇠 부딪는 소리와 아울러 부스럭거린다. 꽁보는 다시 옹송그리고 새우잠으로 눈을 감았다. 야기에 옷은 젖어 후줄근하다. 아랫도리가 척 나간 듯이 감촉을 잃고 대고 쑤실 따름이다. 그대로 버뜩* 일어나 하품을 하고는 으드들 떨었다.

어디서인지 자박자박 사라지는 발자국 소리가 들린다. 꽁보는 정신이 번쩍 나서 눈을 둥굴린다.

"누가 오는 게 아뉴?"

"바람이겠지, 즈들이 설마 알라구!"

신청부같은 그 대답에 적이 맘이 놓인다. 곁에 형만 있으면야 몇 놈쯤 오기로서니 그리 쪼일 게 없다. 적삼의 깃을 여미며 휘돌아보았다.

감때사나운 큰 바위가 반득이는 하늘을 찌를 듯이, 삐쮜 솟았다. 그 양어깨로 자지레한 바위는 뭉글뭉글한 놈이 검은 구름 같다. 그러면 이번에는 꿈인지 호랑인지 영문 모를 그런 험상궂은 대가리가 공중에 불끈 나타나 두리번거린다. 사방은 모두 이따위 산에 둘렸다. 바람은 뻔질나게 구르며 습기와 함께 낙엽을 풍긴다. 을씨년스레 샘물은 노냥 쫄랑쫄랑 금시라도 시커먼 산 중턱에서 호랑이 불이 보일 듯싶다. 꼼짝 못 할 함정에 든 듯이

* '얼른'의 방언.

봄·봄

소름이 쭉 돋는다.

꽁보는 너무 서먹서먹하고 허전하여 어깨를 으쓱 올린다. 몹쓸 놈의 산골도 다 많어이. 산골마다 모조리 요지경이람. 이러고 보니 몹시 무서운 기억이 눈앞으로 번쩍 지난다.

바로 작년 이맘때이다. 그날도 오늘과 같이 밤을 도와 잠채를 하러 갔던 것이다. 회양 근방에도 가장 험하다는 마치 이렇게 휘하고 낯선 산골을 기어올랐다. 꽁보에 더펄이, 그리고 또 다른 동무 셋과. 초저녁부터 내리는 보슬비가 웬일인지 그칠 줄을 모른다. 붕, 하고 난데없이 이는 바람에 안기어 비는 낙엽과 함께 몸에 부딪고 또 부딪고 하였다. 모두들 입 벌릴 기력조차 잃고 대고 부들부들 떨었다. 방금 넘어올 듯이 덩치 커다란 바위는 머리를 불쑥 내 대고 길을 막고 막고 한다. 그놈을 끼고 캄캄한 절벽을 돌고 나니 땀이 등줄기로 쪽 내려 흘렀다. 게다가 언제 호랑이가 내닫는지 알 수 없으매 가슴은 펄쩍 두근거린다.

그러나 하기는, 이제 말이지 용케도 해먹긴 하였다. 아무렇든지 다섯 놈이 서른 길이나 넘는 암굴에 들어가서 한 시간도 채 못 되자 감*을 두 포대나 실히 따올렸다마는, 문제는 노느매기에 있었다. 어떻게 이놈을 나누면 서로 억울치 않을까. 꽁보는 금점**에 남다른 이력이 있느니만치 제가 선뜻 맡았다. 부피를 대중하여 다섯 목에다 차례대로 메지메지 골고루 노났던 것이다. 한데 이런 우스꽝스러운 놈이 또 있을까—

* 감돌. 유용한 광물이 어느 정도 이상으로 들어 있는 광석.
** 금광.

"이게 일터면 노눈 건가!"

어두운 구석에서 어떤 놈이 이렇게 쥐어박는 소리를 하는 것이다. 제 딴은 욱기를 보이느라고 가래침을 배앝는다.

"그럼."

꽁보는 하 어이없어서 그쪽을 뻔히 바라보았다. 이건 우리가 늘 하는 격식인데 이제 와서 새삼스럽게 게정을 부릴 것이 아니다.

"아니, 요게 내 거야?"

"그럼 누군 감벼락을 맞았단 말인가?"

"아니, 이 구덩이를 먼저 낸 것이 누군데 그래?"

"누구고 새고 알 게 뭐 있나, 금 있으니 땄고, 땄으니 노났지!"

"알 게 없다? 내가 없어도 가 왔니? 이 새끼야?"

"이런 숙맥* 보래, 꿀돼지 제 욕심 채기로 너만 먹자는 거야?"

바로 이 말에 자식이 욱하고 들이덤볐다. 무지한 두 손으로 꽁보의 멱살을 잔뜩 움켜쥐고 흔들고 지랄을 한다. 꽁보가 체수가 작고 좀팽이라 쳐들고 한창 얕본 모양이다.

비를 맞아 가며 숨이 콕 막히도록 시달리니 꽁보도 화가 안 날 수 없다. 저도 모르게 어느덧 감석을 손에 잡자 놈의 골통을 패뜨렸다. 하니까, 이놈이 꼭 황소같이 식, 하더니 꽁보를 펀한 돌 위에다 집어 때렸다. 그리고 깔고 앉더니 대뜸 벽채를 들어 곁갈빗대를 힉, 하도록 아주 몹시 조졌다. 죽질 않기만 다행이지만 지금도 이게 가끔 도지어 몸을 못 쓰는 것이다. 담에는 왼편

---

* '숙맥'의 방언. 사리 분별을 못 하고 세상 물정을 잘 모르는 사람.

봄·봄

어깨를 된통 맞았다. 정신이 다 아찔하였다. 험하고 깊은 산속이라 그대로 죽여 버릴 작정이 분명하다. 세 번째에는 또다시 가슴을 겨누고 내려올 제, 인제는 꼬박 죽었구나 하였다. 참으로 지긋지긋하고 아슬아슬한 순간이었다. 그때 천행이랄까 대문짝처럼 크고 억센 더펄이가 비호같이 날아들었다. 자분참 그놈의 허리를 뒤로 두 손에 쥐어 들더니 산비탈로 내던져 버렸다. 그놈은 그때 살았는지 죽었는지 이내 모른다. 꽁보는 곧바로 감석과 한꺼번에 더펄이 등에 업히어 마을로 내려왔던 것이다.

현재 꽁보가 갖고 다니는 그 목숨은 더펄이 손에서 명줄을 받은 그때의 끄트머리다. 더펄이를 형이라 불렀고 형우제공을 깍듯이 하는 것도 까닭 없는 일은 아니었다.

이 산골도 그 녀석의 산골과 똑 헐없는* 흉측스러운 낯짝을 가졌다. 한번 휘돌아 보니 몸서리치던 그 경상**이 다시 생각나지 않을 수 없다. 꽁보는 담배를 빡빡 피우며 시름없이 앉았다.

"몸 좀 녹여서 인저 시적시적 해볼까?"

더펄이도 추운지 떨리는 몸을 툭툭 털며 일어선다. 시작하도록 연모는 차비가 다 된 모양. 저편으로 가서 홈척홈척하더니 바랑에서 막걸리 병과 돼지 다리를 꺼내 들고 이리로 온다.

"그래도 좀 거냉은 해야 할걸!" 하고 그는 병마개를 이로 뽑더니

"에이, 그냥 먹세, 언제 데워 먹겠나?"

---

* 헐없다 : 하릴없다. 영락없다.
** 景狀. 좋지 못한 몰골.

"데웁시다."

"글쎄, 그것두 좋구. 근데 불을 놨다가 들키면 어쩌나?"

"저 바위틈에다 가리고 핍시다."

아우는 일어서서 가랑잎을 긁어모았다.

형은 더듬어 가며 소나무 삭정이를 뚝뚝 꺾어서 한 아름 안았다. 병풍과 같이 바위와 바위 사이에 틈이 벌었다. 그 속으로 들어가 그들은 불을 놓았다.

"커ㅡ. 그어 맛 좋아이."

형은 한잔을 쭉 켜고 거나하였다. 칼로 돼지고기를 저며 들고 쩍쩍 씹는다.

"아까 술집 계집 봤나?"

"왜 그류?"

"어떻든가?"

"……."

"아주 똑 땄데 고거 참!" 하고 그는 눈을 불빛에 꿈벅거리며 싱글싱글 웃는다. 일 년이면 열두 달 줄창 돌아만 다닌다는 신세였다. 오늘은 서로, 내일은 동으로, 조선 천지의 금점판치고 아니 집적거린 데가 없었다. 언제나 나도 그런 계집 하나 만나 살림을 좀 해보누 하면 무거운 한숨이 절로 안 날 수 없다.

"거, 계집 있는 게 한결 낫겠더군!" 하고 저도 열적을 만큼 시풍*스러운 소리를 하니까

* 그 시대의 풍속. 그 당시의 속된 것.

봄·봄

"글쎄요—" 하고 꽁보는 그 얼굴을 빤히 쳐다보았다. 이날까지 같이 다녀야 그런 법 없더니만 왜 별안간 계집 생각이 날까, 별일이로군! 하긴, 저도 요즘으로 부쩍 그런 생각이 무럭무럭 안 나는 것도 아니지만, 가을이 늦어서 그런지 홀아비 마주 앉기만 하면 나는 건 그 생각뿐.

"성님 장가들라우?"

"어디 웬 계집이 있나?"

"글쎄?" 하고 꽁보는 그 말을 재치다가 얼뜻 이런 생각을 하였다. 제 누이를 주면 어떨까. 지금 그 누이가 충주 근방 어느 농군에게 출가하여 자식을 둘씩이나 낳았다마는 매우 반반한 얼굴을 가졌다. 이걸 준다면 형은 무척 반기겠고, 또한 목숨을 구해 준 그 은혜에 대하여 손씻이도 되리라.

"성님, 내 누이를 주라우?"

"누이?"

"썩 이뿌우, 성님이 보면 아마 담박 반하리다."

더펄이는 다음 말을 기다리며 다만 벙벙하였다. 불빛에 이글이글하고 검붉은 그 얼굴에는 만족한 미소가 떠올랐다. 그 누이에 대하여 칭찬은 전일부터 많이 들었다. 그럴 적마다 속중으로는 슬며시 생각이 달랐으나 차마 이렇다 토설치는 못했던 터이었다.

"어떻수?"

"글쎄, 그런데 살림하는 사람을 그리 되겠나?" 하며 뒷심은 두면서도 어정쩡하게 물어보았다. 그리고 들껍적하고* 술을 따라서 아우에게 권하다가 반이나 엎질렀다.

"그야, 돌려 빼면 그만이지 누가 뭐랠 터유."

꽁보는 자신이 있는 듯이 이렇게 선언하였다.

더펄이는 아주 좋았다. 팔짱을 딱 지르고 눈을 감았다. 나도 인젠 계집 하나 안아 보는구나! 아마 그 누이란 썩 이쁠 것이다. 오동통하고, 아양스럽고, 이런 계집에 틀림없으리라. 그럴 필요도 없건마는 그는 벌떡 일어서서 주춤주춤하다가 다시 펄썩 앉는다.

"은제 갈려나?"

"가만있수, 이거 해가지구 낼 갑시다."

오늘 일만 잘 되면 낼로 곧 떠나도 좋다. 충청도라야 강원도 역경을 지나 칠팔십 리 걸으면 그만이다. 낼 해껏 걸으면 모레 아침에는 누이 집을 들러서 다른 금점으로 가리라 예정하였다. 그런데 이놈의 금을 언제나 좀 잡아 볼는지 아득한 일이었다.

"빌어먹을 거, 은제쯤 재수가 좀 터보나!"

꽁보는 뜯고 있던 돼지 뼉다귀를 내던지며 이렇게 한탄하였다.

"염려 말게, 어떻게 되겠지! 오늘은 꼭 노다지가 터질 테니 두고 보려나?"

"작히 좋겠수, 그렇거든 고만 들어앉읍시다."

"이를 말인가, 이게 참 할 노릇을 하나, 이제 말이지."

---

* 들껍적하다 : 몹시 방정맞게 함부로 자꾸 까불거나 잘난 체하다.

봄·봄

그들은 몇 번이나 이렇게 자위했는지 그 수를 모른다. 네가 노다지를 만나든, 내가 만나든 둘이 똑같이 나눠 가지고 집을 사고 계집을 얻고, 술도 먹고, 편히 살자고. 그러나 여태껏 한 번이라도 그렇게 해본 적이 없으니 매양 헛소리가 되고 말았다.

"닭 울 때도 되었네, 인제 슬슬 가보려나?"

더펄이는 선뜻 일어서서 바랑을 짊어 메다가 꽁보를 바라보았다. 몸이 또 도지는지 불 앞에서 오르르 떨고 있는 것이 퍽이나 측은하였다.

"여보게 내 혼자 해가주 올게 불이나 쬐고 거기 있을려나?"

"뭘, 갑시다."

꽁보는 꼬물꼬물 일어서며 바랑을 메었다. 그들은 발로다 불을 비벼 끄고는 거기를 떠났다. 산에, 골을 엇비슷이 돌아 오르는 샛길이 놓였다. 좌우로는 솔, 잣, 밤, 단풍, 이런 나무들이 울창하게 꽉 들어박혔다. 그 밑으로는 자갈, 아니면 불퉁바위는 예제없이 마냥 뒹굴었다. 한갓 시커먼 그 암흑 속을 그들은 더듬고 기어오른다. 풀숲의 이슬로 말미암아 고의는 축축히 젖었다. 다리를 옮겨 놓을 적마다 철썩철썩 살에 붙으며 찬 기운이 쭉 끼친다. 그리고 모진 바람은 뻗질 불어 내린다. 붕 하고 능글차게 낙엽이 불어 내리다가는 뺑 하고 되알지게 기를 복쓴다.

꽁보는 더펄이 뒤를 따라 오르며 달달 떨었다. 이게 지랄인지 난장인지. 세상에 짜장 못 해먹을 건 금점 빼고 다시없으리라. 금이 다 무엇인지, 요 짓을 꼭 해야 한담. 게다 걸핏하면 서로 두들겨 죽이는 것이 일. 참말이지 금쟁이치고 하나 순한 놈 못 봤다. 몸이 결릴 적마다 지겹던 과거를 또 연상하며 그는 다시금 몸에 소름이 돋았다. 그러자 맞은편 산 수풀에서 큰 불이 얼른 하였다. '호랑이!' 이렇게 놀라고 더펄이 허리에 가 덥석 달리며

"저게 뭐유?" 하고 다르르 떨었다.

"뭐?"

"저거, 아니 지금은 없어졌네."

"그게 눈이 어려서 헷거지 뭐야."

더펄이는 씸씸이 대답하고 천연스레 올라간다. 다구진 그 태도에 좀 안심이 되는 듯싶으나 그래도 썩 편치는 못하였다. 왜 이리 오늘은 대고 겁만 드는지 까닭을 모르겠다. 몸은 매시근하고 열로 인하여 입이 바짝바짝 탄다. 이것이 웬만하면 그럴 리 없으련마는.

"자네 안 되겠네, 내 등에 업히게!" 하고 더펄이가 등을 내밀 제, 그는 잠자코 바랑 위로 넙죽 업혔다. 그래도 끽소리 없이 덜 렁덜렁 올라가는 더펄이를 굽어보며 실팍한 그 몸이 여간 부러 운 것이 아니었다.

불볕 내리는 복중처럼 씨근거리며 이마에 땀이 쫙 흘렀을 그 때에야 비로소 더펄이는 산마루턱까지 이르렀다. 꽁보를 내려놓 고 땀을 씻으며 후, 하고 숨을 돌린다. 인제 얼마 안 남았겠지. 조금 내려가면 요 아래 있을 것이다.

그들이 이 마을에 들른 것은 바로 오늘 점심때이다. 지나서 그 냥 가려 하다가 뜻하지 않은 주막 주인 말에 귀가 번쩍 띄었던 것이다. 저 산 너머 금점이 있는데 금이 푹푹 쏟아지는 화수분

이라고. 요즘에는 화약 허가를 내 가지고 완전히 일을 하고자 하여 부득이 잠시 휴광 중이고, 머지않아 다시 시작할 게다. 그리고 금 도둑을 맞을까 하여 밤낮 구별 없이 감시하는 중이라 하는 것이다.

그러나 이 밤중에 누가 자지 않고 설마, 하고 더펄이는 덜렁덜렁 내려간다. 꽁보는 그 꽁무니를 쿡쿡 찔렀다. 그래도 사람의 일이니 물은 모른다. 좌우 곁으로 살펴보며 살금살금 사리어 내려온다.

그들은 오 분쯤 내리었다. 딴은 커다란 구덩이 하나가 딱 내달았다. 산중턱에 짚더미 같은 바위가 놓였고 그 옆으로 또 하나가 놓여 가달이 졌다. 그 가운데다 삐듬한 돌장벽을 끼고 구멍을 뚫은 것이다. 가로는 한 발 좀 못 되고 길이는 약 서 발가량. 성냥을 그어 대보니 깊이는 네 길이 넘겠다. 함부로 쪼아 먹은 구뎅이라 꺼칠한 놈이 군버력도 똑똑히 못 치웠다. 잠채를 염려하여 그랬으리라. 사다리는 모조리 떼 가고 밍숭밍숭한 돌벽이 있을 뿐이다.

그들은 다시 한번 사방을 둘레둘레 돌아보았다. 지척을 분간키 어려우나 필경 사람은 없을 것이다. 마음을 놓고 바랑에서 관솔을 꺼내어 불을 당겼다. 더펄이가 먼저 장벽에 엎디어 뒤로 기어 내린다. 꽁보는 불을 들고 조심성 있게 참참이 내려온다. 한 길쯤 남았을 때 그만 발이 찍 하고 더펄이는 떨어졌다. 꿍 하고 무던히 골탕은 먹었으나 그대로 쓱싹 일어섰다. 동이 트기 전에 얼른 금을 따야 될 것이다.

"여보게 아우, 나는 어딜 따라나?"

"글쎄유…… 가만히 기슈."

아우는 불을 들이대고 줄맥을 한번 쭉 훑었다.

금점 일에는 난다 긴다 하는 아달맹이* 금쟁이였다. 썩 보더니 복판에는 동이 먹어 들어가고 양편 가생이로 차차 줄이 생하는 것을 알았다.

"성님은 저편 구석을 따우."

아우는 이렇게 지시하고 저는 이쪽 구석으로 왔다. 그러나 차마 그 틈바귀로 들어갈 생각이 안 난다. 한 길이나 실히 되도록 쌓아 올린 동발**이 금방 넘어올 듯이 위험했다. 밑에는 좀 잔 돌로 쌓으나 그 위에는 제법 굵직굵직한 놈들이 얹혔다. 이것이 무너지면 깩 소리도 못 하고 치여 죽는다.

꽁보는 한참 생각했으되 별수 없다. 낯을 찌푸려 가며 바랑에서 망치와 타래징을 꺼내 들었다. 그런데 어떻게 파먹은 놈이게 옴푹이 들어간 것이 일커녕 몸 하나 놓을 데가 없다. 마지못해 두 다리를 동발께로 쭉 뻗고 몸을 그 홈패기에 착 엎디어 망치질을 하기 시작하였다.

돌에 뚫린 석혈 구뎅이라 공기는 더욱 퀭하였다. 징 때리는 소리만 양쪽 벽에 무거웁게 부딪친다.

'팡! 팡!'

이렇게 몹시 귀를 울린다.

---

* '안성맞춤'의 방언.
** '동바리'의 준말. 갱도 따위가 무너지지 않게 받치는 나무 기둥.

거반 한 시간이 넘었다. 그들은 버력* 같은 만감 이외에 아무것도 얻지 못했다. 다시 오 분이 지난다. 십 분이 지난다. 딱 그때다.

꽁보는 땀을 철철 흘리며 좁다란 그 틈에서 감 하나를 손에 따 들었다. 헐없이 작은 목침 같은 그런 돌팍을. 엎드린 그제 불빛에 비치어 가만히 뒤져 보았다. 번들번들한 놈이 그 광채가 되우 혼란스럽다. 혹시 연철이나 아닐까. 그는 돌 위에 눕혀 놓고 망치로 두드리며 깨보았다. 좀체 하여서는 쪽이 잘 안 나갈 만치 쭌둑쭌둑한** 금돌! 그는 다시 집어 들고 눈앞으로 바싹 가져오며 실눈을 떴다. 얼마를 뚫어지게 노려보았다. 무작정으로 가슴은 뚝딱거리고 마냥 설렌다. 이 돌에 박힌 금만으로도, 모름 몰라도 하치 열 냥쭝은 넘겠지.

천 원! 천 원!

"그 뭔가, 뭐야?"

더펄이는 이렇게 허둥지둥 달려들었다.

"노다지!" 하고 풀 죽은 대답.

"으—o, 노다지?" 하기 무섭게 더펄이는 우뻑지뻑 그 돌을 받아 들고 눈에 들이댄다. 척척 휠 만치 들어박힌 금, 우리도 이젠 팔자를 고치누나! 그는 껍쩍껍쩍 엉덩춤이 절로 난다.

"이리 나오게, 내 땀세."

그는 아우의 몸을 번쩍 들어 내놓고 제가 대신 들어간다. 역

---

* 광석이나 석탄을 캘 때에 나오는, 광물이 섞이지 않은 작은 잡돌.
** 쭌둑쭌둑하다 : 준득준득하다. 쩐득쩐득하다. 잘 끊어지지 않을 정도로 매우 눅진하고 차지다.

시 동발께로 다리를 쭉 뻗고는 그 틈바귀에 덥석 엎디었다. 몸이 워낙 커서 좀 둥개이나* 아무렇게도 아우보다 힘이 낫겠지. 그 좁은 틈에 타래징을 꽂아 박고, 식식 하고 망치로 때린다.

꽁보는 그 앞에 서서 시무룩허니 흥이 지었다. 금점 일로 할지면 제가 선생님이요, 형은 제 지휘를 받아 왔던 것이다. 뭘 안다고 풋둥이가 어줍대는가, 돌쪽 하나 변변히 못 떼낼 것이…… 그는 형의 태도가 심상치 않음을 얼핏 알았다. 금을 보더니 완연히 변한다.

"저 곡괭이 좀 집어 주게."

형은 고개도 아니 들고 소리를 뻑 지른다.

아우는 잠자코 대꾸도 아니 한다. 사람을 너무 얕보는 그 꼴이 썩 아니꼬웠다.

"아 이 사람아, 곡괭이 좀 얼른 집어 줘, 왜 저리 정신없이 섰나."

그리고 눈을 딱 부릅뜨고 쳐다본다. 아우는 암말 않고 저편 구석에 놓인 곡괭이를 집어다 주었다. 그리고 우두커니 다시 섰다. 형이 무람없이 굴면 굴수록 그것은 반드시 시위에 가까웠다. 힘이 좀 있다고 주제넘게 꺼떡이는 그 화상이야 눈허리가 시면 시었지 그냥은 못 볼 것이다.

"또 땄네, 내 기운이 어떤가?"

형은 이렇게 주적거리며 곡괭이를 연상 내려찍는다. 마치 죽통

* 둥개다 : 일을 감당하지 못하고 쩔쩔매면서 뭉개다.

에 덤벼드는 돼지 모양이다. 억척스럽게도 손뼘만 한 감을 두 쪽이나 따냈다. 인제는 악이 아니면 세상없어도 더는 못 딸 것이다.

엑! 엑! 엑!

그래도 억센 주먹에 굳은동이 다 벌컥벌컥 나간다.

제 힘을 되우 자랑하는 형을 이윽히 바라보니 또한 그 속이 보인다. 필연코 이 노다지를 혼자 먹으려고 하는 것이다. 하면 내가 있는 것을 몹시 꺼리겠지 하고 속을 태운다.

"이것 봐, 자네 같은 건 골백 와야 소용없네." 하고 또 뽐낼 제 가슴이 선뜩하였다. 앞서는 형의 손에 목숨을 구해 받았으나 이번에는 같은 산골에서 그 주먹에 명을 도로 끊을지도 모른다. 그는 형의 주먹을 가만히 내려 보다가 가엾이도 앙상한 제 주먹에 대조하여 보지 않을 수 없다. 그러나 다만 속이 바르르 떨릴 뿐이다.

그러나 꽁보는 기겁을 하여 놀라며 뒤로 물러섰다. 어이쿠 하고 불시의 비명과 아울러 와르르 하였다. 쌓아 올린 동발이 어찌하다 중턱이 헐리었다. 모진 돌들은 더펄이의 장딴지며, 넓적다리, 엉덩이까지 그대로 엎눌렀다. 살은 물론 으스러졌으리라. 그는 엎으러진 채 꼼짝 못 하고 아픔에 못 이기어 끙끙거린다. 하나 죽질 않기만 요행이다. 바로 그 위의 공중에는 징그럽게 커다란 돌들이 내려 구르자 그 밑을 받친 불과 조그만 조각돌에 걸리어 미처 못 굴러 내리고 간댕거리는 것이었다. 이 돌만 내려치면 그 밑의 그는 목숨은 고사하고 육살이 될 것이다.

"여보게, 내 몸 좀 빼주게."

형은 몸은 못 쓰고 죽어 가는 목소리로 애원한다. 그리고 또 "아우, 나 죽네, 응?" 하고 더욱 애를 끊으며 빌붙는다. 고개만 겨우 들었을 따름 그 외에는 손조차 자유를 잃은 모양 같다.

아우는 무너지려는 동발을 쳐다보며 얼른 그 머리맡으로 다가선다. 발 앞에 놓인 노다지 세 쪽을 날쌔게 손에 잡자 도로 얼른 물러섰다. 그리고 눈물이 흐른 형의 얼굴은 돌아도 안 보고 그 발로 허둥지둥 장벽을 기어오른다.

"이놈아!"

너머 기어올라 벼락같이 악을 쓰는 호통이 들리었다. 또 연하여 우지끈 뚝딱, 하는 무서운 폭성이 들리었다. 그것은 거의 거의 동시의 일이었다. 그러고는 좀 와스스 하다가 잠잠하였다.

그때는 벌써 두 길이나 너머 아우는 기어올랐다. 굿문까지 다나왔을 제 그는 머리만 내밀어 사방을 두릿거리다 그림자까지 사라진다.

더펄이의 형체는 보이지 않는다. 침침한 어둠 속에 단지 굵은 돌멩이만이 짝 흩어졌다. 이쪽 마구리의 타다 남은 화롯불은 바야흐로 질듯질듯 껌벅거린다. 그리고 된바람이 애, 하고는 굿문께서 모래를 쫘륵, 쫘륵, 들이뿜는다.

1935년 3월, 《조선중앙일보》

금 따는 콩밭

땅속 저 밑은 늘 음침하다.

고달픈 간드렛*불. 맥없이 푸르끼하다. 밤과 달라서 낮엔 되우 흐릿하였다.

겉으로 황토 장벽으로 앞뒤 좌우가 콕 막힌 좁직한 구덩이. 흡사히 무덤 속같이 귀중중하다. 싸늘한 침묵, 쿠더부레한** 흙내와 징그러운 냉기만이 그 속에 자욱하다.

곡괭이는 뻔질 흙을 이르집는다. 암팡스러이 내려쪼며

퍽 퍽 퍽—

이렇게 메떨어진 소리뿐. 그러나 간간 우수수 하고 벽이 헐린다.

* 간드레(candle). 광산의 갱 안에서 불을 켜 들고 다니는 카바이드 등.
** 쿠더부레하다 : 꿉꿉하다. 물기를 머금어 축축하고 습하다.

영식이는 일손을 놓고 소맷자락을 끌어당기어 얼굴의 땀을 훑는다. 이놈의 줄이 언제나 잡힐는지 기가 찼다. 흙 한 줌을 집어 코밑에 바싹 들이대고 손가락으로 살살이 뒤져 본다. 완연히 버력은 좀 변한 듯싶다. 그러나 불통버력이 아주 다 풀린 것도 아니었다. 말똥버력이라야 금이 온다는데 왜 이리 안 나오는지.

곡괭이를 다시 집어 든다. 땅에 무릎을 꿇고 궁뎅이를 번쩍 든 채 식식거린다. 곡괭이는 무작정 내려찍는다.

바닥에서 물이 스미어 무르팍이 흥건히 젖었다. 굿 옆은 천판에서 흙방울은 내리며 목덜미로 굴러든다. 어떤 때에는 윗벽의 한쪽이 떨어지며 등을 탕 때리고 부서진다. 그러나 그는 눈도 하나 깜짝하지 않는다. 금을 캔다고 콩밭 하나를 다 잡쳤다. 약이 올라서 죽을 둥 살 둥, 눈이 뒤집힌 이판이다. 손바닥에 침을 탁 뱉고 곡괭이자루를 한번 꼬나잡더니 쉴 줄 모른다.

등 뒤에서는 흙 긁는 소리가 드윽드윽 난다. 아직도 버력을 다 못 친 모양. 이 자식이 일을 하나 시졸 하나. 남은 속이 바직바직 타는데 웬 뱃심이 이리도 좋아.

영식이는 살기 띤 시선으로 고개를 돌렸다. 암말 없이 수재를 노려본다. 그제야 꾸물꾸물 바지게에 흙을 담고 등에 메고 사다리를 올라간다.

굿이 풀리는지 벽이 우찔하였다. 흙이 부서져 내린다. 전날이라면 이곳에서 아내 한 번 못 보고 생죽음이나 안 할까 털끝까지 쭈뼛할 게다. 그러나 인젠 그렇게 되고도 싶다. 수재란 놈하고 흙더미에 묻히어 한껍에 죽는다면 그게 오히려 날 게다.

이렇게까지 몹시 몹시 미웠다.

이놈 풍치는 바람에 애꿎은 콩밭 하나만 결딴을 냈다. 뿐만 아니라 모두가 낭패다. 세 벌 논도 못 맸다. 논둑의 풀은 성큼 자란 채 어지러이 널려 있다. 이 기미를 알고 지주는 대로하였다. 내년부터는 농사 질 생각 말라고 발을 굴렀다. 땅은 암만을 파도 지수가 없다. 이만 해도 다섯 길은 훨씬 넘었으리라. 좀 더 지펴야 옳을지 혹은 북으로 밀어야 옳을지, 우두커니 망설거린다. 금점 일에는 풋둥이다. 입때껏 수재의 지휘를 받아 일을 하여 왔고, 앞으로도 역시 그러해야 금을 딸 것이다. 그러나 그런 칙칙한 짓은 안 한다.

"이리 와 이것 좀 파게."

그는 어쌘* 위풍을 보이며 이렇게 분부하였다. 그리고 저는 일어나 손을 털며 뒤로 물러선다.

수재는 군말 없이 고분하였다. 시키는 대로 땅에 무릎을 꿇고 벽채로 군버력을 긁어 낸 다음 다시 파기 시작한다.

영식이는 치다 나머지 버력을 짊어진다. 커단 걸대를 뒤룩거리며 사다리로 기어오른다. 굿문을 나와 버력더미에 흙을 마악 내치려 할 제

"왜 또 파. 이것들이 미쳤나 그래—"

산에서 내려오는 마름과 맞닥뜨렸다. 정신이 떠름하여 그대로 벙벙히 섰다. 오늘은 또 무슨 포악을 들으려는가.

* 어쌘다 : 거들먹거리며 거만한 언행을 함부로 하는 버릇이 있다.

"말라니까 왜 또 파는 게야." 하고 영식이의 바지게 뒤를 지팡이로 꽉 찌르더니 "갈아 먹으라는 밭이지, 흙 쓰고 들어가라는 거야, 이 미친 것들아. 콩밭에서 웬 금이 나온다구 이 지랄들이야, 그래." 하고 목에 핏대를 올린다. 밭을 버리면 간수 잘못한 자기 탓이다. 날마다 와서 그 북새를 피우고 금하여도 다음 날 보면 또 여전히 파는 것이다.

"오늘로 이 구뎅이를 도로 묻어 놔야지, 낼로 당장 징역 갈 줄 알게."

너무 감정에 격하여 말도 잘 안 나오고 떠듬떠듬거린다. 주먹은 곧 날아들 듯이 허구리께서 불불 떤다.

"오늘만 좀 해보고 그만두겠어유."

영식이는 낯이 붉어지며 가까스로 한마디 하였다. 그리고 무턱대고 빌었다.

마름은 들은 척도 안 하고 가버린다.

그 뒷모양을 영식이는 멀거니 배웅하였다. 그러나 콩밭 낯짝을 들여다보니 무던히 애통 터진다. 멀쩡한 밭에 구멍이 사면 풍풍 뚫렸다.

예제없이 버력은 무더기무더기 쌓였다. 마치 사태 만난 공동묘지와도 같이 귀살쩍고 되우 을씨년스럽다. 그다지 잘되었던 콩 포기는 거반 버력더미에 다아 깔려 버리고 군데군데 어쩌다 남은 놈들만이 고개를 나풀거린다. 그 꼴을 보는 것은 자식 죽는 걸 보는 게 낫지 차마 못 할 경상이었다.

농토는 모조리 떨어질 것이다. 그러나 대관절 올 밭도지 벼 두

섬 반은 뭘로 해내야 좋을지. 게다 밭을 망쳤으니 자칫하면 징역을 갈는지도 모른다.

영식이가 구덩이 안으로 들어왔을 때 동무는 땅에 주저앉아 쉬고 있었다. 태연 무심히 담배만 뻑뻑 피우는 것이다.

"언제나 줄을 잡는 거야."

"인제 차차 나오겠지."

"인제 나온다?" 하고 코웃음을 치고 엇먹더니* 조금 지나매

"이 새끼."

흙덩이를 집어 들고 골통을 내려친다.

수재는 어쿠 하고 그대로 폭 엎드린다. 그러다 벌떡 일어선다. 눈에 띄는 대로 곡괭이를 잡자 대뜸 달려들었다. 그러나 강약이 부동. 왈살스러운 팔뚝에 퉁겨져 벽에 가서 쿵 하고 떨어졌다. 그 순간에 제가 빼앗긴 곡괭이가 정바기**를 겨누고 날아드는 걸 보았다. 고개를 홱 돌린다. 곡괭이는 흙벽을 퍽 찍고 다시 나간다.

수재 이름만 들어도 영식이는 이가 갈렸다. 분명히 홀딱 속은 것이다.

영식이는 본디 금점에 이력이 없었다. 그리고 흥미도 없었다. 다만 밭고랑에 웅크리고 앉아서 땀을 흘려 가며 꾸벅꾸벅 일만 하였다. 올엔 콩도 뜻밖에 잘 열리고 맘이 좀 놓였다.

하루는 홀로 김을 매고 있노라니까,

* 엇먹다 : 사리에 맞지 않는 말과 행동으로 비꼬다.
** '정수리'의 방언.

"여보게 덥지 않은가, 좀 쉬었다 하게."

고개를 들어 보니 수재다. 농사는 안 짓고 금점으로만 돌아다니더니 무슨 바람에 또 왔는지 싱글벙글한다. 좋은 수나 걸렸나 하고

"돈 좀 많이 벌었나. 나 좀 채주게.*"

"벌구말구. 맘껏 먹고 맘껏 쓰고 했네."

술에 거나한 얼굴로 신껏 주적거린다. 그리고 밭머리에 쭈그리고 앉아 한참 객설을 부리더니

"자네, 돈벌이 좀 안 하려나. 이 밭에 금이 묻혔네. 금이……."

"뭐?" 하니까

바로 이 산 너머 큰골에 광산이 있다. 광부를 삼백여 명이나 부리는 노다지판인데 매일 소출되는 금이 칠십 냥을 넘는다. 돈으로 치면 칠천 원. 그 줄맥이 큰 산허리를 뚫고 이 콩밭으로 뻗어 나왔다는 것이다. 둘이서 파면 불과 열흘 안에 줄을 잡을 게고, 적어도 하루 서 돈씩은 따리라. 우선 삼십 원만 해도 얼마냐. 소를 산대도 반 필이 아니냐고.

그러나 영식이는 귀담아듣지 않았다. 금점이란 칼 물고 뜀뛰기다. 잘되면이거니와 못 되면 신세만 조진다. 이렇게 전일부터 들은 소리가 있어서였다.

그담 날도 와서 꾀송거리다** 갔다.

셋째 번에는 집으로 찾아왔는데 막걸리 한 병을 손에 들고 영

---

* 채주다: 빌려주다.
** 꾀송거리다: 달콤하거나 교묘한 말로 자꾸 꾀다.

봄·봄

을 피운다. 몸이 달아서 또 온 것이었다. 봉당에 걸터앉아서 저녁상을 물끄러미 바라보더니 조당수는 몸을 훑는다는 둥 일꾼은 든든히 먹어야 한다는 둥 남들은 논을 사느니 밭을 사느니 떠드는데 요렇게 지내다 그만둘 테냐는 둥 일쩝게* 지절거린다.

"아주머니, 이것 좀 먹게 해주시게유."

그리고 비로소 영식이 아내에게 술병을 내놓는다. 그들은 밥상을 끼고 앉아서 즐거웁게 술을 마셨다. 몇 잔이 들어가고 보니 영식이의 생각도 적이 돌아섰다. 딴은 일 년 고생하고 끽 콩 몇 섬 얻어먹느니보다는 금을 캐는 것이 슬기로운 짓이다. 하루에 잘만 캔다면 한 해 줄곧 공들인 그 수확보다 훨씬 이익이다. 올봄 보낼 제 비료 값, 품삯, 빚에 빚진 칠 원 까닭에 나날이 졸리는 이 판이다. 이렇게 지지하게 살고 말 바에는 차라리 가로지나 세로지나 사내자식이 한번 해볼 것이다.

"낼부터 우리 파보세. 돈만 있으면이야, 그까진 콩은……."

수재가 안달스리 재우쳐 보채일 제 선뜻 응낙하였다.

"그래 보세, 빌어먹을 거 안 됨 고만이지."

그러나 꽁무니에서 죽을 마시고 있던 아내가 허구리를 쿡쿡 찔렀게 망정이지 그렇지 않았더면 좀 주저할 뻔도 하였다.

아내는 아내대로의 셈이 빨랐다.

시체**는 금점이 판을 잡았다. 섣부르게 농사만 짓고 있다간 결국 비렁뱅이밖에는 더 못 된다. 얼마 안 있으면 산이고 논이고

* 일쩝다 : 일거리가 되어 귀찮거나 불편하다.
** 時體. 그 시대의 풍습·유행을 따르거나 지식 따위를 받음. 또는 그런 풍습이나 유행.

밭이고 할 것 없이 다 금쟁이 손에 구멍이 뚫리고 뒤집히고 뒤죽박죽이 될 것이다. 그때는 뭘 파먹고 사나. 자, 보아라. 머슴들은 짜기나 한 듯이 일하다 말고 훅닥하면 금점으로들 내빼지 않는가. 일꾼이 없어서 올엔 농사를 질 수 없느니 마느니 하고 동리에서는 떠들썩하다. 그리고 번동 포농이조차 호미를 내던지고 강변으로 개울로 사금을 캐러 달아난다. 그러다 며칠 뒤엔 다비*신에다 옥당목을 떨치고 희짜를 뽑는 것이 아닌가.

아내는 콩밭에서 금이 날 줄은 아주 꿈밖이었다. 놀라고도 또 기뻤다. 올에는 노냥 침만 삼키던 그놈 코다리(명태)를 짜장 먹어 보겠구나만 하여도 속이 미어질 듯이 짜릿하였다. 뒷집 양근댁은 금점 덕택에 남편이 사다 준 고무신을 신고 나릿나릿 걷는 것이 무척 부러웠다. 저도 얼른 금이나 평평 쏟아지면 흰 고무신도 신고 얼굴에 분도 바르고 하리라.

"그렇게 해보지 뭐. 저 양반 하잔 대로만 하면 어련히 잘될라구—"

얼떨하여 앉았는 남편을 이렇게 추겼던 것이다.

동이 트기 무섭게 콩밭으로 모였다.

수재는 진언이나 하는 듯이 이리 대고 중얼거리고 저리 대고 중얼거리고 하였다. 그리고 덤벙거리며 이리 왔다가 저리 왔다가 하였다. 제딴은 땅속에 누운 줄맥을 어림하여 보는 맥이었다.

---

* たび(足袋). 엄지발가락이 따로 갈라진 일본식 버선. 다비신은 이러한 모양을 한 신발.

봄·봄

한참을 밭을 헤매다가 산 쪽으로 붙은 한구석에 딱 서며 손가락을 펴 들고 설명한다. 큰 줄이란 본시 산운, 산을 끼고 도는 법이다. 이 줄이 노다지임에는 필시 이켠으로 버듬히 누웠으리라. 그러니 여기서부터 파들어 가자는 것이었다.

영식이는 그 말이 무슨 소린지 새기지는 못했다마는, 금점에는 난다는 소재이니 그 말대로 하기만 하면 영락없이 금퇴야 나겠지 하고 그것만 꼭 믿었다. 군말 없이 지시해 받은 곳에다 삽을 푹 꽂고 파헤치기 시작하였다.

금도 금이면 애써 키워 온 콩도 콩이었다. 거진 다 자란 허울 멀쑥한 놈들이 삽 끝에 으스러지고 흙에 묻히고 하는 것이다. 그걸 보는 것은 썩 속이 아팠다. 애틋한 생각이 물밀 때 가끔 삽을 놓고 허리를 구부려서 콩잎의 흙을 털어 주기도 하였다.

"아 이 사람아, 맥적게 그건 봐 뭘 해, 금을 캐자니깐."

"아니야, 허리가 좀 아퍼서—"

핀잔을 얻어먹고는 좀 열적었다. 하기는 금만 잘 터져 나오면 이까짓 콩밭쯤이야. 이 밭을 풀어 논도 만들 수 있을 것이다. 눈을 감아 버리고 삽의 흙을 아무렇게나 콩잎 위로 홱홱 내어던진다.

"국으로 땅이나 파먹지 이게 무슨 지랄들이야!"

동리 노인은 뻔찔 찾아와서 귀 거친 소리를 하고 하였다.

밭에 구멍을 셋이나 뚫었다. 그리고 대고 뚫는 길이었다. 금인가 난장을 맞을 건가 그것 때문에 농군은 버렸다.

이게 필연코 세상이 망하려는 징조이리라. 그 소중한 밭에다 구멍을 뚫고 이 지랄이니 그놈이 온전할 겐가.

　노인은 제물화에 지팡이를 들어 삿대질을 아니 할 수 없었다.

"벼락맞느니 벼락맞어—"

"염려 말아유. 누가 알래지유."

　영식이는 그럴 적마다 데퉁스리 쏘았다. 골김에 흙을 되는대로 내꼰지고는 침을 탁 뱉고 구뎅이로 들어간다. 그러나 마음 한 구석에는 언제나 끈— 하였다. 줄을 찾는다고 콩밭을 통히 뒤집어놓았다. 그리고 줄이 언제나 나올지 아직 까맣다. 논도 못 매고 물도 못 보고 벼가 어이 되었는지 그것조차 모른다. 밤에는 잠이 안 와 멀뚱허니 애를 태웠다.

　수재는 낙담하는 기색도 없이 늘 하냥이었다. 땅에 웅숭그리고 시적시적 노량으로 땅만 판다.

"줄이 꼭 나오겠나." 하고 목이 말라서 물으면

"이번에 안 나오거든 내 목을 비게."

　서슴지 않고 장담을 하고는 꿋꿋하였다.

　이걸 보면 영식이도 마음이 좀 뇌는 듯싶었다. 전들 금이 없다면 무슨 멋으로 이 고생을 하랴. 반드시 금은 나올 것이다. 그제는 이왕 손해는 하릴없거니와 그만두리라는 절망이 스스로 사라지고 다시금 주먹이 쥐어지는 것이었다.

　캄캄하게 밤은 어두웠다. 어디선가 뭇개가 요란히 짖어 댄다.

　남편은 진흙투성이를 하고 내려왔다. 풀이 죽어서 몸을 잘 가누지도 못하고 아랫목에 축 늘어진다.

　이 꼴을 보니 아내는 맥이 다시 풀린다. 오늘도 또 글렀구나.

금이 터지면은 집을 한 채 사간다고 자랑을 하고 왔더니 이내 헛일이었다. 인제 좌지가 나서 낯을 들고 나갈 염의조차 없어졌다.

남편에게 저녁을 갖다 주고 딱하게 바라본다.

"인제 꿔온 양식도 다 먹었는데—"

"새벽에 산제를 좀 지낼 텐데 한 번만 더 꿔와."

남의 말에는 대답 없고 유하게 흘게 늦은 소리뿐. 그리고 드러누운 채 눈을 지그시 감아 버린다.

"죽거리두 없는데 산제는 무슨—"

"듣기 싫어, 요망맞은 년 같으니."

이 호통에 아내는 그만 멈씰하였다.* 요즘 와서는 무턱대고 공연스레 골만 내는 남편이 역 딱하였다. 환장을 하는지 밤잠도 아니 자고 소리만 뺙뺙 지르며 덤벼들려고 든다. 심지어 어린것이 좀 울어도 이 자식 갖다 내꾼지라고 북새를 피우는 것이다.

저녁을 아니 먹으므로 그냥 치워 버렸다. 남편의 영을 거역기 어려워 양근댁한테로 또다시 안 갈 수 없다. 그간 양식은 줄곧 꾸어다 먹고 갚도 못 하였는데 또 무슨 면목으로 입을 벌릴지 난처한 노릇이었다.

그는 생각다 끝에 있는 염치를 보째 쏟아던지고 다시 한 번 찾아가는 것이다마는, 딱 맞닥뜨리어 입을 열고

"낼 산제를 지낸다는데 쌀이 있어야지유—" 하자니 역 낯이 화끈하고 모닥불이 날아든다.

---

* 멈씰하다 : '멈칫하다'의 강원도 방언.

그러나 그들은 어지간히 착한 사람이었다.

"암 그렇지요. 산신이 벗나면* 죽도 그릅니다." 하고 말을 받으며 그 남편은 빙그레 웃는다. 워낙이 금점에 장구 닳아난 몸인 만치 이런 일에는 적잖이 속이 틔었다. 손수 쌀 닷 되를 떠다 주며

"산제란 안 지냄 몰라두 이왕 지내려면 아주 정성껏 해야 됩니다. 산신이란 노하길 잘하니까유." 하고 그 비방까지 깨쳐 보낸다.

쌀을 받아 들고 나오며 영식이 처는 고마움보다 먼저 미안에 질리어 얼굴이 다시 빨갰다. 그리고 그들 부부 살아가는 살림이 참으로 참으로 몹시 부러웠다. 양근댁 남편은 날마다 금점으로 감돌며 버력더미를 뒤지고 토록을 주워 온다. 그걸 온종일 장판 돌에다 갈면 수가 좋으면 이삼 원, 옥아도 칠팔십 전 꼴은 매일 셈이 되는 것이었다. 그러면 쌀을 산다. 피륙을 끊는다. 떡을 한다, 장리를 놓는다— 그런데 우리는 왜 늘 요 꼴인지 생각만 하여도 가슴이 메는 듯 맥맥한 한숨이 연발을 하는 것이었다.

아내는 집에 돌아와 떡쌀을 담그었다. 낼은 뭘로 죽을 쑤어 먹을는지. 윗목에 웅크리고 앉아서 맞은쪽에 자빠져 있는 남편을 곁눈으로 살짝 할퀴어 본다. 남들은 돌아다니며 잘도 금을 주워 오련만 저 망나니 제 밭 하나를 다 버려도 금 한 톨 못 주워 오나. 에, 에, 변변치도 못한 사나이. 저도 모르게 얕은 한숨이 거푸 두 번을 터진다.

밤이 이슥하여 그들 양주는 떡을 하러 나왔다. 남편은 절구

---

* 벗나다 : 벗나가다. 테두리 밖으로 벗어나서 나가다. 성격이나 행동이 비뚤어지다.

봄·봄

에 쿵쿵 빻았다. 그러나 체가 없다. 동네로 돌아다니며 빌려 오느라고 아내는 다리에 불풍이 났다.

"왜 이리 앉었수, 불 좀 지피지."

떡을 찧다가 얼이 빠져서 멍하니 앉았는 남편이 밉쌀스럽다. 남은 이래저래 애를 죄는데 저건 무슨 생각을 하고 저리 있는 건지. 낫으로 삭정이를 탁탁 조겨서 던져 주며 아내는 은근히 훅닥이었다.*

닭이 두 홰를 치고 나서야 떡은 되었다.

아내는 시루를 이고 남편은 겨드랑에 자리때기를 꼈다. 그리고 캄캄한 산길을 올라간다.

비탈길을 얼마 올라가서야 콩밭은 놓였다. 전면이 우뚝한 검은 산에 둘리어 막힌 곳이었다. 가생이로 느티, 대추나무들은 머리를 풀었다.

밭머리 조금 못 미처 남편은 걸음을 멈추자 뒤의 아내를 돌아본다.

"인 내, 그리고 여기 가만히 섰어―"

시루를 받아 한 팔로 껴안고 그는 혼자서 콩밭으로 올라섰다. 앞에 쌓인 것이 모두가 흙더미, 그 흙더미를 마악 돌아서려 할 제 아마 돌을 찼나 보다. 몸이 쓰러지려고 우찔끈하니 아내가 기겁을 하여 뛰어오르며 그를 부축하였다.

"부정타라구 왜 올라와, 요망맞은 년."

* 훅닥이다 : 세차게 다그치다. 들볶다.

남편은 몸을 고르잡자 소리를 뻑 지르며 아내 얼빰을 붙인다. 가뜩이나 죽으라 죽으라 하는데 불길하게도 계집년이. 그는 마뜩치 않게 두덜거리며 밭으로 들어간다.

밭 한가운데다 자리를 펴고 그 위에 시루를 놓았다. 그리고 시루 앞에다 공손하고 정성스레 재배를 커다랗게 한다.

"우리를 살려 줍시사. 산신께서 거들어 주지 않으면 저희는 죽을 수밖에 꼼짝 없습니다유."

그는 손을 모으고 이렇게 축원하였다.

아내는 이 꼴을 바라보며 독이 뾰록같이 올랐다. 금점을 합네 하고 금 한 톨 못 캐는 것이 버릇만 점점 글러 간다. 그전에는 없더니 요새로 건듯하면 탕탕 때리는 못된 버릇이 생긴 것이다. 금을 캐랬지 뺨을 치랬나. 제발 덕분에 그놈의 금 좀 나오지 말았으면. 그는 뺨 맞은 앙심으로 맘껏 방자하였다.

하긴 아내의 말 그대로 되었다. 열흘이 썩 넘어도 산신은 깜깜 무소식이었다. 남편은 밤낮으로 눈을 까뒤집고 구덩이에 묻혀 있었다. 어쩌다 집엘 내려오는 때이면 얼굴이 헐떡하고 어깨가 축 늘어지고 거반 병객이었다. 그리고서 잠자코 커단 몸집을 방고래에다 쾅 하고 내던지고 하는 것이다.

"제미 붙을, 죽어나 버렸으면—"

혹은 이렇게 탄식하기도 하였다.

아내는 바가지에 점심을 이고서 집을 나섰다. 젖먹이는 등을 두드리며 좋다고 끽끽거린다.

이젠 흰 고무신이고 코다리고 생각조차 물렸다. 그리고 '금' 하는 소리만 들어도 입에 신물이 날 만큼 되었다. 그건 고사하고 꿔다 먹은 양식에 졸리지나 말았으면 그만도 좋으리마는.

가을은 논으로 밭으로 누—렇게 내리었다. 농군들은 기꺼운 낯을 하고 서로 만나면 흥거운 농담. 그러나 남편은 애먼 밭만 망치고 논조차 건살 못 하였으니 이 가을에는 뭘 거둬들이고 뭘 즐겨 할는지. 그는 동리 사람의 이목이 부끄러워 산길로 돌았다.

솔숲을 나서서 멀리 밖에를 바라보니 둘이 다 나와 있다. 오늘도 또 싸운 모양. 하나는 이쪽 흙더미에 앉았고 하나는 저쪽에 앉았고 서로들 외면하여 담배만 뻑뻑 피운다.

"점심들 잡숫게유."

남편 앞에 바가지를 내려놓으며 가만히 맥을 보았다.

남편은 적삼이 찢어지고 얼굴에 생채기를 내었다. 그리고 두 팔을 걷고 먼 산을 향하여 묵묵히 앉았다.

수재는 흙에 박혔다 나왔는지 얼굴은커녕 귓속들이 흙투성이다. 코밑에는 피딱지가 말라붙었고 아직도 조금씩 피가 흘러내린다. 영식이 처를 보더니 열적은 모양 고개를 돌리어 모로 떨어치며 입맛만 쩍쩍 다신다.

금을 캐라니까 밤낮 피만 내다 말라는가. 빚에 졸리어 남은 속을 볶는데 무슨 호강에 이 지랄들인구. 아내는 못마땅하여 눈가에 살을 모았다.

"산제 지낸다구 꿔온 것은 은제나 갚는다지유—"

뚱하고 있는 남편을 향하여 말끝을 꼬부린다. 그러나 남편은

눈썹 하나 까딱하지 않는다. 이번에는 어조를 좀 돋우며

"갚지도 못할 걸 왜 꿔오라 했지유!" 하고 얼추 호령이었다.

이 말은 남편의 채 가라앉지도 못한 분통을 다시 건드린다. 그는 벌떡 일어서며 황밤주먹을 쥐어 낭창할 만치 아내의 골통을 후렸다.

"계집년이 방정맞게─"

다른 것은 모르나 주먹에는 아찔었다. 멋없이 덤비다간 골통이 부서진다. 암상을 참고 바르르 하다가 이윽고 아내는 등에 업은 어린애를 끌러 들었다. 남편에게로 그대로 밀어 던지니 아이는 까르륵하고 숨 모는 소리를 친다.

그리고 아내는 돌아서서 혼자말로

"콩밭에서 금을 딴다는 숙맥도 있담." 하고 빗대 놓고 비양거린다.

"이년아, 뭐!" 남편은 대뜸 달겨들며 그 볼치에다 다시 올찬 황밤을 주었다. 적이나하면 계집이니 위로도 하여 주련만 요건 분만 폭폭 질러 노려나. 예이, 빌어먹을 거 이판사판이다.

"너허구 안 산다. 오늘루 가거라."

아내를 와락 떠다밀어 밭둑에 젖혀 놓고 그 허구리를 픽 질렀다. 아내는 입을 헉 하고 벌린다.

"네가 허라구 옆구리를 쿡쿡 찌를 제는 언제냐, 요 집안 망할 년."

그리고 다시 픽 질렀다. 연하여 또 픽.

이 꼴들을 보니 수재는 조바심이 일었다. 저러다가 그 분풀이

가 다시 제게로 슬그머니 옮아올 것을 지레 채었다. 인제 걸리면 죽는다. 그는 비슬비슬하다 어느 틈엔가 구뎅이 속으로 시나브로 없어져 버린다.

볕은 다사로운 가을 향취를 풍긴다. 주인을 잃고 콩은 무거운 열매를 둥글둥글 흙에 굴린다. 맞은쪽 산 밑에서 벼들을 베며 기뻐하는 농군의 노래.

"터졌네, 터져."

수재는 눈이 휘둥그렇게 굿문을 뛰어나오며 소리를 친다. 손에는 흙 한줌이 잔뜩 쥐였다.

"뭐?" 하다가

"금줄 잡았어, 금줄." "으으" 하고 외마디를 뒤남기자 영식이는 수재 앞으로 살같이 달려들었다. 허겁지겁 그 흙을 받아 들고 살살이 헤쳐 보니 딴은 재래에 보지 못하던 불그죽죽한 황토이었다. 그는 눈에 눈물이 핑 돌며

"이게 원줄인가?"

"그럼 이것이 곱색줄이라네. 한 포에 댓 돈씩은 넉넉 잡히대."

영식이는 기쁨보다 먼저 기가 탁 막혔다. 웃어야 옳을지 울어야 옳을지. 다만 입을 반쯤 벌린 채 수재의 얼굴만 멍하니 바라본다.

"이리 와봐. 이게 금이래."

이윽고 남편은 아내를 부른다. 그리고 내 뭐랬어, 그러게 해보라고 그랬지 하고 설면설면 덤벼 오는 아내가 한결 어여뻤다. 그는 엄지가락으로 아내의 눈물을 지워 주고 그리고 나서 껑충거

리며 구뎅이로 들어간다.

"그 흙 속에 금이 있지요."

영식이 처가 너무 기뻐서 코다리에 고래등 같은 집까지 연상할 제, 수재는 시원스러이

"네, 한 포대에 오십 원씩 나와유—" 하고 대답하고 오늘 밤에는 꼭, 정녕코 꼭 달아나리라 생각하였다.

거짓말이란 오래 못 간다. 뽕이 나서* 뼈다귀도 못 추리기 전에 훨훨 벗어나는 게 상책이겠다.

1935년 3월, 《개벽》

---

* 뽕나다 : (속되게) 비밀이 드러나다.

봄·봄

금

금점이란 헐없이 똑 난장판이다.

감독의 눈은 일상 올빼미 눈같이 둥글린다. 혹하면 금 도적을 맞는 까닭이다. 하긴 그래도 곧잘 도적을 맞긴 하련만—

대거리를 꺾으러 광부들은 하루에 세 때로 몰려든다. 그들은 늘 하는 버릇으로 굿문 앞까지 와서는 발을 멈춘다. 잠자코 옷을 훌훌 벗는다.

그러면 굿문을 지키는 감독은 그 앞에서 이윽히 노려보다가 이 광산 전용의 굿복을 한 벌 던져 준다. 그놈을 받아 꿰고는 비로소 굴 안으로 들어간다. 이렇게 탈을 바꿔 쓰고야 저 땅속 백여 척이 넘는 굴속으로 기어드는 것이다.

그와 마찬가지로 나는 대거리는 굿문께로 기어 나와서 굿복을 벗는다. 벌거숭이 알몸뚱이로 다릿짓 팔짓을 하여 몸을 털어 보인다. 그리고 제 옷을 받아 입고는 집으로 돌아가는 것이다.

이것이 여름이나 봄철이면 혹 모른다. 동지섣달 날카로운 된바람이 악을 쓰게 되면 가관이다. 발가벗고 서서 소름이 쪽 끼치어 떨고 있는 그 모양. 여기 우스운 이야기가 있다. 최 서방이라는 한 노인이 있는데, 한 육십쯤 되었을까. 허리가 구붓하고 들피진 얼굴에 좀 병신스러운 촌뜨기가 하루는 굿복을 벗고 몸을 검사시키는데 유달리 몹시 떤다. 뼈에 말라붙은 가죽에 또 소름이 돋는지 하여튼 무던히 추웠던 게라. 몸이 반쪽이 되어 떨고 섰더니 고만 오줌을 쪼록 하고 지렸다. 이놈이 힘이 없었기에 망정이지 좀만 뻗쳤다면 앞에 섰는 감독의 바지를 적실 뻔했다. 감독은 방한화의 오줌 방울을 땅바닥에 탁탁 털며

"이놈이가!" 하고 좀 노해 보려 했으되 먼저 그 꼬락서니가 웃지 않을 수 없다.

"늙은놈이도 오줌을 싸, 이눔아?"

그리고 손에 쥐었던 지팡이로 거길 톡 친다.

최 서방은 언 살이라 좀 아픈 모양.

"아야!" 하고 소리를 치다가 시나브로 무안하여 허리를 구부린다. 이것을 보고 곁에 몰려섰던 광부들은 우아아, 하고 뭇웃음이 한꺼번에 터져오른다.

이렇게 엄중히 잡도리를 하건만 그래도 용케는 먹어들 가는 것이다. 어떤 놈은 상투 속에다 금을 끼고 나온다. 혹은 다비 속에다 껴 신고 나오기도 한다. 이건 예전 말이다. 지금은 간수들의 지혜도 훨씬 슬기롭다. 이러다가는 단박 들키어 내떨리기밖

에 더는 수 없다. 하니까 광부들의 꾀 역시 나날이 때를 벗는다. 사실이지 그들은 구덩이 내로 들어만 서면 이 궁리 빼고 다른 생각은 조금도 없다. 어떻게 하면 이놈의 금을 좀 먹어다 놓고 다리를 뻗고 계집을 데리고 이래 지내볼는지. 하필 광주*만 먹이어 살 올릴 게 아니니까. 거기에는 제일 안전한 방법이 있으니 그것은 덮어놓고 꿀떡, 삼키고 나가는 것이다. 제아무리 귀신인들 뱃속에 든 금이야. 허나 사람의 창주**란 쇳바닥이 아니니 금덕을 보기 전에 꿰져 버리면 남 보기에 효상***만 사납다.

왜냐하면 사금이면 모르나 석혈금이란 유리쪽 같은 차돌에 박혔기 때문에. 에라 입속에 감춰라. 귓속에 묻어라. 빌어먹을 거 사타구니에 끼고 나가면 누가 뭐랄 텐가. 심지어 덕희는 항문에다 금을 박고 나오다 고만 뽕이 났다. 감독은 낯을 이그리며 금을 삐집어 놓고

"이 자식이가 금이 또 구모기로 먹어?" 하고 알볼기짝을 발길로 보기 좋게 갈기니 쩔꺽 그러고 내떨렸다.

이렇게 되고 보면 감독의 책임도 수월치 않다. 도적을 지켜야 제 월급도 오르긴 하지만 일변 생각하면 성가신 노릇. 몇 두 달씩 안 빤 옷을 벗길 적마다 부연 먼지는 오른다. 게다 목욕을 언제나 했는지 때가 누덕누덕한 몸뚱이를 뒤져 보려면 구역이 곧바로 올라오련다. 광부들이란 항상 돼지 같은 몸뚱이이므로—

* 鑛主. 광산주. 광업권을 가진 사람.
** '창자'의 방언.
*** 爻象. 좋지 못한 몰골.

봄이 돌아와 향기로운 바람이 흘러내려도 그는 아무 재미를 모른다. 맞은쪽 험한 산골에 어지러이 흩어진 동백, 개나리, 철쭉들도 그의 흥미를 끌기에 힘이 어렸다. 사람이란 기계와 다르다. 단 한 가지 단조로운 일에 시달리고 나면 종말에는 고만 지치고 마는 것이다. 그 일뿐 아니라 세상 사물에 권태를 느끼는 것이 항용이다. 그런 중 피로한 몸에다 점심 벤또를 한 그릇 집어넣고 보면 몸이 더욱 나른하다. 그때는 황금 아니라 온 천하를 떼어 온대도 그리 반갑지 않다. 굿문을 지키던 감독은 교의에 몸을 의지하고 두 팔을 벌리어 기지개를 늘인다. 우음 하고 다시 권연을 피운다. 그의 눈에는 어젯밤 끼고 놀던 주막거리의 계집애 그 젖꼭지밖에는 더 띄지 않는다. 워낙 졸린 몸이라 그것도 어렴풋이—

요 아래 산중턱에서 발동기는 채신이 없이 풍, 풍, 풍, 연해 소리를 낸다. 뭇 사내가 그리로 드나든다. 허리를 구붓하고 끙, 끙, 매는 것이 아마 감석을 나르는 모양. 그 밑으로 골물은 돌에 부대끼며 콸콸 내려 흐른다.

한 점 이십 분. 굿파수*가 점심을 마악 치르고 고담이다. 고달픈 눈을 게슴츠레 끔벅이며 앉았노라니 뜻밖에 굿문께로 광부의 대강이가 하나 불쑥 나타난다. 대거리 때도 아니요, 또 시방 쯤 나올 필요도 없건만. 좀 더 눈을 의아히 뜬 것은 등어리에 척 늘어진 반송장을 업었다. 헤, 헤, 또 죽어 했어? 그는 골피**를 찌

* 굿반수. 굿단속(광산에서, 갱이 무너지지 아니하도록 손을 보는 일)을 맡은 사람.
** 이맛살.

봄·봄

푸리며 입맛을 다신다. 허나 금점에 사람 죽는 것은 도수장 소 죽음에 진배없이 예사다. 그건 먹다도 죽고 꽁무니를 까고도 죽고 혹은 곡괭이를 든 채로 죽고 하니까. 놀람보다도 성가신 생각이 먼저 앞선다. 이걸 또 어떻게 치우나. 감독 불충분의 덤터기로 그 누를 입어 떨리지나 않을는지.

감독은 교의에서 엉거주춤 일어서며

"왜 그랬어?"

"벼력에 치, 치, 치었습니다."

광부는 헝겁스리 눈을 희번덕이며 이렇게 말이 꿈는다. 걸때가 커다랗고 걱세게 생겼으나 까맣게 치올려 보이는 사다리를 더구나 부상자를 업고 기어오르는 동안 있는 기운이 모조리 지친 모양 식식! 그리고 검붉은 이마에 땀이 쭉 흐른다. 죽어 가는 동관*을 구하고자 일 초를 시새워 들렌다.

"이걸 어떻게 살려야지유?"

감독은 대답 대신 다시 낯을 찌푸린다. 등에 엎어진 광부의 바른편 발을 노려보면서 굿복 등거리로 복사뼈까지 얼러 들써 매곤 굵은 사내끼**로 칭칭 감았는데 피, 피, 싸맨 굿복 위로 징그러운 선혈이 풍풍 그저 스며 오른다. 그뿐 아니라 피는 땅에까지 뚝뚝 떨어지며 보는 사람의 가슴에 못을 치는 듯. 물론 그자는 까무러쳐서 웃통을 벗은 채 남의 등에 걸치어 꼼짝 못 한다. 고개는 시든 파잎같이 앞으로 툭 떨어지고—

* 한 직장에서 일하는 같은 직위의 동료.
** '새끼'의 방언.

"이걸 어떻게 얼른 해야지유?"

이를 말인가. 곧 서둘러 병원으로 데리고 가서 으스러진 발목을 잘라내든지 해야 일이 쉽겠다. 허나 이걸 데리고 누가 사무실로 병원으로 왔다 갔다 성가신 노릇을 하랴. 염량 있는 사람은 군일에 손을 안 댄다. 게다 다행히 딴 놈이 가로맡아 조급히 서두르므로 아따 네 멋대로 그 기세를 바짝 치우치며

"암! 얼른 데리구 가. 약기 바라야지."

가장 급한 듯 저도 허풍을 피운다.

이 영이 떨어지자 광부는 날듯이 점벙거리며 굿막을 나온다. 동관의 생명이 몹시 위급한 듯, 물방앗간을 향하여 구르다시피 산비탈을 내려올 제

"이봐, 참 그 사람이 이름이 뭐?"

"북 삼 호 구덩이에서 저와 같이 일하는 이덕순입니다." 하고 소리를 지르고는 다시 발길을 돌리어 뺑 내뺀다.

감독은 이 꼴을 멀리 바라보며

"이덕순이, 이덕순이." 하다가 곧 늘어지게 하품을 으아함, 하고 내뽑는다.

시골의 봄은 바쁘다. 농군들은 들로 산으로 일을 나갔고 마을에는 양지쪽에 자빠진 워리,*의 기지개뿐. 아이들은 둑 밑 잔디로 기어 다니며 조그마한 바구니에 주워 담는다. 달롱,** 소로쟁

---

* 개. 시골에서 흔히 이렇게 부른다.
** '달래'의 방언.

봄 · 봄

이* 게다가 우렁이—

산모롱이를 돌아내릴 제

"누가 따라오지나 않나?"

덕순이는 초조로운 어조로 묻는다. 그러나 죽은 듯이 고개는 그냥 떨어진 채 사리는 음성으로

"아니, 이젠 염려 없네."

아주 자신 있는 쾌활한 대답이다. 조금 사이를 떼어 가만히

"혹 빠지나 보게, 또 십 년 공부 아미타불 만들어."

"음, 맸으니까 설마—"

하고 덕순이는 대답은 하나 말끝이 밍밍히 식는다. 기운이 푹 꺼진 걸 보면 아마 되우 괴로운 모양 같다. 좀 전에는 내 함세 그까짓 거 좀, 하고 희망에 불 일던 덕순이다. 그 순간의 덕순이와는 아주 팔팔결. 몹시 아프면 기운도 죽나 보다.

덕순이는 저의 집 가까이 옴을 알자 비로소 고개를 조금 들었다. 쓰러져 가는 납작한 낡은 초가집, 고자리 쑤시듯 풍풍 뚫어진 방문, 저 방에서 두 자식을 데리고 계집을 데리고 고생만 무진히 하였다. 이제는 게다 다리까지 못쓰고 드러누웠으려니! 아내와 밤낮 견고틀고 이렇게 복대기를 또 쳐야 되려니! 아이! 그러고 보니 등줄기에 소름이 날카롭게 지난다. 제 손으로 돌을 들어 눈을 감고 발을 내려 찧는다. 깜짝 놀란다. 발은 깨지며 으츠러진다. 피가 퍼진다. 아, 얼마나 어리석은 짓인가? 그러나 그

* '소금쟁이'의 방언.

러나 단돈 천 원은 그 얼만가!

"아, 이거 왜 이랬수?"

아내는 자지러지게 놀라며 뛰어나온다. 남편은 뻔히 쳐다볼 뿐, 무대답. 허나 그 속은 묻지 않아도 훤한 일이었다. 요즘 며칠 동안을 끙끙거리던 그 계획, 그리고 이러이러할 수밖에 없을 텐데 하고 잔뜩 장은 댔으나 그래도 차마 못 하고 차일피일 멈춰 오던 그 계획. 그예 기어코 이 꼴을 만들어 오는구!

아내는 행주치마에 손을 닦고 허둥지둥 남편을 부축하여 방으로 끌어들인다.

"끙!"

남편은 방 벽에 가 비스듬히 기대어 앉으며 이렇게 안간힘을 쓴다. 그리고 다친 다리를 제 앞으로 조심히 끌어당긴다. 이마에 살을 조여 가며 제 손으로 풀기 시작한다.

굵은 사내끼는 풀어 젖혔다. 그리고 피에 젖은 굿복 등거리를 조심히 풀어 보니 어느 게 살인지 어느 게 뼈인지 분간키 곤란이다. 다만 흐느적흐느적하는 양이 아마 돌이 내려칠 제 그 모에 밀리고 으스러지기에 그렇게 되었으리라. 선지 같은 고깃덩이가 여기에 하나 붙고 혹은 저기에 하나 붙고, 발가락께는 그 형체조차 잃었을 만치 아주 무질러지고 말이 아니다. 아직도 철철 피는 흐른다. 이렇게까지는 안 되었을 텐데! 그는 보기만 하여도 너무 끔찍하여 몸이 졸아들 노릇이다.

그러나 그는 우선 피에 흥건한 굿복을 집어 들고 털어 본다. 역시 피가 찌르르 묻은 손뼉만 한 돌이 떨어진다. 그놈을 집어

봄·봄

들고 이리로 저리로 뒤져 본다. 어두운 굴속이라 간드레 불빛에 혹여 잘못 보았을지도 모른다. 아내에게 물을 떠 오라 하여 거기다가 흔들어 피를 씻어 보니 과연 노다지. 금 황금. 이래도 천 원짜리는 되겠지!

동무는 이 광경을 가만히 들여다보고 섰다가

"인내게, 내 가주가 팔아옴세."

"……"

덕순이는 잠자코 그 얼굴을 유심히 쳐다본다. 돌은 손에 잔뜩 우려쥐고. 아니 더욱 힘 있게 손을 조인다. 마는 동무가 조금도 서슴지 않고

"금으로 잡아 파나, 그대로 감석채 파나 마찬가지 되리, 얼른 팔아서 돈이 있어야 자네도 약도 사고 할 게 아닌가. 같이 하고 설마 도망이야 안 가겠지." 하니까

"팔아 오게."

그제서 마음을 났는지 감을 내어준다.

동무는 그걸 받아 들고 방문을 나오며 후회가 몹시 난다. 제가 발을 깨지고, 피를 내고 그리고 감석을 지니고 나왔다면 둘을 먹을걸. 발견은 제가 하였건만 덕순이에게 둘을 주고 원주인이 하나만 먹다니. 그때는 왜 이런 용기가 안 났던가. 이제 와 생각하면 분하고 절통하기 짝이 없다. 그는 허둥거리며 땅바닥에다 거칠게 침을 퉤, 뱉고 또 퉤, 뱉고 싸리문을 돌아 나간다.

이 꼴을 맥 풀린 시선으로 멀거니 내다본다. 덕순이는 낯을 흐린다. 하는 양을 보니 암만해도, 암만해도 혼자 먹고 달아날

장변인 듯. 하지만 설마.

살기 위하여 먹는 걸, 먹기 위하여 몸을 버리고 그리고 또 목숨까지 버린다. 그걸 그는 알았는지 혹은 모르는지 아픔에 못 이기어

"아이구." 하고 스러지는 듯 길게 한숨을 뽑더니

"가지고 달아나진 않겠지?"

아내는 아무 말도 대답지 않는다. 고개를 수그린 채 보기 흉악한 그 발을 뚫어지게 쏘아만 볼 뿐. 그러나 가무잡잡한 야윈 얼굴에 불현듯 맑은 눈물이 솟아 내린다. 망할 것두 다 많아. 제발을 이래까지 하면서 돈을 벌어 오라진 않았건만. 대관절 인제 어떻게 하려고 이러는지!

얼마 후 이마를 들자 목성을 돋우며

"아프지 않어?" 하고 뾰로지게 쏘아 박는다.

"아프긴 뭐 아퍼. 인제 낫겠지."

바로 희떱게스리 허울 좋은 대답이다. 마는 그래도 아픔은 참을 기력이 부치는 모양. 조금 있더니 그 자리에 그대로 쓰러지며

"아이구!"

참혹한 비명이다.

1935년 1월 탈고, 최초 출전 미상

봄·봄

떡

원래는 사람이 떡을 먹는다. 이것은 떡이 사람을 먹은 이야기다. 다시 말하면 사람이 즉 떡에게 먹힌 이야기렷다. 좀 황당한 소리인 듯싶으나 그 사람이라는 게 역시 황당한 존재라 하릴없다. 인제 겨우 일곱 살 난 계집애로 게다가 겨울이 왔건만 솜옷하나 못 얻어 입고 겹저고리 두렁이로 떨고 있는 옥이 말이다. 이것도 한 개의 완전한 사람으로 칠는지! 혹은 말는지! 그건 내가 알 배 아니다. 하여튼 그 애 아버지가 동리에서 제일 가난한 그리고 게으르기가 곰 같다는 바로 덕희다. 놈이 우습게도 꾸물거리고 엄동과 주림이 닥쳐와도 눈 하나 끔벅 없는 신청부*라 우리는 가끔 그 눈곱 낀 얼굴을 놀릴 수 있을 만치 흥미를 느낀다.

* 근심 걱정이 많아 사소한 일을 돌아볼 마음의 여유가 없음. 혹은 그런 사람.

여보게 이 겨울엔 어떻게 지내려나. 올엔 자네 꼭 굶어 죽었네. 하면 친구 대답이 이거 왜 이랴. 내가 누구라구. 지금은 밭뙈기 하나 부칠 거 없어도 이래 봬두 한때는 다— 하고 펄쩍 뛰고는 지난날 소작인으로서 땅 팔 수 있었던 그 행복을 다시 맛보려는 듯 먼 산을 우두커니 쳐다본다. 그러나 업신받는 데 약이 올라서 자네들은 뭐 좀 난 성부른가 하고 낯을 붉히다가는 풀밭에 슬며시 쓰러져서 늘어지게 아리랑 타령. 그러니까 내 생각에 저것도 사람이려니 할 수밖에. 사실 집에서 지내는 걸 본다면 당최 무슨 재미로 사는지 영문을 모른다. 그 집도 제 것이 아니요 개똥네 집이다. 원체 식구라야 몇 사람 안 되고 또 거기다 산 밑에 외따로 떨어진 집이라 건넌방에 사람을 들이면 좀 덜 호젓할까 하고 빌린 것이다. 물론 그때 덕희도 방을 얻지 못해서 비대발괄로 뻔질 드나들던 판이었지만. 보수는 별반 없고 농사 때 바쁜 일이나 있으면 좀 거들어 달라는 요구뿐이었다. 그래서 덕희도 얼씨구나 하고 무척 좋았다. 허나 사람은 방만으로 사는 것이 아니다. 이 집 건넌방은 유달리 납작하고 비스듬히 쏠린 헌 벽에다 우중충하기가 일상 굴속 같은데 겨울 같은 때 좀 들여다보면 썩 가관이다. 윗목에는 옥이가 누더기를 들쓰고 앉아서 배가 고프다고 킹킹거리고 아랫목에는 화가 치뻗친 아내가 나는 모른단 듯이 벽을 향하여 쪼그리고 누워서는 꼼짝 안 하고 놈은 아내와 딸 사이에 한 자리를 잡고서 천장으로만 눈을 멀뚱멀뚱 둥글리고 들여다보는 얼굴이 다 무색할 만치 꼴들이 말 아니다. 아마 먹는 날보다 이렇게 지내는 날이 하루쯤 더할는지도 모

봄·봄

른다. 그 꼴에 궐자가 술이 호주라서 툭하면 한잔 안 사려나, 가 인사다. 지난봄만 하더라도 놈이 술에 어쩌나 감질이 났던지 제 집에 모아 놓았던 뒹*을 지고 가서 술을 먹었다. 뒹 퍼다 주고 술 먹긴 동리에서 처음 보는 일이라고 계집들까지 입에 올리며 소 문은 이리저리 돌았다. 하지만 놈은 이런 것도 모르고 술만 들 어가면 세상이 고만 제 게 되고 만다. 음음 하고 코에선지 입에 선지 묘한 소리를 내어 가며 만나는 사람마다 붙잡고 잔소리다. 한편 술은 놈에게 근심도 되는 것 같다. 전에 생각지 않던 집안 걱정을 취하면 곧잘 한다. 그 언제인가 만났을 때에도 술이 담 뿍 취하였다. 음 음 해가며 제집 살림살이 이야기를 개 소리 쥐 소리 한참 지껄이더니 놈이 나중에 한단 소리가 그놈의 계집애 나 죽어 버렸으면! 요건 먹어도 캥캥거리고 안 먹어도 캥캥거리 고 이거 원— 사세가 딱한 듯이 이렇게 탄식을 하더니 뒤를 이 어 설명이 없는 데는 어린 딸년 하나 더한 것도 큰 걱정이라고. 이걸 듣다가 기가 막혀서 자네 데릴사위 얻어서 부려먹을 생각 은 않나 하고 물은즉, 아 어느 하가**에 그동안 먹여 키우진 않나 하고 골머리를 내젓는 꼴이 당길 맛이 아주 없는 모양이었다. 짜 장 이토록 딸이 원수로운지 아닌지 그건 여기서 끊어 말하기 어 렵다. 아마는 애비치고 제가 난 자식 밉달 놈은 없으리라마는 그와 동시에 놈이 가끔 들어와서 죽으라고 모질게 쥐어박아서는 울려놓는 것도 사실이다. 그러다 울음이 정말 된통 터지면 이번

* 똥.
** 何暇. 어느 겨를.

에는 칼을 들고 울어 봐라 이년, 죽일 터이니 하고 씻은 듯이 울음을 걷어 놓고 하는 것이다.

눈이 푹푹 쌓이고 그 덕에 나무 값은 부쩍 올랐다. 동리에서는 너나없이 앞을 다투어 나뭇짐을 지고 읍으로 들어간다. 눈이 정강이에 차는 산길을 휘돌아 이십 리 장로를 걷는 것이다. 이 바람에 덕희도 수가 터지어 좁쌀이나마 양식이 생겼고 따라 딸과의 아귀다툼도 훨씬 줄게 되었다. 그는 자다가도 꿈결에 새벽이 되는 것을 용하게 안다. 밝기가 무섭게 일어나 앉아서는 옆에 누운 아내의 치맛자락을 끌어당긴다. 소위 덕희의 마른세수가 시작된다. 두 손으로 그걸 펼쳐서는 꾸물꾸물 눈곱을 떼고 그러고 나서 얼굴을 쓱쓱 문대는 것이다. 그다음 죽이 들어온다. 얼른 한 그릇 훌쩍 마시고는 지게를 지고 내뺀다. 물론 아내는 남편이 죽 마실 동안에 밖에 나와서 나뭇짐을 만들어야 된다. 지게를 보태 놓고 덜덜 떨어가며 검불을 올려 싣는다. 짐까지 꼭꼭 묶어 주고 가는 남편 향하여 괜히 술 먹지 말구 양식 사 오게유, 하고 몇 번 몇 번 당부를 하고는 방으로 들어온다. 옥이가 늘 일어나는 것은 바로 이때다. 눈을 비비며 어머니 앞으로 곧장 달려든다. 기실 여지껏 잤느냐면 깨기는 벌써 전에 깨었다. 아버지의 숟가락질하는 댈가락 소리도 짠지 씹는 쩍쩍 소리도 죄다 두 귀로 분명히 들었다. 그뿐 아니라 아버지의 죽 그릇이 감은 눈 속에서 왔다 갔다 하는 것까지도 똑똑히 보았다. 배고픈 생각이 불현듯 불끈 솟아서 곧바로 일어나고자 궁둥이까지 들먹거려도 보았다. 그럴 동안에 군침은 솔솔 스며들며 입으로 하나가 된다. 마는 일어만 났다가는 아버지의 주먹 주먹. 이년아 넌 뭘 한다구 벌써 일어나 캥캥거려 하고는 그 주먹 커다란 주먹. 군침을 가만히 도로 넘기고 꼬물거리던 몸을 다시 방바닥에 꼭 붙인 채 색색 생코를 아니 골 수 없다. 어머니는 아버지와 딴판으로 퍽 귀여워한다. 아버지가 나무를 지고 확실히 간 것을 알고서야 비로소 옥이는 일어나 어머니 곁으로 달려들어서 그 죽을 둘이 퍼먹고 하였다.

이러던 것이 그날은 유별나게 어느 때보다 일찍 일어났다. 덕희의 말을 빌리면 고 배라먹을 년이 그예 일을 저지르려고 새벽부터 일어나 재랄이었다. 하긴 재랄이 아니라 배가 몹시 고팠던 까닭이지만. 아버지의 숟가락질 소리를 들어가며 침을 삼키고 삼키고 몇 번을 그래봤으나 나중에는 더 참을 수가 없었다. 그렇다고 벌떡 일어앉자니 주먹이 무섭기도 하려니와 한편 넉적기도* 한 노릇. 눈을 감은 채 이 궁리 저 궁리 하였다. 다른 때도 좋으련만 왜 하필 아버지 죽 먹을 때 깨게 되는지! 곯은 배는 그 중에다 방바닥 냉기에 쑤시는지 저리는지 분간을 모른다. 아버지는 한 그릇을 다 먹고 아마 더 먹는 모양 죽을 옮겨 쏟는 소리가 주루룩 뚝뚝 하고 난다. 이때 고만 정신이 번쩍 났다. 용기를 내었다. 바른팔을 뒤로 돌려 가장 무엇에나 물린 듯이 대구 긁죽거린다. 급작스레 응아 하고 소리를 내지른다. 그리고 비슬비슬 일어나 앉아서는 두 손등으로 눈을 비벼 가며 우는 것이다.

* 넉적다 : 넋(이) 없다. 제정신이 없이 멍하다.

아버지는 이 꼴에 화를 벌컥 내었다. 손바닥으로 뒤통수를 딱 때리더니 이건 죽지도 않고 말썽이야 하고 썩 마뜩지 않게 뚜덜 거린다. 어머니를 향하여는 저년 아무것도 먹이지 말고 오늘 종일 굶기라고 부탁이다. 들었는지 못 들었는지 어머니는 눈을 깔고 잠자코 있다. 아마 아버지가 두려워서 아무 대꾸도 못 하는 모양. 딱 때리고 우니까 다시 딱 때리고. 그럴 적마다 조꼬만 옥이는 마치 오뚝이 시늉으로 모로 쓰러졌다가는 다시 일어나 울고 울고 한다. 죽은 안 주고 때리기만 한다. 망할 새끼 저만 처먹으려고 얼른 죽어 버려라 염병을 할 자식. 모진 욕이 이렇게 입끝까지 제법 나왔으나 그러나 그러나 뚝 부릅뜬 그 눈. 감히 얼굴도 못 쳐다보고 이마를 두 손으로 받쳐 들고는 으악 으악 울 뿐이다. 암만 울어도 소용은 없지만. 나뭇짐이 읍으로 들어간 다음에서야 비로소 겨우 운 보람 있었다. 어머니는 힝하게 죽 한 그릇을 떠 들고 들어온다. 옥이는 대뜸 달려들었다. 왼편 소맷자락으로 눈의 눈물을 훔쳐 가며 연송 퍼 넣는다. 깡좁쌀죽은 물직한* 국물이라 숟갈에 뜨이는 게 얼마 안 된다. 떠 넣으니 이것은 차라리 들고 마시는 것이 편하리라. 쉴 새 없이 숟가락은 열심껏 퍼 들인다. 어머니가 한 숟갈 뜰 동안이면 옥이는 두 숟갈 혹은 세 숟갈이 올라간다. 그래도 행여 밑질까 봐서 숟가락 빠는 어머니의 입을 가끔 쳐다보고 하였다. 반쯤 먹다 어머니는 슬며시 숟가락을 내려놓았다. 두 손을 다리 밑에 파묻고는 딸을 내

* 물직하다 : 묽다.

봄·봄

려다보며 묵묵히 앉아 있다. 한 그릇 죽은 다 치웠건만 그래도 배가 고팠다. 어머니의 허리를 꾹꾹 찔러 가며 졸라 댄다.

요만한 어린아이에게는 먹는 것 지껄이는 것 이것밖에 더 큰 취미는 없다. 그리고 이것밖에 더 가진반* 재주도 없다. 옥이같이 혼자만 꽁허니 있을 뿐으로 동무들과 놀려 하지도 지껄이려 하지도 않는 아이에 있어서는 먹는 편이 월등 발달되었고 결말에는 그걸로 한 오락을 삼는 것이다. 게다 일상 곯아만 온 그 배때기. 한 그릇 죽이면 넉넉히 양도 찼으련만 얘는 그걸 모른다. 다만 배는 늘 고프려니 하는 막연한 의식밖에는. 이번 일이 벌어진 것은 즉 여기서 시작되었다. 두 시간이나 넘어 꼬박이 울었다. 마는 어머니는 아무 대답도 없었다. 배가 아프다고 쓰러지더니 아이구 아이구 하고는 신음만 할 뿐이다. 냉병으로 하여 이따금 이렇게 앓는다. 옥이는 가망이 아주 없는 걸 알고 일어나서 방문을 열었다. 눈은 첩첩이 쌓이고 눈이 부신다. 윙윙 하고 봉당으로 몰리는 눈송이. 다르르 떨면서 마당으로 내려간다. 북편 벽 밑으로 솥은 걸렸다. 뚜껑이 열린다. 아닌 게 아니라 어머니 말대로 죽커녕 네미**나 찢어 먹으라. 다. 그러나 얼른 눈에 띄는 것이 솥바닥에 얼어붙은 두 개의 시래기 줄기 그놈을 손톱으로 뜯어서 입에 넣고는 씹어 본다. 제걱제걱 얼음 씹히는 그 맛밖에는 아무 맛이 없다. 솥을 도로 덮고 허리를 펴려 할 제 얼른 묘한 생각이 떠오른다. 옥이는 사방을 도릿거려 본 다음 봉당으로

* 갖은. 골고루 다 갖춘. 또는 여러 가지의.
** 네 어미.

떡   117

올라서서 개똥네 방문 구녁에다 눈을 들이댄다.

개똥 어머니가 옥이를 눈의 가시같이 미워하는 그 원인이 즉 여기다. 정말인지 거짓말인지 자세는 모르나 말인즉 고년이 우리 식구만 없으면 밤이구 낮이구 할 거 없이 어느 틈엔가 들어와서는 세간을 모조리 집어 간다우, 하고 여호* 같은 년 골방 쥐 같은 년 도적년 뭣해 욕을 늘어놓을 제 나는 그가 옥이를 끝없이 미워하는 걸 얼른 알 수 있었다. 그러나 세간을 집어냈느니 뭐니 하는 건 아마 멀쩡한 거짓말일 게고 이날도 잿간에서 뒤를 보며 벽 틈으로 내다보자니까 고년이 날감자 둘을 한 손에 하나씩 두렁이 속에다 감추고는 방에서 살며시 나오는 걸 보았다는 이것만은 사실이다. 오작 분하고 급해야 밑도 씻을 새 없이 그대로 뛰어나왔으랴. 소리를 질러서 혼을 내고는 싶었으나 제 에미가 또 방에서 끙끙거리고 앓는 게 안됐어서 그냥 눈만 잔뜩 흘겨주니까 고년이 대번 얼굴이 발개지더니 얼마 후에 감자 둘을 자기 발 앞에다 내던지고는 깜찍스럽게 뒷짐을 지고 바깥으로 나가더라 한다. 하지만 이것은 나의 이야기에 아무 상관이 없는 것이다. 오직 옥이가 개똥네 방엘 왜 들어갔을까 그 까닭만 말하여 두면 고만이다. 이 집이 먼저 개똥네 집이라 하였으나 그런 것이 아니라 실상은 요 개울 건너 도사댁 소유이고 개똥 어머니는 말하자면 그 댁의 대대로 내려오는 씨종이었다. 그래 그 댁 집에 들고 그 댁 땅을 부쳐 먹고 그 댁 세력에 살고 하는 덕으로

* '여우'의 방언.

봄·봄

개똥 어머니는 가끔 상전댁에 가서 빨래도 하고 다듬이도 하고 또는 큰일 때는 음식도 맡아보기도 하고 해서 맛 좋은 음식을 뻔질 몰아들인다. 나리 댁 생신이 오늘인 것을 알고 고년이 음식을 뒤져 먹으러 들어왔다가 없으니까 감자라도 먹을 양으로 하고 지껄이던 개똥 어머니의 추측이 조금도 틀리지는 않았다. 마을에 먹을 거 났다 하면 이 옥이만치 잽싸게 먼저 알기는 좀 어려우리라. 그러나 옥이가 개똥 어머니만 따라가면 밥이고 떡이고 좀 얻어주려니 하고 앙큼한 생각으로 살랑살랑 따라왔다고는 하지만 그것은 옥이를 무시하는 소리에 지나지 않는다.

옥이가 뒷짐을 딱 짚고 개똥 어머니의 뒤를 따를 제 아무 계획도 없었다. 방엘 들어가자니 어머니가 아프다고 짜증만 내고 싸리문 밖에서 섰자니 춥고 떨리긴 하고. 그렇다고 나들이를 좀 가보자니 갈 곳이 없다. 그래 멀거니 떨고 섰다가 개똥 어머니가 개울길로 가는 걸 보고는 이게 저 갈 길이나 아닌가 하고 대선 그뿐이었다. 이때 무슨 생각이 있었다면 그것은 이 새끼가 얼른 와야 죽을 쒀 먹을 텐데 하고 아버지에게 대한 미움과 간원이 뒤섞인 초조였다. 그 증거로 옥이는 도사댁 문간에서 개똥 어머니를 놓치고는 혼자 우두커니 떨어졌다. 인제는 또 갈 데가 없게 되었으니 이럴까 저럴까 다시 망설인다. 그러나 결심을 한 것은 이 순간의 일이다. 옥이는 과연 중문 안으로 대담히 들어섰다. 새로운 희망. 아니 혹은 맛있는 음식을 쭉쭉거리는 그 입들이나마 한번 구경하고자 한 걸지도 모른다. 시선을 이러저리로 둘러가며 주볏주볏 우선 부엌으로 향하였다. 그 태도는 마치 개똥 어머니에게 무슨 급히 전할 말이 있어 온 양이나 싶다. 부엌에는 어중이떠중이 동네 계집은 얼추 모인 셈이다. 고깃국에 밥 마는 사람에 찰떡을 씹는 사람! 이쪽에서 북어를 뜯으면 저기는 투정하는 자식을 주먹으로 때려 가며 누룽지를 혼자만 쩍쩍거린다. 부엌문으로 불쑥 데미는 옥이의 대가리를 보더니 조런 여호년. 밥주머니 왔니. 냄새는 잘두 맡는다. 이렇게들 제각기 욕 한마디씩. 그러고는 까닭 없이 깔깔댄다. 옥이네는 이 댁의 종도 아니요 작인도 아니다. 물론 여기에 들어와 맛 좋은 음식 벌어진 이 판에 한 다리 뻗을 자격이 없다. 마는 남이야 욕을 하건 말건 옥이는 한구석에 잠자코 시름없이 서 있다. 이놈을 바라보고 침 한번 삼키고 저놈 걸 바라보고 침 한번 삼키고. 마침 이때 작은아씨가 내려왔다. 옥이 왔니 하고 반기더니 왜 어멈들만 먹느냐고 계집들을 나무란다. 그리고 옆에 섰는 개똥 어멈에게 얘가 얼마든지 먹는단 애유 하고 옥이를 가리키매 그 대답은 다만 싱글싱글 웃을 뿐이다. 작은아씨도 따라 웃었다. 노랑 저고리 남치마 열서넛밖에 안 된 어여쁜 작은아가씨. 손수 솥뚜껑을 열더니 큰 대접에 국을 뜨고 거기에다 하얀 이밥을 말아 수저까지 꽂아 준다. 옥이는 황급히 얼른 잡아채었다. 이밥 이밥. 그 분량은 어른이 한때 먹어도 양은 좋이 차리라. 이것을 옥이가 뱃속에 집어넣은 시간을 따져 본다면 고작 칠팔 분밖에는 더 허비치 않았다. 고기 우러난 국 맛은 입에 달았다. 잘 먹는다 잘 먹는다 하고 옆에서들 추어주는 칭찬은 또한 귀에 달았다. 양쪽으로 신바람이 올라서 곁도 안 돌아보고 막 퍼 넣은 것이다. 계집들은 깔깔

봄·봄

거리고 소곤거리고 하였다. 그러다 눈을 크게 뜨고 서로를 맞혀 다볼 때에는 한 그릇을 다 먹고 배가 불러서 웅크리고 앉은 채 뒤로 털썩 주저앉는 옥이를 보았다. 얻다 태워 먹었는지 군데군 데 뚫어진 검정 두렁치마. 그나마도 폭이 좁아서 볼기짝은 통째 나왔다. 머리칼은 가시덤불같이 흩어져 어깨를 덮고. 이 꼴로 배 가 불러서 식식거리며 떠는 것이다. 그래도 속은 고픈지 대접 밑 바닥을 닥닥 긁고 있으니 작은아씨는 생긋이 웃더니 그 손을 이 끌고 마루로 올라간다. 날이 몹시 추워서 마루에는 아무도 없었 다. 찬장 앞으로 가더니 손뼉만 한 시루팥떡이 나온다. 받아 들 고는 또 널름 집어 치웠다. 곧 뒤이어 다시 팥떡이 나왔다. 그러 나 이번에는 옥이는 손도 아니 내밀고 무언으로 거절하였다. 왜 냐하면 이때 옥이의 배는 최대한도로 늘어났고 거반 바람 넣은 풋볼만치나 가죽이 탱탱하였다. 그것이 앞으로 늘다 못하여 마 침내 옆구리로 퍼져서 잘 움직이지도 못하고 숨도 어깨를 치올 려 식식하는 것이다. 아마 음식은 목구멍까지 꽉 찼으리라. 여기 에 이상한 것이 하나 있다. 역시 떡이 나오는데 본즉 이것은 팥떡 이 아니라 밤 대추가 여기저기 삐져나온 백설기. 한번 덥석 물어 떼면 입안에서 그대로 스르르 녹을 듯싶다. 너 이것두 싫으냐 하니까 옥이는 좋다는 뜻으로 얼른 손을 내밀었다. 대체 이걸 어 떻게 먹었을까. 그 공기만 한 떡 덩어리를. 물론 용감히 먹기 시 작하였다. 처음에는 빨리 먹었다. 중간에는 천천히 먹었다. 그러 다 이내 다 먹지 못하고 반쯤 남겨서는 작은아씨에게 도로 내주 고 모로 고개를 돌렸다. 옥이가 그 배에다 백설기를 먹은 것도 기적이려니와 또한 먹다 내놓는 이것도 기적이라 안 할 수 없다. 하기는 가슴속에서 떡이 목구멍으로 바짝 치뻗치는 바람에 못 먹기도 한 거지만. 여기다가 더 넣을 수가 있다면 그것은 다만 입안이 남았을 뿐이다. 그러면 그다음 꿀 바른 주왁* 두 개는 어떻게 먹었을까. 상식으로는 좀 판단키 어려운 일이다. 하여간 너 이것은 하고 주왁이 나왔을 때 옥이는 조금도 서슴지 않고 받았다. 그리고 한 놈을 손끝으로 집어서 그 꿀을 쪽쪽 빨더니 입속에 집어넣었다. 그 꿀을 한참 오기오기 씹다가 꿀떡 삼켜 본다. 가슴만 뜨끔할 뿐 즉시 떡은 도로 넘어온다. 다시 씹는다. 어깨와 머리를 앞으로 꾸부려 용을 쓰며 또 한번 꿀떡 삼켜 본다.

이것은 도시 사람의 일로는 생각되지 않는다. 허나 주의할 것은 일상 곯아만 온 굶주린 창자의 착각이다. 배가 불렀는지 혹은 곯았는지 하는 건 이때의 문제가 아니다. 한갓 자꾸 먹어야 된다는 걸쌈스러운 탐욕이 옥이 자신도 모르게 활동하였고 또는 옥이는 제가 먹고 싶은 걸 무엇무엇 알았을 그뿐이었다. 거기다 맛깔스러운 그 떡 맛. 생전 맛 못 보던 그 미각을 한번 즐겨보고자 기를 쓴 노력이다. 만약 이 떡의 순서가 주왁이 먼저 나오고 백설기 팥떡 이렇게 나왔다면 옥이는 주왁만으로 만족했을지 모른다. 그리고 백설기 팥떡은 단연 아니 먹었을 것이다. 너는 보도 못 하고 어떻게 그리 남의 일을 잘 아느냐. 그러면 그 장면을 목도한 개똥 어머니에게 좀 설명하여 받기로 하자. 아 참 고

---

* 주왁. 웃기떡의 하나. 찹쌀가루에 대추를 이겨 섞고 꿀에 반죽하여 깨소나 팥소를 넣어 송편처럼 만든 다음, 기름에 지진다.

봄·봄

년 되우는 먹읍디다. 그 밥 한 그릇을 다 먹구 그래 떡을 또 먹어유. 그게 배때기지유. 주왁 먹을 제 나는 인제 죽나 부다 그랬슈. 물 한 모금 안 처먹고 꼬기꼬기 씹어서 꼴딱 삼키는데 아 눈을 요렇게 됩쓰고 꼴딱 삼킵디다. 온 이게 사람이야. 나는 간이 콩알만 했지유. 꼭 죽는 줄 알고. 추워서 달달 떨고 섰는 꼴하고 참 깜찍해서 내가 다 소름이 쪼옥 끼칩디다. 이걸 가만히 듣다가 그럼 왜 말리진 못했느냐고 탄하니까 제가 일부러 먹이기도 할 텐데 그렇게는 못하나마 배고파 먹는 걸 무슨 혐의로 못 먹게 하겠느냐고 되려 성을 발끈 내인다. 그러나 요건 빨간 거짓말이다. 저도 다른 계집 마찬가지로 마루 끝에 서서 잘 먹는다 잘 먹는다 이렇게 여러 번 칭찬하고 깔깔대고 했었음에 틀림없을 게다.

옥이의 이 봉변은 여지껏 동리의 한 이야깃거리가 되어 있다. 할 일이 없으면 계집들은 몰려 앉아서 그때의 일을 찧고 까불고 서로 떠들어 댄다. 그리고 옥이가 마땅히 죽어야 할 걸 그래도 살아난 것이 퍽이나 이상한 모양 같다. 딴은 사날이나 먹지를 못하고 몸이 끓어서 펄펄 뛰며 앓을 만치 옥이는 그렇게 혼이 났던 것이다. 하지만 처음부터 짜장 가슴을 죄인 것은 그래두 옥이 어머니 하나뿐이었다. 아파서 드러누웠다 방으로 들어오는 옥이를 보고 고만 벌떡 일어났다. 왜 배가 이 모양이냐 물으니 대답은 없고 옥이는 가만히 방바닥에 가 눕더란다. 그 배를 건드리지 않도록 반듯이 눕는데 아구 배야 소리를 복고개*가 터지라고 내지

* 지붕의 안쪽. 천장.

르며 냉골에서 이리 때굴 저리 때굴 구르며 혼자 법석이다. 그러나 뺨 위로 먹은 것을 꼬약꼬약 도르고는 필경 까무러쳤으리라. 얼굴이 해쓱해지며 사지가 축 늘어져 버린다. 이 서슬에 어머니는 그의 표현대로 하늘이 무너지는 듯 눈앞이 캄캄하였다. 그는 딸을 붙들고 자기도 어이구머니 하고 울음을 놓고 이를 어째 이를 어째 몇 번 그래 소리를 치다가 아무도 돌봐 주러 오는 사람이 없으니까 허겁지겁 곤두박질을 하여 밖으로 뛰어나왔다. 그의 생각에 이 급증을 돌리려면 점쟁이를 불러 경을 읽는 수밖에 다른 도리가 없을 듯싶어서이다. 물론 대낮부터 북을 뚜드려가며 경을 읽기 시작하였다. 점쟁이의 말을 들어보면 과식했다고 죄다 이래서는 살 사람이 없지 않느냐고. 이것은 음식에서 난 병이 아니라 늘 따르던 동자상문*이 어쩌다 접해서 일테면 귀신의 놀음이라는 해석이었다. 그렇다면 내가 생각건대 옥이가 도사댁 문전에 나왔을 제 혹 귀신이 접했는지도 모른다. 왜냐 그러면 옥이는 문 앞 언덕을 내리다 고만 눈 위로 낙상을 해서 곧 한참을 꼼짝 않고 고대로 누웠었다. 그만치 몸의 자유를 잃었다. 다시 일어나 눈을 몇 번 털고는 걸어 보았다. 다리는 천 근인지 한번 딛으면 다시 떼기가 쉽지 않다. 눈까풀은 뻑뻑거리고 게다 선하품은 자꾸 터지고. 어깨를 치올리어 여전히 식, 식, 거리며 눈 속을 이렇게 조심조심 걸어간다. 삐끗만 하였다가는 배가 터진다. 아니 정말은 배가 터지는 그 염려보다 우선 배가 아파서 삐끗도

* 童子喪門. 사내아이 잡귀.

봄·봄

못할 형편. 과연 옥이의 배는 동네 계집들 말마따나 헐없이 애 밴 사람의, 그것도 만삭 된 이의 괴로운 배 그것이었다. 개울길을 내려오자 우물이 눈에 띄자 애는 갑작스레 조갈을 느꼈다. 엎드려 바가지로 한 모금 꿀꺽 삼켜 본다. 이와 목구멍이 다만 잠깐 저렸을 뿐 물은 곧바로 다시 넘어온다. 그뿐 아니라 뒤를 이어서 떡이 꾸역꾸역 쏟아진다. 잘 씹지 않고 얼김에 삼킨 떡이라 삭지 못한 그대로 덩어리 덩어리 넘어온다. 우물 전 얼음 위에는 삽시간에 떡이 한 무더기. 옥이는 다시 눈 위에 기운 없이 쓰러지고 말았다. 이러던 애가 어떻게 제집엘 왔을까 생각하면 여간 큰 노력이 아니요 참 장한 모험이라 안 할 수 없는 일이다.

내가 옥이네 집을 찾아간 것은 이때 썩 지나서이다. 해넘이의 바람은 차고 몹시 떨렸으나 옥이에 대한 소문이 흉함으로 퍽 궁금하였다. 허둥거리며 방문을 펄떡 열어 보니 어머니는 딸 머리맡에서 무르팍에 눈을 비벼 가며 여지껏 훌쩍거리고 앉았다. 냉병은 아주 가셨는지 노상 노랗게 고민하던 그 상이 지금은 불콰하니 눈물이 흐른다. 그리고 놈은 쭈그리고 앉아서 나를 보고도 인사도 없다. 팔짱을 떡 찌르고는 맞은 벽을 뚫어보며 무슨 결기나 먹은 듯이 바아루* 위엄을 보이고 있다. 오늘은 일찍 나온 것을 보면 나무도 잘 판 모양. 얼마 후 놈은 옆으로 고개를 돌리더니 여보게 참말 죽지는 않겠나 하고 물으니까 봉구는 눈을 끔벅 끔벅하더니 죽기는 왜 죽어 한나절토록 경을 읽었는데 하고 자

---

* 바로.

신이 있는 듯 없는 듯 얼치기 대답이다. 제딴은 경을 읽기는 했
건만 조금도 효험이 없으매 저로도 의아한 모양이다. 이 봉구란
놈은 본시가 날탕이다. 계집에 노름에 혹하는 그 수단은 당할
사람이 없고 또 이것도 재주랄지 못하는게 별반 없다. 농사로부
터 노름질 침주기 점치기 지우질* 심지어 도적질까지. 경을 읽을
때에는 눈을 감고 중얼거리는 것이 바로 장님이 왔고 투전장을
뽑을 때에는 그 눈깔이 밝기가 부엉이 같다.

그러건만 뭘 믿는지 마을에서 병이 나거나 일이 나거나 툭하
면 이놈을 불러 대는 게 버릇이 되었다. 이까짓 놈이 점을 친다
면 참이지 나는 용 뿔을 빼겠다. 덕희가 눈을 찌끗하고 소금을
더 좀 먹여볼까 하고 물을 제 나는 그 대답은 않고 경은 무슨 경
을 읽는다고 그래 건방지게 그 사관**이나 좀 틀게나 하고 낯을
붉히며 봉구에게 소리를 빽 질렀다. 왜냐면 지금은 경이니 소금
이니 할 때가 아니다. 아이를 포대기를 덮어서 뉘었는데 그 얼굴
이 노랗게 질렸고 눈을 감은 채 가끔 다르르 떨고 다르르 떨고
하는 것이다. 그리고 입으로는 아직도 게거품을 섞어 밥풀이 꼴
깍꼴깍 넘어온다. 손까지 싸늘하고 핏기는 멎었다. 시방 생각하
면 이때 죽었을 걸 혹 사관으로 살았는지도 모른다. 내가 서두
는 바람에 봉구는 주머니 속에서 조고만 대통을 꺼냈다. 또 그
속에서 녹슨 침 하나를 꺼내더니 입에다 한번 쭉 빨고는 쥐가

* 지위질. 목수질.
** 四關. 곽란 따위와 같이 급하거나 중한 병일 때에 침을 놓는 네 곳의 혈(穴)을 이르는 말.
'사관을 틀었다'는 것은 급하게 조치를 하여 간신히 살아났다는 말.

뜯어먹은 듯한 칼라 머리에다 쓱쓱 문지른다. 바른손을 놓은 다음 왼손 엄지손가락으로 침이 또 들어갈 때에서야 비로소 옥이는 정신이 나나 보다. 으악, 소리를 지르며 깜짝 놀란다. 그와 동시에 푸드득 하고 포대기 속으로 똥을 깔겼다. 덕희는 이걸 뻔히 바라보고 있더니 골피를 접으며 어이 배랄먹을 년 웬걸 그렇게 처먹고 이 지랄이야 하고는 욕을 오라지게 퍼붓는다. 그러나 나는 그 속을 빤히 보았다. 저와 같이 먹다가 이렇게 되었다면 아마 이토록은 노엽지 않았으리라. 그 귀한 음식을 돌르도록 처먹고도 애비 한쪽 갖다 줄 생각을 못한 딸이 지극히 미웠다. 고년 고래 싸, 웬 떡을 배가 터지도록 처먹는담 하고 입을 삐쭉대는 그 낯짝에 시기와 증오가 역력히 나타난다. 사실로 말하자면 이런 경우에는 저도 반드시 옥이와 같이 했으련만 아니 놈은 꿀 바른 주왁을 다 먹고도 또 막걸리를 준다면 물다 뱉는 한이 있더라도 어쨌든 덥석 물었으리라 생각하고는 나는 그 얼굴을 다시 한번 쳐다보았다.

1935년 6월, 《중앙》

만무방

　산골에, 가을은 무르녹았다.

　아름드리 노송은 빽빽이 늘어박혔다. 무거운 송낙*을 머리에 쓰고 건들건들. 새새이 끼인 도토리, 벚, 돌배, 갈잎 들은 울긋불긋. 잔디를 적시며 맑은 샘이 쫄쫄거린다. 산토끼 두 놈은 한가로이 마주 앉아 그 물을 할짝거리고. 이따금 정신이 나는 듯 가랑잎은 부수수 하고 떨린다. 산산한 산들바람. 귀여운 들국화는 그 품에 새뜩새뜩 넘논다. 흙내와 함께 향긋한 땅김이 코를 찌른다. 요놈은 싸리버섯, 요놈은 잎 썩은 내, 또 요놈은 송이— 아니, 아니, 가시넝쿨 속에 숨은 박하풀 냄새로군.

　응칠이는 뒷짐을 딱 지고 어정어정 노닌다. 유유히 다리를 옮

* 예전에 여승이 주로 쓰던, 소나무겨우살이를 우산 모양으로 엮어 만든 모자.

겨 놓으며 이 나무 저 나무 사이로 호아든다.* 코는 공중에서 벌렸다 오므렸다 연신 이러며 훅, 훅, 구붓한 한 송목 밑에 이르자 그는 발을 멈춘다. 이번에는 지면에 코를 얕이 갖다 대고 한 바퀴 비잉, 나물 끼고 돌았다.

'아하, 요놈이로군!'

썩은 솔잎에 덮이어 흙이 봉곳이 돋아 올랐다.

그는 손가락을 꾸짖으며 정성스레 살살 헤쳐 본다. 과연 귀여운 송이. 망할 녀석, 조금만 더 나오지, 그걸 뚝 따들고 뒷짐을 지고 다시 어실렁어실렁. 가끔 선하품은 터진다. 그럴 적마다 두 팔을 떡 벌리곤 먼 하늘을 바라보고 늘어지게도 기지개를 늘인다.

때는 한창 바쁠 추수 때이다. 농군치고 송이파적 나올 놈은 생겨나도 않았으리라. 하나 그는 꼭 해야만 할 일이 없었다. 싶으면 하고 말면 말고 그저 그뿐. 그러함에는 먹을 것이 더러 있느냐면 있기는커녕 부쳐 먹을 농토조차 없는, 계집도 없고 자식도 없고. 방은 있대야 남의 곁방이요 잠은 새우잠이요. 하지만 오늘 아침만 해도 한 친구가 찾아와서 벼를 털 텐데 일 좀 와 해달라는 걸 마다하였다. 몇 푼 바람에 그까짓 걸 누가 하느냐보다는 송이가 좋았다. 왜냐면 이 땅 삼천리강산에 늘여 놓인 곡식이 말짱 뉘 것이람. 먼저 먹는 놈이 임자 아니냐. 먹다 걸릴 만치 그토록 양식을 쌓아 두고 일이 다 무슨 난장 맞을 일이람. 걸리지 않도록 먹을 궁리나 할 게지. 하기는 그도 한 세 번이나 걸려

* 호아들다 : 이리저리 돌아서 오다.

서 구메밥*으로 사관을 틀었다. 마는 결국 제 밥상 위에 올라앉은 제 몫도 자칫하면 먹다 걸리긴 매일반—

올라갈수록 덤불은 욱었다. 머루며 다래, 칡, 게다 이름 모를 잡초. 이것들이 위아래로 이리저리 서리어 좀체 길을 내지 않는다. 그는 잔디길로만 돌았다. 넓적다리가 벌쭉이는 찢어진 고의 자락을 아끼며 조심조심 사려 딛는다. 손에는 칡으로 엮어 든 일곱 개 송이. 늙은 소나무마다 가선 두리번거린다. 사냥개 모양으로 코로 쿡, 쿡, 내를 한다. 이것도 송이 같고 저것도 송이 같고. 어떤 게 알짜 송이인지 분간을 모른다. 토끼똥이 소보록한 데 갈잎이 한 잎 뚝 떨어졌다. 그 잎을 살며시 들어 보니 송이 대구리가 불쑥 올라왔다. 매우 큰 송이인 듯. 그는 반색하여 그 앞에 무릎을 털썩 꿇었다. 그리고 그 위에 두 손을 내들며 열 손가락을 다 펴들었다. 가만가만히 살살 흙을 헤쳐 본다. 주먹만 한 송이가 나타난다. 얘 이놈 크구나. 손바닥 위에 따 올려놓고는 한참 들여다보며 싱글벙글한다. 우중충한 구석으로 바위는 벽같이 깎아질렀다. 그 중턱을 얽어 나간 칡잎에서는 물이 쪼록쪼록 흘러내린다. 인삼이 썩어 내리는 약수라 한다. 그는 돌 위에 걸터앉으며 또 한 번 하품을 하였다. 간밤 쓸데없는 노름에 밤을 팬 것이 몹시 나른하였다. 따사로운 햇발이 숲을 새어 든다. 다람쥐가 솔방울을 떨어치며, 어여쁜 할미새는 앞에서 알씬거리고. 동리에서는 타작을 하느라고 와글거린다. 흥겨워 외치는 목성, 그

* 구메밥. 감옥에서 옥문 구멍으로 죄수에게 넣어 주는 밥.

걸 억누르고 공중에 응, 응, 진동하는 벼 터는 기계 소리. 맞은쪽 산속에서 어린 목동들의 노래는 처량히 울려온다. 산속에 묻힌 마을의 전경을 멀리 바라보다가 그는 눈을 찌긋하며 다시 한 번 하품을 뽑는다. 이 웬 놈의 하품일까. 생각해 보니 어젯저녁부터 여태껏 창자가 곯렸던 것이다. 불현듯 송이꾸러미에서 그중 크고 먹음직한 놈을 하나 뽑아 들었다.

응칠이는 그 송이를 물에 써억써억 부벼서는 떡 벌어진 대구리부터 걸쌍스레 덥석 물어 떼었다. 그리고 넓죽한 입이 움질움질 씹는다. 혀가 녹을 듯이 만질만질하고 향기로운 그 맛. 이렇게 훌륭한 놈을 입맛만 다시고 못 먹다니. 문득 옛 추억이 혀끝에 뱅뱅 돈다. 이놈을 맛보는 것도 참 근자의 일이다. 감불생심이지 어디 냄새나 똑똑히 맡아 보리. 산속으로 쏘다니다 백판 못 따기도 하려니와 더러 딴다는 놈은 행여 상할까 봐 손도 못 대게 하고 집에 내려다 묻고 묻고 하는 것이다. 그러나 요행히 한 꾸러미 차면 금시로 장에 가져다 판다. 이틀 사흘씩 공들인 거로되 잘 하면 사십 전, 못 받으면 이십오 전. 저녁거리를 기다리는 아내를 생각하며 좁쌀 서너 되를 손에 사 들고 어두운 고개를 터덜터덜 올라오는 건 좋으나 이 신세를 뭐에 쓰나 하고 보면 을프냥궂기*가 짝이 없겠고— 이까짓 걸 못 먹어 그래 홧김에 또 한 놈을 뽑아 들고 이번엔 물에 흙도 씻을 새 없이 그대로 텁석거린다. 그러나 다른 놈들도 별 수 없으렷다. 이 산골이 송이

* 을프냥궂다 : 우울하고 언짢다.

의 본고향이로되 아마 일 년에 한 개조차 먹는 놈이 드물리라.

'흠, 썩어진 두상들!'

그는 폭넓은 얼굴을 일그러뜨리며 남이나 들으란 듯이 이렇게 비웃는다. 썩었다 함은 데생겼다* 모멸하는 그의 언투였다. 먹다 나머지 송이 꽁댕이를 바로 자랑스러이 입에다 치뜨리곤 트림을 섞어 가며 우물거린다.

송이 두 개가 들어가니 이제는 더 먹을 재미가 없다. 뭔가 좀 든든한 걸 먹었으면 좋겠는데. 떡, 국수, 말고기, 개고기, 돼지고기 그렇지 않으면 쇠고기냐. 아따 궁한 판이니 아무거나 있으면 속중으로 여러 가질 먹으며 시름없이 앉았다. 그는 눈꼴이 슬그러미 돌아간다. 웬 놈의 닭인지 암탉 한 마리가 조 아래 무덤 앞에서 빽빽 맨다. 골골거리며 감도는 걸 보매 아마 알자리를 보는 맥이라. 그는 돌에서 궁뎅이를 들었다. 낮은 하늘로 외면하여 못 본 척하고 닭을 향하여 저켠으로 널찍이 돌아내린다. 그러나 무덤까지 왔을 때 몸을 돌리며

"후, 후, 후, 이 자식이 어딜 가 후—"

두 팔을 벌리고 쫓아간다. 산꼭대기로 치모니 닭은 허둥지둥 갈 길을 모른다. 요리 매낀 조리 매낀, 꼬꼬댁거리며 속만 태울 뿐. 그러나 바위틈에 끼어 와살스러운 그 주먹에 모가지가 둘로 나기에는 불과 몇 분 못 걸렸다.

그는 으슥한 숲속으로 찾아들었다. 닭의 껍질을 홀랑 까고서

---

* 데생기다 : 생김새나 됨됨이가 완전하게 이루어지지 못하여 못나게 생기다.

봄·봄

두 다리를 들고 찢으니 배창이 옆구리로 꿰진다. 그놈은 긁어 뽑아서 껍질과 한데 뭉치어 흙에 묻어 버린다.

고기가 생기고 보니 연하여 나느니 막걸리 생각. 이걸 부글부글 끓여 놓고 한 사발 떡 걸으면 똑 좋을 텐데 제—기. 응칠이의 고기는 어디 떨어졌는지 술집까지 못 가는 고기였다. 아무려나 고기 먹고 술 먹고 거꾸론 못 먹느냐. 그는 닭의 가슴패기를 입에 들여대고 쭉 찢어 가며 먹기 시작한다. 쫄깃쫄깃한 놈이 제법 맛이 들었다. 가슴을 먹고 넓적다리, 볼기짝을 먹고 거반 반쯤을 다 해내고 나니 어쩐지 맛이 좀 적었다. 결국 음식이란 양념을 해야 하는군. 수풀 속으로 그냥 내던지고 그는 설렁설렁 내려온다. 솔숲을 빠져 화전께로 내리려 할 때 별안간 등 뒤에서

"여보게, 저 응칠이 아닌가."

고개를 돌려 보니 대장간 하는 성팔이가 작달막한 체수에 들갑작거리며 고개를 넘어온다. 그런데 무슨 긴한 일이나 있는지 부리나케 달려들더니

"자네 응고개 논의 벼 없어진 거 아나?"

응칠이는 그만 가슴이 덜컥 내려앉았다. 이 바쁜 때 농군의 몸으로 응고개까지 앨 써 갈 놈도 없으려니와 또한 하필 절 보고 벼의 없어짐을 말하는 것이 여간 심상치 않은 일이었다.

잡담 제하고 응칠이는

"자넨 어째서 응고개까지 갔던가?" 하고 대담스레 그 눈을 쏘아보았다. 그러나 성팔이는 조금도 겁먹은 기색 없이

"아 어쩌다 지났지 뭘 그래."

하며 도리어 얼레발*을 치고 덤비는 수작이다. 고얀 놈, 응칠이는 입때 다녀야 동무를 팔아 배를 채우고 그런 비열한 짓은 안 한다. 낯을 붉히자 눈에 불이 보이며

"어쩌다 지냈다?"

응칠이가 이 동리에 들어온 것은 어느덧 달이 넘었다. 인제는 물릴 때도 되었고, 좀 떠보고자 생각은 간절하나 아우의 일로 말미암아 망설거리는 중이었다.

그는 오라는 데는 없어도 갈 데는 많았다. 산으로 들로 해변으로 발부리 놓이는 곳이 즉 가는 곳이다.

그러나 저물면은 그대로 쓰러진다. 남의 방앗간이고 헛간이고 혹은 강가, 시새장,** 물론 수가 좋으면 괴때기*** 위에서 밤을 편히 잘 적도 있었다. 이렇게 하여 강원도 어수룩한 산골로 이리 넘고 저리 넘고 못 간 데 별로 없이 유람 겸 편답하였다.****

그는 한구석에 머물러 있음은 가슴이 답답할 만치 되우 괴로웠다.

그렇다고 응칠이가 본시 역마직성*****이냐 하면 그런 것도 아니다. 그도 오 년 전에는 사랑하는 아내가 있었고 아들이 있었고 집도 있었고, 그때야 어딜 하루라도 집을 떨어져 보았으랴. 밤마

---

* '엉너리'의 방언. 남의 환심을 사기 위하여 어벌쩡하게 서두르는 짓.
** 모래톱.
*** 괴꼴. 타작을 할 때에 생기는 벼 낟알이 섞인 짚북데기.
**** 편답하다 : 편력하다. 이곳저곳을 널리 돌아다니다.
***** 驛馬直星. 늘 분주하게 이리저리 떠돌아다니는 사람을 이르는 말.

봄·봄

다 아내와 마주 앉으면 어찌 하면 이 살림이 좀 늘어 볼까 불어 볼까, 애간장을 태우며 갖은 궁리를 되하고 되하였다마는, 별 뾰족한 수는 없었다. 농사는 열심으로 하는 것 같은데 알고 보면 남는 건 겨우 남의 빚뿐. 이러다가는 결말엔 봉변을 면치 못할 것이다. 하루는 밤이 깊어서 코를 골며 자는 아내를 깨웠다. 밖에 나아가 우리의 세간이 몇 개나 되는지 세어 보라 하였다. 그리고 저는 벼루에 먹을 갈아 찍어 들었다. 벽에 바른 신문지는 누렇게 끄을렀다. 그 위에다 아내가 불러 주는 물목대로 일일이 내려 적었다. 독이 세 개, 호미가 둘, 낫이 하나로부터 밥사발, 젓가락, 짚이 석 단까지 그다음에는 제가 빚을 얻어 온 데, 그 사람들의 이름을 쪽 적어 놓았다. 금액은 제각기 그 아래다 달아 놓고, 그 옆으론 조금 사이를 떼어 역시 조선문으로 나의 소유는 이것밖에 없노라. 나는 오십사 원을 갚을 길이 없으매 죄진 몸이라 도망하니 그대들은 아예 싸울 게 아니겠고 서로 의논하여 억울치 않도록 분배하여 가기 바라노라 하는 의미의 성명서를 벽에 남기자 안으로 문들을 걸어 닫고 울타리 밑구멍으로 세 식구가 빠져나왔다.

이것이 응칠이가 팔자를 고치던 첫날이었다.

그들 부부는 돌아다니며 밥을 빌었다. 아내가 빌어다 남편에게, 남편이 빌어다 아내에게. 그러자 어느 날 밤 아내의 얼굴이 썩 슬픈 빛이었다. 눈보라는 살을 에인다. 다 쓰러져 가는 물방앗간 한구석에서 섬을 두르고 어린애에게 젖을 먹이며 떨고 있더니 여보게유 하고 고개를 돌린다. 왜 하니까 그 말이, 이러다

간 우리도 고생일뿐더러 첫째 어린애를 잡겠수, 그러니 서로 갈
립시다, 하는 것이다. 하긴 그럴 법한 말이다. 쥐뿔도 없는 것들
이 붙어 다닌댔자 별수는 없다. 그보담은 서로 갈리어 제 맘대
로 빌어먹는 것이 오히려 가뜬하리라. 그는 선뜻 응낙하였다. 아
내의 말대로 개가를 해가서 젖먹이나 잘 키우고 몸 성히 있으면
혹 연분이 닿아 다시 만날지도 모르니깐, 마지막으로 아내와 같
이 땅바닥에서 나란히 누워 하룻밤을 새고 나서 날이 훤해지자
그는 툭툭 털고 일어섰다.

　매팔자란 응칠이의 팔자이겠다.

　그는 버젓이 게트림으로 길을 걸어야 걸릴 것은 하나도 없다.
논 맬 걱정도, 호포 바칠 걱정도, 빚 갚을 걱정, 아내 걱정, 또는
굶을 걱정도. 호동그란히 털고 나서니 팔자 중에는 아주 상팔자
다. 먹고만 싶으면 도야지구, 닭이구, 개구, 언제나 옆을 떠날 새
없겠지, 그리고 돈, 돈도―

　그러나 주재소는 그를 노려보았다. 툭하면 오라, 가라, 하는데
학질이었다. 어느 동리고 가 있다가 불행히 일만 나면 누구보다
도 그부터 붙들려 간다. 왜냐면 그는 전과 사범이었다. 처음에는
도박으로, 다음엔 절도로, 또 고담에는 절도로, 절도로―

　그러나 이번 멀리 아우를 방문함은 생활이 궁하여 근대러 왔
다거나 혹은 일을 해보러 온 것은 결코 아니었다. 혈족이라곤 단
하나의 동생이요, 또한 오래 못 본지라 때 없이 그리웠다. 그래
모처럼 찾아온 것이 뜻밖에 덜컥 일을 만났다.

　지금까지 논의 벼가 서 있다면 그것은 성한 사람의 짓이라 안

할 것이다.

응오는 응고개 논의 벼를 여태 베지 않았다. 물론 응오가 베어야 할 것이다. 누가 듣던지 그 형 응칠이를 먼저 의심하리라. 그럼 여기에 따르는 모든 책임을 응칠이가 혼자 지지 않으면 안 될 것이다.

응오는 진실한 농군이었다. 나이 서른하나로 무던히 철났다 하고 동리에서 쳐주는 모범 청년이었다. 그런데 벼를 베지 않는다. 남은 다들 거둬들였고 털기까지 하련만 그는 벨 생각조차 않는 것이다.

지주라든 혹은 그에게 장리를 놓은 김참판이든 뻔찔 찾아와 벼를 베라 독촉하였다.

"얼른 털어서 낼 건 내야지."

하면 그 대답은,

"계집이 죽게 됐는데 벼는 다 뭐지유―"

하고 한결같이 내뱉는 소리뿐이었다.

하기는 응오의 아내가 지금 기지사경이매 틈은 없었다 하더라도 돈이 놀아서 약을 못 쓰는 이 판이니 진시 벼라도 털어야 할 것이다.

그러면 왜 안 털었던가―

그것은 작년 응오와 같이 지주 문전에서 타작을 하던 친구라면 묻지는 않으리라. 한 해 동안 애를 졸이며 홀자식 모양으로 알뜰히 가꾸던 그 벼를 거둬들임은 기쁨에 틀림없었다. 꼭두새벽부터 엣, 엣, 하며 괴로움을 모른다. 그러나 캄캄하도록 털고 나서 지주에게 도지를 제하고, 장리쌀을 제하고, 색초*를 제하고 보니 남은 것은 등줄기를 흐르는 식은땀이 있을 따름. 그것은 슬프다 하기보다 끝없이 부끄러웠다. 같이 털어 주던 동무들이 뻔히 보고 섰는데 빈 지게로 덜렁거리며 집으로 돌아오는 건 진정 열적기 짝이 없는 노릇이었다. 참다 참다 못해 응오는 눈에 눈물이 흘렀던 것이다.

가뜩한데 엎치고 덮치더라고 올해는 고나마 흉작이었다. 샛바람과 비에 벼는 깨깨 비틀렸다. 이놈을 가을하다간 먹을 게 남지 않음은 물론이요 빚도 다 못 가릴 모양. 에라, 빌어먹을 거 너들끼리 캐다 먹든 말든 멋대로 하여라, 하고 내던져 두지 않을 수 없다. 벼를 거뒀다고 말만 나면 빚쟁이들은 우— 몰려들 거니깐—

응칠이의 죄목은 여기에서도 또렷이 드러난다. 국으로 가만만 있었더면 좋은 걸 이 사품에 뛰어들어 지주의 뺨을 제법 갈긴 것이 응칠이었다.

처음에야 그럴 작정이 아니었다. 그는 여러 곳 물을 마신 이만치 어지간히 속이 튄 건달이었다. 지주를 만나 까놓고 썩 좋은 소리로 의논하였다. 올 농사는 반실이니 도지도 좀 감해 주는 게 어떠냐고. 그러나 지주는 암말 없이 고개를 모로 흔들었다. 정 이러면 하여튼 일 년 품은 빼야 할 테니 나는 그 논에다 불을 지르겠수, 하여도 잠자코 응치 않는다. 지주로 보면 자기로도

---

* 색조(色租). 세곡이나 환곡을 받을 때나 타작할 때에 정부나 지주가 간색(看色)으로 더 받던 곡식.

봄·봄

그 벼는 넉넉히 거둬들일 수는 있다마는, 한번 버릇을 잘못 해놓으면 어느 작인까지 행실을 버릴까 염려하여 겉으로 독촉만 하고 있는 터이었다. 실상이야 고까짓 벼쯤 있어도 고만 없어도 고만— 그 심보를 눈치채고 응칠이는 화를 벌컥 낸 것만은 좋으나 저도 모르게 대뜸 주먹뺨이 들어갔던 것이다.

이렇게 문제 중에 있는 벼인데 귀신의 놀음 같은 변괴가 생겼다. 다시 말하면 벼가 없어졌다. 그것도 병들어 쓰러진 쭉정이는 제쳐 놓고 무얼로 그랬는지 알장 이삭만 따갔다. 그 면적으로 어림하면 아마 못 돼도 한 댓 말가량은 되는지—

응칠이가 아침 일찍이 그 논께로 노닐자 이걸 발견하고 기가 막혔다. 누굴 성가시게 굴려고 그러는지. 산속에 파묻힌 논이라 아직은 본 사람이 없는 모양 같다. 하나 동리에 이 소문이 퍼지기만 하면 저는 어느 모로든 혐의를 받아 폐는 좋이 입어야 될 것이다.

응칠이는 송이도 송이려니와 실상은 궁리에 바빴다. 속중으로 지목 갈 만한 놈을 여럿 들어 보았으나 이렇다 찍을 만한 증거가 없다. 어쩌면 재성이나 성팔이 이 둘 중의 짓이리라, 하고 결국 이렇게 생각던 것도 응칠이가 아니면 안 될 것이다.

원수는 외나무다리에서 만났다.

응칠이는 저의 짐작이 들어맞음을 알고 당장에 일을 낼 듯이 성팔이의 눈을 들이 노렸다.

성팔이는 신이 나서 떠들다가 그 눈총에 어이가 질려서 고만 벙벙하였다. 그리고 얼굴이 핼쑥하여 마주 대고 쳐다보더니

"그래, 자네 왜 그케 노하나. 지내다 보니깐 그렇길래 일테면 자네보고 얘기지 뭐."

하고 뒷갈망을 못 하여 우물쭈물한다.

"노하긴 누가 노해—"

응칠이는 뻐팅겼던 몸에 좀 더 힘을 올리며

"응고개를 어째 갔더냐 말이지?"

"놀러 갔다 오는 길인데 우연히……."

"놀러 갔다, 거기가 노는 덴가?"

"글쎄, 그렇게까지 물을 게 뭔가. 난 응고개 아니라 서울은 못 갈 사람인가." 하다가 성팔이는 속이 타는지 코로 후응 하고 날숨을 길게 뽑는다.

이렇게 나오는 데는 더 물을 필요가 없었다. 성팔이란 놈도 여간내기가 아니요 구장네 솥인가 뭔가 떼다 먹고 한 번 다녀온 놈이었다. 많이 사귀지는 못했으나 동리 평판이 그놈과 같이 다니다가는 엉뚱한 일 만난다 한다. 이번에 응칠이 저 역시 그 섭수에 걸렸음을 알고,

"그야 응고개라고 못 갈 리 없을 테—"

하고 한 번 엇먹다. 그러나 자네두 알다시피 거 어디야, 거기 바로 길이 있다든지 사람 사는 동리라면 혹 모른다 하지마는 성한 사람이야 응고개에 뭘 먹으러 가나, 그렇지 자네야 심심하니까, 하고 앞을 꽉 눌러 등을 떠본다.

여기에는 대답 없고 성팔이는 덤덤히 쳐다만 본다. 무엇을 생각했는가 한참 있더니 호주머니에서 단풍갑을 꺼낸다. 우선 제

봄·봄

가 한 개를 물고 또 하나를 뽑아 내대며

"궐련 하나 피우게."

매우 듬직한 낯을 해 보인다.

이놈이 이에 밝기가 몹시 밝은 성팔이다. 턱없이 궐련 하나라도 선심을 쓸 궐자가 아니리라, 생각은 하였으나 그렇다고 예까지 부르대는 건 도리어 저의 처지가 불리하다. 그것은 짜장 그 손에 넘는 짓이니

"아 웬 궐련은 이래."

하고 슬쩍 눙치며

"성냥 있겠나?"

일부러 불까지 거 대게 하였다.

응칠이에게 액을 떠넘기어 이용하려는 고 야심을 생각하면 곧 달려들어 다리를 꺾어 놔야 옳을 것이다. 그러나 이 마당에 떠들어 대고 보면 저는 드러누워 침 뱉기. 결국 도적은 뒤로 잡지 앞에서 어르는 법이 아니다. 동리에 소문이 퍼질 것만 두려워하며

"여보게, 자네가 했건 내가 했건 간."

하고 과연 정다이 그 등을 툭 치고 나서

"우리 둘만 알고 동리에 말을 내지 말게."

하다가 성팔이가 이 말에 되우 놀라며 눈을 말똥말똥 뜨니

"그까진 벼쯤 먹으면 어떤가!"

하고 껄껄 웃어 버린다.

성팔이는 한 굽 접히어 말문이 메였는지 얼떨하여 입맛만 다

신다.

"아예 말은 내지 말게, 응 알지—"

하고 다시 다질 때에야 겨우 주저주저 입을 열어

"내야 무슨 말을 내겠나."

하고 조금 사이를 떼어 또

"내야 무슨 말을…… 그건 염려 말게."

하더니 비실비실 몸을 돌리어 저 갈 길을 내걷는다. 그러나 저 앞 고개까지 가는 동안에 두 번이나 돌아다보며 이쪽을 살피고 살피고 한 것만은 사실이었다.

응칠이는 그 꼴을 이윽히 바라보고 입안으로 죽일 놈, 하였다. 아무리 도적이라도 같은 동료에게 제 죄를 넘겨씌우려 함은 도저히 의리가 아니다.

그건 그렇다 치고 응오가 더 딱하지 않은가. 기껏 힘들여 지어놓았다 남 좋은 일 한 것을 안다면 눈이 뒤집힐 일이겠다.

이래서야 어디 이웃을 믿어 보겠는가—.

확적히 증거만 있어 이놈을 잡으면 대번에 요절을 내리라 결심하고 응칠이는 침을 탁 뱉어 던지고 산을 내려온다.

그런데 그놈의 행티로 가늠 보면 응칠이 저만치는 때가 못 벗은 도적이다. 어느 미친놈이 논두렁에까지 가새를 들고 오는가. 격식도 모르는 풋둥이가 그러려면 바로 조 낟가리나 수수 낟가리 말이지 그 속에 들어앉아 가위로 속닥거려야 들킬 리도 없고 일도 편하고 두 포대고 세 포대고 마음껏 딸 수도 있다. 그러나 틈 보고 집으로 나르면 그만이지만 누가 논의 벼를 다…… 그렇

　　　　　　　　　　　　　　　　봄·봄

게도 벼에 걸신이 들었다면 바로 남의 집 머슴으로 들어가 한 달 포 동안 주인 앞에 얼렁거리며 신용을 얻어 오다가 주는 옷이나 얻어 입고 다들 잠들거든 볏섬이나 두둑이 짊어 메고 덜렁거리면 그뿐이다. 이건 맥도 모르는 게 남도 못살게 굴려고 에— 이 망할 자식두…… 그는 분노에 살이 다 부들부들 떨리는 듯싶었다. 그러나 이런 좀도적이란 봉이 나기 전에는 바짝 물고 덤비는 법이었다. 오늘 밤에는 요놈을 지켰다 꼭 붙들어 가지고 정강이를 분질러 노리라. 밥을 먹고는 태연히 막걸리 한 사발을 껄떡껄떡 들이켜자,

"커—, 가을이 되니깐 맛이 행결 낫군—"

그는 주먹으로 입가를 쓱쓱 훔친 다음 송이 꾸럼에서 세 개를 뽑는다. 그리고 그걸 갈퀴같이 마른 주막 할머니 손에 내어 주며,

"엣수, 송이나 잡숫게유—"

하고 술값을 치렀으나

"아이, 송이두 고놈 참."

간사를 피우는 것이 겉으로는 반기는 척하면서도 좀 시쁜 모양이다. 제딴은 한 개에 삼 전씩 치더라도 구 전밖에 안 되니깐.

응칠이는 슬며시 화가 나서 그 얼굴을 유심히 들여다보았다. 움푹 들어간 볼때기에 저건 또 왜 저리 멋없이 불거졌는지 툭 나온 광대뼈하고 치마 아래로 남실거리는 발가락은 자칫 잘못 보면 황새발목이니 이건 언제 잡아 가려고 남겨 두는 거야— 보면 볼수록 하나 이쁜 데가 없다. 한두 번 먹은 것도 아니요 언젠가

울타리께 풀을 베어 주고 술사발이나 얻어먹은 적도 있었다. 고렇게 야멸치게 따질 건 뭔가. 그는 눈살을 흘깃 맞히고는 하나를 더 꺼내어

"옜수, 또 하나 잡숫게유!"

내던져 주곤 댓돌에 가래침을 탁 뱉었다.

그제야 식성이 좀 풀리는지 그 가축으로 웃으며

"아이구 이거 자꾸 주면 어떻게 해."

"어떡하긴 자꾸 살찌게유."

하고 한마디 툭 쏘고 일어서다가 무엇을 생각함인지 다시 툇마루에 주저앉는다.

"그런데 참 요즘 성팔이 보셨수?"

"아―니, 당최 볼 수가 없더구먼."

"술도 안 먹으러 와유?"

"안 와―"

하고는 입 속으로 뭐라고 중얼거리며 의아한 낯을 들더니

"왜, 또 뭐 일이……?"

"아니유, 본 지가 하 오래니깐―"

응칠이는 말끝을 얼버무리고 고개를 돌리어 한데를 바라본다. 벌써 점심때가 되었는지 닭들이 요란히 울어 댄다. 논둑의 미루나무는 부 하고 또 부 하고 잎이 날리며 팔랑팔랑 하늘로 올라간다.

"성팔이가 이 마을에서 얼마나 살았지요?"

"글쎄, 재작년 가을이지 아마."

하고 장죽을 빡빡 빨더니

"근대 또 떠난대든가, 홍천인가 어디 즈 성님한테로 간대."

하고 그게 옳지, 여기서 뭘 하느냐, 대장간이라구 일이나 많으면 모르거니와 밤낮 파리만 날리는데 그보다는 즈 형이 크게 농사를 짓는다니 그 뒤나 거들어 주고 국으로 얻어먹는 게 신상에 편하겠지. 그래 불일간 처자식을 데리고 아마 떠나리라고 하고

"농군은 그저 농사를 지야 돼."

"낼 술 먹으러 또 오지유—"

간단히 인사만 하고 응칠이는 다시 일어났다.

주막을 나서니 옷깃을 스치는 개운한 바람이다. 밭 둔덕의 대추는 척척 늘어진다. 멀지 않아 겨울은 또 오렷다. 그는 응오의 집을 바라보며 그간 죽었는지 궁금하였다.

응오는 봉당에 걸터앉았다. 그 앞 화로에는 약이 바글바글 끓는다. 그는 정신없이 들여다보고 앉았다.

우중충한 방에서는 아내의 가쁜 숨소리가 들린다. 색, 색 하다가 아이구, 하고는 까무러지게 콜록거린다. 가래가 치밀어 몹시 괴로운 모양. 뽑아 줄 사이가 없이 풀들은 뜰에 엉겼다. 흙이 드러난 지붕에서 망초가 휘어청휘어청 바람은 가끔 찾아와 싸리문을 흔든다. 그럴 적마다 문은 을씨년스럽게 삐— 꺽삐— 꺽. 이웃의 발발이는 부엌에서 한창 바쁘게 달그락거린다. 마는, 아침에 아내에게 먹이고 남은 조죽밖에야. 아니 그것도 참 남편이 마저 긁었으니 사발에 붙은 찌꺼기뿐이리라—

"거, 다 졸았나 부다."

응칠이는 약이란 다 졸면 못쓰니 고만 짜 먹여라 하였다. 약이라야 어젯저녁 울 뒤에서 옮아들인 구렁이지만—

그러나 응오는 듣고도 흘렸는지 혹은 못 들었는지 잠자코 고개도 안 든다.

"옜다. 송이 맛이나 봐라."

하고 형이 손을 내밀 제야 겨우 시선을 들었으나 술이 거나한 그 얼굴을 거북살스레 훑어본다. 그리고 송이를 고맙지 않게 받아 방에 치뜨리고는

"이거나 먹어."

하다가

"뭐?"

소리를 크게 질렀다. 그래도 잘 들리지 않으므로

"뭐야 뭐야. 좀 똑똑히 하라니깐?"

하고 골피를 찌푸린다. 그러나 아내는 손짓만으로 무슨 소린지 알 수가 없다. 음성으로 치느니보다 종이 비비는 소리랄지, 그걸 듣기에는 지척도 멀었다.

가만히 보다 응칠이는 제가 다 불안하여

"뒤보겠다는 게 아니냐?"

"그럼 그렇다 말이 있어야지."

남편은 이내 짜증을 내며 몸을 일으킨다. 병약한 아내의 음성이 날로 변하여 감을 시방 안 것도 아니련만—

그는 방바닥에 늘어져 꼬치꼬치 마른 반송장을 조심히 일으키어 등에 업었다.

울 밖 밭머리에 잿간은 놓였다. 머리가 눌릴 만치 납작한 굴속이다. 게다 거미줄은 예제없이 엉키었다. 부 돌 위에 내려놓으니 아내는 벽을 의지하여 웅크리고 앉는다. 그리고 남편은 눈을 멀뚱멀뚱 뜨고 지키고 섰는 것이다.

이 꼴들을 멀거니 바라보다 응칠이는 마뜩지 않게 코를 횡 풀며 입맛을 다시었다. 응오의 짓이 어리석고 울화가 터져서이다. 요즘 응오가 형에게 잘 말도 않고 왜 어딱비딱하는지 그 속은 응칠이도 모르는 바 아닐 것이다.

응오가 이 아내를 찾아올 때 꼭 삼 년간을 머슴을 살았다. 그처럼 먹고 싶던 술 한 잔 못 먹었고, 그처럼 침을 삼키던 그 개고기 한 메 물론 못 샀다. 그리고 사경*을 받는 대로 꼭꼭 장리를 놓았으니 후일 선채로 썼던 것이다. 이렇게까지 근사를 모아 얻은 계집이련만 단 두 해가 못 가서 이 꼴이 되고 말았다.

그러나 이 병이 무슨 병인지 도시 모른다. 의원에게 한 번이라도 변변히 봬본 적이 없다. 혹 안다는 사람의 말인즉 뇌점**이니 어렵다 하였다. 돈만 있으면야 뇌점이고 염병이고 알 바가 못 될 거로되 사날 전 거리로 쫓아 나오며

"성님!"

하고 팔을 챌 적에는 응오도 어지간히 급한 모양이었다.

"왜?"

응칠이가 몸을 돌리니 허둥지둥 그 말이 이제는 별도리가 없

* 새경. 머슴이 주인에게서 한 해 동안 일한 대가로 받는 돈이나 물건.
** '폐병'의 순우리말.

다. 있다면 꼭 한 가지가 남았으니 그것은 엊그저께 산신을 부리는 노인이 이 마을에 오지 않았는가. 그 노인이 응오를 특히 동정하여 십오 원만 들이어 산치성을 올리면 씻은 듯이 낫게 해주리라는데.

"성님은 언제나 돈 만들 수 있지유?"

"거, 안 된다. 치성 들여 날 병이 안 낫겠니."

하여 여전히 딱 떼고 그러게 내 뭐래든, 애전에 계집 다 내버리고 날 따라 나서랬지, 하고

"그래 농군의 살림이란 제 목매기라지!"

그러나 아우가 암말 없이 몸을 홱 돌리어 집으로 들어갈 제 응칠이는 속으로 또 괜한 소리를 했구나, 하였다.

응오는 도로 아내를 업어다 방에 뉘었다. 약은 다 졸았다. 불이 삭기 전 짜야 할 것이다. 식기를 기다려 약사발을 입에 대어주니 아내는 군말 없이 그 구렁이 물을 껄떡껄떡 들이마신다.

응칠이는 마당에 우두커니 앉았다. 사람의 목숨이란 과연 중하군 하였다. 그러나 계집이라는 저 물건이 저렇게 떼기 어렵도록 중할까, 하니 암만해도 알 수 없고.

"너 참 요 건너 성팔이 알지?"

"……."

"너하고 친하냐?"

"……."

"성이 뭐래는데 거 대답 좀 하렴."

하고 소리를 빽 질러도 아우는 대답은 말고 고개도 안 든다.

그러나 응칠이는 하늘을 쳐다보고 트림만 끄윽 하고 말았다. 술기가 코를 꽉꽉 찔러야 할 터인데 이건 풋김치 냄새만 코밑에서 뱅뱅 돈다. 공짜 김치만 퍼먹을 게 아니라 한 잔 더 했더면 좋았을걸. 그는 일어서서 대를 허리에 꽂고 궁둥이의 흙을 털었다. 벼 도둑맞은 이야기를 할까. 하다가 아서라 가뜩이나 울상이 속이 쓰릴 것이다. 그보다는 이놈을 잡아 놓고 낭중 희자를 뽑는 것이 점잔하겠지.

그는 문밖으로 나와 버렸다.

답답한 아우의 살림을 보니 역 답답하던 제 살림이 연상되고 가슴이 두루 답답하였다. 이런 때에는 무가 십상이다. 사실 하느님이 무를 마련해 낸 것은 참으로 은혜로운 일이다. 맥맥할 때 한 개를 씹고 보면 꿀꺽 하고, 쿡 치는 그 맛이 좋고, 남의 무밭에 들어가 하나를 쑥 뽑으니 가락 무. 이— 키, 이거 오늘 운수 대통이로군. 내던지고 그다음 놈을 뽑아 들고 개울로 내려온다. 물에 쓱쓰윽 닦아서는 꽁지는 이로 베어 던지고 어썩 깨물어 붙인다.

개울 둔덕에 포플러는 호젓하게도 매출히 컸다. 자갈돌은 그 밑에 옹기종기 모였다. 가생이로 잔디가 소보록하다. 응칠이는 나가자빠져 마을을 건너다보며 눈을 멀뚱멀뚱 굴리고 누웠다. 산이 삥삥 둘리어 숨이 콕 막힐 듯한 그 마을—

아리랑 아리랑 아라리요
아리랑 띄어라 노다 가세

증기차는 가자고 왼고동 트는데

정든 님 품 안고 낙누낙누

아리랑 아리랑 아라리요

아리랑 띄어라 노다 가세

낼 갈지 모래 갈지 내 모르는데

옥씨기 강낭이는 심어 뭐 하리

아리랑 아리랑 아라리요

아리랑 띄어라……

그는 콧노래로 이렇게 흥얼거리다 갑작스레 강릉이 그리웠다. 펄펄 뛰는 생선이 좋고, 아침 햇살이 빗기어 힘차게 출렁거리는 그 물결이 좋고. 이까짓 둠 구석에서 쪼들리는 데 대다니. 그래도 즈이딴엔 무어 농사 좀 지었답시고 악을 복복 쓰며 잘도 떠들어 댄다. 하지만 그런 중에도 어디인가 형언치 못할 쓸쓸함이 떠돌지 않는 것도 아니다. 삼십여 년 전 술을 빚어 놓고 쇠를 울리고 흥에 질리어 어깨춤을 덩실거리고 이러던 가을과는 저 딴쪽이다. 가을이 오면 기쁨에 넘쳐야 될 시골이 점점 살기만 띠어 옴은 웬일인고. 이렇게 보면 재작년 가을 어느 밤 산중에서 낫으로 사람을 찍어 죽인 강도가 문득 머리에 떠오른다. 장을 보고 오는 농군을 농군이 죽였다. 그것도 많이나 되었으면 모르되 빼앗은 것이 한껏 동전 네 닢에 수수 일곱 되, 게다가 흔적이 탄로 날까 하여 낫으로 그 얼굴의 껍질을 벗기고 조깃대강이 이기듯 끔찍하게 남기고 조건 망나니다. 흉악한 자식. 그 알량한 돈

사 전에, 나 같으면 가여워 덧돈을 주고라도 왔으리라. 이번 놈은 그따위 깍다귀나 아닐는지 할 때 찬 김과 아울러 치미는 소름에 머리끝이 다 쭈뼛하였다. 그간 아우의 농사를 대신 돌봐 주기에 이럭저럭 날이 늦었다. 오늘 밤에는 이놈을 다리를 꺾어 놓고 내일쯤은 봐서 설렁설렁 뜨는 것이 옳은 일이겠다. 이 산을 넘을까 저 산을 넘을까 주저거리며 속으로 점을 치다가 슬그머니 코를 골아 올린다.

밤이 내리니 만물은 고요히 잠이 든다. 검푸른 하늘에 산봉우리는 울퉁불퉁 물결을 치고 흐릿한 눈으로 별은 떴다. 그러다 구름떼가 몰려닥치면 깜깜한 절벽이 된다. 또한 마을 한복판에는 거친 바람이 오락가락 쓸쓸히 궁글고 이따금 코를 찌르는 후련한 산사 내음새. 북쪽 산 밑 미루나무에 싸여 주막이 있는데 유달리 불이 반짝인다. 노세, 노세, 젊어서 놀아. 노랫소리는 나직나직 한산히 흘러온다. 아마 벼를 뒷심 대고 외상이리라—

응칠이는 잠자코 벌떡 일어나 바깥으로 나섰다. 그리고 다 나와서야 그 집 친구에게 눈치를 안 채이도록

"내 잠깐 다녀옴세—"

"어딜 가나?"

친구는 웬 영문을 몰라서 뻔히 쳐다보다 밤이 이렇게 늦었으니 나갈 생각 말고 어여 이리 들어와 자라 하였다. 기껏 둘이 앉아서 개코쥐코 떠들다가 갑자기 일어서니까 꽤 이상한 모양이었다.

"건넛마을 가 담배 한 봉 사 올라구."

"담배 여있는데 또 사 뭐 하나?"

친구는 호주머니에서 굳이 연봉을 꺼내어 손에 들어 보이더니

"이리 들어와 섬이나 좀 쳐주게."

"아 참, 깜빡……."

하고 응칠이는 미안스러운 낯으로 뒤통수를 긁적긁적한다. 하기는 섬을 좀 쳐달라고 며칠째 당부하는 걸 노름에 몸이 팔려 그만 잊고 잊고 했던 것이다. 먹고 자고 이렇게 신세를 지면서 이건 썩 안됐다, 생각은 했지만

"내 곧 다녀올걸 뭐……."

어정쩡하게 한마디 남기곤 그 집을 뒤에 남긴다.

그러나 이 친구는

"그럼, 곧 다녀오게!"

하고 때를 재치는 법은 없었다. 언제나 여일같이

"그럼 잘 다녀오게!"

이렇게 그 신상만 편하기를 비는 것이다.

응칠이는 모든 사람이 저에게 그 어떤 경의를 갖고 대하는 것을 가끔 느끼고 어깨가 으쓱거린다. 백판 모르는 사람도 데리고 앉아서 몇 번 말만 좀 하면 대뜸 구부러진다. 그렇게 장한 것인지 그 일을 하다가, 그 일이라야 도적질이지만, 들어가 욕보던 이야기를 하면 그들은 눈을 커다랗게 뜨고

"아이구, 그걸 어떻게 당하셨수!"

하고 적이 놀라면서도

"그래 그 돈은 어떡했수?"

"또 그럴 생각이 납디까요?"

"참, 우리 같은 농군에 대면 호강살이유!"

하고들 한편 썩 부러운 모양이었다. 저들도 그와 같이 진탕 먹고 살고는 싶으나 주변 없어 못 하는 그 울분에서 그런 이야기만 들어도 다소 위안이 되는 것이다. 응칠이는 이걸 잘 알고 그 누구를 논에다 거꾸로 박아 놓고 달아나다가 붙들리어 경치던 이야기를 부지런히 하며

"자네들은 안적 멀었네, 멀었어—"

하고 흰소리를 치면 그들은, 옳다는 뜻이겠지, 묵묵히 고개만 꺼떡꺼떡하며 속없이 술을 사주고 담배를 사주고 하는 것이다.

그런데 이번 벼를 훔쳐 간 놈은 응칠이를 마구 넘보는 모양 같다.

이렇게 생각하면 응칠이는 더욱 괘씸하였다. 그는 물푸레 몽둥이를 벗 삼아 논둑길을 질러서 산으로 올라간다.

이슥한 그믐 칠야—

길은 어둡고 흐릿한 언저리만 눈앞에 아물거린다.

그 논까지 칠 마장은 느긋하리라. 이 마을을 벗어나는 어귀에 고개 하나를 넘는다. 또 하나를 넘는다. 그러면 그다음 고개와 고개 사이에 수목이 울창한 산중턱을 비겨 대고 몇 마지기의 논이 놓였다. 응오의 논은 그중의 하나이었다. 길에서 썩 들어앉은 곳이라 잘 뵈도 않는다. 동리에 그런 소문이 안 났을 때에는 천행으로 본 놈이 없을 것이나 반드시 성팔이의 성행임에는—

응칠이는 공동묘지의 첫 고개를 넘었다. 그리고 다음 고개의 마루턱을 올라섰을 때 다리가 주춤하였다. 저 왼편 높은 산

고랑에서 불이 반짝 하다 꺼진다. 짐승불로는 너무 흐리고……
아—하, 이놈들이 또 왔군. 그는 가던 길을 옆으로 새었다. 더듬
더듬 나뭇가지를 짚으며 큰 산으로 올라간다. 바위는 미끄러 내
리며 발등을 찧는다. 딸기 가시에 종아리는 따갑고 엉금엉금 기
어서 바위를 끼고 감돈다.

산, 거반 꼭대기에 바위와 바위가 어깨를 겯고 움쑥 들어간
굴이 있다. 풀들은 뻗치어 굿문을 막는다.

그 속에 돌아앉아서 다섯 놈이 머리를 맞대고 수군거린다. 불
빛이 샐까 염려. 남폿불을 얕이 달아 놓고 몸들을 바싹바싹
여미어 가리운다.

"어서 후딱후딱 쳐, 갑갑해서 원—"

"이번엔 누가 빠지나?"

"이 사람이지 뭘 그래."

"다시 섞어, 어서 이따위 수작이야."

하고 한 놈이 골을 내고 화투를 빼앗아 제 손으로 섞다가 깜
짝 놀란다. 그리고 버썩 대드는 응칠이를 벙벙히 쳐다보며 얼뚤
한다.

그들은 응칠이가 오는 것을 완고척이 싫어하는 눈치였다. 이
런 애송이 노름판인데 응칠이를 들였다가는 맥을 못 쓸 것이다.
속으로는 되우 꺼렸지마는 그렇다고 응칠이의 비위를 건드림은
더욱 좋지 못하므로

"아, 응칠인가, 어서 들어오게."

하고 선웃음을 치는 놈에

봄·봄

"난 올 듯하기에, 자넬 기다렸지."

하며 어수대는 놈.

"하여튼 한 케 떠보세."

이놈들은 손을 잡아들이며 썩들 환영이었다.

응칠이는 그 속으로 들어서며 무서운 눈으로 좌중을 한번 훑어보았다.

그런데 재성이도 그 틈에 끼여 있는 것이 아닌가. 사날 전만 해도 응칠이더러 먹을 양식이 없으니 돈 좀 취하라던 놈이 의심이 부쩍 일었다. 도둑이란 흔히 이런 노름판에서 씨가 퍼진다. 그 옆으로 기호도 앉았다. 이놈은 며칠 전 제 계집을 팔았다. 그 돈으로 영동 가서 장사를 하겠다던 놈이 노름을 왔다. 제깐 주제에 딸 듯싶은가. 하나는 용구. 농사엔 힘 안 쓰고 노름에 몸이 달았다. 시키는 부역도 안 나온다고 동리에서 손도를 맞을 놈이다. 그리고 남의 집 머슴 녀석. 뽐을 내고 멋없이 점잔을 피우는 중늙은이 상투쟁이, 이 물건은 어서 날아왔는지 보지도 못하던 놈이다. 체 이것들이 뭘 한다구—

응칠이는 기호의 등을 꾹 찔러 가지고 밖으로 나왔다. 외딴 곳으로 데리고 와서

"자네 돈 좀 없겠나?"

하고 돌아서다가

"웬걸 돈이 어디……."

눈치만 남고 어름어름하니

"아내와 갈렸다지, 그 돈 다 뭐 했나?"

"아 이 사람아, 빚 갚았지!"

기호는 눈을 내리깔며 매우 거북한 모양이다.

오른편 엄지로 한 코를 막고 흥 하고 내뿜더니 이번 빚에 졸리어 죽을 뻔했네 하고 묻지 않는 발뺌까지 얹어서 설대로 등어리를 긁죽긁죽한다.

그러나 응칠이는 속으로 이놈, 하였다.

응칠이는 실눈을 뜨고 기호를 유심히 쏘아 주었더니

"꼭 사 원 남았네."

하고 선뜻 알리고

"빚 갚고 뭣 하고 흐지부지 녹았어—"

어색하게도 혼자말로 우물쭈물 웃어 버린다.

응칠이는 퉁명스러이

"나 이 원만 최게."

하고 손을 내대다 그래도 잘 듣지 않으매

"따서 둘이 노눌 테야, 누가 떼먹나—"

하고 소리가 한번 빽 아니 나올 수 없다.

이 말에야 기호도 비로소 안심한 듯, 저고리 섶을 쳐들고 훔척거리다 쭈뼛쭈뼛 꺼내 놓는다. 딴은 응칠이의 솜씨면 낙자는 없을 것이다. 설혹 재간이 모자라 잃는다면 우격이라도 도로 몰아갈 테니깐.

"나두 한 케 떠보세."

응칠이는 우죄스레 굴로 기어든다. 그 콧등에는 자신 있는 그리고 흡족한 미소가 떠오른다. 사실이지 노름만큼 그를 행복하게 하는 건 다시 없었다. 슬프다가도 화투나 투전장을 손에 들면 공연스레 어깨가 으쓱거리고 아무리 일이 바빠도 노름판은 옆에 못 두고 지난다. 그는 이놈 저놈의 눈치를 슬쩍 한번 훑고

"두 패루 너누지?"

응칠이는 재성이와 용구를 데리고 한옆으로 비켜 앉았다. 그리고 신바람이 나서 화투를 섞다가 손을 따악 짚으며,

"튀전이래지 이깐 화투는 하튼 뭘 할 텐가, 녹삐킨가 켤텐가?"

"약단이나 그저 보지!"

사방은 매섭게 조용하였다. 바위 위에서 혹 바람에 모래 구르는 소리뿐이다. 어쩌다

"옛다 봐라."

하고 화투짝이 쩔꺽, 한다. 그리곤 다시 쥐 죽은 듯 잠잠하다.

그들은 이욕에 몸이 달아서 이야기고 뭐고 할 여지가 없다. 행여 속지나 않는가 하여 눈들이 빨개서 서로 독을 올린다. 어떤 놈이 뜯는 놈이고 어떤 놈이 뜯기는 놈인지 영문 모른다.

응칠이가 한 장을 내던지고 명월 공산을 보기 좋게 떡 젖혀 놓으니

"이거 왜 수짜질이야!"

용구는 골을 벌컥 내며 쳐다본다.

"뭐가?"

"뭐라니, 아, 이 공산 자네 밑에서 빼내지 않았나?"

"봤으면 고만이지 그렇게 노할 건 또 뭔가!"

응칠이는 어설피 입맛을 쩍쩍 다시다

"그럼 이번엔 파토지?"

하고 손의 화투를 땅에 내던지며 껄껄 웃어 버린다.

이때 한옆에서 별안간

"이 자식, 죽인다—"

악을 쓰는 것이니 모두들 놀라며 시선을 몬다. 머슴이 마주 앉은 상투의 뺨을 갈겼다. 말인즉 매조 다섯 끗을 엎어쳤다, 고—

하나 정말은 돈을 잃은 것이 분한 것이다. 이 돈이 무슨 돈이냐 하면 일 년 품을 판 피 묻은 사경이다. 이런 돈을 송두리 먹다니—

"이 자식, 너는 야마시*꾼이지. 돈 내라."

멱살을 훔켜잡고 다시 두 번을 때린다.

"허, 이놈이 왜 이러누, 어른을 몰라보고."

상투는 책상다리를 잡숫고 허리를 쓰윽 펴더니 점잖이 호령한다. 자식 뻘 되는 놈에게 뺨을 맞는 건 말이 좀 덜 된다. 약이 올라서 곧 일을 칠 듯이 엉덩이를 번쩍 들었으나 그러나 그대로 주저앉고 말았다. 악에 바짝 받친 놈을 건드렸다가는 결국 이쪽이 손해다. 더럽단 듯이 허허, 웃고

"버릇 없는 놈 다 봤고!"

하고 꾸짖은 것은 잘됐으나 기어이 어이쿠, 하고 그 자리에 푹 엎으러진다. 이마가 터져서 피가 흘렀다. 어느 틈엔가 돌멩이가 날아와 이마의 가죽을 터친 것이다.

---

* '속임수, 사기'를 뜻하는 일본말.

응칠이는 싱글거리며 굴을 나섰다. 공연스레 쑥스럽게 일이나 벌어지면 성가신 노릇이다. 그리고 돈 백이나 될 줄 알았더니 다 봐야 한 사십 원 될까 말까. 그걸 바라고 어느 놈이 앉았는가.

그가 딴 것은 본밑을 알라 구 원 하고 팔십 전이다. 기호에게 오 원을 내주고

"자, 반이 넘네. 자네 계집 잃고 돈 잃고 호강이겠네."

농담으로 비웃어 던지고는 숲속으로 설렁설렁 내려온다.

"여보게, 자네에게 청이 있네."

재성이 목이 말라서 바득바득 따라온다. 그 청이란 묻지 않아도 알 수 있었다. 저에게 돈을 다 빼앗기곤 구문이겠지. 시치미를 딱 떼고 나 갈 길만 걷는다.

"여보게 응칠이, 아, 내 말 좀 들어ー"

그제는 팔을 잡아낚으며 살려 달라 한다. 돈을 좀 늘릴까 하고 벼 열 말을 팔아 해보았더니 다 잃었다고. 당장 먹을 게 없어 죽을 지경이니 노름 밑천이나 하게 몇 푼 달라는 것이다. 그러나 벼를 털었으면 그저 먹을 것이지 어쭙잖게 노름은ー

"그런 걸 왜 너보고 하랬어?"

하고 돌아서며 소리를 빽 지르다가 가만히 보니 눈에 눈물이 글썽하다. 잠자코 돈 이 원을 꺼내 주었다.

응칠이는 돌에 앉아서 팔짱을 끼고 덜덜 떨고 있다.

사방은 빽ー 돌리어 나무에 둘러싸였다. 거무튀튀한 그 형상이 헐없이 무슨 도깨비 같다. 바람이 불적마다 쏴ー 하고 쏴ー 하고 음충맞게 건들거린다. 어느 때에는 쩍, 쩍 하고 목을 따는

지 비명도 울린다.

그는 가끔 뒤를 돌아보았다. 별일은 없을 줄 아나 호옥 뭐가 덤벼들지도 모른다. 서낭당은 바로 등 뒤다. 족제빈지 뭔지, 요동통에 돌이 무너지며 바스락바스락한다. 그 소리가 묘―하게도 등줄기를 쪼옥 긁는다. 어두운 꿈속이다. 하늘에서 이슬은 내리어 옷깃을 축인다. 공포도 공포려니와 냉기로 하여 좀체로 견딜 수가 없었다.

산골은 산신까지도 주렸으렷다. 아들 낳아 달라고 떡 갖다 바칠 이 없을 테니까. 이놈의 영감님 홧김에 덥석 달려들면. 앞뒤를 다시 한 번 휘돌아본 다음 설대를 뽑는다. 그리고 오금팽이로 불을 가리고는 한 대 뻑뻑 피워 물었다. 논은 여남은 칸 떨어져 그 아래 누웠다. 일심정기를 다하여 나무 틈으로 뚫어보고 앉았다. 그러나 땅에 대를 털려니까 풀숲이 이상스러이 흔들린다. 뱀, 뱀이 아닌가. 구시월 뱀이라니 물리면 고만이다. 자리를 옮겨 앉으며 손으로 입을 막고 하품을 터친다.

아마 두어 시간은 더 넘었으리라. 이놈이 필연코 올 텐데 안 오니 또 무슨 조활까. 이 짓이란 소문이 나기 전에 한 번 더 와 보는 것이 원칙이다. 잠을 못 자서 눈이 뻑뻑한 것이 제물에 슬금슬금 감긴다. 이를 악물고 눈을 뒵쓰면 이번에는 허리가 노글거린다.* 속은 쓰리고 골치는 때리고. 불꽃 같은 노기가 불끈 일어서 몸을 옥죄인다. 이놈의 다리를 못 꺾어 놔도 애비 없는 후

---

* 노글거리다 : 노그라지다. 지쳐서 맥이 빠지고 축 늘어지다.

봄·봄

레자식이겠다.

닭들이 세 홰를 운다. 멀―리 산을 넘어오는 그 음향이 퍽은
서글프다. 큰 비를 몰아드는지 검은 구름이 잔뜩 낀다. 하긴 지
금도 빗방울이 뚝, 뚝, 떨어진다.

그때 논둑에서 희끄무레한 허깨비 같은 것이 얼씬거린다. 정
신을 바짝 차렸다. 영락없이 성팔이, 재성이 그들 중의 한 놈이
리라. 이 고생을 시키는 그놈! 이가 북북 갈리고 어깨가 다 식식
거린다. 몽둥이를 잔뜩 우려잡았다. 그리고 벌떡 일어나서 나무
줄기를 끼고 조심조심 돌아내린다. 하나 도랑쯤 내려오다가 그
는 멈씰하여 몸을 뒤로 물렸다. 늑대 두 놈이 짝을 짓고 이편 산
에서 저편 산으로 설렁설렁 건너가는 길이었다. 빌어먹을 늑대,
이것까지 말썽이람. 이마의 식은땀을 씻으며 도로 제자리로 돌
아온다. 어쩌면 이번 이놈도 재작년 강도 짝이나 안 될는지. 급시
로 불길한 예감이 뒤통수를 탁 치고 지나간다.

그는 옷깃을 여미어 한 대를 더 붙였다. 돌연히 풍세는 심하여
진다. 산골짜기로 몰아드는 억센 놈이 가끔 발광이다. 다시금 더
르르 몸을 떨었다. 가을은 왜 이 지경인지. 여기에서 밤새울 생
각을 하니 기가 찼다.

얼마나 되었는지 몸을 좀 녹이고자 일어나서 서성서성할 때
이었다. 논으로 다가오는 희미한 그림자를 분명히 두 눈으로 보
았다. 그러고 보니 피로고, 한고*이고 다 딴소리다. 고개를 내대

* 寒苦. 심한 추위로 인한 괴로움.

고 딱 버티고 서서 눈에 쌍심지를 올린다.

흰 그림자는 어느 틈엔가 어둠 속에 사라져 보이지 않는다. 그리고 다시 나올 줄을 모른다. 바람 소리만 왱, 왱, 칠 뿐이다. 다시 암흑 속이 된다. 확실히 벼를 훔치러 논 속으로 들어갔을 것이다. 여깽이 같은 놈이 궂은 날새를 기화 삼아 맘껏 하겠지. 의리 없는 썩은 자식, 격장에서 같이 굶는 터에— 오냐 대거리만 있거라. 이를 한번 부드득 갈아붙이고 차츰차츰 논께로 내려온다.

응칠이는 논께로 바특이 내려서서 소나무에 몸을 착 붙였다. 섣불리 서둘다간 남의 횡액을 입을지도 모른다. 다 훔쳐 가지고 나올 때만 기다린다. 몸뚱이는 잔뜩 힘을 올린다.

한 식경쯤 지났을까, 도적은 다시 나타난다. 논둑에 머리만 내놓고 사면을 두리번거리더니 그제야 기어 나온다. 얼굴에는 눈만 내놓고 수건인지 뭔지 헝겊이 가리었다. 봇짐을 등에 짊어 메고는 허리를 구붓이 뺑손*을 놓는다.

그러자 응칠이가 날쌔게 달려들며

"이 자식, 남의 벼를 훔쳐 가니—"

하고 대포처럼 고함을 지르니 논둑으로 고대로 데굴데굴 굴러서 떨어진다. 얼결에 호되게 놀란 모양이다.

응칠이는 덤벼들어 우선 허리께를 내려조졌다. 어이쿠쿠, 쿠— 하고 처참한 비명이다. 이 소리에 귀가 번쩍 떠어서 그 고개를 들고 팔부터 벗겨 보았다. 그러나 너무나 어이가 없었음인

---

* 뺑소니. 몸을 빼쳐서 급히 몰래 달아나는 짓.

지 시선을 치걷으며 그 자리에 우두망찰한다.

그것은 무서운 침묵이었다. 살뚱맞은 바람만 공중에서 북새를 논다.

한참을 신음하다 도적은 일어나더니

"성님까지 이렇게 못살게 굴기유?"

제법 눈을 부라리며 몸을 홱 돌린다. 그리고 느끼며 울음이 복받친다. 봇짐도 내버린 채

"내 것 내가 먹는데 누가 뭐래?"

하고 데퉁스러이 내뱉고는 비틀비틀 논 저쪽으로 없어진다.

형은 너무 꿈속 같아서 멍하니 섰을 뿐이다.

그러다 얼마 지나서 한 손으로 그 봇짐을 들어 본다. 가뿐하니 끽 말가웃이나 될는지. 이까짓 걸 요렇게까지 해가려는 그 심정은 실로 알 수 없다. 벼를 논에다 도로 털어 버렸다. 그리고 아내의 치마이겠지, 검은 보자기를 척척 개서 들었다. 내 걸 내가 먹는다— 그야 이를 말이랴. 하나 내 걸 내가 훔쳐야 할 그 운명도 얄궂거니와 형을 배반하고 이 짓을 벌인 아우도 아우렷다. 에— 이 고얀 놈, 할 제 볼을 적시는 것은 눈물이다. 그는 주먹으로 눈물을 쓱, 비비고 머리에 번쩍 떠오르는 것이 있으니 두레두레한 황소의 눈깔. 시오 리를 남쪽 산으로 들어가면 어느 집 바깥뜰에 밤마다 늘 매여 있는 투실투실한 그 황소. 아무렇게 따지든 칠십 원은 갈 데 없으리라. 그는 부리나케 아우의 뒤를 밟았다.

공동묘지까지 거반 왔을 때에야 가까스로 만났다. 아우의 등

을 탁 치며

"얘, 좋은 수 있다. 네 원대로 돈을 해줄게 나하구 잠깐 다녀오자."

씩씩한 어조로 기쁘도록 달랬다. 그러나 아우는 입 하나 열려 하지 않고 그대로 실쭉하였다. 뿐만 아니라 어깨 위에 올려놓은 형의 손을 부질없단 듯이 몸으로 털어 버린다. 그리고 삐익 달아난다. 이걸 보니 하 엄청나고 기가 콱 막히었다.

"이눔아!"

하고 악에 받치어

"명색이 성이라며?"

대뜸 몽둥이는 들어가 그 볼기짝을 후려갈겼다. 아우는 모로 몸을 꺾더니 시나브로 찌그러진다. 뒤미처 앞정강이를 때리고 등을 팼다. 일어나지 못할 만치 매는 내리었다. 체면을 불고하고 땅에 엎드리어 엉엉 울도록 매는 내리었다.

홧김에 하긴 했으되 그 꼴을 보니 또한 마음이 편할 수 없다. 침을 퇴, 뱉어 던지곤 팔자 드신 놈이 그저 그렇지 별수 있나, 쓰러진 아우를 일으키어 등에 업고 일어섰다. 언제나 철이 날는지 딱한 일이었다. 속 썩는 한숨을 후— 하고 내뿜는다. 그리고 어청어청 고개를 묵묵히 내려온다.

1935년 7월, 《조선일보》

봄·봄

산골

산

머리 위에서 굽어보던 해님이 서쪽으로 기울어 나무에 긴 꼬리가 달렸건만

나물 뜯을 생각은 않고

이뿐이는 늙은 잣나무 허리에 등을 비겨대고 먼 하늘만 이렇게 하염없이 바라보고 섰다.

하늘은 맑게 개고 이쪽 저쪽으로 뭉글뭉글 피어오른 흰 꽃송이는 곱게도 움직인다. 저것도 구름인지 학들은 쌍쌍이 짝을 짓고 그 새로 날아들며 끼리끼리 어르는 소리가 이 수풍까지 멀리 흘러내린다.

갖가지 나무들은 사방에 잎이 우거졌고 땡볕에 그 잎을 펴 들고 너훌너훌 바람과 아울러 산골의 향기를 자랑한다.

그 공중에는 나는 꾀꼬리가 어여쁘고— 노란 날개를 팔딱이고 이 가지 저 가지로 옮아앉으며 흥에 겨운 행복을 노래 부른다.

—고— 이! 고이 고— 이!

요렇게 아양스레 노래도 부르고—

—담배 먹구 꼴 비어!

맞은쪽 저 바위밑은 필시 호랑님의 드나드는 굴이리라. 음침한 그 위에는 가시덤불, 다래 넝쿨이 어지러이 엉키어 지붕이 되어 있고, 이것도 돌이랄지 연록색 털복숭이는 올망졸망 놓였고, 그리고 오늘도 어김없이 뻐꾸기는 날아와 그 잔등에 다리를 머무르며—

—뻐꾹! 뻐꾹! 뻑뻐꾹!

어느덧 이뿐이는 눈시울에 구슬방울이 맺히기 시작한다. 그리고 나물바구니가 툭, 하고 땅에 떨어지자 두 손에 펴든 치마폭으로 그새 얼굴을 폭 가리고는

이뿐이는 흐륵흐륵 마냥 느끼며 울고 섰다.

이제야 후회 나노니 도련님 공부하러 서울로 떠나실 때 저도 간다고 왜 좀 더 붙들고 늘어지지 못했던가, 생각하면 할수록 가슴만 미어질 노릇이다. 그러나 마님의 눈을 기어* 자그만 보따리를 옆에 끼고 산속으로 이십 리나 넘어 따라갔던 이뿐이가 아니었던가. 과연 이뿐이는 산등을 질러 갔고 으슥한 고갯마루에서 기다리고 섰다가 넘어오시는 도련님의 손목을 꼭 붙잡고 "난

* 기다 : 피하다.

봄·봄

안 데려가지유!" 하고 애원 못한 것도 아니니 공연스레 눈물부터 앞을 가렸고 도련님이 놀라며

"너 왜 오니? 여름에 꼭 온다니까. 어여 들어가라."

하고 역정을 내심에는 고만 두려웠으나 그래도 날 데려가라고 그 몸에 매달리니 도련님은 얼마를 벙벙히 그냥 섰다가

"울지 마라. 이뿐아. 그럼 내 서울 가 자리나 잡거든 널 데려가마." 하고 등을 두드리며 달랠 제 만일 이 말에 이뿐이가 솔깃하여 꼭 곧이듣지만 않았던들 도련님의 그 손을 안타까이 놓지는 않았던걸—

"정말 꼭 데려가지유?"

"그럼 한 달 후에면 꼭 데려가마."

"난 그럼 기다릴 테야유!"

그리고 아침 햇발에 비끼는 도련님의 옷자락이 산등으로 꼬불꼬불 저 멀리 사라지고 아주 보이지 않을 때까지 이뿐이는 남이 볼까 하여 피어 흩어진 개나리 속에 몸을 숨기고 치마끈을 입에 물고는 눈물로 배웅하였던 것이 아니런가. 이렇게도 철석같이 다짐을 두고 가시더니 그 한 달이란 대체 얼마나 되는 겐지 몇 한 달이 거듭 지나고 돌도 넘었으련만 도련님은 이렇다 소식 하나 전할 줄조차 모르신다. 실토로 터놓고 말하자면 늙은 이 잣나무 아래에서 도련님과 맨 처음 눈이 맞을 제 이뿐이가 먼저 그러자고 한 것도 아니런만— 이뿐 어머니가 마님댁 씨종이고 보면 그 딸 이뿐이는 잘 따져야 씨의 씨종이니 하잘것없는 계집애이거늘 이뿐이는 제 몸이 이럼을 알고 시내에서 홀로 빨래를

할 제면 도련님이 가끔 덤벼들어 이게 장난이겠지, 품에 꼭 껴안고 뺨을 깨물어 뜯는 그 꼴이 숭글숭글하고 밉지는 않았으나 그러나 이뿐이는 감히 그런 생각을 먹어 본 적이 없었다. 그날도 마님이 구미가 제치셨다고* 얘 이뿐아 나물 좀 뜯어 온, 하실 때 이뿐이는 퍽이나 반가웠고 아침밥도 몇 술로 걸날리고 바구니를 동무 삼아 집을 나섰으니 나이 아직 열여섯이라 마님에게 귀염을 받는 것이 다만 좋았고 칠칠한 나물을 뜯어드리고자 한사코 이 험한 산속으로 기어올랐다. 풀잎의 이슬은 아직 다 마르지 않았고 바위 틈바구니에 흩어진 잔디에는 커다란 구렁이가 똬리를 틀고서 떡머구리 한 놈을 우물거리며 있는 중이매 이뿐이는 쌔근쌔근 가쁜 숨을 쉬어 가며 그걸 가만히 들여다보고 섰다가 바로 발 앞에 도라지순이 있음을 발견하고 꼬챙이로 마악 캐려 할 즈음 등 뒤에서 뜻밖에 발자국 소리가 들리는 것이 아닌가. 깜짝 놀라며 고개를 돌려보니 언제 어디로 따라왔던가, 도련님은 물푸레나무 토막을 한 손에 지팡이로 짚고 붉은 얼굴이 땀바가지가 되어 식식거리며 그리고 싱글싱글 웃고 있다. 그 모양이 하도 수상하여 이뿐이는 눈을 똥그랗게 뜨고 바라보니 도련님은 좀 면구쩍은지 낯을 모로 돌리며 그러나 여일히 싱글싱글 웃으며 뱃심 유한 소리가—

"난 지팡이 꺾으러 왔다."

그렇지마는 이뿐이는 며칠 전 마님이 불러 세우고 너 도련님

* 제치다 : 좆히다. 입맛 따위가 싹 없어지다. 또는 입맛을 잃다.

하구 같이 다니면 매 맞는다 하시던 그 꾸지람을 얼뜬 생각하고

"왜 따라왔지유— 마님 아시면 남 매 맞으라구?" 하고 암팡스레 쏘았으나 도련님은 귓등으로 듣는지 그래도 여전히 싱글거리며 뱃심 유한 소리로—

"난 지팡이 꺾으러 왔다—"

그제서는 이뿐이는 성을 안 낼 수가 없고

"마님께 나 매 맞어두 난 몰라."

혼자말로 이렇게 되알지게 쫑알거리고 너야 가든 말든 하라는 듯이 고개를 돌리어 아까의 도라지를 다시 캐자노라니 도련님은 무턱대고 그냥 와락 달려들어

"너 맞는 거 나는 알지?"

이뿐이를 뒤로 꼭 붙들고 땀이 쪽 흐른 그 뺨을 또 잔뜩 깨물고는 놓질 않는다. 이뿐이는 어려서부터 도련님과 같이 자랐고 같이 놀았으되 제가 먼저 그런 생각을 두었다면 도련님을 벌컥 떼다밀어 바위 너머로 곤두박이게 했을 리 만무였고 궁둥이를 털고 일어나며 도련님이 무색하여 멀거니 쳐다보고 입맛만 다시니 이뿐이는 그 꼴이 보기 가여웠고 죄를 저지른 제 몸에 대하여 죄송한 자책이 없던 바도 아니건마는 다시 손목을 잡히고 이 잣나무 밑으로 끌릴 제에는 온 힘을 다하여 그 손깍지를 버리며 야단친 것도 사실이 아닌 건 아니나, 그러나 어딘가 마음 한편에 앙살을 피우면서도 넉히 끌리어 가도록 도련님의 힘이 좀 더 좀 더 하는 생각이 전혀 없었다면 그것은 거짓말이 되고 말 것이다. 물론 이뿐이가 얼굴이 빨개지며 앙큼스러운 생각을 먹은 것은

바로 이때였고

"난 몰라, 마님께 여쭐 터이야, 난 몰라!" 하고 적잖이 조바심을 태우면서도 도련님의 속맘을 한번 뜯어보고자

"누가 종두 이러는 거야?" 하고 손을 뿌리치며 된통 호령을 하고 보니 도련님은 이 깊고 외진 산속임에도 불구하고 귀에다 입을 갖다 대고 가만히 속삭이는 그 말이—

"너 나하고 멀리 도망가지 않으련!"

그러니 이뿐이는 이 말을 참으로 꼭 곧이들었고 사내가 이렇게 겁을 집어먹는 수도 있는지 도련님이 땅에 떨어지는 성냥갑을 호주머니에 다시 집어 넣을 줄도 모르고 덤벙거리며 산 아래로 꽁지를 뺄 때까지 이뿐이는 잣나무 뿌리를 베고 풀밭에 번듯이 드러누운 채 푸른 하늘을 바라보며 인제 멀리만 달아나면 나는 저 도련님의 아씨가 되려니 하는 생각에 마님께 진상할 나물 캘 생각조차 잊고 말았다. 그러나 조금 지나매 이뿐이는 어쩐지 저도 겁이 나는 듯싶었고 발딱 일어나 사면을 휘돌아보았으나 거기에는 험상스러운 바위와 우거진 숲이 있을 뿐 본 사람은 하나도 없으련만 — 아마 산이 험한 탓일지도 모르리라. 가슴은 여전히 달랑거리고 두려우면서 그러나 이 몸뚱이를 제 품에 꼭 품고 같이 둥글고 싶은 안타까운 그런 행복이 느껴지지 않은 것도 아니었으니 도련님은 이렇게 정을 들이고 가시고는 이제 와서는 생판 모르는 체하시는 거나 아닐런가—

봄·봄

마을

두 손등으로 눈물을 씻고 고개는 으레 들었으나

나물 뜯을 생각은 않고

이뿐이는 늙은 잣나무 밑에 앉아서 먼 하늘을 치켜대고 도련님 생각에 이렇게도 넋을 잃는다.

이제 와 생각하면 야속도 스럽나니 마님께 매를 맞도록 한 것도 결국 도련님이었고 별 욕을 다 당하게 한 것도 결국 도련님이 아니었던가—

매일과 같이 산엘 올라다닌 지 단 나흘이 못 되어 마님은 눈치를 채셨는지 혹은 짐작만 하셨는지 저녁때 기진하여 내려오는 이뿐이를 불러 앉히시고

"너 요년 바른 대로 말해야지 죽인다." 하고 회초리로 때리시되 볼기짝이 톡톡 불거지도록 하셨고, 그래도 안차게 아니라고 고집을 쓰니 이번에는 어머니가 달려들어 머리채를 휘감고 주먹으로 등어리를 서너 번 쾅쾅 때리더니 그만도 좋으련만 뜰 아랫방에 갖다 가두고는 사날씩이나 바깥 구경을 못하게 하고 구메밥으로 구박을 막 함에는 이뿐이는 짜장 서럽지 않을 수가 없었다. 징역살이 맨 마지막 밤이 깊었을 제 이뿐이는 너무 원통하여 혼자 앉아서 울다가 자리에 누운 어머니의 허리를 꼭 끼고 그 품속으로 기어들며 "어머니, 나 데련님하고 살 테야—" 하고 그예 저의 속중을 토설하니 어머니는 들었는지 먹었는지 그냥 잠잠히

누웠더니 한참 후 후유, 하고 한숨을 내뿜을 때에는 이미 눈에 눈물이 그렁그렁하였고 그리고 또 한참 있더니 입을 열어 하는 이야기가 지금은 이렇게 늙었으나 자기도 색시 때에는 이뿐이만 치나 어여뻤고 얼마나 맵시가 출중났던지 노나리와 은근히 배가 맞았으나 몇 달이 못 가서 노마님이 이걸 아시고 하루는 불러 세우고 때리시다가 마침내 샘에 못 이기어 인두로 하초*를 지지려고 들어덤비신 일이 있다고 일러 주고 다시 몇 번 몇 번 당부하여 말하되, 석숭네가 벌써부터 말을 건네는 중이니 도련님에게 맘일랑 두지 말고 몸 잘 갖고 있으라 하고 딱 떼는 것이 아닌가. 하기야 이뿐이가 무남독녀의 귀여운 외딸이 아니었던들 사흘 후에도 바깥엔 나올 수 없었으려니와 비로소 대문을 나와 보니 그간 세상이 좀 넓어진 것 같고 마치 우리를 벗어난 짐승과 같이 몸의 가든함을 느꼈고 흉측스러운 산으로 뺑뺑 둘러싼 이 산골에서 벗어나 넓은 버덩으로 나간다면 기쁘기가 이보다 좀 더하리라 생각도 하여 보고 어머니의 영대로 고추밭을 매러 개울길로 내려가려니까 왼편 수풍 속에서 도련님이 불쑥 튀어나오며 또 붙들고 산에 안 갈 테냐고 대구 보챈다. 읍에 가 학교를 다니다가 요즘 방학이 되어 집에 돌아온 뒤로는 공부는 할 생각 않고 날이면 날 저물도록 저만 이렇게 붙잡으러 다니는 도련님이 딱도 하거니와 한편 마님도 무섭고 또는 모처럼 용서를 받는 길로 그러고 보면 이번에는 호되이 불이 내릴 것을 알고 이

* 下焦. 삼초(三焦)의 하나. 배꼽 아래의 부위로 콩팥, 방광, 대장, 소장 따위의 장기를 포함. 여기서는 성기를 의미한다.

봄·봄

뿐이는 오늘은 안 되니 낼모레쯤 가자고 좋게 달래다가 그래도 듣지 않고 굳이 가자고 성화를 하는 데는 할 수 없이 몸을 뿌리치고 뺑손을 놀 수밖에 딴 도리가 없었다. 구질구질히 내리는 비로 말미암아 한동안 손을 못 댄 고추밭은 풀들이 제법 성큼히 엉기었고 어디서부터 시작해야 좋을지 갈피를 모르겠는데 이뿐이는 되는대로 한편 구석에 치마를 도사리고 앉아서, 이것도 명색은 김매는 거겠지, 호미로 흙등만 따짝거리며 정작 정신은 어젯밤 좋은 상전과 못 사는 법이라던 어머니의 말이 옳은지 그른지 그것만 일념으로 아로새기며 이리 씹고 저리도 씹어 본다. 그러나 이뿐이는 아무렇게도 나는 도련님과 꼭 살아 보겠다, 혼자 맹세하고 제가 아씨가 되면 어머니는 일테면 마님이 되련마는 왜 그리 극성인가 싶어서 좀 야속하였고 해가 한나절이 되어 목덜미를 확확 달일 때까지 이리저리 곰곰 생각하다가 고개를 들어 보매 밭은 여태 한 고랑도 다 끝이 못 났으니 이놈의 밭이, 하고 탓 안 할 탓을 하며 저절로 하품이 나올 만치 어지간히 기가 막혔다. 이번에는 좀 빨랑빨랑 하리라 생각하고 이뿐이는 호미를 잽싸게 놀리며 폭폭 찍고 덤볐으나 그래도 웬일인지 일은 손에 붙지를 않고 그뿐 아니라 등 뒤 개울의 덤불에서는 온갖 잡새가 귀둥대둥 멋대로 속삭이고 먼발치에서 풀을 뜯고 있는 황소가 메— 하고 늘어지게도 소리를 내뽑으니 이뿐이는 이걸 듣고 갑자기 몸이 나른해지지 않을 수 없고 밭가에 선 수양버들 그늘에 쓰러져 한잠 들고 싶은 생각이 곧바로 나지마는 어머니가 무서워 차마 그걸 못하고 만다. 인제는 계집애는 밭일을 안 하도록 법이 됐으면 좋겠다 생각하고 이뿐이는 울화증이 나서 호미를 메꽂고 얼굴의 땀을 씻으며 앉았노라니까 들로 보리를 걷으러 가는 길인지 석숭이가 빈 지게를 지고 꺼불꺼불 밭머리에 와 서더니 아주 썩 시퉁그러지게 입을 삐죽거리며 이뿐이를 건너대고 하는 소리가—

"너 데련님하고 그랬대지—"

새파랗게 간 비수로 가슴을 쭉 내리긋는대도 아마 이토록은 재접지* 않으리라마는 이뿐이는 어디서 들었느냐고 따져 볼 겨를도 없이 얼굴이 그만 홍당무가 되었고, 그놈의 소위**로 생각하면 대뜸 들어덤벼 그 귓백이라도 물고 늘어질 생각이 곧 간절은 하나 한 죄는 있고 어째 볼 용기가 없으매 다만 고개를 폭 수그릴 뿐이다. 그러니까 석숭이는 제가 잰 듯싶어서 이뿐이를 짜장 넘보고 제법 밭 가운데까지 들어와 떡 버티고 서서는 또 한 번 시큰둥하게 그리고 엇먹는 소리로—

"너 데련님하구 그랬대지—"

전일 같으면 제가 이뿐이에게 지게막대기로 볼기 맞을 생각도 않고 감히 이 따위 버르장머리는 하기커녕 즈 아버지 장사하는 원두막에서 몰래 참외를 따 가지고 와서

"얘 이뿐아, 너 이거 먹어라." 하다가

"난 네가 주는 건 안 먹을 테야." 하고 몇 번 내뱉음에도 굴치 않고 굳이 먹으라고 떠맡기므로 이뿐이가 마지못하는 체하고

---

* 재접다 : 몹시 지겹다.
** 所爲, 하는 일. 소행.

봄·봄

받아 들고는 물론 치마폭에 흙을 싹싹 문대고 나서 깨물고 앉았 노라면 아무쪼록 이뿐이 맘에 잘 들도록 호미를 대신 손에 잡기가 무섭게 는실난실 김을 매 주었고, 그리고 가끔 이뿐이를 웃겨 주기 위하여 그것도 재주라고 밭고랑에서 잘 봐야 곰 같은 몸뚱이로 이리 뒹굴고 저리 뒹굴고 하였다. 석숭 아버지는 이놈이 또 어디로 내뺐구나 하고 찾아다니다가 여길 와 보니 매라는 제 밭은 안 매고 남 계집애 밭에 들어와서 대체 온 이게 무슨 놀음인지 이 꼴이고 보매 기도 막힐뿐더러 터지려는 웃음을 억지로 참고 노여운 낯을 지어 가며

"너 이놈아, 네 밭은 안 매고 남의 밭에 들어와 그게 뭐냐?" 하고 꾸중을 하였지마는 석숭이가 깜짝 놀라서 돌아다보고 고만 멀쑥하여 궁둥이의 흙을 털고 일어서며

"이뿐이 밭 좀 매 주러 왔지 뭘 그래?" 하고 되레 통명스러이 뻗댐에는 더 책하지 않고

"어 망할 자식두 다 많어이!" 하고 돌아서 저리로 가며 보이지 않게 피익 웃고 마는 것인데, 그러면 이뿐이는 저의 처지가 꽤 야릇하게 됨을 알고 저기까지 분명히 들리도록

"너보고 누가 밭 매 달랬어? 가, 어여 가, 가." 하고 다 먹은 참외는 생각 않고 등을 떠다밀며 구박을 막 하던 이런 터이련만 제가 이제 와 누굴 비위를 긁다니 하늘이 무너지면 졌지 이것은 도시 말이 안 된다.

돌

이뿐이는 남다른 부끄럼으로 온 전신이 확확 다는 듯싶었으나 그러나 조금 뒤에는 무안을 당한 거기에 대갚음이 없어서는 아니 되리라 생각하고 앙칼스러운 역심이 가슴을 콕 찌를 때에는 어깨뿐만 아니라 등어리 전체가 샐룩거리다가 새침히 발딱 일어나 사방을 훑어보더니 대낮이라 다들 일들 나가고 안마을에 사람이 없음을 알고 석숭이 소맷자락을 넌지시 끌며 그 옆 숙성히 자란 수수밭 속으로 들어간다. 밭 한복판은 아늑하고 아무 데도 보이지 않으므로 함부로 떠들어도 괜찮으려니 믿고 이뿐이는 거기다 석숭이를 세워 놓자 밭고랑에 널려진 돌 틈에서 맞아 죽지 않고 단단히 아플 만한 모리돌멩이 하나를 집어 들고 그 옆 정강이를 모질게 후려치며

"이 자식, 뭘 어째구 어째?" 하고 딱딱 어르니까 석숭이는 처음에 뭐나 좀 생길까 하고 좋아서 따라왔던 걸 별안간 난데없는 모진 돌만 날아듦에는

"아야!" 하고 소리치자 똑 선불 맞은 노루 모양으로 한번 뻐들껑 뛰며 눈이 그야말로 왕방울만 해지지 않을 수가 없었다. 그러나 석숭이는 미움보다 앞서느니 기쁨이요. 전일에는 그 옆을 지나도 본 둥 만 둥하고 그리 대단히 여겨 주지 않던 그 이뿐이가 일부러 이리 끌고 와 돌로 때리되 정말 아프도록 힘을 들일 만치 이뿐이에게 있어는 지금의 저의 존재가 그만큼 끔찍함을 그 돌

에서 비로소 깨닫고 짓궂이 싱글싱글 웃으며 한 번 더 뒤둥그러진. 그리고 흘게늦은 목소리로

"뭘 데련님하고 그랬대는데一" 하고 놀려 주었다. 이뿐이는

"뭐 이 자식?" 하고 상기된 눈을 똑바로 떴으나 이번에는 돌멩이 집을 생각을 않고 아까부터 겨우 참아 왔던 울음이

"으응!" 하고 탁 터지자 자분참 덤벼들어 석숭이 옷가슴에 매달리며 쥐어뜯으니 석숭이는 이뿐이를 울려 놓은 것은 저의 큰 죄임을 얼른 알고 눈이 휘둥그래서

"아니다 아니다, 내 부러 그랬다. 아니다." 하고 입에 부리나케 그러나 손으로 등을 어루만지며, "아니다"를 여러십 번을 부른 때에야 간신히 울음을 진정해 놓았고 이뿐이가 아직 느끼는 음성으로 몇 번 당부를 하니

"인제 남 듣는 데 그러면 내 너 죽일 터야?"

"그래 인전 안 그러마."

참으로 이런 나쁜 소리는 다시 입에 담지 않으리라 맹세하였다. 이뿐이도 그제야 마음을 놓고 흔적이 없도록 눈물을 닦으면서

"다시 그래 봐라 내 죽인다!"

또 한 번 다져 놓고 고추밭으로 도로 나오려 할 제 석숭이가 와락 달려들어 그 허리를 잔뜩 껴안고

"너 그럼 우리 집에서 나한테로 시집오라니깐 왜 싫다구 그랬니?" 하고 설혹 좀 성가시게 굴었다 치더라도, 만일 이뿐이가 이 행실을 도련님이 아신다면 단박에 정을 떼시려니 하는 염려만

없었더라면 그리 대수롭지 않은 것을 그토록 오지게 혼을 냈을 리 없었겠다고, 생각하면 두고두고 입때껏 후회가 나리만치 그렇게 사내의 뺨을 후려친 것도 결국 도련님을 위하는 이뿐이의 깨끗한 정이 아니었던가—

물

가득히 품에 찬 서러움을 눈물로 가시고 나물바구니를 손에 잡았으니, 이뿐이는 다시 일어나 산중턱으로 거친 수풍 속을 기어내리며 도라지를 하나 둘 캐기 시작한다.

참인지 아닌지 자세히는 모르나 멀리 날아온 풍설을 들어 보면, 도련님은 서울 가 어여쁜 아씨와 다시 정분이 났다 하고 그뿐만도 오히려 좋으련마는 댁의 마님은 마님대로 늙은 총각 오래 두면 병 난다 하여 상냥한 아가씨만 찾는 길이니 대체 이게 웬 셈인지 이뿐이는 골머리가 아팠고 도라지를 캔다고 꼬챙이를 땅에 꾸욱 꽂으니 그대로 짚고 선 채 해만 점점 부질없이 저물어 간다. 맥을 잃고 다시 내려오다 이뿐이는 앞에 우뚝 솟은 바위를 품에 얼싸안고 그 앞을 굽어보니 험악한 석벽 틈에 맑은 물은 웅숭깊이 충충* 괴었고 설핏한 하늘의 붉은 노을 한쪽을 뚝 떼 들고 푸른 잎새로 전을 둘렀거늘, 그 모양이 보기에 퍽도 아

---

* 물이나 빛깔 따위가 흐리고 침침한 모양.

름답다. 그걸 거울 삼고 이뿐이는 저 밑에 까맣게 비치는 저의 외양을 또 한 번 고쳐 뜯어보니 한때는 도련님이 조르다 몸살도 나셨으려니와 의복은 비록 추레할망정 저의 눈에도 밉지 않게 생겼고 남 가진 이목구비에 반반도 하련마는 뭐가 부족한지 달리 눈이 맞는 도련님의 심정이 알 수 없고 어느덧 원망스러운 눈물이 눈에서 떨어지니 잔잔한 물면에 물둘레를 치기도 전에 무슨 밥이나 된다고 커단 꺽지는 휘엉휘엉 올라와 꼴딱 받아먹고 들어간다. 이뿐이는 얼빠진 등신같이 맑은 이 물을 가만히 들여다보노라니 불시로 제 몸을 풍덩 던지어 깨끗이 빠져도 죽고 싶고, 아니 이왕 죽을진댄 정든 님 품에 안고 같이 풍, 빠지어 세상사를 다 잊고 알뜰히 죽고 싶고, 그렇다면 도련님이 이 등에 넙죽 엎디어 뺨에 뺨을 비벼 대고, 그리고 이 물을 같이 굽어보며

"얘 울지 마라, 내가 가면 설마 아주 가겠니?" 하고 세우* 달랠 제 꼭 붙들고 풍덩실 하고 왜 빠지지 못했던가. 시방은 한가**도 컸건마는 그 이뿐이는 그리도 삶에 주렸던지

"정말 올 여름엔 꼭 오우?" 하고 아까부터 몇 번 묻던 걸 또 한 번 다져 보았거늘 도련님은 시원스러이 선뜻

"그럼 오구말구. 널 두고 안 오겠니!" 하고 대답하고 손에 꺾어 들었던 노란 동백꽃을 물 위로 홱 내던지며

"너 참 이 물이 무슨 물인지 알면 용치?"

눈을 끔벅끔벅하더니 이야기하여 가로되, 옛날에 이 산속에

* 몹시. 세차게.
** 원통한 일에 대해 하소연이나 항거를 함.

한 장사가 있었고 나라에서는 그를 잡고자 사방팔면에 군사를 놓았다. 그렇지마는 장사에게는 비호같이 날랜 날개가 돋친 법이니 공중을 훌훌 나는 그를 잡을 길 없고 머리만 앓던 중 하루는 그예 이 물에서 목욕을 하고 있는 것을 사로잡았다는 것으로 되. 왜 그러냐 하면 하느님이 잡수시는 깨끗한 이 물을 몸으로 흐렸으니 누구라도 천벌을 아니 입을 리 없고 몸에 물이 닿자 돋쳤던 날개가 흐지부지 녹아 버린 까닭이라고 말하고, 도련님은 손짓으로 장사의 처참스러운 최후를 시늉하며 가장 두려운 듯이 눈을 커닿게 끔적끔적하더니 뒤를 이어 그 말이—

"아 무서! 얘 우지 마라. 저 물에 눈물이 떨어지면 너 큰일 난다."

그러나 이뿐이는 그까짓 소리는 듣는 둥 마는 둥 그리 신통치 못하였고, 며칠 후 서울로 떠나면 아주 놓일 듯만 싶어서 도련님의 얼굴을 이윽히 쳐다보고 그럼 다짐을 두고 가라 하다가, 도련님이 조금도 서슴없이 입고 있던 자기의 저고리 고름 한 짝을 뚝 떼어 이뿐이 허리춤에 꾹 꽂아 주며,

"너 이래두 못 믿겠니?"

하니 황송도 하거니와 설마 이걸 두고야 잊으시진 않겠지 하고 속이 든든하지 않은 것도 아니었다. 대장부의 노릇이매 이렇게 하고 변심은 없을 게나 그래도 잘 따져보니 이 고름이 말하는 것도 아니거든 차라리 따라나서느니만 같지 못하다고 문득 마음을 고쳐먹고 고개로 쫓아간 건 좋으련마는 왜 그랬던고. 좀 더 매달리어 진대*를 안 붙고 고기 주저앉고 말았으니 이제 와

봄·봄

서는 한가만 새롭고 몸에 고이 간직하였던 옷고름을 이 손에 꺼
내 들고 눈물을 흘려보되 별 수 없나니 보람 없이 격지**만 늘어
간다. 하나 이거나마 아주 없었던들 그야 살맛조차 송두리 잃었
으리라마는 요즘 매일과 같이

　　이 험한 깊은 산속에 올라와

　　옛 기억을 홀로 더듬어 보며

　　이뿐이는 해가 저물도록 이렇게 울고 섰곤 하는 것이다.

길

　　모든 새들은 어제와 같이 노래를 부르고 날도 맑으련만

　　오늘은 웬일인지

　　이뿐이는 아직도 올라오질 않는다.

　　석숭이는 아버지가 읍의 장에 가서 세 마리 닭을 팔아 그걸
로 소금을 사 오라 하여 아침 일찍이 나온 것도 잊고 이 산에 올
라와 다리를 묶은 닭들은 한편에 내던지고 늙은 잣나무 그늘에
누워 눈이 빠지도록 기다렸으나 이뿐이가 좀체 나오지 않으매
웬일일까, 고게 또 노하지나 않았나 하고 일쩌웁시 이렇게 애를
태운다. 올 가을이 얼른 되어 새 곡식을 거두면 이뿐이에게로 장
가를 들게 되었으니 기쁨인들 이우 더할 데 있으랴마는 이번도

---

　* 남에게 달라붙어 떼를 쓰며 괴롭히는 짓.
　** 여러 겹으로 쌓아 붙은 켜.

또 이뿐이가 밥도 안 먹고 죽는다고 야단을 친다면 헛일이 아닐까 하는 염려도 없지 않았거늘 그렇게 쌀쌀하고 매일매일 하던 이뿐이의 태도가 요즘에 들어와서는 갑자기 다소곳하고 눈 한번 흘길 줄도 모르니 이건 참으로 춤을 추어도 다 못 출 것이다. 뿐만 아니라 이슬비가 내리던 날 마님댁 울 뒤에서 이뿐이는 옥수수를 따고 섰고 제가 그 옆을 지날 제 은근히 손짓을 하므로 가까이 다가서니 귀에다 나직이 속삭이는 소리가—

"너 편지 하나 써 주련?"

"그래 그래 써 주마, 내 잘 쓴다."

석숭이는 너무 반가워서 허둥거리며 묻지 않는 소리까지 하다가 또 그 말에 내 너 하라는 대로 다 할 게니 도련님에게 편지를 쓰되, 이뿐이는 여태 기다립니다, 하고 그리고 이런 소리는 아예 입 밖에 내지 말라 하므로 그런 편지면 일 년 내내 두고 썼으면 좋겠다 속으로 생각하고 채 틀 못 박힌 연필 글씨로 다섯 줄을 그리기에 꼬박 이틀 밤을 새고 나서 약속대로 산으로 이뿐이를 만나러 올라올 때에는 어쩐지 가슴이 두근두근하는 것이 바로 아내를 만나러 오는 남편의 그 기쁨이 또렷이 나타나는 것이다. 이뿐이가 얼른 올라와야 뭐가 제일 좋으냐 물어보고 이 닭들을 팔아 선물을 사다 주련만 오진 않고 석숭이는 암만 생각해야 영문을 모르겠으니 아마 요전번

"이 편지 써 왔으니깐 너 나구 꼭 살아야 한다." 하고 크게 얼른 것이 좀 잘못이라 하더라도 이뿐이가 고개를 푹 숙이고 있다가

"그래." 하고 눈에 눈물을 보이며

봄·봄

"그 편지 읽어 봐." 하고 부드럽게 말한 걸 보면 그리 노한 것은 아니니 석숭이는 기뻐서 그 앞에 떡 버티고 제가 썼으나 제가 못 읽는 그 편지를 떠듬떠듬 데련님 전 상사리, 가신 지가 오래 됐는디 왜 안 오구, 일 년 반이 됐는데 왜 안 오구 하니깐 이뿐이는 밤마다 눈물로 새오며, 이뿐이는 그럼 죽을 테니까 날듯이 얼찐 와서— 이렇게 땀을 내며 읽었으나 이뿐이는 다 읽은 뒤 그걸 받아서 피봉에 도로 넣고 그리고 나물바구니 속에 감추고는 그대로 덤덤히 산을 내려온다. 산기슭으로 내리니 앞에 큰 내가 놓여 있고 골고루도 널려 박힌 험상궂은 웅퉁바위 틈으로 물은 우람스레 부딪치며 콸콸 흘러내리매 정신이 다 아찔하여 이뿐이는 조심스레 바위를 골라 디디며 이쪽으로 건너왔으나 아무리 생각하여도 같이 멀리 도망가자는 도련님이 저 서울로 혼자만 삐쭉 달아난 것은 그 속이 알 수 없고 사나이 맘이 설사 변한다 하더라도 잣나무 밑에서 그다지 눈물까지 머금고 조르시던 그 도련님이 인제 와 싹도 없이 변하신다니 이야 신의 조화가 아니면 안 될 것이다. 이뿐이는 산처럼 잎이 퍼드러진 호양나무 밑에 와 발을 멈추며 한 손으로 바구니의 편지를 꺼내어 행주치마 속에 감추어 들고 석숭이가 쓴 편지도 잘 찾아갈는지 미심도 하거니와 또한 도련님 앞으로 잘 간다 하면 이걸 보고 도련님이 끔뻑하여 뛰어올 겐지 아닌지 그것조차 장담 못할 일이건마는 아니, 오신다. 이 옷고름을 두고 가시던 도련님이거늘 설마 이 편지에도 안 오실 리 없으리라고 혼자 서서 우기며 해가 기우는 먼 고개치를 바라보며 체부 오기를 기다린다. 체부가 잘 와야 사흘에 한 번밖에는 더 들르지 않는 줄을 저라고 모를 리 없고 그리고 어제 다녀갔으니 모레나 오는 줄은 번연히 알련마는 그래도 이뿐이는 산길에 속는 사람같이, 저 산비탈로 꼬불꼬불 돌아 나간 기나긴 산길에서 금시 체부가 보일 듯 보일 듯싶었는지, 해가 아주 넘어가고 날이 어둡도록, 지루하게도 이렇게 속 달게 체부 오기를 기다린다.

그러나

오늘은 웬일인지

어제와 같이 날도 맑고 산의 새들은 노래를 부르건만

이뿐이는 아직도 나올 줄을 모른다.

1935년 7월, 《조선문단》

봄·봄

솥

들고 나갈 거라곤 인제 매함지와 키 조각이 있을 뿐이다.

그 외에도 체랑 그릇이랑 있긴 좀 허나 깨어지고 헐고 하여 아무짝에도 못 쓸 것이다. 그나마도 들고 나설려면 아내의 눈을 기워야 할 터인데 맞은쪽에 빤히 앉았으니 꼼짝할 수 없다.

하지만 오늘도 밸을 좀 긁어 놓으면 성이 뻗쳐서 제물로 부르르 나가 버리리라― 아랫목의 근식이는 저녁상을 물린 뒤 두 다리를 세워 안고 그리고 고개를 떨어친 채 묵묵하였다. 왜냐면 묘한 꼬투리가 있음 직하면서도 선뜻 생각키지 않는 까닭이었다.

윗목에서 나려오는 냉기로 하여 아랫방까지 몹시 싸늘하다.

가을쯤 치받이를 해 두었더면 좋았으련만 천장에서는 흙방울이 똑똑 떨어지며 찬바람은 새어 든다.

헌 옷때기를 들쓰고 앉아 어린 아들은 화로 전에서 킹얼거린다.

아내는 이 아이를 얼르며 달래며 부지런히 감자를 구워 먹인다. 그러나 다리를 모로 늘이고 사지를 뒤트는 양이 온종일 방아다리에 시달린 몸이라 매우 나른한 맥이었다. 손으로 가끔 입을 막고 연달아 하품만 할 뿐이었다.

한참 지난 후 남편은 고개를 들고 아내의 눈치를 살펴보았다. 그리고 두터운 입술을 찌그리며 바투 데퉁스러이

"아까 낮에 누가 왔다 갔어?"

하고 한마디 얼른 내다 붙였다. 그러나 아내는

"면서기밖에 누가 왔다갔지유—"

하고 심심히 받으며 들떠보도 않는다.

물론 전부터 미뤄 오던 호포를 독촉하러 오늘 면서기가 왔던 것을 남편이라고 모르는 바도 아니었다. 자기는 거리에서 먼저 기수채었고 그 때문에 붙잡히면 혼이 날까 봐 일부러 몸을 피하였다. 마는 어차피 말을 꼬려 하니까

"볼일이 있으면 날 불러 대든지 할 게지 왜 그놈을 방으루 불러들이고 이 야단이야?"

하고 눈을 부릅뜨지 않을 수가 없었다.

아내는 이 말에 이마를 홱 들더니 눈꼴이 자분참 돌아간다. 하 어이없는 일이라 기가 콕 막힌 모양이었다.

샐쭉해서 턱을 조금 솟치자 그대로 떨어지고 잠자코 아이에게 감자만 먹인다.

이만하면, 하고 남편은 다시 한번

봄·봄

"헐 말이 있으면 문밖에서 허든지, 방으로까지 끌어들이는 건 다 뭐야?" 분을 솟게 했다. 그제야

"남의 속 모르는 소리 작작하게유. 자기 때문에 말막음하느라 구 욕본 생각은 못 하구."

아내는 가무잡잡한 얼굴에 핏대를 올렸으나 그러나 표정을 고르잡지 못한다. 얼마를 그렇게 앉었드니 이번에는 남편의 낯을 똑바로 쏘아보며

"그지 말구 밤마다 집신짝이라두 삼어서 호포를 갔다 대게 유."

하다가 좀 사이를 두곤 들릴 듯 말 듯한 혼잣소리가

"기집이 좋다기로 그래 집안 물건을 다 들어낸담!"

하고 여무지게 종알거린다.

"뭐, 집안 물건을 누가 들어내?"

그는 시치미를 딱 떼고 제법 천연스리 펄석 뛰었다. 그러나 속으로는 떡메로 복장이나 얻어맞은 듯 찌인하였다. 입때까지 까맣게 모르는 줄만 알았드니 아내는 귀신같이 옛날에 다 안 눈치다. 어젯밤 아내의 속곳과 그젯밤 맷돌짝을 훔처 낸 것이 죄다 탄로가 되었구나, 생각하니 불쾌하기가 짝이 없다.

"누가 그런 소리를 해, 벼락을 맞을라구?"

그는 이렇게 큰 소리는 해보았으나 한 팔로 아이를 끌어당겨 젖만 먹일 뿐, 젊은 아내는 숫제 받아 주지 않았다.

아내는 샘과 분을 못 이기어 무슨 되알진 소리가 터질 듯 질 듯하면서도 그냥 꾹 참는 모양이었다. 눈을 알로 내리깔고 색 색

숨소리만 내다가 남편이 또다시

"누가 그따위 소릴 해 그래?"

할 제에야 비로소 입을 여는 것이—

"재숙 어머이지 누군 누구야—"

"그래, 뭐라구?"

"들병이와 배 맞었다지 뭘 뭐래. 맷돌허구 내 속곳은 술 사 먹으라는 거지유?"

남편은 더 뻗치를 못하고 고만 얼굴이 화끈 달았다. 아내는 좀 살자고 고생을 무릅쓰고 바둥거리는 이판에 남편이란 궐자는 그 속곳을 술 사 먹었다면 어느 모로 따져 보든 곱지 못한 행실이리라. 그는 아내의 시선을 피할 만치 몹시 양심의 가책을 느꼈다. 마는 그렇다고 자기의 의지가 꺾인다면 또한 남편 된 도리도 아니었다.

"보두 못 허구 애맨 소릴 해 그래, 눈깔들이 멀라구?"

하고 변명 삼아 목청을 꽉 돋았다.

그러나 아무 효력도 보이지 않음에는 제대로 약만 점점 오를 뿐이다. 이러다간 본전도 못 건질 걸 알고 말끝을 얼른 돌리어

"자기는 뭔데 대낮에 사내놈을 방으로 불러들이구, 대관절 둘이 뭣 했드람?"

하여 아내를 되순나잡았다.*

아내는 독살이 송곳 끝처럼 뾰로져서 젖 먹이던 아이를 방바

---

* 되순나잡다 : 되순라잡다. 되술래잡다. 범인이 순라군을 잡는다는 뜻으로, 잘못을 빌어야 할 사람이 도리어 남을 나무람을 이르는 말.

봄·봄

닥에 쓸어박고 발딱 일어섰다.

제 공을 모르고 계정만 부리니까 되우 야속한 모양 같다. 찬 방에서 너 좀 자 보란 듯이 천연스레 뒤로 치마꼬리를 여미드니 그대로 살랑살랑 나가 버린다.

아이는 또 그대로 요란스레 울어 댄다. 눈 위를 밟는 아내의 발자국 소리가 멀리 사라짐을 알자 그는 비로소 맘이 놓였다. 방문을 열고 가만히 밖으로 나왔다. 무슨 짓을 하든 볼 사람은 없을 것이다.

그는 부엌으로 더듬어 들어가서 우선 성냥을 드윽 그어 대고 두리번거렸다. 짐작하든대로 그 함지박은 부뚜막 위에서 주인을 우두커니 기다리고 있다. 그 속에 담긴 감자 나부랭이는 그 자리 에 쏟아 버리고 그러고 나서 번쩍 들고 뒤란으로 나갔다.

앞으로 들고 나갔으면 좋을 테지만 그러다 아내에게 들키면 아주 혼이 난다. 어렵더라도 뒤켵 언덕 위로 올라가서 울타리 밖 으로 쿵하고 아니 던져 넘길 수 없다. 그담에가 이게 좀 거북한 일이었다. 하지만 예전 뒤나 보러 나온 듯이 뒷짐을 딱 지고 싸 리문께로 나와 유유히 사면을 돌아보면 고만이다.

하얀 눈 위에는 아내가 고대 밟고 간 발자국만이 딩금딩금 남 았다. 그는 울타리에 몸을 착 비벼 대고 뒤로 돌아서 그함지박을 집어 들자 곧 뺑소니를 놓았다.

근식이는 인가를 피하여 산기슭으로만 멀찌감치 돌았다. 그러 나 함지박은 몸에다 곁으로 착 붙였으니 좀체로 들킬 염려는 없 을 것이다.

매웁게 쌀쌀한 초생달은 푸른 하늘에 댕그머니 눈을 떴다.

수어릿골을 흘러내리던 시내도 인제는 얼어붙었고 그 빛이 날카롭게 번득인다.

그리고 산이며 들, 집, 낟가리, 만물은 겹겹 눈에 잠기어 숨소리조차 내질 않는다.

산길을 빠져서 거리로 나오려 할 제 어디에선가 징이 쩡쩡, 울린다. 그 소리가 고적한 밤공기를 은은히 흔들고 하늘 저편으로 사라진다.

그는 가던 다리가 멈칫하여 멍하니 넋을 잃고 섰다.

오늘 밤이 농민회 총회임을 고만 정신이 나빠서 깜박 잊었던 것이다.

한 번 회에 안 가는데 궐전*이 오 전, 뿐만 아니라 공연한 부역까지 안담이씌우는** 것이 이 동리의 전례이었다.

또 경쳤구나, 하고 길에서 그는 망설인다. 허나 몸이 아파서 앓았다면 그만이겠지, 이쯤 안심도 하여 본다. 그렇지만 어쩐 일인지 그래도 속이 끌밋하였다.

요즘 눈바람은 부닥치는데 조밥 꽁댕이를 씹어 가며 신작로를 닦는 것은 그리 수월치도 않은 일이었다. 떨면서 그 지랄을 또 하려니, 생각만 하여도 짜장 이에서 신물이 날 뻔하다 만다.

그럼 하루를 편히 쉬고 그걸 또 하느냐, 회에 가서 새 까먹은 소리나마 그 소리를 졸아 가며 들고 앉았느냐—

---

* 궐전, 월수(月收), 일수(日收) 따위처럼 정하여진 날짜에 내야 하는데 내지 못한 돈.
** 안담이씌우다 : 안다미씌우다. 자기의 책임을 남에게 지우다.

봄·봄

얼른 딱 정하지를 못하고 그는 거리에서 한 서너 번이나 주춤하였다. 하지만 농민회가 동리에 청년들은 말끔 다 쓸어 간 그것만은 여간 고마운 일이 아니었다. 오늘 밤에는 술집에 가서 저 혼자 들병이를 차지하고 놀 수 있으리라—

그는 선뜻 이렇게 생각하고 부지런히 다리를 재촉하였다. 그리고 술집 가까이 왔을 때에는 기쁠 뿐만 아니요 또한 용기까지 솟아올랐다.

길가에 따로 떨어져서 호젓이 놓인 집이 술집이다. 산모롱이 옆에 서서 눈에 쌓이어 그 흔적이 긴가민가하나 달빛에 비끼어 갸름한 꼬리를 달고 있다. 서쪽으로 그림자에 묻히어 대문이 열렸고 그 곁으로 불이 반짝대는 지게문이 하나가 있다.

이 방이 즉 계숙이가 빌려서 술을 팔고 있는 방이다. 문을 열고 씩 들어서니 계숙이는 일어서며 무척 반긴다.

"이게 웬 함지박이지유?"

그 태도며 얕은 웃음을 짓는 양이 나달 전 처음 인사할 제와 조금도 변칠 않았다. 아마 어젯밤 자기를 보고 사랑한다던 그 말이 알톨 같은 진정이기도 쉽다. 하여튼 정분이라 과연 희한한 물건이로군—

"왜 웃어, 어젯밤 술값으로 가져왔는데."

하고 근식이는 말을 받다가 어쩐지 좀 계면쩍었다. 계집이 받아 들고서 이리로 뒤척 저리로 뒤척하며 또는 바닥을 뚜들겨도 보며 이렇게 좋아하는 걸 얼마쯤 보다가

"그게 그래 쾌두 두 장은 훨씬 넘을걸—"

마주 싱그레 웃어 주었다. 참이지 계숙이의 흥겨운 낯을 보는 것은 그의 행복 전부이었다.

계집은 함지를 들고 안쪽 문으로 나가더니 술상 하나를 곱게 받쳐 들고 들어왔다. 돈이 없어서 미안하여 달라지도 않을 술이나 술값은 어찌 되었든지 우선 한잔하란 맥이었다. 막걸리를 화투에 거냉만 하여 따라 부으며

"어서 마시게유, 그래야 몸이 풀려유—" 하더니 손수 입에다 부어까지 준다.

그는 황감하여 얼른 한숨에 쭈욱 들이켰다. 그리고 한 잔 두 잔 석 잔—.

계숙이는 탐탁히 옆에 붙어 앉더니 근식이의 얼은 손을 젖가슴에 묻어 주며

"어이 차, 일 어째!"

한다. 떨고서 왔으니까 퍽이나 가여운 모양이었다.

계숙이는 얼마 그렇게 안타까워하고 고개를 모로 접으며

"난 낼 떠나유—"

하고 썩 떨어지기 섭섭한 내색을 보인다. 좀 더 있으랴 했으나 아까 농민회 회장이 찾아왔다. 동리를 위하여 들병이는 절대로 안 받으니 냉큼 떠나라 했다. 그러나 이 밤에야 어디를 가랴, 낼 아침 밝는 대로 떠나겠노라 했다 하는 것이다.

이 말을 듣고 근식이는 그만 낭판이 떨어져서 멍멍하였다. 언제이든 갈 줄은 알았던 게나 이다지도 급자기 서둘 줄은 꿈밖이었다. 자기 혼자서 따로 떨어지면 앞으로는 어떻게 살려는가—

계숙이의 말을 들어 보면 저에게도 번이*는 남편이 있었다 한다. 즉 아랫목에 방금 누워 있는 저 아이의 아버지가 되는 사람이다. 술만 처먹고 노름질에다 후딱하면 아내를 뚜들겨 패고 벌은 돈푼을 뺏어 가며 함으로 해서 당최 견딜 수가 없어 석 달 전에 갈렸다고 하는 것이다.

그럼 자기와 드러내 놓고 살아도 무방할 것이 아닌가. 허나 그런 소리란 차마 이쪽에서 먼저 꺼내기가 어색하였다.

"난 그래 어떻게 살아, 나두 따라갈까?"

"그럼 그럽시다유."

하고 계숙이는 그 말을 바랐단 듯이 선뜻 받다가

"집에 있는 아내는 어떻거지유?"

"그건 염려 없어—"

근식이는 고만 기운이 뻗쳐서 시방부터 계숙이를 얼싸안고 들먹거린다. 치우기는 별루 힘들지 않을 것이다. 왜냐면 제대로 그냥 내버려만 두면 제가 어디로 가든 말든 할 게니까. 하여튼 인제부터는 계숙이를 따라다니며 벌어먹겠구나, 하는 새로운 생활만이 기쁠 뿐이다.

"낼 밝기 전에 가야 들키지 않을걸!"

밤이 야심하여도 회 때문인지 술꾼은 좀체 보이지 않았다. 인젠 안 오려니, 단념하고 방문고리를 걸은 뒤 불을 껐다. 그리고

* 본래.

솥   193

계숙이는 멀거니 앉아 있는 근식이 팔에 몸을 던지며 한숨을 후— 짓는다.

"살림을 하려면 그릇 조각이라두 있어야 할 텐데—"

"염려 마라, 내 집에 가서 가져오지—"

그는 조금도 꺼림 없이 그저 선선하였다. 따는 아내가 잠에 곯아지거든 슬며시 들어가서 이것저것 마음에 드는 대로 후무 려오면 그뿐이다. 앞으로 굶주리지 않아도 맘 편히 살려니 생각 하니 잠도 안 올 만치 가슴이 들렁들렁하였다.

방은 우풍이 몹시도 세었다. 주인이 그악스러워 구들에 불도 변변히 안 지핀 모양이다. 까칠한 공석 자리에 등을 붙이고 사시 나무 떨듯 덜덜 대구 떨었다. 한 구석에 쓸어박혔던 아이가 별안 간 잠이 깨었다. 칭얼거리며 사이를 파고들려는 걸 어미가 야단 을 치니 도로 제자리에 가서 찍 소리 없이 누웠다. 매우 훈련 잘 받은 젖먹이였다.

그러나 근식이는 그놈이 생각하면 할수록 되우 싫었다. 우리 들이 죽도록 모아 놓으면 저놈이 중간에서 써버리겠지. 제 애비 본으로 노름질도 하고 에미를 두들겨 패서 돈도 뺏고 하리라. 그 러면 나는 신선놀음에 도끼 자루 썩는 격으로 헛공만 들이는 게 아닐까 하고 생각하니 당장에 곧 얼어 죽어도 아깝지는 않을 것이다. 허나 어미의 환심을 사려니깐

"에 그놈…… 착하기도 하지."

하고 두어 번 그 궁둥이를 안 뚜덕일 수도 없으리라.

달이 기울어서 지게문을 훤히 밝게 되었다.

간간 외양간에서는 소의 숨 쉬는 식식 소리가 거푸지게 들려온다. 평화로운 잠자리에 때아닌 마가 들었다. 뭉태가 와서 낮은 소리로 계숙이를 부르며 지게문을 열라고 찌걱거리는 게 아닌가. 전일부터 계숙이에게 돈 좀 쓰던 단골이라고 세도가 막 당당하다.

근식이는 망할 자식, 하고 골피를 찌푸렸다. 마는 계숙이가 귓속말로

"내 잠깐 말해 보낼게, 밖에 나가 기달리유—"

함에는 속이 좀 든든하지 않을 수 없다. 그 말은 남편을 신뢰하고 하는 통사정이리라. 그는 안문으로 바람같이 나와서 방벽께로 몸을 착 붙여 세우고 가끔 안채를 살펴보았다. 술집 주인이 나오다 이걸 본다면 담박 미친놈이라고 욕을 할 것이다. 그렇지 않아도 그저께는

"자네 바람 잔득 났네그려. 난 술을 파니 좋긴 하지만 맷돌짝을 들고 나오면 살림 고만둘 터인가?"

하고 멀쑥하게 닦이었다. 오늘 들키면 또 무슨 소리를— 근식이는 떨고 섰다가 이상한 소리를 듣고 정신이 번쩍 들었다. 그는 방문께로 바특이 다가서서 가만히 귀를 기울였다.

왜냐면 뭉태가 들어오며

"오늘두 그놈 왔었나?"

하더니 계집이

"아니유. 아무도 오늘은 안 왔어유."

하고 시치미를 떼니까

"왔겠지 뭘. 그 자식 왜 새 바람이 나서 지랄이야."

하고 썩 시틋그러지게* 비웃는다.

여기에서 그놈 그 자식이란 물을 것도 없이 근식이를 가리킴이다. 그는 살이 다 불불 떨렸다.

그뿐 아니라 이 말 저 말 한참을 중언부언 지껄이더니

"그 자식 동리에서 내쫓는다던걸—"

"왜 내쫓아?"

"아 회엔 안 오고 술집에만 박혀 있으니까 그렇지."

'이건 멀쩡한 거짓말이다 회에 좀 안 갔기로 내쫓는 경우가 어딨니, 망할 자식?'

하고 그는 속으로 노하며 은근히 굳세게 쥐인 주먹이 대구 떨리었다. 그만이라도 좋으련만

"그 자식 어찌 못났는지 아내까지 동리로 돌아다니며 미화**라구 숭을 보는 걸—"

'또 거짓말, 아내가 날 어떻게 무서워하는데 그런 소리를 해!'

"남편을 미화라구?"

하고 계집이 호호대고 웃으니까

"그럼 안 그래? 그러구 계숙이를 집안 망할 도적년이라구 하던걸. 맷돌두 집어 가구 속곳두 집어 가구 했다구—"

"누가 집어 가. 갖다주니까 받았지."

하고 계집이 팔짝 뛰는 기색이더니

"내가 아나 근식이처가 그러니깐 나두 말이지."

---

* 시틋스럽다 : 보기에 하는 짓이 주제넘고 건방진 데가 있다.
** 바보.

봄·봄

'아내가 설혹 그랬기루 그걸 다 꼬드겨 바쳐? 개새끼 같으니!'

그담엔 들으려고 애를 써도 들을 수 없을 만치 병아리 소리로 들 뭐라뭐라고 지껄인다. 그는 이것도 필경 저와 계숙이의 사이가 좋으니까 배가 아파서 이간질이리라 생각하였다. 그런데 계집도 는실난실 여일히 받으며 같이 웃는 것이 아닌가.

근식이는 분을 참지 못하여 숨소리도 거칠을 만치 되었다. 마는 그렇다고 뛰어 들어가 뚜들겨 줄 형편도 아니요 어째 볼 도리가 없다. 계숙이나 뭣하면 노엽기도 덜하련마는 그것조차 핀잔 한마디 안 주고 한통속이 되는 듯하니 야속하기가 이를 데 없다.

그는 노기와 한고로 말미암아 팔짱을 찌르고는 덜덜 떨었다. 농창이 난 버선이라 눈을 밟고 섰으니 뼈끝이 쑤시도록 시렵다.

몸이 괴로워지니 그는 아내의 생각이 머릿속에 문득 떠오른다. 집으로만 가면 따스한 품이 기다리련만 왜 이 고생을 하는지 실로 알고도 모를 일이다.

허지만 다시 잘 생각하면 아내 그까짓 건 싫었다. 아리랑타령 한마디 못하는 병신, 돈 한 푼 못 버는 천치— 하긴 초작에야 물불을 모를 만치 정이 두터웠으나 때가 어느 때이냐 인제는 다 삭고 말았다.

뭇사람의 품으로 옮아 안기며 으쓱거리는 들병이가 말은 천하다 할망정 힘 안 들이고 먹으니 얼마나 부러운가. 침들을 게게 흘리고 덤벼드는 뭇놈을 이 손 저 손으로 맘대로 후물르니* 그

* 후무르다 : 주무르다.

호강이 바히 고귀하다 할지라—

그는 설한에 이까지 딱딱 어리도록 몸이 얼어 간다. 그러나 집
으로 가서 자리 위에 편히 쉬일 생각은 조금도 없는 모양 같다.
오직 계숙이가 불러들이기만 고대하여 턱살을 받쳐 대고 눈이
빠질 지경이다. 모진 눈보라는 가끔씩 목덜미를 냅다 갈긴다.

그럴 적마다 저고리 동정으로 눈이 날아들며 등줄기가 선뜩
선뜩하였다. 근식이는 암만 기달려도 때가 되었으련만 불러들이
지를 않는다. 수군거리던 그것조차 끊이고 인젠 굵은 숨소리만
이 흘러나온다.

그는 저도 까닭 모르는 약이 발부리서 머리끝까지 바짝 치뻗
었다. 들병이란 더러운 물건이다. 남의 살림을 망쳐 놓고 게다 가
난한 농군들의 피를 빨아 먹는 여우다 하고 매우 쾌쾌히 생각하
였다. 일변 그렇게까지 노해서 나갔는데 아내가 지금쯤은 좀 풀
었을까 이런 생각도 하여 본다.

처마 끝에 쌓였던 눈이 푹 하고 땅에 떨어질 때 그때 분명히
그는 집으로 가려 하였다. 만일 계숙이가 때맞춰 불러들이지만
않았더면

"에이 더러운 년!"

속으로 이렇게 침을 배알고 네 보란 듯이 집으로 뼉 달아났을
지도 모른다.

계집은 한문*으로

---

* 큰문. '한'은 '큰'의 뜻을 더하는 접두사이다.

"칩겟수, 얼른 가우."

"뭘 이까진 추이—"

"그럼 잘 가게유. 낭종 또 만납시다."

"응, 내 추후루 한번 찾아가지."

뭉태를 이렇게 내뱃자 또 한문으로

"가만히 들어오게유."

하고 조심히 근식이를 집어 들인다.

그는 발바닥의 눈도 털 줄 모르고 감지덕지하야 냉큼 들어서며 우선 언 손을 썩썩 문댔다.

"밖에서 퍽 추웠지유?"

"뭘, 추어 그렇지."

하고 그는 만족히 웃으면서 그렇듯 불불하던 아까의 분노를 다 까먹었다.

"그 자식, 남 자는데 왜 와서 쌩이질이야—"

"그러게 말이유. 그건 눈치코치도 없어—"

하고 계집은 조금도 빈틈없이 여전히 탐탁하였다. 그리고 등잔에 불을 다리며 거나하여 생글생글 웃는다.

"자식이 왜 그 본새람. 거짓말만 슬슬 하구!"

하며 근식이는 먼젓번 뭉태에게 흉잡혔던 그 되갚음을 안 할 수 없다. 나두 네가 헌 만치는 허겠다, 하고

"아 그놈 참 병신 됐다드니 어떻게 걸어 다녀!"

"왜 병신이 되우?"

"남의 계집 오입하다가 들켜서 밤새도록 목침으로 두들겨 맞

었지. 그래 엉치가 끊어졌느니 대리가 부러 느니 허드니 그래두 곧잘 걸어 다니네!"

"알라리 별일두!"

계집은 세상에 없을 일이 다 있단 듯이 눈을 째긋하더니

"제 계집 좀 보았기루 그렇게 때릴 건 뭐야—"

"아 안 그래. 그럼 나라두 당장 그놈을—"

하고 근식이는 제 아내가 욕이라도 보는 듯이 기가 올랐으나 그러나 계집이 낯을 찌푸리며

"그 뭐 계집이 어디가 떨어지나 그러게?"

하고 샐쭉이 뒤둥그러지는 데는 어쩔 수 없이 저도

"허긴 그렇지— 놈이 원체 못나서 그래."

하고 얼른 눙치는 게 상책이었다.

내일부터라도 계숙이를 따라다니며 먹을 텐데 딴은 이것저것을 가리다가는 죽도 못 빌어먹는다. 그보다는 몸이 열파*에 난대도 잘 먹을 수만 있다면이야 고만이 아닌가—

그건 그렇다고, 어떻든 뭉태란 놈의 흉은 그만치 봐야 할 것이다. 그는 담배를 한 대 피어 물고 뭉태는 본디 돈도 신용도 아무것도 없는 건달이란 둥 동리에서는 그놈의 말은 곧이 안 듣는다는 둥 심지어 남의 집 보리를 훔쳐 내다 붙잡혀서 콩밥을 먹었다는 허풍까지 치며 없는 사실을 한창 늘어놓았다.

그는 이렇게 계집을 얼렁거리다 안말에서 첫 홰를 울리는 계

---

* 찢어져 결딴이 남. 또는 찢어 결딴을 냄.

명성을 들고 깜짝 놀랐다.

개동*까지는 떠날 채비가 다 되어야 할 것이다. 그는 계집의 뺨을 손으로 문질러 보고벌떡 일어서서 밖으로 나온다.

"내 집에 좀 갔다 올게 꼭 기다려, 응."

근식이가 거리로 나올 때에는 초생달은 완전히 넘어갔다.

저 건너 산 밑 국수집에는 아직도 마당의 불이 환하다. 아마 노름꾼들이 모여들어 국수를 눌러먹고 있는 모양이다.

그는 밭둑으로 돌아가며 지금쯤 아내가 집에 돌아와 과연 잠이 들었을지 퍽 궁금하였다. 어쩌면 매함지 없어진 건 알았을지도 모른다. 제가 들어가면 바가지를 긁으려고 지키고 앉았지나 않을는지—

이렇게 되면 계숙이와의 약속만 깨어질 뿐 아니라 일은 다 그르고 만다.

그는 제물에 다시 약이 올랐다. 계집년이 건방지게 남편의 일을 지키고 앉았구? 남편이 하자는 대루 했을 따름이지 제가 하상** 뭔데— 허지만 이 주먹이 들어가 귓때기 한 서너 번만 쥐어박으면 고만이 아닌가—

다시 힘을 얻어 가지고 그는 제집 싸리문께로 다가서며 살며시 들이밀었다.

달빛이 없어지니까 부엌 쪽은 캄캄한 것이 아주 절벽이다. 뜰에 깔린 눈의 반영이 있음으로 그런대로 그저 할 만하다, 생각하

* 먼동이 틈. 또는 그런 때.
** 何嘗. 근본부터 캐어 본다면.

였다.

그러나 우선 봉당 위로 올라서서 방문에 귀를 기울이지 않을 수 없었다.

문풍지도 울 듯한 깊은 숨소리. 입을 벌리고 남 곁에서 코를 골아 대는 아내를 일상 책했더니 이런 때에 덕 볼 줄은 실로 뜻하지 않았다. 저런 콧소리면 사지를 묶어 가도 모를 만치 곯아떨어졌을 게니까—

그제서는 마음을 놓고 허리를 굽히고 그리고 꼭 도적같이 발을 제겨디디며 부엌으로 들어섰다. 첫째 살림을 시작하려면 밥은 먹어야 할 테니까 솥이 필요하다. 손으로 더듬더듬 찾아서 솥뚜껑을 한옆에 벗겨 놓자 부뚜막에 한 다리를 얹고 두 손으로 솥전을 잔뜩 움켜잡았다. 인제는 잡아당기기만 하면 쑥 뽑힐 게니까 그리 어렵지 않을 것이다.

이 솥이 생각하면 사 년 전 아내를 맞아들일 때 행복을 계약하던 솥이었다. 그 어느 날인가 읍에서 사서 둘러메고 올 제는 무척 기뻤다. 때가 지나도록 아내가 뭔지 생각하고 모르다가 이제야 알고 보니 딴은 썩 훌륭한 보물이다. 이 솥에서 둘이 밥을 지어 먹고 한평생 같이 살려니 하니 세상이 모두 제 것 같다.

"솥 사 왔지."

이렇게 집에 와 내려놓으니 아내도 뛰어나와 짐을 끄르며

"아이 그 솥 이뻐이! 얼마 주었수?"

하고 기뻐하였다.

"번인 일 원 사십 전을 달라는 걸 억지로 깎아서 일 원 삼십

전에 떼 왔는걸!"

하고 저니까 깎았다는 우세를 뽐내니

"참 싸게 샀수, 그러나 더 좀 깎았더면 좋았지."

그러고 아내는 솥을 뚜들겨 보고 불빛에 비춰 보고 하였다. 그래도 밑바닥에 구멍이 뚫렸을지 모르므로 물을 부어 보다가

"아 이보레, 새네 새. 일 어쩌나?"

"뭐, 어듸—"

그는 솥을 받아들고 눈이 휘둥그래서 보다가

"글쎄 이놈의 솥이 새질 않나!"

하고 얼마를 살펴보고 난 뒤에야 새는 게 아니고 전*으로 물이 검흐른 것을 알았다.

"숙맥두 다 많어이. 이게 새는 거야, 겉으로 물이 흘렀지—"

"참 그렇군!"

둘이들 이렇게 행복스러이 웃고 즐기던 그 솥이었다.

그러나 예측하였던 달가운 꿈은 몇 달이었고 툭하면 굶고 지지리 고생만 하였다. 인제는 마땅히 다른 데로 옮겨야 할 것이다.

그는 조금도 서슴없이 솥을 쑥 뽑아 한길 채 내려놓고 또 그 담 걸 찾았다.

근식이는 어두운 벽 한복판에 서서 뒤 급한 사람처럼 허둥지둥 그렇다고 무엇을 찾는 것도 아니요 뽑아 논 솥을 집는 것도 아니다. 뭣뭣을 가져가야 하는지 실은 가져갈 그릇도 없거니와

* 물건의 위쪽 가장자리가 조금 넓적하게 된 부분.

첫째 생각이 안 나서이다. 올 때에는 그렇게도 여러 가지가 생각나더니 실상 딱 와 닥치니까 어리둥절하다. 얼마 뒤에야

'옳지 이런 망할 정신 보래!'

그는 잊었던 생각을 겨우 깨치고 벽에 걸린 바구니를 떼 들고 뒤적거린다. 그 속에는 닳아 일그러진 수저가 세 자루 길고 짧고 몸 고르지 못한 젓가락이 너덧 매 있었다. 그중에서 덕이(아들) 먹을 수저 한 개만 남기고는 모집어서 고의에 꾹 꽂았다.

그리고 더 가져가려 하니 생각은 부족한 것이 아니로되 그릇이 마땅치 않다. 가령 밥사발 바가지 종지—

방에는 앞으로 둘이 덮고 자지 않으면 안 될 이불이 한 채 있다. 마는 방금 아내가 잔뜩 끌어안고 매대기를 치고 있을 게니 이건 요피부득이다. 또 윗목 구석에 한 너덧 되 남은 좁쌀 자루도 있지 않으냐—

허지만 이게 다 일을 벗내는 생각이다. 그는 좀 미진하나마 솥만 들고는 그대로 그림자같이 나와 버렸다.

그의 집은 수어릿골 꼬리에 달린 막바지였다. 양쪽 산에 끼어 시냇가에 집은 없었고 늘 쓸쓸하였다. 마을 복판에 일이라도 있어 돌이 깔린 시냇길을 여기서 오르내리자면 적잖이 애를 씌웠다.

그러나 이제로는 그런 고생을 더 하자 하여도 좀체 없을 것이다. 고생도 하직을 하자 하니 구엽고도 일변 안타까운 생각이 없을 수 없다.

그는 살던 즈 집을 뒤서너 번 돌아다보고 그리고 술집으로 힝

하게 달려갔다.

방에 불은 아직도 켜 있었다.

근식이는 허둥지둥 지게문을 열고 뛰어들며

"어, 추어!"

하고 커다케 몸서리를 쳤다.

"어서 들어오우, 난 안 오는 줄 알았지."

계숙이는 어리삥삥한 웃음을 띠우고 그리고 몹시 반색한다. 아마 그동안 자지도 않은 듯 보자기에 아이 기저귀를 챙기며 일변 쪽을 고쳐 끼기도하고 떠날 준비에 서성서성하고 있다.

"안 오긴 왜 안 와?"

"글쎄 말이유, 안 오면 누군 가만 둘 줄 알아, 경을 이렇게 쳐 주지."

하고 그 팔을 잡아서 꼬집다가

"아, 아, 아고 아파!"

하고 근식이가 응석을 부리며 덤비니

"여보기유, 참 짐은 어떡허지유?"

"뭘 어떡해?"

"아니, 은제 쌀려느냔 말이지유?"

하고 뭘 한참 속으로 생각한다.

"진작 싸 놨다간 훤하거든 곧 떠납시다유—"

근식이도 거기에 동감하고 계집의 의견대로 짐을 뎅그머니 묶어 놓았다. 짐이라야 솥 맷돌 매함지 옷보따리 게다 술값으로 받아들인 쌀 몇되 좁쌀 몇 되—

솥   205

먼동이 트는 대로 짊어만 메면 되도록 짐은 아주 간단하였다. 만약 아침에 주적거리다간 우선 술집 주인에게 발각이 될 게고 따라 동리에 소문이 퍼진다. 그뿐 아니라 아내가 쫓아온다면 팔자는 못 고치고 모양만 창피할 것이 아닌가.

떠날 차비가 다 되자 그는 자리에 누워 날 새기를 기다렸다. 시방이라도 떠날 생각은 간절하나 산골에서 짐승을 만나면 귀신이 되기 쉽다. 허지만 술집의 셈은 다 되었다니까 인사도 말고 개동까지는 슬며시 달아나야 할 것이다.

그는 몸을 덜덜 떨어 가며 얼른 동살이 잡혀야 할 텐데— 그러다 어느 결에 잠이 깜빡 들었다.

그것은 어느 때쯤이나 되었는지 모른다.

어깨가 으쓱하고 찬 기운이 수가마로 새드는 듯이 속이 떨려서 번쩍 깨었다. 허나 실상은 그런 것도 아니요, 아이가 킹킹거리며 머리 위로 대구 기어 올라가서 눈에 띄었는지도 모른다.

그는 귀찮아서 손으로 아이를 밀어내리고 또 밀어내리고 하였다. 그러나 세 번째 밀어내리고자 손이 이마 위로 올라갈 제, 실로 알지 못할 일이라, 등 뒤 윗목 쪽에서

"이리 온, 아빠 여깄다."

하고 귀설은 음성이 들리지않는가—

걸걸하고 우람한 그 목소리—

근식이는 이게 꿈이나 아닌가, 하여 정신을 가만히 가다듬고 눈을 떴다 감았다 하였다. 그렇다고 몸을 삐끗하는 것도 아니요 숨소리를 제법 크게 내는 것도 아니요 가슴속에서 한갓 염통만

봄·봄

이 펄떡펄떡 뛸 뿐이었다.

암만 보아도 이것이 꿈은 아닐 듯싶다. 어두운 방, 앞에 누운 계숙이, 킹킹거리는 어린 애—

걸걸한 목소리는 또 들린다.

"이리 와, 아빠 여깄다니까는—"

아이의 아빠이면 필연코 내던진 본 남편이 결기를 먹고 따라 왔음에 틀림이 없을 것이다. 그리고 아내의 부정을 현장에서 맞닥뜨린 남편의 분노이면 내남없이 다 일반이리라. 분김에 낫이라도 들어 찍으면 고대로 찍소리로 못하고 죽을밖에 별도리 없다.

확실히 이게 꿈이어야 할 터인데 꿈은 아니니 근식이는 얼른 몸에서 땀이 다 솟을 만치 속이 답답하였다. 꼿꼿하여진 등살은 고만두고 발가락 하나 꼼짝 못 하는 것이 속으로 인젠 참으로 죽나 부다 하고 거진 산송장이 되었다.

물론 이러면 좋을까 저러면 좋을까, 하고 들입다 애를 짜도 본다. 그러나 결국에는 계숙이를 깨우면 일이 좀 필까 하고 손가락으로 그 배를 넌지시 쿡쿡 찔러도 보았다. 한 번, 두 번, 세 번 그리고 네 번째는 배에 창이 나라고 힘을 들여 찔렀다. 마는 계숙이는 깨기는커녕 그의 허리를 더 잔뜩 끌어안고 코 골기에 세상만 모른다.

그는 더욱 부쩍부쩍 진땀만 흘렀다.

남편은 어청어청 등 뒤로 걸어오는 듯하더니 아이를 번쩍 들어 안는 모양이다.

"이놈아, 왜 성가시게 굴어?"

이렇게 아이를 꾸짖고

"어여들 편히 자게유!"

하여 쾌히 선심을 쓰고 윗목으로 도로 내려간다.

그 태도며 그 말씨가 매우 맘씨 좋아 보였다. 마는 근식이에게
는 이것이 도리어 견딜 수 없을 만치 살을 저미는 듯하였다. 이렇
게 되면 이왕 죽을 바에야 얼른 죽이기나 바라는 것이 다만 하
나 남은 소원일지도 모른다. 계숙이는 얼마 후에야 꾸물꾸물하
며 겨우 몸을 떨었다.

"어서 떠나야지?"

하고 두 손등으로 잔 눈을 부비다가 윗목 쪽을 내려다보고는
몹시 경풍을 한다. 그리고 고개를 접더니 입을 꼭 봉하고는 잠잠
히 있을 뿐이다.

이런 동안에 날은 아주 활짝 밝았다.

안 부엌에선 솥을 가시는 소리가 시끄러이 들려온다.

주인은 기침을 하더니 찌걱거리며 대문을 여는 모양이었다.
근식이는 이래도 죽긴 일반 저래도 죽긴 일반이라 생각하였다.
참다못하여 저도 따라 일어나 웅크리고 앉으며 어찌 될 겐가 또
다시 처분만 기다렸다. 그런 중에도 곁눈으로 홀낏 살펴보니 키
가 커다란 한 놈이 책상다리에 아이를 안고서 윗목에 앉았다.

감때는 그리 사납지 않으나* 암끼 좀 있어 보이는 듯한 그 낯
짝이 족히 사람깨나 잡을 듯하다.

---

* 감때사납다 : 사람이 억세고 사납다.

봄·봄

"떠나지들—"

남편은 이렇게 제법 재촉하며 자리에서 벌떡 일어섰다. 마치 제가 주장하여 둘을 데리고 먼 길이나 떠나는 듯싶다. 언내*를 계숙이에게 내맡기더니 근식이를 향하여

"여보기유, 일어나서 이 짐 좀 지워 주게유—"

하고 손을 빌린다.

근식이는 잠깐 얼떨하여 그 얼굴을 멍히 쳐다봤으나 그러나 허란 대로 안 할 수도 없다. 살려 주는 거만 다행으로 여기고 본래는 제가 질 짐이로되 부축하여 그 등에 잘 지워 주었다.

솥, 맷돌, 함지박, 보따리들을 한데 묶은 것이니 무겁기도 좋이 무거울 게다. 허나 남편은 조금도 힘드는 기색을 보이기커녕 아주 홀기분한 몸으로 덜렁덜렁 밖을 향하여 나선다.

아내는 남편의 분부대로 언내는 포대기에 들싸서 등에 업었다. 그리고 입속으로 뭐라는 소리인지 종알종알하더니 저도 따라나선다.

근식이는 얼빠진 사람처럼 서서 웬 영문을 모른다. 한참 그러나 대체 어떻게 되는 겐지 그들의 하는 양이나 보려고 그도 설설 뒤묻었다. 아침 공기는 뼈끝이 다 쑤시도록 더욱 매섭다.

바람은 지면의 눈을 풀어다가 얼굴에 뿜고 또 뿜고 하였다. 그들은 산모롱이를 굽어들어 평평한 언덕길로 성큼성큼 내린다.

아내를 앞에 세우고 길을 자추며** 일변 남편은 뒤에 우뚝 서

* '젖먹이' '어린아이'의 방언.
** 자추다 : 잦추다. 동작을 재게 하여 잇따라 재촉하다.

있는 근식이를 돌아다보고

"왜 섰우, 어서 같이 갑시다유—"

하고 동행하기를 간절히 권하였다.

그러나 근식이는 아무 대답 없고 다만 우두커니 섰을 뿐이다. 이때 산모롱이 옆 길에서 두 주먹을 흔들며 헐레벌떡 달겨드는 것이 근식이의 아내이었다. 입은 벌렸으나 말을 하기에는 너무도 기가 찼다. 얼굴이 새빨개지며 눈에 눈물이 불현듯 고이더니

"왜 남의 솥은 빼 가는 거야?"

하고 대뜸 계집에게로 달라붙는다.

계집은 비녀쪽을 잡아채는 바람에 뒤로 몸이 주춤하였다.

그리고 고개만을 겨우 돌리어

"누가 빼 갔어?"

하다가

"그럼 저 솥이 누 거야?"

"누 건 내 알아! 갖다주니까 가져가지!"

하고 근식이 처만 못하지 않게 독살이 올라 소리를 지른다.

동리 사람들은 잔 눈을 부비며 하나 둘 구경을 나온다. 멀찍이 떨어져서 서로들 붙고 떨어지고

"저게 근식이네 솥인가?"

"글쎄 설마 남의 솥을 빼 갈라구—"

"갖다췄다니까 근식이가 빼 온 게지—"

이렇게 수군숙덕—

"아니야! 아니야!"

봄·봄

근식이는 아내를 뜯어말리며 두 볼이 확확 달았다. 마는 아내는 남편에게 한 팔을 끄들린 채 그대로 몸부림을 하며 여전히 대들려고 든다. 그리고 목이 찢어지라고

"왜 남의 솥을 빼 가는 거야, 이 도적년아—"

하고 연해 발악을 친다.

그렇지마는 들병이 두 내외는 금세 귀가 먹었는지 하나는 짐을 하나는 아이를 둘러업은 채 언덕으로 늠름히 내려가며 한번 돌아다보는 법도 없다.

아내는 분에 복받치어 고만 눈 위에 털썩 주저앉으며 체면 모르고 울음을 놓는다.

근식이는 구경꾼 쪽으로 시선을 홀낏거리며 쓴 입맛만 다실 따름— 종국에는 두 손으로 눈 위의 아내를 잡아 일으키며 거반 울상이 되었다.

"아니야 글쎄, 우리 솥이 아니라니깐 그러네 참—"

1935년 9월, 《매일신보》

봄·봄

"장인님! 인제 저—"

내가 이렇게 뒤통수를 긁고 나이가 찼으니 성례를 시켜 줘야 하지 않겠느냐고 하면 대답이 늘

"이 자식아! 성례구 뭐구 미처 자라야지!" 하고 만다.

이 자라야 한다는 것은 내가 아니라 내 아내가 될 점순이의 키 말이다.

내가 여기에 와서 돈 한 푼 안 받고 일하기를 삼 년하고 꼬박 일곱 달 동안을 했다. 그런데도 미처 못 자랐다니까 이 키는 언제야 자라는 겐지 짜장 영문 모른다. 일을 좀 더 잘해야 한다든지, 혹은 밥을(많이 먹는다고 노상 걱정이니까) 좀 덜 먹어야 한다든지 하면 나도 얼마든지 할 말이 많다. 하지만 점순이가 아직 어리니까 더 자라야 한다는 여기에는 어쩔 볼 수 없이 고만 벙벙하

고 만다.

이래서 나는 애초 계약이 잘못된 걸 알았다. 이태면 이태, 삼 년이면 삼 년, 기한을 딱 작정하고 일을 해야 원 할 것이다. 덮어 놓고 딸이 자라는 대로 성례를 시켜 주마, 했으니 누가 늘 지키고 섰는 것도 아니고, 그 키가 언제 자라는지 알 수 있는가. 그리고 난 사람의 키가 무럭무럭 자라는 줄만 알았지 붙배기 키에 모로만 벌어지는 몸도 있는 것을 누가 알았으랴. 때가 되면 장인님이 어련하랴 싶어서 군소리 없이 꾸벅꾸벅 일만 해왔다. 그럼 말이다. 장인님이 제가 다 알아채려서

"어 참, 너 일 많이 했다. 고만 장가들어라." 하고 살림도 내주고 해야 나도 좋을 것이 아니냐. 시치미를 딱 떼고 도리어 그런 소리가 나올까 봐서 지레 펄펄 뛰고 이 야단이다. 명색이 좋아 데릴사위지 일하기에 싱겁기도 할뿐더러 이건 참 아무것도 아니다.

숙맥이 그걸 모르고 점순이의 키 자라기만 까맣게 기다리지 않았나.

언젠가는 하도 갑갑해서 자를 가지고 덤벼들어서 그 키를 한번 재 볼까, 했다마는 우리는 장인님이 내외를 해야 한다고 해서 마주 서 이야기도 한마디 하는 법 없다. 우물길에서 언제나 마주칠 적이면 겨우 눈어림으로 재 보고 하는 것인데 그럴 적마다 나는 저만침 가서

"제에미 키두!" 하고 논둑에다 침을 퉤, 뱉는다. 아무리 잘 봐야 내 겨드랑(다른 사람보다 좀 크긴 하지만) 밑에서 넘을락 말락 밤낮 요 모양이다. 개돼지는 푹푹 크는데 왜 이리도 사람은 안

크는지, 한동안 머리가 아프도록 궁리도 해보았다. 아하, 물동이를 자꾸 이니까 뼉다귀가 옴츠라드나 보다, 하고 내가 넌지시 그 물을 대신 길어도 주었다. 뿐만 아니라 나무를 하러 가면 서낭당에 돌을 올려놓고

"점순이의 키 좀 크게 해줍소사. 그러면 담엔 떡 갖다 놓고 고사드립죠니까." 하고 치성도 한두 번 드린 것이 아니다. 어떻게 되먹은 건지 이래도 막무가내니—

그래 내 어저께 싸운 것이지 결코 장인님이 밉다든가 해서가 아니다.

모를 붓다가 가만히 생각을 해보니까 또 싱겁다. 이 벼가 자라서 점순이가 먹고 좀 큰다면 모르지만 그렇지도 못할 걸 내 심어서 뭘 하는 거냐. 해마다 앞으로 축 불거지는 장인님의 아랫배(가 너무 먹는 걸 모르고 냇병*이라나, 그 배)를 불리기 위하여 심곤 조금도 싶지 않다.

"아이구 배야!"

난 몰 붓다 말고 배를 쓰다듬으면서 그대루 논둑으로 기어올랐다. 그리고 겨드랑에 꼈던 벼 담긴 키를 그냥 땅바닥에 털썩 떨어치며 나도 털썩 주저앉았다. 일이 암만 바빠도 나 배 아프면 고만이니까. 아픈 사람이 누가 일을 하느냐. 파릇파릇 돋아 오른 풀 한 숲을 뜯어 들고 다리의 거머리를 쓱쓱 문대며 장인님의 얼굴을 쳐다보았다.

---

* 內病. 위장병.

논 가운데서 장인님도 이상한 눈을 해가지고 한참 날 노려보더니

"넌 이 자식, 왜 또 이래 응?"

"배가 좀 아파서유!" 하고 풀 위에 슬며시 쓰러지니까 장인님은 약이 올랐다. 저도 논에서 철벙철벙 둑으로 올라오더니 자분참 내 멱살을 움켜잡고 뺨을 치는 것이 아닌가—

"이 자식. 일 허다 말면 누굴 망해 놀 속셈이냐. 이 대가릴 까놀 자식."

우리 장인님은 약이 오르면 이렇게 손버릇이 아주 못됐다. 또 사위에게 이 자식 저 자식 하는 이놈의 장인님은 어디 있느냐. 오죽해야 우리 동리에서 누굴 물론하고 그에게 욕을 안 먹는 사람은 명이 짧다 한다. 조그만 아이들까지도 그를 돌라 세워 놓고 욕필이(본 이름이 봉필이니까) 욕필이, 하고 손가락질을 할 만치 두루 인심을 잃었다. 허나 인심을 정말 잃었다면 욕보다 읍의 배 참봉댁 마름으로 더 잃었다. 번이 마름이란 욕 잘하고, 사람 잘 치고, 그리고 생김 생기길 호박개* 같애야 쓰는 거지만 장인님은 외양이 똑 됐다. 장인에게 닭 마리나 좀 보내지 않는다든가 애벌논** 때 품을 좀 안 준다든가 하면 그해 가을에는 영락없이 땅이 뚝뚝 떨어진다. 그러면 미리부터 돈도 먹이고 술도 먹이고 안달재신***으로 돌아치던 놈이 그 땅을 슬쩍 돌라 안는다. 이 바람에

---

* 뼈대가 굵고 털이 북슬북슬한 개.
** 여러 번의 김매기 중 첫 김매기를 한 논.
*** 몹시 속을 태우며 여기저기로 다니는 사람.

장인님 집 외양간에는 눈깔 커다란 황소 한 놈이 절로 엉금엉금 기어들고, 동리 사람들은 그 욕을 다 먹어 가면서도 그래도 굽실 굽실 하는 게 아닌가.

그러나 내겐 장인님이 감히 큰소리할 계제가 못 된다.

뒷생각은 못하고 뺨 한 개를 딱 때려 놓고는 장인님은 무색해서 덤덤히 쓴침만 삼킨다. 난 그 속을 퍽 잘 안다. 조금 있으면 갈*도 꺾어야 하고 모도 내야 하고, 한참 바쁜 때인데 나 일 안하고 우리 집으로 그냥 가면 고만이니까. 작년 이맘때도 트집을 좀 하니까 늦잠 잔다구 돌멩이를 집어 던져서 자는 놈의 발목을 삐게 해놨다. 사날씩이나 건승 끙, 끙, 앓았더니 종당에는 거반 울상이 되지 않았는가—

"얘, 그만 일어나 일 좀 해라. 그래야 올 갈에 벼 잘되면 너 장 가들지 않니."

그래 귀가 번쩍 띄어서 그날로 일어나서 남이 이틀 품 들일 논을 혼자 삶아 놓으니까 장인님도 눈깔이 커다랗게 놀랐다. 그럼 정말로 가을에 와서 혼인을 시켜 줘야 원 경우가 옳지 않겠나. 볏섬을 척척 들여쌓아도 다른 소리는 없고 물동이를 이고 들어오는 점순이를 담배통으로 가리키며

"이 자식아, 미처 커야지 조걸 무슨 혼인을 한다구 그러니 원!"

하고 남 낯짝만 붉혀 주고 고만이다. 골김에 그저 이놈의 장인님, 하고 댓돌에다 메꽂고 우리 고향으로 내뺄까 하다가 꾹꾹 참

---

* 참나무, 도토리나무 등의 잎이 핀 가지.

고 말았다.

참말이지 난 이꼴 하고는 집으로 차마 못 간다. 장가를 들러 갔다가 오죽 못났어야 그대로 쫓겨 왔느냐고 손가락질을 받을 테니까―

논둑에서 벌떡 일어나 한풀 죽은 장인님 앞으로 다가서며

"난 갈 테야유. 그동안 사경 쳐내슈."

"너 사위로 왔지 어디 머슴 살러 왔니?"

"그러면 얼찐 성례를 해 줘야 안 하지유. 밤낮 부려만 먹구 해 준다, 해준다―"

"글쎄, 내가 안 하는 거냐? 그년이 안 크니까." 하고 어름어름 담배만 담으면서 늘 하는 소리를 또 늘어 놓는다.

이렇게 따져 나가면 언제든지 늘 나만 밑지고 만다. 이번엔 안 된다, 하고 대뜸 구장님한테로 판단 가자고 소맷자락을 내끌었다.

"아, 이 자식이 왜 이래 어른을."

안 간다구 뻗디디고 이렇게 호령은 제 맘대로 하지만 장인님 제가 내 기운은 못 당한다. 막 부려먹고 딸은 안 주고, 게다 땅땅 치는 건 다 뭐야―

그러나 내 사실 참 장인님이 미워서 그런 것은 아니다.

그 전날 왜 내가 새고개 맞은 봉우리 화전밭을 혼자 갈고 있지 않았느냐. 밭 가생이로 돌 적마다 야릇한 꽃내가 물컥물컥 코를 찌르고 머리 위에서 벌들은 가끔 붕, 붕, 소리를 친다. 바위틈에서 샘물 소리밖에 안 들리는 산골짜기니까 맑은 하늘의 봄볕은 이불 속같이 따스하고 꼭 꿈꾸는 것 같다. 나는 몸이 나른하

고 몸살(을 아직 모르지만 병)이 날려구 그러는지 가슴이 울렁울렁하고 이랬다.

"어러이! 말이! 맘 마 마—"

이렇게 노래를 하며 소를 부리면 여느 때 같으면 어깨가 으쓱으쓱한다. 웬일인지 밭을 반도 갈지 않아서 온몸이 맥이 풀리고 대구 짜증만 난다. 공연히 소만 들입다 두들기며—

"안야! 안야! 이 망할 자식의 소(장인님의 소니까) 대리를 꺾어 들라."

그러나 내 속은 정말 안야 때문이 아니라 점심을 이고 온 점순이의 키를 보고 울화가 났던 것이다.

점순이는 뭐 그리 썩 예쁜 계집애는 못 된다. 그렇다구 또 개떡이냐 하면 그런 것도 아니고, 꼭 내 아내가 돼야 할 만치 그저 툽툽하게 생긴 얼굴이다. 나보다 십 년이 아래니까 올해 열여섯인데 몸은 남보다 두 살이나 덜 자랐다. 남은 잘도 훤칠히들 크건만 이건 위아래가 뭉툭한 것이 내 눈에는 헐없이 감참외 같다. 참외 중에는 감참외가 젤 맛좋고 예쁘니까 말이다. 둥글고 커다란 눈은 서글서글하니 좋고 좀 지쳐 찢어졌지만 입은 밥술이나 톡톡히 먹음직하니 좋다. 아따, 밥만 많이 먹게 되면 팔자는 고만 아니냐. 헌데 한 가지 과가 있다면 가끔가다 몸이(장인님이 이걸 채신이 없이 들까분다고 하지지) 너무 빨리빨리 논다. 그래서 밥을 나르다가 때없이 풀밭에다 깨빡을 쳐서* 흙투성이 밥을 곧잘

---

* 깨빡(을) 치다 : 깻박치다. (은어로) 그릇 따위를 떨어뜨려 속에 있던 것이 산산이 흩어지게 만들다.

먹인다. 안 먹으면 무안해할까 봐서 이걸 씹고 앉았느라면 으적 으적 소리만 나고 돌을 먹는 겐지 밥을 먹는 겐지—

그러나 이날은 웬일인지 성한 밥째로 밭머리에 곱게 내려 놓았다. 그리고 또 내외를 해야 하니까 저만큼 떨어져 이쪽으로 등을 향하고 웅크리고 앉아서 그릇 나기를 기다린다.

내가 다 먹고 물러섰을 때 그릇을 와서 챙기는데 난 깜짝 놀라지 않았느냐. 고개를 푹 숙이고 밥함지에 그릇을 포개면서 날더러 들으라는지, 혹은 제 소린지

"밤낮 일만 하다 말 텐가!" 하고 혼자서 쫑알거린다. 고대 잘 내외하다가 이게 무슨 소린가, 하고 난 정신이 얼떨떨했다. 그러면서도 한편 무슨 좋은 수가 있나 없는가 싶어서 나도 공중을 대고 혼잣말로

"그럼 어떡해?" 하니까

"성례시켜 달라지 뭘 어떡해." 하고 되알지게 쏘아붙이고 얼굴이 빨개져서 산으로 그저 도망친다. 나는 잠시 동안 어떻게 되는 심판인지 맥을 몰라서 그 뒷모양만 덤덤히 바라보았다.

봄이 되면 온갖 초목이 물이 오르고 싹이 트고 한다. 사람도 아마 그런가 보다, 하고 며칠 내에 부쩍(속으로) 자란 듯싶은 점순이가 여간 반가운 것이 아니다.

이런 걸 멀쩡하게 아직 어리다구 하니까—

우리가 구장님을 찾아갔을 때 그는 싸리문 밖에 있는 돼지우리에서 죽을 퍼 주고 있었다. 서울엘 좀 갔다 오더니 사람은 점잖아야 한다구 욋솜* 이(얼른 보면 지붕 위에 앉은 제비 꼬랑지 같다)

양쪽으로 뽀족이 삐치고 그걸 애햄, 하고 늘 쓰담는 손버릇이 있다. 우리를 멀뚱히 쳐다보고 미리 알아챘는지

"왜 일들 허다 말구 그래?" 하더니 손을 올려서 그 애햄을 한 번 후딱 했다.

"구장님! 우리 장인님과 츰에 계약하기를—"

먼저 덤비는 장인님을 뒤로 떠다밀고 내가 허둥지둥 달려들다 가만히 생각하고 "아니 우리 빙장님과 츰에." 하고 첫 번부터 다시 말을 고쳤다. 장인님은 빙장님, 해야 좋아하고 밖에 나와서 장인님, 하면 괜스리 골을 내려고 든다. 뱀두 뱀이래야 좋냐고, 창피스러우니 남 듣는 데는 제발 빙장님, 빙모님, 하라구 일상 말조심을 받아오면서 난 그것두 자꾸 잊는다. 당장두 장인님, 하나 옆에서 내 발등을 꾹 밟고 곁눈질을 흘기는 바람에야 겨우 알았지만.

구장님도 내 이야기를 자세히 듣더니 퍽 딱한 모양이었다. 하기야 구장님뿐만 아니라 누구든지 다 그럴 게다. 길게 길러 둔 새끼손톱으로 코를 후벼서 저리 탁 튀기며

"그럼 봉필 씨! 얼른 성례를 시켜 주구려, 그렇게까지 제가 하구 싶다는걸—" 하고 내 짐작대로 말했다. 그러나 이 말에 장인님이 삿대질로 눈을 부라리고

"아 성례구 뭐구 계집애년이 미처 자라야 할 게 아닌가—?" 하니까 고만 멀쑤룩해져서 입맛만 쩍쩍 다실 뿐이 아닌가.

* 윗수염.

"그것두 그래!"

"그래, 거진 사 년 동안에도 안 자랐더니 그 킨 은제 자라지유. 다 그만두구 사경 내슈——"

"글쎄, 이 자식! 내가 크질 말라구 그랬니. 왜 날 보구 떼냐?"

"빙모님은 참새만 한 것이 그럼 어떻게 앨 낳지유?"

(사실 빙모님은 점순이보다도 귓배기 하나가 적다.)

장인님은 이 말을 듣고 껄껄 웃더니(그러나 암만해두 돌 씹은 상이다) 코를 푸는 척하고 날 은근히 곯리려고 팔꿈치로 옆 갈비께를 퍽 치는 것이다. 더럽다. 나두 종아리의 파리를 쫓는 척하고 허리를 구부리며 그 궁둥이를 콱 떠밀었다. 장인님은 앞으로 우찔근하고 싸리문께로 쓰러질 듯하다 몸을 바로 고치더니 눈총을 몹시 쏘았다. 이런 쌍년의 자식, 하곤 싶으나 남의 앞이라니 차마 못하고 섰는 그 꼴이 보기에 퍽 쟁그러웠다.[*]

그러나 이밖에는 별반 신통한 귀정을 얻지 못하고 도로 논으로 돌아와서 모를 부었다. 왜냐면 장인님이 뭐라구 귓속말로 수군수군하고 간 뒤다. 구장님이 날 위해서 조용히 데리고 아래와 같이 일러주었기 때문이다. (뭉태의 말은 구장님이 장인님에게 땅 두 마지기 얻어 부치니까 그래 꾀었다고 하지만 난 그렇게 생각 않는다.)

"자네 말두 하기야 옳지, 암 나이 찼으니 아들이 급하다는 게 잘못된 말은 아니야. 허지만 농사가 한층 바쁜 때 일을 안 한다든가 집으로 달아난다든가 하면 손해죄루 그것두 징역을 가거

[*] 쟁그럽다 : 고소하다. 속이 시원하고 재미있다.

든! (여기에 그만 정신이 번쩍 났다) 왜 요전에 삼포마을서 산에 불좀 놓았다구 징역 간 거 못 봤나. 제 산에 불을 놓아도 징역을 가는 이 땐데 남의 농사를 버려두니 죄가 얼마나 더 중한가. 그리고 자넨 정장을(사경 받으러 정장 가겠다 했다) 간대지만 그러면 괜스리 죄를 들쓰고 들어가는 걸세. 또 결혼두 그렇지. 법률에 성년이란 게 있는데 스물하나가 돼야지 비로소 결혼을 할 수가 있는 걸세. 자넨 물론 아들이 늦을 걸 염려하지만 점순이루 말하면 이제 겨우 열여섯이 아닌가. 그렇지만 아까 빙장님의 말씀이 올 갈에는 열 일을 제치고라두 성례를 시켜 주겠다 하시니 좀 고마울겐가. 빨리 가서 모 붓던 거나 마저 붓게, 군소리 말구 어서 가."

그래서 오늘 아침까지 끽소리 없이 왔다.

장인님과 내가 싸운 것은 지금 생각하면 전혀 뜻밖의 일이라 안 할 수 없다. 장인님으로 말하면 요즈막 작인(소작인)들에게 행세를 좀 하고 싶다고 해서 "돈 있으면 양반이지 별 게 있느냐!" 하고 일부러 아랫배를 쑥 내밀고 걸음도 뒤틀리게 걷고 하는 이판이다. 이까진 나쯤 두들기다 남의 땅을 가지고 모처럼 닦아 놓았던 가문을 망친다든가 할 어른이 아니다. 또 나로 논지면* 아무쪼록 잘 봬서 점순이에게 얼른 장가를 들어야 하지 않느냐—

이렇게 말하자면 결국 어젯밤 뭉태네 집에 마실 간 것이 썩 나빴다. 낮에 구장님 앞에서 장인님과 내가 싸운 것을 어떻게 알았는지 대구 빈정거리는 것이 아닌가.

* 논(論)지면. 말하자면. 옳고 그름 따위를 따져 말하면.

222   봄·봄

"그래 맞구두 그걸 가만 둬?"

"그럼 어떡허니?"

"임마, 봉필일 모판에다 거꾸로 박아 놓지 뭘 어떡해?" 하고 괜히 내 대신 화를 내 가지고 주먹질을 하다 등잔까지 쳤다. 놈이 번이 괄괄은 하지만 그래 놓고 날더러 석유값을 물라구 막 찌다우*를 붙는다. 난 어안이 벙벙해서 잠자코 앉았으니까 저만 연신 지껄이는 소리가,

"밤낮 일만 해주구 있을 테냐?" "영득이는 일 년을 살구두 장갈 들었는데 넌 사 년이나 살구두 더 살아야 해?" "네가 세 번째 사윈 줄이나 아니? 세 번째 사위." "남의 일이라두 분하다. 이 자식, 우물에 가 빠져 죽어."

나중에는 겨우 손톱으로 목을 따라고까지 하고, 제 아들같이 함부로 혹닥였다. 별의별 소리를 다 해서 그대로 옮길 수는 없으나 그 줄거리는 이렇다―

우리 장인님 딸이 셋이 있는데 맏딸은 재작년 가을에 시집을 갔다. 정말은 시집을 간 것이 아니라 그 딸도 데릴사위를 해가지고 있다가 내보냈다. 그런데 딸이 열 살 때부터 열아홉 즉 십 년 동안에 데릴사위를 갈아들이기를, 동리에선 사위 부자라고 이름이 났지마는 열네 놈이란 참 너무 많다. 장인님이 아들은 없고 딸만 있는 고로 그담 딸을 데릴사위를 해올 때까지는 부려먹지 않으면 안 된다. 물론 머슴을 두면 좋지만 그건 돈이 드니까,

---

* 지다위. 자기의 허물을 남에게 덮어씌움.

일 잘하는 놈을 고르느라고 연방 바꿔들였다. 또 한편 놈들이 욕만 줄창 퍼붓고 심히도 부려먹으니까 밸이 상해서 달아나기도 했겠지. 점순이는 둘째딸인데 내가 일테면 그 세 번째 데릴사위로 들어온 셈이다. 내 담으로 네 번째 놈이 들어올 것을 내가 일도 잘하고 그리고 사람이 좀 어수룩하니까 장인님이 잔뜩 붙들고 놓질 않는다. 셋째딸이 인제 여섯 살, 적어두 열 살은 돼야 데릴사위를 할 테므로 그동안은 죽도록 부려먹어야 된다. 그러니 인제는 속 좀 채리고 장가를 들여 달라구 떼를 쓰고 나자빠져라, 이것이다.

나는 겉으로 엉, 엉, 하며 귓등으로 들었다. 뭉태는 땅을 얻어 부치다가 떨어진 뒤로는 장인님만 보면 공연히 못 먹어서 으릉 거린다. 그것도 장인님이 저 달라고 할 적에 제 집에서 위한다는 그 감투(예전에 원님이 쓰던 것이라나, 옆구리에 뽕뽕 좀먹은 걸레)를 선뜻 주었더면 그럴 리도 없었던걸—

그러나 나는 뭉태란 놈의 말을 전수이 곧이듣지 않았다. 꼭 곧이들었다면 간밤에 와서 장인님과 싸웠지 무사히 있었을 리가 없지 않은가. 그러면 딸에게까지 인심을 잃은 장인님이 혼자 나빴다.

실토이지 나는 점순이가 아침상을 가지고 나올 때까지는 오늘은 또 얼마나 밥을 담았나, 하고 이것만 생각했다. 상에는 된장찌개하고 간장 한 종지, 조밥 한 그릇, 그리고 밥보다 더 수부룩하게 담은 산나물이 한 대접, 이렇다. 나물은 점순이가 틈틈이 해 오니까 두 대접이고 네 대접이고 멋대로 먹어도 좋으나 밥

224   봄·봄

은 장인님이 한 사발 외엔 더 주지 말라고 해서 안 된다. 그런데 점순이가 그 상을 내 앞에 내려 놓으며 제 말로 지껄이는 소리가

"구장님한테 갔다 그냥 온담 그래!" 하고 엊그제 산에서와 같이 되우 종알거린다. 딴은 내가 더 단단히 덤비지 않고 만 것이 좀 어리석었다. 속으로 그랬다. 나도 저쪽 벽을 향하여 외면하면서 내 말로

"안 된다는 걸 그럼 어떡헌담!" 하니까

"쇰을 잡아채지 그냥 뒤, 이 바보야!" 하고 또 얼굴이 빨개지면서 성을 내며 안으로 샐쭉하니 튀들어가지 않느냐, 이때 아무도 본 사람이 없었게 망정이지 보았다면 내 얼굴이 에미 잃은 황새 새끼처럼 가여웁다 했을 것이다.

사실 이때만치 슬펐던 일이 또 있었는지 모른다. 다른 사람은 암만 못생겼다 해두 괜찮지만 내 아내 될 점순이가 병신으로 본다면 참 신세는 따분하다. 밥을 먹은 뒤 지게를 지고 일터로 갈려 하다 도로 벗어 던지고 바깥마당 공석 위에 드러누워서 나는 차라리 죽느니만 같지 못하다 생각했다.

내가 일 안 하면 장인님 저는 나이가 먹어 못하고 결국 농사 못 짓고 만다. 뒷짐으로 트림을 꿀걱, 하고 대문 밖으로 나오다 날 보고서

"이 자식, 왜 또 이러니."

"관격*이 났어유, 아이구 배야!"

---

* 關格. 먹은 음식이 갑자기 체하여 가슴 속이 막히고 위로는 계속 토하며 아래로는 대소변이 통하지 않는 위급한 증상.

"기껏 밥 처먹구 무슨 관격이야, 남의 농사 버려 주면 이 자식 징역 간다 봐라!"

"가두 좋아유, 아이구 배야!"

참말 난 일 안 해서 징역 가도 좋다 생각했다. 일후 아들을 낳아도 그 앞에서 바보, 바보, 이렇게 별명을 들을 테니까 오늘은 열 쪽이 난대도 결정을 내고 싶었다.

장인님이 일어나라고 해도 내가 안 일어나니까 눈에 독이 올라서 저편으로 힁하게 가더니 지게막대기를 들고 왔다. 그리고 그걸로 내 허리를 마치 돌 떠넘기듯이 쿡 찍어서 넘기고 넘기고 했다. 밥을 잔뜩 먹어 딱딱한 배가 그럴 적마다 퉁겨지면서 밸창이 꼿꼿한 것이 여간 켕기지 않았다. 그래도 안 일어나니까 이번에는 배를 지게막대기로 위에서 쿡쿡 찌르고 발길로 옆구리를 차고 했다. 장인님은 원체 심청이 궂어서 그러지만 나도 저만 못하지 않게 배를 채었다. 아픈 것을 눈을 꽉 감고 넌 해라 난 재밌단 듯이 있었으나 볼기짝을 후려갈길 적에는 나도 모르는 곁에 벌떡 일어나서 그 수염을 잡아챘다마는 내 골이 난 것이 아니라 정말은 아까부터 벽 뒤 울타리 구멍으로 점순이가 우리들의 꼴을 몰래 엿보고 있었기 때문이다. 가뜩이나 말 한마디 톡톡히 못한다고 바보라는데 매까지 잠자코 맞는 걸 보면 짜장 바보로 알 게 아닌가. 또 점순이도 미워하는 이까짓 놈의 장인님하곤 아무것도 안 되니까 막 때려도 좋지만 사정 보아서 수염만 채고 (제 원대로 했으니까 이때 점순이는 퍽 기뻤겠지) 저기까지 잘 들리도록—

봄·봄

"이걸 까셀라 부다!*" 하고 소리를 쳤다.

장인님은 더 약이 바짝 올라서 자분참 지게막대기로 내 어깨를 그냥 내려갈겼다. 정신이 다 아찔하다. 다시 고개를 들었을 때 그때엔 나도 온몸에 약이 올랐다. 이 녀석의 장인님을, 하고 눈에서 불이 퍽 나서 그 아래 밭 있는 넝알**로 그대로 떠밀어 굴려 버렸다. 조금 있다가 장인님이 씩, 씩, 하고 한번 해보려고 기어오르는 걸 얼른 또 떼밀어 굴려 버렸다. 기어오르면 굴리고 굴리면 기어오르고 이러길 한 너덧 번을 하며 그럴 적마다

"부려만 먹구 왜 성례 안하지유!"

나는 이렇게 호령했다. 허지만 장인님이 선뜻 오냐 널이라두 성례시켜 주마, 했으면 나도 성가신 걸 그만두었을지 모른다. 나야 이러면 때린 건 아니니까 나중에 장인 쳤다는 누명도 안 들을 터이고 얼마든지 해도 좋다.

한번은 장인님이 헐떡헐떡 기어서 올라오더니 내 바짓가랭이를 요렇게 노리고서 단박 움켜잡고 매달렸다. 악, 소리를 치고 나는 그만 세상이 다 팽그르 도는 것이

"빙장님! 빙장님! 빙장님!"

"이 자식! 잡아먹어라, 잡아먹어!"

"아! 아! 할아버지! 살려줍쇼, 할아버지!" 하고 두 팔을 허둥지둥 내절 적에는 이마에 진땀이 쭉 내솟고 인젠 참으로 죽나 보다 했다. 그래두 장인님은 놓질 않더니 내가 기어이 땅바닥에 쓰러

---

* 까셀라 보다 : 그슬릴까 보다. '까세다', '까실르다'는 '그슬리다'의 강원도 방언.
** 넝(언덕, 둔덕) 아래.

저서 거진 까무러치게 되니까 놓는다. 더럽다 더럽다. 이게 장인님인가? 나는 한참을 못 일어나고 쩔쩔맸다. 그러나 얼굴을 드니 (눈엔 참 아무것도 보이지 않았다) 사지가 부르르 떨리면서 나도 엉금엉금 기어가 장인님의 바짓가랭이를 꽉 움키고 잡아 낚았다.

내가 머리가 터지도록 매를 얻어맞은 것이 이 때문이다. 그러나 여기가 또한 우리 장인님이 유달리 착한 곳이다. 여느 사람이면 사경을 주어서라도 당장 내쫓았지, 터진 머리를 불솜으로 손수 지져 주고, 호주머니에 희연* 한 봉을 넣어 주고 그리고

"올 갈엔 꼭 성례를 시켜 주마. 암말 말구 가서 뒷골의 콩밭이나 얼른 갈아라." 하고 등을 뚜덕여 줄 사람이 누구냐. 나는 장인님이 너무나 고마워서 어느덧 눈물까지 났다. 점순이를 남기고 인젠 내쫓기려니 하다 뜻밖의 말을 듣고

"빙장님! 인제 다시는 안 그러겠어유!"

이렇게 맹세를 하며 부랴부랴 지게를 지고 일터로 갔다. 그러나 이때는 그걸 모르고 장인님을 원수로만 여겨서 잔뜩 잡아당겼다.

"아! 아! 이놈아! 놔라, 놔."

장인님은 헛손질을 하며 솔개미에 챈 닭의 소리를 연해 질렀다. 놓긴 왜, 이왕이면 호되게 혼을 내 주리라 생각하고 짓궂이 더 당겼다. 마는 장인님이 땅에 쓰러져서 눈에 눈물이 피잉 도는 것을 알고 좀 겁도 났다.

---

* 일제강점기에 판매되던 봉초 담배의 상호명.

봄·봄

"할아버지! 놔라, 놔, 놔, 놔, 놔라." 그래도 안 되니까

"얘 점순아! 점순아!"

이 악장에 안에 있었던 장모님과 점순이가 헐레벌떡하고 단숨에 뛰어나왔다. 나의 생각에 장모님은 제 남편이니까 역성을 할는지도 모른다. 그러나 점순이는 내 편을 들어서 속으로 고소해하겠지― 대체 이게 웬 속인지(지금까지도 난 영문을 모른다) 아버질 혼내 주기는 제가 내래 놓고 이제 와서는 달려들며

"에그머니! 이 망할 게 아버지 죽이네!" 하고 내 귀를 뒤로 잡아당기며 마냥 우는 것이 아니냐. 그만 여기에 기운이 탁 꺾이어 나는 얼빠진 등신이 되고 말았다. 장모님도 덤벼들어 한쪽 귀마저 뒤로 잡아채면서 또 우는 것이다.

이렇게 꼼짝도 못 하게 해놓고 장인님은 지게막대기를 들어서 사뭇 내려조겼다. 그러나 나는 구태여 피하려 들지도 않고 암만해도 그 속 알 수 없는 점순이의 얼굴만 멀거니 들여다보았다.

"이 자식! 장인 입에서 할아버지 소리가 나오도록 해?"

1935년 12월, 《조광》

아내[*]

우리 마누라는 누가 보든지 뭐 이쁘다고는 안 할 것이다. 바로 계집에 환장된 놈이 있다면 모르거니와, 나도 일상 같이 지내긴 하나 아무리 잘 고쳐 보아도 요만치도 이쁘지 않다. 허지만 계집이 낯짝이 이뻐 맛이냐. 제길할 황소 같은 아들만 줄대 잘 빠져 놓으면 고만이지. 사실 우리 같은 놈은 늙어서 자식까지 없다면 꼭 굶어 죽을밖에 별도리 없다. 가진 땅 없어, 몸 못 써 일 못하여, 이걸 누가 열쳤다고^{**} 그냥 먹여 줄 테냐. 하니까 내 말이 이왕 젊어서 되는대로 자꾸 자식이나 쌓아 두자 하는 것이지.

그리고 에미가 낯짝 글렀다고 그 자식까지 더러운 법은 없으렸다. 아 바로 우리 똘똘이를 보아도 알겠지만 즈 에미년은 쥐었

* 게재 당시 제목은 아내의 옛말인 '안해'였다. '집 안의 태양(해)'이라는 뜻이다.
** 열치다 : 미치다.

다 논 개떡 같아도 좀 똑똑하고 깨끗이 생겼느냐. 비록 먹고도 대고 또 달라구 불아귀*처럼 덤비기는 할망정. 참 이놈이야말로 나에게는 아버지보담도 할아버지보담도 아주 말할 수 없이 끔찍한 보물이다.

년이 나에게 되지 않은 큰 체를 하게 된 것도 결국 이 자식을 낳았기 때문이다. 전에야 그 상판대길 가지고 어딜 끽소리나 제법 했으랴. 흔히 말하길 계집의 얼굴이란 눈의 안경이라 한다. 마는 제아무리 물커진 눈깔이라도 이 얼굴만은 어째 볼 도리 없을 게다.

이마가 홀떡 까지고 양미간이 벌면 소견이 탁 트였다지 않냐. 그럼 좋기는 하다마는 아기자기한 맛이 없고 이조로** 둥글넓적이 내려온 하관에 맛없이 쑥 내민 것이 입이다. 두툼은 하나 건순 입술, 말 좀 하려면 그리 정하지 못한 운이 분질없이 뻔질드러난다. 설혹 그렇다 치고 한복판에 달린 코나 좀 똑똑히 생겼다면 얼마 나겠다. 첫째 눈에 띄는 것이 그 코인데, 이렇게 말하면 년의 숭을 보는 것 같지만, 썩 잘 모자 해도 먼 산 바라보는 도야지의 코가 자꾸만 생각이 난다.

꼴이 이러니까 밤이면 내 눈치만 스을슬 살피는 것이 아니냐. 오늘은 구박이나 안 할까, 하고 은근히 애를 태우는 맥이렸다. 이게 가여워서 피곤한 몸을 무릅쓰고 대개 내가 먼저 말을 걸게 된다. 온종일 뭘 했느냐는 둥, 싸리문을 좀 고쳐 놓으라 했더니

* 부라퀴. 몹시 야물고 암팡스러운 사람. 자신에게 이로운 일이면 기를 쓰고 덤벼드는 사람.
** 이사이로.

어떻게 했느냐는 둥, 혹은 오늘 밤에는 웬일인지 코가 훨씬 좋아 보인다는 둥, 하고 그러면 년이 금세 헤에 벌어지고 힝하게 내 곁에 와 앉아서는 어깨를 비껴 대고 슬근슬근 부빈다. 그리고 코가 좋아 보인다니 정말 그러냐고 몸이 달아서 묻고 또 묻고 한다. 저로도 믿지 못할 그 사실을 한때의 위안이나마 또 한번 들어 보자는 심정이렷다. 그 속을 알고 짜장 콧날이 서나 부다고 하면 년의 대답이 뒷간엘 갈 적마다 잡아댕기고 했더니 혹 나왔을지 모른단다. 그리고 아주 좋아한다.

그러나 어느 때에는 한나절 밭고랑에서 몸이 고만 축 늘어지는구나. 물론 말 한마디 붙일 새 없이 방바닥에 그대로 누워 버리지. 허면 년이 제 얼굴 때문에 그런 줄 알고 한구석에 가 시무룩해서 앉았다. 얼굴을 모로 돌리어 턱을 삐쭉 쳐들고 있는 걸 보면 필연 제간엔 옆얼굴이나 한번 봐 달라는 속이겠지. 경칠 년. 옆얼굴이라고 뭐 깨묵셍이*나 좀 난 줄 알구—

이러던 년이 똘똘이를 내놓고는 갑자기 세도가 댕댕해졌다. 내가 들어가도 네놈 언제 봤냔 듯이 좀체 들떠보는 법 없지. 눈을 스르르 내려깔고는 잠자코 아이에게 젖만 먹이겠다. 내가 좀 아이의 머리라도 쓰담으며

"이 자식, 밤낮 잠만 자나?"

"가만둬, 왜 깨놓고 싶은감." 하고 사정없이 내 손등을 주먹으로 갈긴다. 나는 처음에는 어떻게 되는 셈인지 몰라서 멀거니 천

* 깻묵 덩어리.

장만 한참 쳐다보았다. 내 자식 내가 만지는데 주먹으로 때리는 건 무슨 경우냐. 허지만 잘 따져 보니까 조금도 내가 억울할 것은 없다. 년이 나에게 큰 체를 해야 할 권리가 있는 것을 차차 알았다. 그래서 그때부터 내가 이년, 하면 저는 이놈, 하고 대들기로 무언중 계약되었지.

동리에서는 남의 속은 모르고 우리를 각다귀들이라고 별명을 지었다. 혹 하면 서로 대들려고 노리고만 있으니까 말이지. 하긴 요즘에 하루라도 조용한 날이 있을까 봐서 만나기만 하면 이놈, 저년, 하고 먼저 대들기로 위주다. 다른 사람들은 밤에 만나면

"마누라 밥 먹었수?"

"아니요, 당신 오면 같이 먹을려구—" 하고 일어나 반색을 하겠지만 우리는 안 그러다. 누가 그렇게 괭이 소리로 달라붙느냐. 방에 떡 들어서는 길로 우선 넓적한 년의 궁뎅이를 발길로 퍽 들여지른다.

"이년아, 일어나서 밥 차려—"

"이놈이 왜 이래, 대릴 꺾어 놀라." 하고 년이 고개를 겨우 돌리면

"나무 판 돈 뭐 했어, 또 술 처먹었지?" 이렇게 제법 탕탕 호령하였다. 사실이지 우리는 이래야 정이 보째 쏟아지고 또한 계집을 데리고 사는 멋이 있다. 손자새끼 낯을 해가지고 마누라 어쩌구 하고 어리광으로 덤비는 건 보기만 해도 눈허리가 시질 않겠니. 계집 좋다는 건 욕하고 치고 차고, 다 이러는 멋에 그렇게 치고 보면 혹 궁한 살림에 쪼들리어 악에 받친 놈의 말일지는 모

른다. 마는 누구나 다 일반이겠지. 가다가 속이 맥맥하고 부화가 끓어오를 적이 있지 않냐. 농사는 지어도 남는 것이 없고 빚에는 몰리고, 게다가 집에 들어서면 자식놈 킹킹거려, 년은 옷이 없으니 떨고 있어 이러한 때 그냥 배길 수야 있느냐. 트죽태죽 꼬집어 가지고 년의 비녀쪽을 턱 잡고는 한바탕 홀두들겨 대는구나. 한참 그 지랄을 하고 나면 등줄기에 땀이 뻑 흐르고 한숨까지 후, 돈다면 웬만치 속이 가라앉을 대였다. 담에는 년을 도로 밀쳐 버리고 담배 한 대만 피워 물면 된다.

이 멋에 계집이 고마운 물건이라 하는 것이고 내가 또 년을 못 잊어 하는 까닭이 거기 있지 않냐. 그렇지 않다면이야 저를 계집이라고 등을 뚜덕여 주고 그 못난 코를 좋아 보인다고 가끔 추어줄 맛이 뭐야. 허지만 년이 홀쩍거리고 앉아서 우는 걸 보면 이건 좀 재미적다. 제가 주먹심으로든 입심으로든 나에게 덤비려면 어림도 없다. 쌈의 시초는 누가 먼저 걸었던 간 언제든지 경을 팥다발같이 치고 나앉는 것은 년의 차지렷다.

"이리 와 자빠져 자—"

"곤두어 너나 자빠져 자렴—" 하고 년이 독이 올라서 돌아다도 안 보고 비쌘다. 마는 한 서너 번 내려오라고 권하면 나중에는 저절로 내 옆으로 스르르 기어들게 된다. 그리고 눈물 흐르는 장반을 벙긋이 흘겨보는 것이 아니냐. 하니까 년으로 보면 두들겨 맞고 비쌔는 멋에 나하고 사는지도 모르지.

그러나 우리가 원수같이 늘 싸운다고 정이 없느냐 하면 그건 잘못이다. 말이 났으니 말이지 정분치고 우리 것만치 찰떡처럼 끈끈한 놈은 다시없으리라. 미우면 미울수록 싸울수록 잠시를 떨어지기가 아깝도록 정이 착착 붙는다. 부부의 정이란 이런 겐지 모르나 하여튼 영문 모를 찰거머리 정이다. 나뿐 아니라 년도 매를 한참 뚜들겨 맞고 나서 같이 자리에 누우면

"내 얼굴이 그래두 그렇게 숭업진 않지?" 하고 정말 잘난 듯이 바짝바짝 대든다. 그러면 나는 이때 뭐라고 대답해야 옳겠느냐. 하 기가 막혀서 천장을 쳐다보고 피익 내어 버린다.

"이년아! 그게 얼굴이야?"

"얼굴 아니면 가주 다닐까—"

"내니까 이년아! 데리고 살지 누가 근디리나 그 낯짝을?"

"뭐, 네 얼굴은 얼굴인 줄 아니? 불밤송이 같은 거, 참, 내니깐 데리구 살지—"

이러면 또 일어나서 땀을 한번 흘리고 다시 드러눌 수밖에 없다. 내 얼굴이 불밤송이 같다니 이래도 우리 어머니가 나를 낳고서 낭종 땅마지기나 만져 볼 놈이라고 좋아하던 이 얼굴인데 하지만 다시 일어나고 손짓 발짓을 하고 하는 게 성이 가셔서 대개는 그대로 눙쳐 둔다.

"그래, 내 너 이뻐할게 자식이나 대구 내놔라."

"먹이지도 못할 걸 자꾸 나 뭘 하게, 굶겨 죽일려구?"

"아 이년아! 꿔다 먹이진 못하나?" 하고 소리는 뻑 지르나 딴은 뒤가 켕긴다. 더끔더끔 모아 두었다가 먹이지나 못하면 그걸 어떻게 하나 죄다 버리지도 못하고 주기지도 못하고 떼송장이 난다면 연히 이런 걸 보면 년이 나보담 훨씬 소년이 된 것을 알 수

있겠다. 물론 십 리 만큼 벌어진 양미간을 보아도 나와는 턱이 다르지만—

　우리가 요즘 먹는 것은 내가 나무 장사를 해서 벌어들인다. 여름 같으면 품이나 판다 하지만 눈이 척척 쌓였으니 얼음을 개 먹느냐. 하기야 산골에서 어느 놈치고 별수 있겠냐마는 하루는 산에 가서 나무를 해들이고 그담 날엔 읍에 갖다가 판다. 나니 깐 참 쌍지게질도 할 근력이 되겠지만. 잔뜩 나무 두 지게를 혼 자서 번차례로 이놈 져다 놓고 쉬고 저놈 져다 놓고 쉬고 이렇 게 해서 장장 삼십 리 길을 한나절에 들어가는구나. 그렇지 않으 면 언제 한 지게 한 지게씩 팔아서 목구녕을 축일 수 있겠느냐. 잘 받으면 두 지게에 팔십 전 운이 나쁘면 육십 전 육십오 전 그 걸로 좁쌀, 콩, 미역, 무엇 사들고 찾아오겠다. 죽을 쑤었으면 좀 늘어 가겠지만 우리는 더럽게 그런 짓은 안 한다. 먹다 못 먹어 서 뱃가죽을 움켜쥐고 나설지언정 으레 밥이지. 똘똘이는 네 살 짜리 어린애니깐 한 보시기 나는 즈 아버지니까 한 사발에다 또 반 사발을 더 먹고 그런데 년은 유독히 두 사발을 저먹지 않나. 그러고도 나보다 먼저 홀딱 집어세고는* 내 사발의 밥을 한구텡 이 더 떠 먹는 버릇이 있다. 계집이 좋다 했더니 이게 밥버러지 가 아닌가 하고 한때는 가슴이 선뜻할 만치 겁이 났다. 없는 놈 이 양이나 좀 적어야지 이렇게 대구 처먹으면 너 웬 밥을 이렇게 처먹니 하고 눈을 크게 뜨니까 년의 대답이 애난 배가 그렇지 그

---

* 집어세다 : 말과 행동으로 마구 닦달하다.

럼, 저도 앨 나 보지 하고 샐쭉이 토라진다. 아따 그래, 대구 처먹
어라. 낭종 밥값은 그 배때기에 다 게 있고 게 있는 거니까. 어떤
때에는 내가 좀 덜 먹고라도 그대로 내주고 말겠다. 경을 칠 년,
하지만 참 너무 처먹는다.

그러나 년이 떡국이 농간을 해서 나보담 한결 의뭉스럽다. 이
깐 농사를 지어 뭘 하느냐, 우리 들병이라고 나가자, 고. 딴은 내
주변으로 생각도 못 했던 일이지만 참 훌륭한 생각이다. 밑지는
농사보다는 이밥에, 고기에, 옷 마음대로 입고 좀 호강이냐. 마
는 년 얼굴을 이윽히 뜯어보다가 고만 풀이 죽는구나. 들병이에
게 술 먹으러 오는 건 계집의 얼굴 보자 하는 걸 어떤 밸 없는
놈이 저 낯짝엔 몸살 날 것 같지 않다. 알고 보니 참 분하다. 년
이 좀만 똑똑히 나왔더면 수가 나는 걸. 멀뚱히 쳐다보고 쓴 입
맛만 다시니까 년이 그 눈치를 채었는지

"들병이가 얼굴만 이뻐서 되는 게 아니라든데, 얼굴은 박색이
라도 수단이 있어야지—"

"그래 너는 그거 할 수단 있겠니."

"그럼 하면 하지 못할 게 뭐야."

년이 이렇게 아주 번죽좋게 장담을 하는 것이 아니냐. 들병이
로 나가서 식성대로 밥 좀 한바탕 먹어 보자는 속이겠지. 몇 번
다져 물어도 제가 꼭 될 수 있다니까 아따 그러면 한번 해보자
꾸나. 밑천이 뭐 드는 것도 아니고 소리나 몇 마디 반반히 가르쳐
서 데리고 다니면 고만이니까.

내가 밤에 집에 돌아오면 년을 앞에 앉히고 소리를 가르치겠

다. 우선 내가 무릎장단을 치며 아리랑 타령을 한 번 부르는구나. 아리랑 아리랑 아라리요. 춘천아 봉의산아 잘 있거나, 신연강 배 타면 하직이라. 산골의 계집이면 강원도 아리랑쯤은 곧잘 하련만 년은 그것도 못 배웠다. 그러니 쉬운 아리랑부터 시작할밖에. 그러면 년은 도사리고 앉아서 두 손으로 응뎅이를 치며 숭내를 낸다. 목구녕에서 질그릇 물러앉는 소리가 나니까 낭종에 목이 트이면 노래는 잘할게다마는 가락이 딱딱 들어맞아야 할 텐데 이게 세상에 돼먹어야지. 나는 노래를 가르치는데 이 망할 년은 소설책을 읽고 앉았으니 어떡허냐. 이걸 데리고 앉으면 흔히 닭이 울고 때로는 날도 밝는다. 년이 하도 못하니까 본보기로 나만 하고 또 하고 또 하고 그러니 저를 들병이를 아르킨다는 게 결국 내가 배우는 폭이 되지 않나. 망할 년 저도 손으로 가리고 하품을 줄대 하며 졸려워 죽겠지. 하지만 내가 먼저 자자 하기 전에는 제가 차마 졸립다진 못할라. 애초에 들병이로 나가자, 말을 낸 것이 누군데 그래. 이렇게 생각하면 울화가 불컥 올라서 주먹이 가끔 들어간다.

"이년아? 정신을 좀 채려, 나만 밤낮 하래니?"

"이놈이— 팔때길 꺾어 놀라."

"이거 잘 배면 너 잘되지 이년아! 날 주는 거냐 큰 체게?"

이번엔 손가락으로 이마빼기를 꾹 찍어서 뒤로 떠넘긴다. 여느 때 같으면 년이 독살이 나서 저리로 내뺄 게다. 제가 한 죄가 있으니까 다시 일어나서 소리 아르켜 주기만 기다리는 게 아니냐. 하니 딱한 일이다. 될지 안 될지도 의문이거니와 서로 하품

봄·봄

은 뻗질 터지고 이왕 내친걸음이니 그렇다고 안 할 수도 없고 예라 빌어먹을 거, 너나 내 얼른 팔자를 고쳐야지 늘 이러다 말 테냐. 이렇게 기를 한번 쓰는구나. 그리고 밤의 산천이 울리도록 소리를 빽빽 질러 가며 년하고 또다시 흥타령을 부르겠다.

그래도 하나 기특한 것은 년이 성의는 있단 말이지. 하기는 그나마도 없다면야 들병이커녕 깻묵도 그르지만. 날이라도 틈만 있으면 저 혼자서 노래를 연습하는구나. 빨래를 할 적이면 빨래 방추로 가락을 맞추어 가며 이팔청춘을 부른다. 혹은 방 한구석에 죽치고 앉아서 어깻짓으로 버선을 꼬여 매며 노랫가락도 부른다. 노래 한 장단에 바늘 한 뀌엄* 식이니 버선 한 짝 길려면 열나절은 걸리지. 하지만 아따 버선으로 먹고사느냐, 노래만 잘 배워라. 년도 나만치나 이밥에 고기가 얼른 먹고 싶어서 몸살도 나는지 어떤 때에는 바깥 밭둑을 지나려면 뒷간 속에서 콧노래가 흥얼거릴 적도 있겠다. 그러나 인제 노랫가락에 흥타령쯤 겨우 배웠으나 그담 건 어느 하가에 배우느냐, 망할 년두 참.

게다가 년이 시큰둥해서 날더러 신식 창가를 아르켜 달라구. 들병이는 구식 소리도 잘해야 하겠지만 첫째 시체 창가를 알아야 부려 먹는다, 한다. 말은 그럴 법하나 내가 어디 시체 창가를 알 수 있냐, 땅이나 파먹던 놈이. 나는 그런 거 모른다, 하고 좀 무색했더니 며칠 후에는 년이 시체 창가 하나를 배워 가지고 왔다. 화로를 기고 앉아서 그 전을 두드려 대며 네 보란 듯이 자랑

* 바느질할 때 실을 꿴 바늘로 한 번씩 뜬 자국.

스럽게 하는 것이 아닌가. 피었네 피었네 연꽃이 피었네 피었다고 하였더니 볼 동안에 옴쳤네. 대체 이걸 어서 배웠을까. 얘 이년 참 나보담 수단이 좋구나, 하고 나는 퍽 감탄하였다. 그랬더니 낭종 알고 보니깐 년이 어느 틈에 야학에 가서 배우질 않았겠니. 야학이란 요 산 뒤에 있는 조그만 움인데 농군 아이에게 한겨울 동안 국문을 아르킨다. 창가를 할 때쯤 해서 년이 춘 출도 모르고 거길 찾아간다. 아이를 업고 문밖에 서서 귀를 기울이고 엿듣다가 저도 가만히 숭내를 내보고 내보고 하는 것이다. 그래 가지고 집에 와서는 히짜를 뽑고 야단이지. 신식 창가는 며칠만 좀 더 배우면 아주 능통하겠다나.

그러나 아무리 생각해 봐도 년의 낮짝만은 걱정이다. 소리는 차차 어지간히 돼 들어가는데 이놈의 얼굴이 암만 봐도, 봐도 영 글렀구나. 경칠 년, 좀만 얌전히 나왔더면 이판에 돈 한몫 크게 잡는 걸. 간혹 가다 제물에 화가 뻗치면 아무 소리 않고 년의 뱃기를 한 두어 번 안 쥐어박을 수 없다. 웬 영문인지 몰라서 년도 눈깔을 크게 굴리고 벙벙히 쳐다보지. 땀을 낸 년. 그 낮짝을 하고 나한테로 시집을 온담 뻔뻔하게. 하나 년도 말은 안 하지만 제 얼굴 때문에 가끔 성화이지 쪽 떨어진 손거울을 들고 앉아서 이러 뜯어보고 저리 뜯어보고 하지만 눈깔이야 일반이겠지 저라고 나 뵐 리가 있겠니. 하니까 오장 썩는 한숨이 연방 터지고 한풀 죽는구나. 그러나 요행히 내가 방에 들어 있으면 돌아다보고

"이봐! 내 얼굴이 요즘 좀 나가지 않어?"

"그래, 좀 난 것 같다."

"나이 정말 해봐—"하고 이년이 팔때기를 꼬집고 바싹바싹 들어덤빈다. 년이 능글차서 나쯤은 좋도록 대답해 주려니, 하고 아주 탁 믿고 묻는 게렷다. 정말 본 대로 말할 사람이면 제가 겁이 나서 감히 묻지도 못한다. 짐짓 이뻐졌다, 하고 나도 능청을 좀 부리면 년이 좋아서 요새 분때를 자주 밀었으니까 좀 나졌다지, 하고 들병이는 뭐 그렇게까지 이쁘지 않아도 된다고 또 구구히 설명을 늘어놓는다. 경을 칠 년. 계집은 얼굴 밉다는 말이 칼로 찌르는 것보다도 더 무서운 모양 같다. 별 욕을 다 하고 개 잡듯 막 뚜드려도 조금 뒤에는 헤, 하고 앞으로 겨드는 이 년이다. 마는 어쩌나, 제 얼굴의 숭이나 좀 본다면 사흘이고 나흘이고 년이 나를 스을슬 피하며 은근히 골리려고 든다. 망할 년. 밉다는 게 그렇게 진저리가 나면 아주 면사포를 쓰고 다니지 그래. 년이 능청스러워서 조금만 이뻤더라면 나는 얼렁얼렁해 내버리고 돈 있는 놈 군서방해 갔으렷다. 계집이 얼굴이 이쁘면 제 값 다 하니까. 그렇게 생각하면 년의 낯짝 더러운 것이 나에게는 불행 중 다행이라 안 할 수 없으리라.

계집은 아마 남편을 속여먹는 맛에 깨가 쏟아지나 부다. 년이 들병이 노릇을 할 수단이 있다고 괜히 장담한 것도 저의 이 행실을 믿고 그랬는지도 모른다. 새벽 일찍이 뒤를 보려니까 어디서 창가를 부른다. 거적 틈으로 내다보니 년이 밥을 끓이면서 연습을 하지 않나. 눈보래는 생생 소리를 치는데 보강지에 쪼그리고 앉아서 부지깽이로 솥뚜껑을 톡톡 두드리겠다. 그리고 거기 맞추어 신식 창가를 청승맞게 부르는구나. 그러다 밥이 우루루 끓으니까 뙤*를 빗겨 놓고 다시 시작한다. 젊어서도 할미꽃 늙어서도 할미꽃 아하하하 우습다 꼬부라진 할미꽃. 망할 년. 창가는 경치게도 좋아하지, 방아타령 좀 부지런히 공부해 두라니까 그건 안 하구. 아따 아무거라도 많이 하니 좋다. 마는 이번엔 저고리 섶이 들먹들먹하더니 아 웬 곰방대가 나오지 않냐. 사방을 흘끔흘끔 다시 살피다 아무도 없으니까 보강지에다 들여대고 한 먹음 뿌욱 빠는구나. 그리고 냅다 재채기를 줄대 뽑고 코를 풀고 이 지랄이다. 그저께도 들켜서 경을 쳤더니 년이 또 내 담배를 훔쳐 가지고 나온 것이다. 돈 안 드는 소리나 배웠겠지 망할 년 아까운 담배를. 곧 뛰어나가려다 뒤도 급하거니와 요즘 똘똘이가 감기를 앓는다. 년이 밤낮 들쳐업고 야학으로 돌아치더니 그예 그 꼴로 만들었다. 오라질 년, 남의 아들을 중한 줄을 모르고. 들병이 하다가 이것 행실 버리겠다. 망할 년이 하는 소리가 들병이가 되려면 소리는 소리려니와 담배도 먹을 줄 알고 술도 마실 줄 알고 사람도 주무를 줄 알고 이래야 쓴다나. 이게 다 요전에 동리에 들어왔던 들병이에게 들은 풍월이렷다. 그래서 저도 연습 겸 골고루 다 한 번씩 해보고 싶어서 아주 안달이 났다. 방아타령 하나 변변히 못하는 년이 소리는 고걸로 될 듯싶은지!

이런 기맥을 알고 년을 농락해 먹은 놈이 요아래 사는 뭉태 놈이다. 놈도 더러운 놈이다.

우리 마누라의 이 낯짝에 몸이 달았다면 그만함 다 얼짜지.

*솥뚜껑.

어디 계집이 없어서 그걸 손을 대구, 망할 자식두. 놈이 와서 섣
달 대목이니 술 얻어먹으러 가자고 년을 꼬였구나. 조금 있으면
내가 올 테니까 안 된다 해도 오기 전에 잠깐만, 하고 손을 내끌
었다. 들병이로 나가려면 우선 술 파는 경험도 해봐야 하니까,
하는 바람에 년이 솔깃해서 덜렁덜렁 따라나섰겠지. 집안을 망
할 년. 남편이 나무를 팔러 갔다 늦으면 밥 먹일 준비를 하고 기
달려야 옳지 않으냐. 남은 밤길을 삼십 리나 허덕지덕 걸어오는
데, 눈이 푹푹 쌓여서 발모가지는 떨어져 나가는 듯이 저리고.
마을에 들어왔을 때에는 짜장 곧 쓰러질 듯이 허기가 졌다. 얼른
가서 밥 한 그릇 때려뉘고 년을 데리고 앉아서 또 소리를 아르켜
야지. 이런 생각을 하고 술집 옆을 지나가다 뜻밖에 깜짝 놀란
것은 그 바깥방에서 년의 너털웃음이 들린다. 얼른 다가가서 문
틈으로 들여다보니까 아 이 망할 년이 뭉태하고 술을 먹는구나.

입때까지 하도 우스워서 꼴들만 보고 있었지만 더는 못 참는
다. 지게를 벗어 던지고 방문을 홱 열어젖히자 우선 놈부터 방
바닥에 메다꽂았다. 물론 술상은 발길로 찼으니까 벽에 가 부서
졌지. 담에는 년의 비녀쪽을 지르고 끌고 밖으로 나왔다. 술 취
한 년은 정신이 번쩍 들도록 흠빡 경을 쳐줘야 할 터이니까 눈에
다 틀어박았다. 그리고 깔고 올라앉아서 망할 년 등줄기를 주먹
으로 대구 우렸다.* 때리면 때릴수록 점점 눈 속으로 들어갈 뿐,
발악을 치기에는 너무 취했다. 때리는 것도 년이 대들어야 멋이

---

* 우리다 : 후리다. 휘둘러서 때리거나 치다.

있지 이러면 아주 승겁다. 년은 그대로 내버리고 방으로 들어가서 놈을 찾으니까 이 빌어먹을 자식이 생쥐새끼처럼 어디로 벌써 내빼지 않았나. 참말이지 이런 자식 때문에 우리 동리는 망한다. 남의 계집을 보았으면 마땅히 남편 앞에 나와서 대강이가 깨져야 옳지 그래 달아난담. 못생긴 자식도 다 많지. 할 수 없이 척 늘어진 이년을 등에다 업고 비척비척 집으로 올라오자니까 죽겠구나. 날은 몹시 차지, 배는 쑤시도록 고프지, 좀 노할래야 더 노할 근력이 없다. 게다 우리 집 앞 언덕을 올라가다 엎어져서 무르팍을 크게 깠지. 그리고 집엘 들어가니까 빈방에는 똘똘이가 혼자 에미를 부르고 울고 된통 법석이다. 망할 잡년두. 남의 자식을 그래 이렇게 길러 주면 어떡헐 작정이람. 년의 꼴 봐 하니 행실은 예전에 글렀다. 이년하고 들병이로 나갔다가는 넉넉히 나는 한옆에 재워 놓고 딴 서방 차고 달아날 년이야. 너는 들병이로 돈 벌 생각도 말고 그저 집 안에 가만히 앉았는 것이 옳겠다. 국으로 주는 밥이나 얻어먹고 몸 성히 있다가 연해 자식이나 쏟아라. 뭐 많이도 말고 굴때 같은 아들로만 한 열다섯이면 족하지. 가만있자, 한 놈이 일 년에 벼 열 섬씩만 번다면 열닷 섬이니까 일백오십 섬. 한 섬에 더도 말고 십 원 한 장씩만 받는다면 죄다 일천오백 원이지. 일천오백 원, 일천오백 원, 사실 일천오백 원이면 어이구 이건 참 많구나. 그런 줄 몰랐더니 이년이 뱃속에 일천오백 원을 지니고 있으니까 아무렇게 따져도 나보담은 낫지 않은가.

1935년 12월, 《사해공론》

봄·봄

봄과 따라지[*]

지루한 한겨울 동안 꼭 옴츠러졌던 몸뚱이가 이제야 좀 녹고 보니 여기가 근질근질, 저기가 근질근질. 등어리는 대고 군실거린다. 행길에 삐죽 섰는 전봇대에다 비스듬히 등을 비겨 대고 쓰적쓰적 부벼도 좋고, 왼팔에 걸친 밥통을 땅에 내려논 다음 그 팔을 뒤로 제쳐 올리고 바른팔로 발꿈치를 들어 올리고 그리고 긁죽긁죽 긁어도 좋다. 번이는 이래야 원 격식은 격식이로되 그러나 하고 보자면 손톱 하나 놀리기가 성가신 노릇. 누가 일일이 그러고만 있는가. 장삼인지 저고린지 알 수 없는 앞자락이 척 나간 학생복 저고리. 하나 삼 년간을 내리 입은 덕택에 속껍데기가 꺼칠하도록 때에 절었다. 그대로 선 채 어깨만 한번 으쓱 올렸다.

[*] 보잘것없거나 하찮은 처지에 놓인 사람이나 물건을 속되게 이르는 말.

툭 내려치면 그뿐. 옷에 몽크린 때꼽은 등어리를 스을쩍 긁어
주고 내려가지 않는가. 한 번 해보니 재미가 있고 두 번을 하여
도 또한 재미가 있다. 조그만 어깻죽지를 그는 기계같이 놀리며
올렸다 내렸다, 내렸다 올렸다. 그럴 적마다 쿨렁쿨렁한 저고리
는 공중에서 나비춤, 지나가던 행인이 걸음을 멈추고 가만히 눈
을 둥글린다. 한참 후에야 비로소 성한 놈으로 깨달았음인지 피
익 웃어 던지고 다시 내건다. 어깨가 느런하도록 수없이 그러
고 나니 나중에는 그것도 흥이 지인다. 그는 너털거리는 소맷등
으로 코밑을 쓱 훔치고 고개를 돌리어 위아래로 야시를 훑어본
다. 날이 풀리니 거리에 사람도 풀린다. 싸구려 싸구려 에잇 싸
구려, 십오 전에 두 가지, 십오 전에 두 가지씩. 인두 비누를 한
손에 번쩍 쳐들고 젱그렁젱그렁 신이 올라 흔드는 요령 소리. 땅
바닥에 널따란 종잇장을 펼쳐 놓고 안경잡이는 입에 게거품이
흐르도록 떠들어 댄다. 일전 한 푼을 내놓고 일 년 동안의 운수
를 보시오. 먹찌*를 던져서 칸에 들면 미루꾸** 한 갑을 주고 금
에 걸치면 운수가 나쁘니까 그냥 가라고. 저편 한구석에서는 코
먹은 바이올린이 닐리리를 부른다. 신통 방통 꼬부랑통 남대문
통 쓰레기통, 자아 이리 오시오. 암사둔 수사둔 다 이리 오시오.
장기판을 에워싸고 다투는 무리. 그사이로 일쩌운 사람들은 이
리 몰리고 저리 몰리고 발 가는 대로 서성거린다. 짝을 짓고 산
보를 나온 젊은 남녀들, 구지레한 두루마기에 뒷짐 진 갓쟁이. 예

* 투전(投錢) 따위에서 돈내기를 할 때 던지는 기구.
** 밀크캐러멜.

제없이 가서 덤벙거리는 학생들도 있고 그리고 어린 아들의 손을 잡고 구경을 나온 어머니. 아들은 어머니의 치맛자락을 잡아채며 뭘 사내라고 부지런히 보챈다. 배도 좋고 사과도 좋고 또 김이 무럭무럭 오르는 국화만두는 누가 싫다나. 그놈의 김을 이윽히 바라보다가 그는 고만 하품인지 한숨인지 분간 못 할 날숨이 길게 터져 오른다. 아침에 찬밥 덩이 좀 얻어먹고는 온종일 그대로 지친 몸. 군침을 꿀떡 삼키고 종로를 향하여 무거운 다리를 내어딛자니 앞에 몰려 선 사람떼를 비집고 한 양복이 튀어나온다. 얼굴에는 꽃이 잠뿍 피고 고개를 내흔들며 이리 비틀 저리 비틀. 목로에서 얻은 안주이겠지, 사과 하나를 입에 들이대고 어기어기 꾸겨 넣는다. 이거나 좀 개평 뗄까. 세루* 바지에 바짝 붙어 서서 같이 비틀거리며 나리 한 푼 줍쇼, 나리. 이 소리는 들은 척 만 척 양복은 제멋대로 갈 길만 비틀거린다. 옛다. 이거나 먹어라 하고 선뜻 내주었으면 얼마나 좋으랴만, 에이 자식두. 사과는 쉬지 않고 점점 줄어든다. 턱살을 추켜 대고 눈독을 잔뜩 들여 가며 따르자니 나중에는 안달이 난다. 나리, 나리, 한 푼 주세요, 하고 거듭 재우치다 그래도 꽤가 그르매, 나리 그럼 사과나 좀. 무어 이 자식아 남 먹는 사과를 좀. 혀 꼬부라진 소리가 이렇게 중얼거리자 정작 사과는 땅으로 가고 긴치 않은 주먹이 뒤통수를 딱. 금세 땅에 엎여질 듯이 정신이 고만 아찔했으나 그래도 사과, 사과다. 얼른 덤벼들어 집어 들고는 소맷자락에 흙을 쓱쓱

* 모직물의 한 가지.

씻어서 한 입 덥석 물어 뗀다. 창자가 녹아내리는 듯 향긋하고도 보드라운 그 맛이야. 그러나 세 번을 물어뜯고 나니 딱딱한 씨만 남는다. 다시 고개를 들고 그담 사람을 잡고자 눈을 희번덕인다. 큰길에는 동무 깍쟁이들이 가로 뛰며 세로 뛰며 낄낄거리고 한창 야단이다. 밥통들은 한 손에 든 채 달리는 전차 자동차를 이리저리 호아가며* 저희 깐에 술래잡기 봄이라고 맘껏 즐긴다. 이걸 멀거니 바라보고 그는 저절로 어깨가 실룩실룩하기는 하나 근력이 없다. 따스한 햇볕에서 낮잠을 잔 것도 좋기는 하다마는 그보담 밥을 좀 얻어먹었다면 지금쯤은 같이 뛰고 놀고 하련만. 큰길로 내려서서 이럴까 저럴까 망설일 즈음 갑자기 따르르응 이 자식아. 이크 쟁교**로구나. 등줄기가 선뜩해서 기급으로 물러서다가 얼결에 또 하나 잡았다. 이번에는 트레머리에 얕은 향내가 말캉말캉 나는 뾰족구두다. 얼른 봐한즉 하르르한 비단치마에 옆에 낀 몇 권의 책 그리고 아리잠직한 그 얼굴. 외모로 따져 보면 돈푼이나 좋이 던져 줄 법한 고운 아씨다. 대뜸 물고 나서며 아씨 한 푼 줍쇼, 아씨 한 푼 줍쇼. 가는 아씨는 암만 불러도 귀가 먹은 듯, 혼자 풍월로 얼마를 따르다 보니 이제는 하릴없다. 그다음 비상수단이 아니 나올 수 없는 노릇. 체면 불구하고 그 까마귀발로다 신성한 치맛자락을 덥석 잡아챈다. 홀로 가는 계집쯤 어떻게 다루든 이쪽 생각. 한번 더 채여라. 아씨 한 푼 줍쇼. 아씨도 여기에는 어이가 없는지 발을 멈추고 말뚱히 바라본

* 호아가다 : 왔다 갔다 하다.
** 자전거.

다. 한참 노려보고 그리고 생각을 돌렸는지 허리를 구부리어 친절히 달랜다. 내 지금 가진 돈이 없으니 집에 가 줄게 이거 놓고 따라오너라. 너무나 뜻밖의 일이다. 기쁠뿐더러 놀라운 은혜이다. 따라만 가면 밥이 나올지 모르고 혹은 먹다 남은 빵조각이 나올는지도 모른다. 이건 아마 보통 갈보와는 다른 예수를 믿는 착한 아씬가 보다. 치마를 놓고 좀 떨어져서 이번에는 점잖이 따라간다. 우미관 옆 골목으로 들어서서 몇 번이나 좌우로 꼬불꼬불 돌았다. 아씨가 들어간 집은 새로 지은, 그리고 전등 달린 번듯한 기와집이다. 잠깐만 기다려라, 하고 아씨가 들어갈 제 그는 눈을 똥그랗게 뜨고 기대가 컸다. 밥이냐, 빵이냐, 잔치를 지내고 나서 먹다 남은 떡부스러기를 처치 못 하여 데리고 왔을지도 모른다. 떡고물도 좋고 저냐*도 좋고 시크무레 쉰 콩나물, 무나물, 아무거나 되는대로. 설마 예까지 데리고 와서 돈 한 푼 주고 가라진 않겠지. 허기와 기대가 갈증이 나서 은근히 침을 삼키고 있을 때 대문이 다시 삐꺽 열린다. 아마 주인 서방님이리라. 조선옷에 말쑥한 얼굴로 한 사나이가 나타났다. 네가 따라온 놈이냐 하고 한 손으로 목덜미를 꼭 붙들고 그러더니 벌써 어느 틈에 네 번이나 머리를 주먹이 우렸다. 그러면 아꾜꾜 소리를 지른 것은 다섯 번째부터요 눈물은 또 그담에 나온 것이다. 악장을 너무 치니까 귀가 아팠음인지 요 자식 다시 그래 봐라 다리를 꺾어 놀 테니. 힘 약한 독사와 도야지는 맞대항은 안 된다. 비실비

* 얇게 저민 고기나 생선 따위에 밀가루를 묻히고 달걀 푼 것을 씌워 기름에 지진 음식.

실 조 골목 어귀까지 와서 이제야 막 대문 안으로 들어가려는 서방님을 돌려대고. 요 자식아 네 다릴 꺾어 놀 테야, 용용 죽겠지. 엄짓가락으로 볼따귀를 후벼 보이곤 다리야 날 살리라고 그냥 뺑소니다. 다리가 짧은 것도 이런 때에는 한 욕일지도 모른다. 여남은 칸도 채 못 가서 벽돌담에 가 잔뜩 엎눌렸다. 그리고 허구리 등어리 어깻죽지 할 것 없이 요모조모 골고루 주먹이 들어온다. 때려라, 그래도 네가 차마 죽이진 못하겠지. 주먹이 들어올 적마다 서방님의 처신으로 듣기 어려운 욕 한마디씩 해 가며 분통만 폭폭 찔러 논다. 죽여 봐 이 자식아. 요런 챌푼이 같으니, 네가 애편쟁이지 애편쟁이. 울고불고 요란한 소리에 근방에서는 쭉 구경을 나왔다. 입때까지는 서방님은 약이 올라서 죽을 둥 살 둥 몰랐으나 이제 와서는 결국 저의 체면 손상임을 깨달은 모양이다. 등 뒤에서 애편쟁이, 챌푼이, 하는 욕이 빗발치듯 하련만 서방님은 돌아다도 안 보고 똥이 더러워서 피하지 무섭지 않다는 증거로 침 한 번을 탁 뱉고는 제법 골목으로 들어간다. 이렇게 되면 맡아 놓고 깍쟁이의 승리다. 그는 담 밑에 쪼그리고 앉아서 울고 있으나 실상은 모욕당했던 깍쟁이의 자존심을 회복시킨 데 큰 우월감을 느낀다. 염병을 할 자식, 하고 눈물을 닦고 골목 밖으로 나왔을 때엔 얼굴에 만족한 웃음이 떠오른다. 야시에는 여전히 뭇사람이 흐르고 있다. 동무들은 큰길에서 밥통을 뚜드리며 날뛰고 있다. 우두커니 보고 섰다가 결리는 등어리도 잊고 배고픈 생각도 스르르 사라지니 예라 나두 한번 끼자. 불시로 건기운이 뻗치어 야시에서 큰길로 내려선다. 달음질을 쳐서 전찻길을 가로지르려 할 제 맞닥뜨린 것이 마주 건너오던 한 신여성이다. 한 손에 대여섯 살 된 계집애를 이끌고 야시로 나오는 모양. 이건 키가 후리후리하고 걸쩍하게 생긴 것이 어디인가 맘씨가 좋아 보인다. 대뜸 손을 내밀고 아씨 한 푼 줍쇼. 애 지금 돈 한 푼 없다. 이렇게 한마디 하고는 이것도 돌아다보는 법 없다. 야시에 물건을 흥정하며 태연히 저 할 노릇만 한다. 이내 치마까지 꺼들리게 되니까 이제야 걸음을 딱 멈추고 눈을 똑바로 뜨고 노려본다. 그리고 소리를 지르되 옆의 사람이나 들으란 듯이 얘가 왜 이리 남의 옷을 잡아당겨. 오가던 사람들이 구경이나 난 듯이 모두 쳐다보고 웃는다. 본 바와는 딴판 돈푼커녕 코 딱지도 글렀다. 눈꼴이 사나워서 그도 마주 대고 벙벙히 쳐다보고 있노라니 웬 담배가 발 앞으로 툭 떨어진다. 매우 기름한 꽁초. 얼른 집어서 땅바닥에 쓱쓱 문대어 불을 끄고는 호주머니에 넣는다. 이때는 좁쌀친구끼리 뒷골목 담 밑에 모여 앉아서 번갈아 한 모금씩 빨아 가며 잡상스러운 이야기로 즐길 걸 생각하니 미리 재미롭다. 적어도 여남은 개 주워야 할 텐데 인제서 겨우 꽁초 네 개니. 요즘에는 참 담배 맛도 제법 늘어 가고 재채기 하던 괴로움도 훨씬 줄었다. 이만하면 영철이의 담배쯤은 감히 덤비지 못하리라. 제 따위가 앉은 자리에 꽁초 일곱 개를 다 피울 텐가. 온 어림없지. 열 살밖에 안 되었건만 이만치도 담배를 잘 피울 수 있도록 훌륭히 됨을 깨달으니 또한 기꺼운 현상. 호주머니에서 손을 빼고 고개를 들어 보니 계집은 어느덧 멀리 앞섰다. 벌에 쐤느냐, 왜 이리 달아나니. 이것은 암만 따라가야 돈

한 푼 막무가낼 줄은 번연히 알지만 소행이 밉다. 에라, 빌어먹을 거, 조금 느물러나* 주어라. 힝허케 쫓아가서 팔꿈치로다 그 궁둥이를 퍽 한번 지르고는 아씨 한 푼 주세요. 돌려대고 또 소리를 지를 줄 알았더니 고개만 흘낏 돌려보고는 잠자코 간다. 그럼 그렇지 네가 어디라구 깍쟁이에게 덤비리. 또 한번 질러라. 바른편 어깨로다 이번엔 넓적한 궁둥이를 정면으로 들이받으며 아씨 한 푼 주세요. 그래도 아무 반응이 없다. 이 계집이 행길 바닥에 나가 자빠지면 그 꼴이 볼 만도 하련만 제아무리 들이받아도 힘을 들이면 들일수록 이쪽이 도리어 튕겨져 나올 뿐 좀체로 삐끗 없음에는 에라 빌어먹을 거. 치맛자락을 냉큼 집어다 입에 들이대고는 질겅질겅 씹는다. 으흐흥 아씨 돈 한 푼. 그제야 독이 바싹 오른 법한 표독스러운 계집의 목소리가, 이 자식아 할 때는 온몸이 다 짜릿하고 좋았으나 난데없는 고래 소리가 벽력같이 들리는 데는 정신이 그만 아찔하다. 뿐만 아니라 그 순간 새삼스레 주림과 아울러 아픔이 눈을 뜬다. 머리를 얻어맞고 아이쿠 하고 몸이 비틀할 제 집게 같은 손이 들어와 왼편 귓바퀴를 잔뜩 집어 든다. 이왕 이렇게 된 바에야 끌리는 대로 따라만 가면 고만이다. 붐비는 사람 틈으로 검불같이 힘없이 딸려 가며 그러나 속으로는 허지만 뭐. 처음에는 꽤도 겁도 집어먹었으나 인제는 하도 여러 번 겪고 난 몸이라 두려움보다 오히려 실없는 우정까지 느끼게 된다. 이쪽이 저를 미워도 안 하련만 공연스레 제가

---

* 느물다 : 말이나 행동을 능글맞고 흉하게 하다.

봄·봄

씹고 덤비는 걸 생각하면 짜장 밉기도 하려니와 그럴수록에 야 릇한 정이 드는 것만은 사실이다. 오늘은 또 무슨 일을 시키려는 가. 유리창을 닦느냐, 뒷간을 치느냐, 타구쯤 정하게 부셔 주면 그대로 나가라 하겠지. 하여튼 가자는 건 좋으나 원체 잔뜩 집어 당기는 바람에 이건 너무 아프다. 구두보담 조금만 뒤졌다는 갈 데없이 귀는 떨어질 형편. 구두가 한 발을 내걷는 동안 두 발, 세 발 잽싸게 옮겨 놓으며 통통걸음으로 아니 따라갈 수 없다. 발이 반밖에 안 차는 커다란 운동화를 칠떡칠떡 끌며 얼른얼른 앞에 나서거라. 재쳐라, 재쳐라, 얼른 재쳐라. 그러나 문득 기억나는 것 이 있으니 그 언제인가 우미관 옆 골목에서 몰래 들창으로 들여 다보던 아슬아슬하고 인상 깊던 그 장면. 위험을 무릅쓰고 악한 을 추격하되 텀블링도 잘하고 사람도 잘 집어세고 막 이러는 용 감한 그 청년과 이때 청년이 하던 목 잠긴 그 해설. 그리고 땅땅 따아리 땅땅 따아리 땅땅 띠이 하던 멋있는 그 반주. 봄바람은 살랑살랑 불어오는 큰거리, 이때 청년이 목숨을 무릅쓰고 구두 를 재치는 광경이라 하고 보니 하면 할수록 무척 신이 난다. 아 아 아구 아프다. 재쳐라, 재쳐라, 얼른 재쳐라. 이때 청년이 땅땅 따아리 땅땅 따아리 땅땅 띠이 땅땅 띠이.

1936년 1월, 《신인문학》

가을

　내가 주재소에까지 가게 될 때에는 나에게도 다소 책임이 있을는지 모른다. 그러나 사실 아무리 고쳐 생각해 봐도 조금치도 책임이 느껴지지 않는다. 복만이는 제 아내를(여기가 퍽 중요하다) 제 손으로 직접 소장수에게 판 것이다. 내가 그 아내를 유인해다 팔았거나 혹은 내가 복만이를 꼬여서 서로 공모하고 팔아먹은 것은 절대로 아니었다.

　우리 동리에서 일반이 다 알다시피, 복만이는 뭐 남의 꼬임에 떨어지거나 할 놈이 아니다. 나와 저와 비록 격장에 살고 흉허물 없이 지내는 이런 터이지만 한 번도 저의 속을 터 말해 본 적이 없다. 하기야 나뿐이랴, 어느 동무고 간 무슨 말을 좀 묻는다면 잘해야 세 마디쯤 대답하고 마는 그놈이다. 이렇게 귀찮은 얼굴에 내천자를 그리고 세상이 늘 마땅치 않은 그놈이다. 오죽하여 요전에는 즈 아내가 우리게 와서 울며불며 하소를 다 하였으랴.
그 망할 건 먹을 게 없으면 변통을 좀 할 생각은 않고 부처님같
이 방구석에 우두커니 앉았기만 한다고. 우두커니 앉아 있는 것
보다 실은 말 한마디 속 시원히 안 하는 그 뚱보가 미웠다. 마는
그러면서도 아내는 돌아다니며 양식을 꾸어다 여일히 남편을 공
경하고 하는 것이다.

이런 복만이를 내가 꼬였다 하는 것은 본시가 말이 안 된다.
다만 한 가지 나에게 죄가 있다면 그날 매매계약서를 내가 대서
로 써준 그것뿐이다.

점심을 먹고 내가 봉당에 앉아서 새끼를 꼬고 있노라니까 복
만이가 찾아왔다. 한 손에 바람에 나부끼는 인찰지 한 장을 들
고 내 앞에 와 딱 서더니,

"여보게, 자네 기약서 쓸 줄 아나?"

"기약서는 왜?"

"아니 글쎄 말이야—" 하고 놈이 어색한 낯으로 대답을 주저
하는 것이 아니냐. 아마 곁에 다른 사람이 여럿이 있으니까 말하
기가 거북했을지도 모른다.

그러나 나는 사날 전에 놈에게 조용히 들은 말이 있어서 오,
아내의 일인가 보다 하고 얼른 눈치채었다. 싸리문 밖으로 놈을
끌고 나와서 그 귀밑에다

"자네 여편네게 어떻게 됐나?"

"응."

놈이 한마디 이렇게만 대답하고는 두레두레한 눈을 굴리며

뭘 잠깐 생각하는 듯하더니

"저 물 건너 사는 소장수에게 팔기로 됐네. 재순네(술집)가 소개를 해서 지금 주막에 와 있는데 자꾸만 기약서를 써야 한다구 그래. 그러나 누구 하나 쓸 줄 아는 사람이 있어야지. 그래 자네게 써 가주올 테니 잠깐 기다리라고 하고 왔어. 자넨 학교 좀 다녔으니까 쓸 줄 알겠지?"

"그렇지만 우리 집에 먹이 있나, 붓이 있나?"

"그럼 하여튼 나하고 같이 가세."

맑은 시내에 붉은 잎을 담그며 일쩌운 바람이 오르내리는 늦은 가을이 다 시든 언덕 위를 복만이는 묵묵히 걸었고 나는 팔짱을 끼고 그 뒤를 따랐다. 이때 적으나마 내가 제 친구니까 되든 안 되든 한번 말려 보고도 싶었다. 다른 짓은 다 할지라도 영득이(다섯 살 된 아들이다)를 생각하여 아내만은 팔지 말라고. 사실 말려 보고 싶지 않은 것은 아니다. 그러나 내가 저를 먹여 주지 못하는 이상 남의 일이라고 말하기 좋아 이러쿵저러쿵 지껄이기도 어려운 일이다. 맞붙잡고 굶느니 아내는 다른 데 가서 잘 먹고 또 남편은 남편대로 그 돈으로 잘 먹고 이렇게 일이 필 수도 있지 않으냐. 복만이의 뒤를 따라가며 나는 도리어 나의 걱정이 더 큰 것을 알았다. 기껏 한 해 동안 농사를 지었다는 것이 털어서 쪼개고 보니까 내 몫으로 겨우 벼 두 말 가웃이 남았다. 물론 털어서 빚도 다 못 가린 복만이에게 대면 좀 날는지 모르지만 이걸로 우리 식구가 한겨울을 날 생각을 하니 눈앞이 고대로 캄캄하다. 나도 올겨울에는 금점이나 좀 해볼까, 그렇지 않으면 투전을 좀 배워서 노름판으로 쫓아다닐까. 그런대로 밑천이 들 터인데 돈은 없고 복만이같이 내 팔 아내도 없다. 우리 집에는 여편네라곤 병든 어머니밖에 없으나 나이도 늙었지만(좀 부끄럽다) 우리 아버지가 있으니까 내 맘대론 못 하고—

이런 생각에 잠기어 짜장 나는 복만이더러 네 아내를 팔지 마라 어째라 할 여지가 없었다. 나도 일찍이 장가나 들어 두었더면 이런 때 팔아먹을걸 하고 부즈러운* 후회뿐으로.

큰길로 빠져나와서

"그럼 자네 먼저 가 있게. 내 먹 붓을 빌려 가지구 곧 갈게."

"벼루석건 있어야 할걸—"

나 혼자 밤나무 밑 술집으로 터덜터덜 찾아갔다. 닭의 똥들이 한산히 늘려 놓은 뒷마루로 조심스레 올라서며 소장수란 놈이 대체 어떻게 생긴 놈인가 하고 퍽 궁금하였다. 소도 사고 계집도 사고 이럴 때에는 필연 돈도 상당히 많은 놈이리라.

지게문을 열고 들어서니 첫째 눈에 띈 것이 밤불이 지도록 살이 디룩디룩한, 그리고 험상궂게 생긴 한 애꾸눈이다. 이놈이 아랫목에 술상을 놓고 앉아서 냉수 마신 상으로 나를 쓰윽 쳐다보는 것이다. 바지저고리에는 때가 쭈루룩 묻은 것이 게다 제딴에는 모양을 낸답시고 누런 병정 각반을 치올려 쳤다.

이놈과 그 옆 한구석에 쪼그리고 앉았는 영득 어머니와 부부가 되는 것은 아무리 봐도 좀 덜 맞는 듯싶다마는, 영득 어머니

---

* 부즈럽다 : 부질없다. 대수롭지 아니하거나 쓸모가 없다.

는 어떻게 되든지 간 그 처분만 기다린다는 듯이 잠자코 아이에게 젖이나 먹일 뿐이다. 나를 쳐다보고 자칫 낯이 붉은 듯하더니

"아재 내려오슈!" 하고는 도로 고개를 파묻는다.

이때 소장수에게 인사를 붙여 준 것이 술집 할머니다. 사흘이 모자라서 여우가 못 됐다니 만치 수단이 능글차서

"둘이 인사하게. 이게 내 먼 촌 조칸데 소장수구 돈 잘 쓰구." 하다가 뼈만 남은 손으로 내 등을 뚜덕이며

"이 사람이 아까 그 기약서 잘 쓴다는 재봉이야."

"거 뉘 댁인지 우리 인사합시다. 이 사람은 물 건너 사는 황거 풍이라 부루."

이놈이 바로 우좌스럽게* 큰 소리로 인사를 거는 것이다. 나도 저 못지않게 떡 버티고 앉아서 이 사람은, 하고 이름을 댔다. 그리고 울 아버지도 십 년 전에는 땅마지기나 좋이 있었던 것을 명백히 일러 주니까 그건 안 듣고 하는 수작이

"기약서를 써 달라고 불렀는데 수고러우나 하나 잘 써 주기유."

망할 자식, 이건 아주 딴소리다. 내가 친구 복만이를 위해서 왔지 그래 제깐 놈의 명령에 왔다갔다할 겐가. 이 자식 무척 시큰둥하구나 생각하고 낯을 찌푸려 모로 돌렸으나

"우선 한잔 하기유." 함에는 두 손으로 얼른 안 받지도 못할 노릇이었다.

복만이가 그 웃음 잊은 얼굴로 씨근거리며 달려들 때에는 벌

* 우좌스럽다 : 우자스럽다. 보기에 어리석은 데가 있다.

써 나는 석 잔이나 얻어먹었다. 얼근한 속에 다 모지라진 붓을 잡고 소장수의 요구대로 그려 놓았다.

매매 계약서

일금 오십 원야라

위 금은 내 아내의 대금으로써 정히 영수합니다.

갑술년 시월 이십일

조 복 만

황거풍 전

여기에 복만이의 지장을 찍어 주니까 어디 한번 읽어 보오 한다. 그리고 한참 나를 의심스레 바라보며 뭘 생각하더니

"그거면 고만이유. 만일 나중에 조상이 돈을 해 가주와서 물러 달라면 어떡허우?" 하고 눈이 둥그래서 나를 책망을 하는 것이다. 이놈이 소장에서 하던 버릇을 여기서도 하는 것이 아닌가. 하도 어이가 없어서 나도 벙벙히 쳐다만 보았으나 옆에서 복만이가 그대루 써주라 하니까

어떠한 일이 있더라도 내 아내는 물러 달라지 않기로 맹세합니다.

그제야 조끼 단춧구멍에 곱은 쌈지끈으로 목을 매달린 커단 지갑이 비로소 움직인다. 일 원짜리 때 묻은 지전 뭉치를 꺼내

들더니 손가락에 연신 침을 발라 가며 앞으로 세어 보고 뒤로 세어 보고 그리고 이번엔 거꾸로 들고 또 침을 발라 가며 공손히 세어 본다. 이렇게 후질근히 침을 발라 세었건만 복만이가 또다시 공손히 바르기 시작하니 아마 지전은 침을 발라야 장수를 하나 보다.

내가 여기서 구문을 한 푼이나마 얻어먹었다면 참이지 성을 갈겠다. 오 원씩 안팎 구문으로 십 원을 잡순 것은 술집 할머니요 나는 술 몇 잔 얻어먹었다. 뿐만 아니라 소장수를 아니 영득 어머니를 오 리 밖 공동묘지 고개까지 전송을 나간 것도 즉 내다. 고갯마루에서 꼬불꼬불 돌아내린 산길을 굽어보고 나는 마음이 적이 언짢았다. 한마을에 같이 살다가 팔려 가는 걸 생각하니 도시 남의 일 같지 않다. 게다 바람은 매우 차건만 입때 홑적삼으로 떨고 섰는 그 꼴이 가엾고—

"영득 어머니! 잘 가게유."

"아재 잘 기슈."

이 말 한마디만 남길 뿐 그는 앞장을 서서 샛길을 살랑살랑 달아난다. 마땅히 저 갈 길을 떠나는 듯이 서둘며 조금도 섭섭한 빛이 없다.

그리고 내 등 뒤에 섰는 복만이조차 잘 가라는 말 한마디 없는 데는 실로 놀라지 않을 수 없다. 장승같이 뻐적 서서는 눈만 끔벅끔벅하는 것이 아닌가. 개자식. 하루를 살아도 제 계집이련만 근 십 년이나 소같이 부려먹던 이 아내다. 사실 말이지 제가 여태껏 굶어 죽지 않은 것은 상냥하고 돌림성 있는 이 아내의 덕

택이었다. 그러나 인사 한마디가 없다니 개자식, 하고 여간 밉지
가 않았다.

영득이는 즈 아버지 품에 잔뜩 붙들리어 기가 올라서 운다.
멀리 간 어머니를 부르고 두 주먹으로 아버지 복장을 들이 두드
리다간 한번 쥐어박히고 멈씰한다. 그리고 조금 있으면 다시 시
작한다.

소장수는 얼굴에 술이 잠뿍 올라서 제멋대로 한참 지껄이더니
"친구! 신세 많이 졌수, 이담 갚으리다." 하고 썩 멋들어지게 인
사를 한다. 그리고 뒤툭뒤툭 고개를 내리다가 돌부리에 채어 뚱
뚱한 몸뚱어리가 그대로 떼굴떼굴 굴러 버렸다. 중턱에 내뻗은
소나무에 가지가 없었더면 낭떠러지로 떨어져 고만 터져 버릴
걸 요행히 툭툭 털고 일어나서 입맛을 다신다. 놈이 좀 무색한지
우리를 돌아보고 한번 빙긋 웃고 다시 내걸을 때에는 영득 어머
니는 벌써 산 하나를 꼽들었다.

이렇게 가던 소장수 이놈이 닷새 후에는 날더러 주재소로 가
자고 내끄는 것이 아닌가. 사기는 복만이한테 사고 내게 찌다우
를 붙는다. 그것도 한가로운 때면 혹 모르지만 남 한창 바쁘게
거름 쳐내는 놈을 좋도록 말을 해서 듣지 않으니까 나도 약이
안 오를 수 없고 골김에 놈의 복장을 그대로 터다밀어 버렸다.
풀밭에 가 털벅 주저앉았다. 일어나더니 이번에는 내 멱살을 바
싹 조여 잡고 소 다루듯 잡아끈다.

내가 구문을 받아먹었다든지 또는 복만이를 내가 소개했다
든지 하면 혹 모르겠다. 계약서 써주고 술 몇 잔 얻어먹은 것밖

에 나에게 무슨 죄가 있느냐. 놈의 말을 들어 보면 영득 어머니가 간 지 나흘 되는 날 즉 그저께 밤에 자다가 어디로 없어졌다. 밝은 날에는 들어올까 하고 눈이 빠지게 기다렸으나 영 들어오지 않는다. 오늘은 꼭두새벽부터 사방으로 찾아다니다 비로소 우리들이 짜고 사기를 해먹은 것을 깨닫고 지금 찾아왔다는 것이다. 제 아내 간 곳을 가르쳐 주어야지 그렇지 않으면 너와 죽는다고 애꾸 낯짝을 들이대고 이를 북 갈아 보인다.

"내가 팔았단 말이유? 날 붙잡고 이러면 어떡헐 작정이지요?"

"복만이는 달아났으니까 너는 간 곳을 알겠지? 느들이 짜고 날 고랑때*를 먹였어. 이놈의 새끼들!"

"아니 복만이가 달아났는지 혹은 볼일이 있어서 어디 다니러 갔는지 지금 어떻게 안단 말이유?"

"말 마라, 술집 아주머니에게 다 들었다, 또 속이려고 요 자식!"

그리고 나를 논둑에다 한번 메다꽂아서는 흙도 털 새 없이 다시 끌고 간다. 술집 아주머니가 복만이 간 곳은 내가 알 게니 가보라 했다나. 구문 먹은 걸 도로 돌려놓기가 아까워서 제 책임을 내게로 떠민 것이 분명하다. 이렇게 되면 소장수 듣기에는 내가 마치 복만이를 꾀어서 아내를 팔게 하고 뒤로 은근히 구문을 뗀 폭이 되고 만다.

하기는 복만이도 그 아내가 없어졌다는 날 그저께 어디로인지 없어졌다. 짜장 도망을 갔는지 혹은 볼일이 있어서 일갓집 같

* 골탕.

은 데 다니러 갔는지 그건 자세히 모른다. 그러나 동리로 돌아다니며 아내가 꾸어 온 양식, 돈푼, 이런 자지레한 빚냥을 다아 돈으로 갚아 준 그다. 달아나기에 충분한 아무 죄도 그는 갖지 않았다. 영득이가 밤마다 엄마를 부르며 악장을 치더니 보기 딱하여 즈 큰집으로 맡기러 갔는지도 모른다.

복만이가 저녁에 우리 집에 왔을 때에는 어서 먹었는지 술이 거나하게 취했다. 안뜰로 들어오더니 막걸리를 한 병 내놓으며

"이거 자네 먹게."

"이건 왜 사 와, 하튼 출출한데 고마우이." 하고 나는 부엌에 내려가 술잔과 짠지 쪼가리를 가져 나왔다. 그리고 둘이 봉당에 걸터앉아 마시기 시작하였다.

술 한 병을 다 치고 나서 그는 이런 이야기, 저런 이야기를 지껄이더니 내 앞에 돈 일 원을 꺼내 놓는다.

"저번 수굴 끼쳐서 그 엘세."

"예라니?"

나는 눈을 둥그렇게 뜨고 그 얼굴을 이윽히 들여다보았다마는, 속으로 요건 대서료로 주는구나 하고 이쯤 못 깨달은 바도 아니었다. 남의 아내를 판 돈에서 대서료를 받는 것이 너무 무례한 일인 것쯤은 나도 잘 안다. 술을 먹었으니까 그만해도 좋다하여도

"두구 술 사 먹게, 난 이거 말구도 또 있으니까—" 하고 굳이 주머니에까지 넣어 주므로 궁하기도 하고 그대로 받아 두었다. 그리고 그담부터는 복만이도 영득이도 우리 동리에서 볼 수가

없고 그뿐 아니라 어디로 가는 걸 본 사람조차 하나도 없다.

이런 복만이를 소장수 이놈이 날더러 찾아 놓으라고 명령을 하는 것이다. 멱살을 숨이 갑갑하도록 바짝 매달려서 끌려가자니, 마을 사람들은 몰려서 구경을 하고, 없는 죄가 있는 듯이 얼굴이 확확 단다. 큰 개울께까지 나왔을 적에는 놈도 좀 열적은지 슬며시 놓고 그냥 걸어간다. 내가 반항을 하든지 해야 저도 독을 올려서 욕설을 하고 겯고틀고 할 텐데 내가 고분히 달려가니까 그럴 필요가 없다. 저의 원대로 주재소까지 가기만 하면 그만이니까.

우리는 아무 말 없이 앞서고 뒤서고 십 리 길이나 걸었다. 깊은 산길이라 사람은 없고 앞뒤 산들은 울긋불긋 물들어 가끔 쏴 하고 낙엽이 날린다. 뉘엿뉘엿 넘어가는 석양에 먼 봉우리는 자줏빛이 되어 가고 그 반영에 하늘까지 불그레하다. 험한 바위에서 이따금 돌은 굴러내려 웅덩이의 맑은 물을 휘저어 놓고 풍하는 그 소리는 실로 쓸쓸하다. 이 산서 수꿩이 푸드득 저 산서 암꿩이 푸드득 그리고 그 사이로 소장수 이놈과 나와 노량으로 허위적허위적.

또 한 고개를 놈이 뚱뚱한 몸짓으로 숨이 차서 씨근씨근 올라오니 그때는 노기는 완전히 사라졌다. 풀밭에 펄썩 주저앉아서는 숨을 돌리고 담배를 꺼내고 그리고 무슨 마음이 내켰는지 날더러

"다리 아프겠수, 우리 앉아서 쉽시다." 하고 친절히 말을 붙인다. 나도 그 옆에 앉아서 주는 궐련을 피워 물었다. 인제도 주재

소까지 시오 리가 남았으니 어둡기 전에는 못 갈 것이다.

"아까는 내 퍽 잘못했수."

"별말 다 하우."

"그런데 참 복만이 간 데 짐작도 못 하겠수?"

"아마 모름 몰라두 덕냉이 즈 큰집에 갔기가 쉽지유."

이 말에 놈이 경풍을 하도록 반색하며 애꾸눈을 바짝 들이대
고 끔벅거린다. 그리고 우는 소리가, 잃어버린 돈이 아까운 게 아
니라 그런 계집을 다시 만나기가 어려워서 그런다. 번이 홀아비의
몸으로 얼굴 똑똑한 아내를 맞아다가 술장사를 시켜 보자고 벼
르던 중이었다. 그래 이번에 해보니까 장사도 잘할뿐더러 아내로
서 훌륭한 계집이다. 참으로 며칠 살아 봤지만 남편에게 그렇게
착착 부닐고 정이 붙는 계집은 여태껏 내 보지 못했다. 그러기에
나두 저를 위해서 인조견으로 옷을 해 입힌다. 갈비를 들여다 구
워 먹인다, 이렇게 기뻐하지 않았겠느냐. 덧돈을 들여가면서라도
찾으려 하는 것은 저를 보고 싶어서 그럼이지 내가 결코 복만이
에게 돈으로 물러 달랄 의사는 없다. 그러니 아무 염려 말고

"복만이 갈 듯한 곳은 다 좀 알으켜 주." 놈의 말투가 또 이상
스레 꾀는 걸 알고 불쾌하기가 짝이 없다. 아무 대답도 않고 묵
묵히 앉아서 담배만 빠니까

"같은 날 같이 없어진 걸 보면 둘이 짜구서 도망 간 게 아니
유?"

"사십 리씩 떨어져 있는 사람이 어떻게 짜구 말구 한단 말이
유?"

내가 이렇게 펄쩍 뛰며 핀잔을 줌에는 그도 잠시 낙망하는 빛을 보이며

"아니 일럼 말이지 내가— 복만이면 즈 아내가 어디 간 것쯤은 알 게 아니유?"

하고 꾸중 만난 어린애처럼 어리광조로 빌붙는다. 이것도 사랑병인지 아까는 큰 체를 하던 놈이 이제 와서는 나에게 끽소리도 못 한다. 행여나 여망 있는 소리를 들을까 하여 속 달게 나의 눈치만 그리다가

"덕냉이 큰집이 어딘지 아우?"

"우리 삼촌 댁도 덕냉이 있지유."

"그럼 우리 오늘은 도루 내려가 술이나 먹고 낼 일찍이 같이 떠납시다."

"그러지유."

더 말하기가 싫어서 나는 코대답으로 치우고 먼 서쪽 하늘을 바라보았다. 해가 마악 떨어지니 산골은 오색영롱한 저녁놀로 덮인다. 산봉우리는 숫제 이글이글 끓는 불덩어리가 되고 노기 가득 찬 위엄을 나타낸다. 그리고 나직이 들리느니 우리 머리 위에 지는 낙엽 소리!

소장수는 쭈그리고 눈을 감고 앉았는 양이 내일의 계획을 세우는 모양이다. 마는 나는 아무리 생각하여도 복만이는 덕냉이 즈 큰집에 있을 것 같지 않다.

1936년 1월, 《사해공론》

봄·봄

두꺼비[*]

    내가 학교에 다니는 것은 혹 시험 전날 밤새는 맛에 들렸는지 모른다. 내일이 영어 시험이므로 그렇다고 하룻밤에 다 안다는 수도 없고 시험에 날 듯한 놈 몇 대문 새겨나 볼까, 하는 생각으로 책술을 뒤지고 있을 때 절컥, 하고 바깥벽에 자전거 세워 놓는 소리가 난다. 그리고 행길로 난 유리창을 두드리며, 이상, 하는 것이다. 밤중에 웬 놈인가 하고 찌뿌둥히 고리를 따보니 캡을 모로 눌러 붙인 두꺼비눈이 아닌가. 또 무얼, 하고 좀 떠름했으나 그래도 한 달포 만에 만나니 우선 반갑다. 손을 내밀어 악수를 하고 어서 들어오슈, 하니까 바빠서 그럴 여유가 없다 하고 오늘 의논할 이야기가 있으니 한 시간쯤 뒤에 저의 집으로 꼭 좀

---

[*] 김유정 자신과 박녹주의 관계를 작품화한 이 소설은 전체가 하나의 문단으로 이루어져 있다.

와주십시오. 한다. 그뿐으로 내가 무슨 의논일까, 해서 얼떨떨할 사이도 없이 허둥지둥 자전거 종을 울리며 골목 밖으로 사라진다. 궐련 하나를 피워도 멋만 찾는 이놈이 자전거를 타고 나를 찾아왔을 때에는 일도 어지간히 급한 모양이나 그러나 제 말이면 으레 복종할 걸로 알고 나의 대답도 기다리기 전에 달아나는 건 썩 불쾌하였다. 이것은 놈이 아직도 나에게 대하여 기생오라비로서의 특권을 가지려는 것이 분명하다. 나는 사실 놈이 필요한 데까지 이용당할 대로 다 당하였다. 더는 싫다, 생각하고 애꿎은 창문을 딱 닫은 다음 다시 앉아서 책을 뒤지자니 속이 부걱부걱 괸다. 하지만 실상 생각하면 놈만 탓할 것도 아니요, 어디 사람이 동이 났다고 거리에서 한번 흘깃 스쳐 본, 그나마 잘났으면이거니와, 쭈그렁밤송이 같은 기생에게 정신이 팔린 나도 나렷다. 그것도 서로 눈이 맞아서 들떴다면이야 누가 뭐래랴마는 저쪽에선 나의 존재를 그리 대단히 여겨 주지 않으려는데 나만 몸이 달아서 답장 못 받는 엽서를 매일같이 석 달 동안 썼다. 하니까 놈이 이 기미를 알고 나를 찾아와 인사를 떡 붙이고는 하는 소리가 기생을 사랑하려면 그 오라비부터 잘 얼러야 된다는 것을 명백히 설명하고 또 그리고 옥화가 저의 누이지만 제 말이면 대개 들을 것이니 그건 안심하라 한다. 나도 옳게 여기고 그다음부터 학비가 올라오면 상전같이 놈을 모시고 다니며 뒤치다꺼리하기에 볼일을 못 본다. 이게 버릇이 돼서 툭하면 놈이 찾아와서 산보나 가자고 끌어내서는 극장으로 카페로 혹은 저 좋아하는 기생집으로 데리고 다니며 밤을 새기가 일쑤다. 물론 그 비용은 성냥 사는 일 전까지 내가 내야 되니까 얼뜬 보기에 누가 데리고 다니는 건지 영문 모른다. 게다 즈 누님의 답장을 얻어올 테니 한번 보라고 연일 장담은 하면서도 나의 편지만 가져가고는 꿩 구워 먹은 소식이다. 편지도 우편보다는 그 동생에게 전하니까 마음에 좀 든든할 뿐이지 사실 바로 가는지 혹은 공동변소에서 콧노래로 뒤지*가 되는지 그것도 자세 모른다. 하루는 놈이 찾아와서 방바닥에 가 벌룽 자빠져 콧노래를 하다가 무얼 생각했음인지 다시 벌떡 일어나 앉는다. 올롱한 낯짝에 그 두꺼비눈을 한 서너 번 끔뻑거리다 나에게 훈계가, 너는 학생이라서 아직 화류계를 모른다. 멀리 앉아서 편지만 자꾸 띄우면 그게 뭐냐고 톡톡히 나무라더니 기생은 여학생과 달라서 그저 맞붙잡고 주물러야 정을 쏟는데, 하고 사정이 딱한 듯이 입맛을 다신다. 첫사랑이 무언지 무던히 후려 맞은 몸이라 나는 귀가 번쩍 띄어 그럼 어떻게 좋은 도리가 없을까요, 하고 다가서서 물어보니까 잠시 입을 다물고 주저하더니 그럼 내 직접 인사를 시켜 줄 테니 우선 누님 마음에 드는 걸로 한 이삼십 원 어치 선물을 하슈, 화류계 사랑이란 돈이 좀 듭니다, 하고 전일 기생을 사랑하던 저의 체험담을 좍 이야기한다. 돈을 먹이는데 싫달 계집은 없으려니, 깨닫고 나의 정성을 눈앞에 보이기 위하여 놈을 데리고 다니며 동무에게 돈을 구걸한다, 양복을 잡힌다, 하여 덩어리돈을 만들어서는 우선 백화점에 들어가 같이 점심을 먹고 나

---

* 밑씻개로 쓰는 종이.

오는 길에 사십이 원짜리 순금 트레반지*를 놈의 의견대로 사서 부디 잘 해달라고 놈에게 들려 보냈다. 그리고 약속대로 그 이튿날 밤이 늦어서 찾아가니 놈이 자다 나왔는지 눈을 비비며 제가 쓰는 중문간 방으로 맞아들이는 그 태도가 어쩐지 어제보다 탐탁지가 못하다. 반지를 전하다 퇴짜나 맞지 않았나 하고 속으로 초를 부비며 앉았으니까 놈이 거기 관하여는 일체 말없고 딴통같이 앨범 하나를 꺼내어 여러 기생의 사진을 보여 주며 객쩍은 소리를 한참 지껄이더니 우리 누님이 이상 오시길 여태 기다리다가 고대 막 노름 나갔습니다. 녈은 요보다 좀 일찍 오셔요, 하고 주먹으로 하품을 끄는 것이다. 조금만 일찍 왔더라면 좋을 걸 안됐다 생각하고 그럼 반지를 전하니까 뭐라더냐 하니까 누이가 퍽 기뻐하며 그 말이 초면 인사도 없이 선물을 받는 것은 실례로운 일이매 직접 만나면 돌려보내겠다 하더란다. 이만하면 일은 잘 얼렸구나, 안심하고 하숙으로 돌아오며 생각해 보니 반지를 돌려보낸다면 나는 언턱거리를 아주 잃을 터라 될 수 있다면 만나지 말고 편지로만 나에게 마음이 동하도록 하는 것도 좋겠지만 그래도 옥화가 실례롭다 생각할 만치 그만치 나에게 관심을 가졌음에는 그다음은 내가 가서 붙잡고 조르기에 달렸다, 궁리한 것도 무리는 아닐 것이다. 마는 그다음 날 약 한 시간을 일찍 찾아가니 놈은 여전히 귀찮은 하품을 터뜨리며 좀 더 일찍이 오라 하고. 고담 날 찾아가니 역시 좀 더 일찍이 오라 하고.

* 나선 모양으로 틀어서 만든 반지.

이렇게 연 나흘을 했을 때에는 놈이 괜스레 제가 골을 내 가지고 불안스럽게 굴므로 나 자신 너무 우습게 대접을 받는 것도 고 아니꼬워서 망할 자식, 이젠 너와 안 놀겠다 결심하고 부리나케 하숙으로 돌아와 이불 전에 눈물을 씻으며 지내 온 지 달포나 된 오늘날 의논이 무슨 의논일까. 시험은 급하고 과정 낙제나 면할까 하여 눈을 까뒤집고 책을 뒤지자니 그렇게 똑똑하던 글자가 어느덧 먹줄로 변하니 글렀고, 게다 아련히 나타나는 옥화의 얼굴을 보면 볼수록 속만 탈 뿐이다. 몇 번 고개를 흔들어 정신을 바로잡아 가지고 들여다보나 아무 효과가 없음에는 이건 공부가 아니라, 생각하고 한구석으로 책을 내던진 뒤 일어서서 들창을 열어 놓고 개운한 공기를 마셔 본다. 저 건너 서양집 위층에서는 붉은빛이 흘러나오고 어디선지 울려드는 가냘픈 육자배기, 그러자 문득 생각나느니 계집이란 때 없이 잘 느끼는 동물이다. 어쩌면 옥화가 그동안 매일같이 띄운 나의 편지에 정이 돌아서 한번 만나고자 불렀는지 모르고 혹은 놈이 나에게 끼친 실례를 깨닫고 전일의 약속을 이행하고자 오랬는지도 모른다. 하여튼 양단 간에 한 시간 후라고 시간까지 지정하고 갔을 때에는 되도록 나에게 좋은 기회를 주려는 게 틀림이 없고 이렇게 내가 옥화를 얻는다면 학교쯤은 내일 집어치워도 좋다 생각하고, 외투와 더불어 허룽허룽 거리로 나선다. 광화문통 큰거리에는 목덜미로 스며드는 싸늘한 바람이 가을도 이미 늦었고 청진동 어귀로 꼽들어 길 옆 이발소를 들여다보니 여덟 시 사십오 분, 한 시간이 되려면 아직도 이십 분이 남았다. 전봇대에 기대어 궐련 하나를 피우고 나서 그래도 시간이 남으매 군밤 몇 개를 사서 들고는 이 분에 하나씩 씹기로 하고 서성거리자니 대체 오늘 일이 하회가 어떻게 되려는가, 성화도 나고 계집에게 첫인사를 하는데 뭐라 해야 좋을는지, 그러나 저에게 대한 내 열정의 총량만 보여 주면 그만이니까 만일 네가 나와 살아 준다면, 그리고 네가 원한다면 내 너를 등에 업고 백 리를 가겠다. 이렇게 다짐을 두면 그뿐일 듯도 싶다. 그 외에는 아버지가 보내 주는 흙 묻은 돈으로 근근이 공부하는 나에게 별도리가 없고, 아, 아, 이런 때 아버지가 돈 한 뭉텅이 소포로 부쳐 줄 수 있으면, 하고 한탄이 절로 날 때 국숫집 시계가 늙은 소리로 아홉 시를 울린다. 지금쯤은 가도 되려니, 하고 옆 골목으로 들어섰으나 옥화의 집 대문 앞에 딱 발을 멈출 때에는 까닭 없이 가슴이 두근거리고 그것도 좋으련만 목청을 가다듬어 두꺼비의 이름을 불러도 대답은 어디 갔는지 안채에서 계집 사내가 영문 모를 소리로 악장만 칠 뿐이요 그대로 난장판이다. 이게 웬일일까 얼떨하여 떨리는 음성으로 두서너 번 불러 보니 그제야 문이 삐걱 열리고 뚱뚱한 안잠자기가 나를 쳐다보고 누구를 찾느냐 하기에 두꺼비를 보러 왔다 하니까 뾰족한 입으로 중문간 방을 가리키며 행주치마로 코를 쓱 씻는 양이 긴치 않다는 표정이다. 전일 같으면 내가 저에게 편지를 전해 달라고 폐를 끼치는 일이 한두 번 아니라서 저를 만나면 담뱃값으로 몇 푼씩 집어 주므로 저도 나를 늘 반기는 터이련만 왜 이리 기색이 틀렸는가. 오늘 밤 일도 아마 헛물켜나 보다. 그러나 우선 툇마루로 올라서서 방문을 쓰윽 열어 보니 설혹 잤다 치더라도 그 소란

통에 놀라 깨기도 했으련만 두꺼비가 마치 떡메로 얻어맞은 놈처럼 방 한복판에 푹 엎으러져 고개 하나 들 줄 모른다. 사람은 불러 놓고 이게 무슨 경운가 싶어서 눈살을 찌푸리려다 강형, 어디 편찮으슈, 하고 좋은 목소리로 그 어깨를 흔들어 보아도 눈 하나 뜰 줄 모르니 이놈은 참 암만해도 알 수 없는 인물이다. 혹 내 일을 잘되게 돌보아 주다가 집안에 분란이 일고 그 끝에 이렇게 되지나 않았나 생각하면 못 할 바도 아니려니와 그렇다 하더라도 두꺼비 등 뒤에 똑같은 모양으로 엎으러졌는 채선이의 꼴을 보면 어떻게 추측해 볼 길이 없다. 누님이 수양딸로 사다가 가무를 가르치며 부려먹는다던 이 채선이가 자정도 되기 전에 제법 방바닥에 엎으렸을 리도 없겠고, 더구나 처음에는 몰랐던 것이나 두 사람의 입 코에서 멀건 콧물과 게거품이 뺨 밑으로 검흐르는 걸 본다면 웬만한 장난은 아닐 듯싶다. 머리끝이 쭈뼛하도록 나는 겁을 집어먹고 이 머리를 흔들어 보고 저 머리를 흔들어 보고 이렇게 눈이 둥그랬을 때 별안간 미닫이가 딱, 하더니 필연 옥화의 어머니리라. 얼굴 강총한* 늙은이가 표독스레 들어온다. 그 옆에 장승같이 섰는 나에게는 시선도 돌리려지 않고 두꺼비 앞에 가 팔싹 앉아서는 도끼눈을 뜨고 대뜸 들고 들어온 장죽 통으로 그 머리를 후려갈기니 팡, 하고 그 소리에 내 등이 다 선뜩하다. 배지가 터져 죽을 이 망할 자식, 집안을 이렇게 망해 놓니, 죽을 테면 죽어라, 어서 죽어 이 자식. 이렇게 독살에 숨이 차도록 두

* 강총하다 : 길이가 짧다.

손으로 그 등어리를 대고 꼬집어 뜯더니 그래도 꿈쩍 않는 데는 할 수 없는지 결국 이 자식 너 잡아먹고 나 죽는다 하고 목청이 찢어지게 발악을 치며 귓배기를 물어뜯고자 매섭게 덤벼든다. 그러니 옆에 섰는 나도 덤벼들어 뜯어말리지 않을 수 없고 늙은 이의 근력도 얕볼 게 아니라고 비로소 깨달았을 만치 이걸 붙잡고 한참 실랑이를 할 즈음, 그 자식 죽여 버리지 그냥 둬? 하고 천둥 같은 호령을 하며 이번에는 늙은 마가목이 마치 저와 같이 생긴 투박한 장작개비 하나를 들고 신발째 방으로 뛰어든다. 그 서두는 품이 가만두면 사람 몇쯤은 넉넉히 잡아 놀 듯하므로, 이런 때에는 어머니가 말리는 법인지는 모르나 내가 고대 붙들고 힐난을 하던 안늙은이가 기급을 하여 일어나서는 영감 참으슈, 영감 참으슈, 연실 이렇게 달래며 허겁지겁 밖으로 끌고 나가기에 좋이 골도 빠진다. 마가목은 끌리는 대로 중문 안으로 들어가며 이 자식아 몇째냐, 벌써 일곱째 이래 놓질 않았니 이 주릴 할 자식, 하고 씨근벌떡하더니 안대청에서 뭐라고 주책없이 게걸거리며 발을 구르며 이렇게 집안을 떠엎는다. 가만히 눈치를 살펴보니 내가 오기 전에도 몇 번 이런 북새가 인 듯싶고 암만하여도 나 자신이 헐없이 도깨비에게 홀린 듯싶어서 손을 꽂고 멀뚱히 섰노라니까 빼꼼히 열린 미닫이 틈으로 살집 좋고 허여멀건 안잠자기의 얼굴이 남실거린다. 대관절 웬 속셈인지 좀 알고자 미닫이를 열고는 그 어깨를 넌지시 꾹 찍어 가지고 대문 밖으로 나와서 이게 어떻게 되는 일이냐고 물으니 이 망할 게 콧등만 찌긋할 뿐으로 전 흥미가 없단 듯이 고개를 돌려 버리는 게

봄·봄

아닌가. 몇 번 물어도 입이 잘 안 떨어지므로 등을 뚜덕여 주며 그 입에다 궐련 하나 피워 물리지 않을 수 없고, 그제야 녀석이 죽는다고 독약을 먹었지 뭘 그러슈, 하고 퉁명스레 봉을 떼자 나는 넌덕스러운 그의 소행을 아는지라 왜, 하고 성급히 그 뒤를 재우쳤다. 잠시 입을 삐죽이 내밀고 세상 다 더럽단 듯이 삐쭉거리더니 은근히 하는 그 말이 두꺼비놈이 제 수양 조카딸을 어느 틈엔가 꿰차고 돌아치므로 옥화가 이것을 알고는 눈에 쌍심지가 올라서 망할 자식, 나가 빌어나 먹으라고 방추로 뚜들겨 내쫓았으니 둘이 못 살면 차라리 죽는다고 저렇게 약을 먹은 것이라 하고, 에이 자식두 어디 없어서 그래 수양 조카딸을, 하기에 이왕 그런 걸 어떡하우 그대로 결혼이나 시켜 주지, 하니까 그게 무슨 말씀이유, 하고 바로 제 일같이 펄쩍 뛰더니 채선이년의 몸뚱이가 인제 앞으로 몇천 원이 될지 몇만 원이 될지 모르는 금덩이 같은 계집인데 원, 하고 넉살을 부리다가 잠깐 침으로 목을 축이고 나서 그리고 또 일곱째야요. 모처럼 수양딸을 데려오면 놈이 꾀꾀리 주물러서 버려 놓고 버려 놓고 하기를 이렇게 일곱, 하고 내 코밑에다 두 손을 들이대고 똑똑히 일곱 손가락을 펴 뵈는 것이다. 그럼 무슨 약을 먹었느냐고 물으니까 그건 확실히 모르겠다 하고 아까 힝하게 자전거를 타고 나가더니 아마 어디서 약을 사가지고 와 둘이 얼러먹고서 저렇게 자빠진 듯하다고, 그러다 내가 저게 정말 죽지나 않을까 겁을 집어먹고 사람의 수액이란 알 수 없는데, 하니까 뭘이요. 먹긴 좀 먹은 듯하나 그러나 원체 알깍쟁이가 돼서 죽지 않을 만큼 먹었을 테니까 염려 없어요, 하고 아닌 밤중에도 두들겨 깨워서 우동을 사 오너라 호떡을 사 오너라 하고 펄쩍나게 부려는 먹고 쓴 담배 하나 먹어 보라는 법 없는 조 녀석이라고 오랄 지게 욕을 퍼붓는다. 나는 모두가 꿈을 보는 것 같고 어릿광대 같은 자신을 깨달았을 때 하 어처구니가 없어서 벙벙히 섰다가, 선생님 누굴 만나러 오셨수, 하고 대견히 묻기에 나도 펴놓고 옥화를 좀 만나 볼까 해서 왔다니까 흥, 하고 콧등으로 한번 웃더니 응 저희끼리 붙어먹는 그거 말씀이유, 이렇게 비웃으며 내 허구리를 쿡 찌르고 그리고 곁눈을 슬쩍 흘리고 어깨를 맞부비며 대드는 양이 바로 느물러든다. 사람이 볼까 봐 내가 창피해서 쓰레기통께로 물러서니까 저도 무색한지 시무룩하여 노려만 보다가 다시 내 옆으로 다가서서는 제 뺨따귀를 손으로 잡아당겨 보이며 이래봬도 이팔청춘에 한창 피인 살집이야요, 하고 또 넉살을 부리다가 거기에 아무 대답도 없으매 이 망할 것이 내 궁뎅이를 꼬집고 제 얼굴이 뭐가 옥화년만 못하냐고 은근히 혹닥이며 대든다. 그러나 나는 너보다는 말라깽이라도 그래도 옥화가 좋다는 것을 명백히 알려 주기 위하여 무언으로 땅에다 침 한번을 탁 뱉어 던지고 대문으로 들어서려 하니까 이게 소맷자락을 잡아당기며 선생님 저 담배 하나만 더 주세요. 나는 또 느물려켰구나, 생각은 했으나 성이 가셔서 갑째로 내주고 방에 들어와 보니 아까와 그 풍경이 조금도 다름없고 안에서는 여전히 동이 깨지는 소리로 게걸게걸 떠들어 댄다. 한 시간 후에 꼭 좀 오라던 놈의 행실을 생각하면 괘씸은 하나 체모에 몰리어 두꺼비의 머리를 흔들며 강형,

정신을 좀 차리슈, 하여도 꼼짝 않더니 약 한 시간 반가량 지남에 어깨를 우쩔렁거리며 아이구 죽겠네, 아이구 죽겠네, 연해 소리를 지르며 입 코로 먹은 음식을 울컥울컥 돌라 놓는다. 이놈이 먹기는 좀 먹었구나, 생각하고 등어리를 두드려 주고 있노라니 얼마 뒤에는 윗목에서 채선이가 마저 똑같은 신음 소리로 똑같이 돌르고 있는 것이 아닌가. 이렇게 되면 나는 저들 치다꺼리하러 온 것도 아니겠고 너무 밸이 상해서 한구석에 서서 담배만 뻑뻑 피우고 있자니 또 미닫이가 우람스레 열리고 이번에는 나들이옷을 입은 채 옥화가 들어온다. 아마 노름을 나갔다가 이 급보를 받고 달려온 듯싶고 하도 그러던 차라 나는 복장이 두근거리어 나도 모르게 한 걸음 앞으로 나갔으나 그는 나에게 관하여는 일체 본 척도 없다. 그리고 정분이란 어디다 정해 놓고 나는 것도 아니련만 앙칼스러운 음성으로, 이놈아 어디 계집이 없어서 조카딸하고 정분이 나, 하고 발길로 두꺼비의 허구리를 활발히 퍽 지르고 나서 돌아서더니 이번에는 채선이의 머리채를 휘어잡는다. 이년 가랑머릴 찢어놀 년, 하고 그 머리채를 들었다가 놓았다 몇 번 그러니 제물 콧방아에 코피가 흐르는 것은 보기에 좀 심한 듯싶고 얼김에 달려들어 강선생 좀 참으십시오, 하고 그 손을 꽉 잡으니까 대뜸 당신은 누구요, 하고 눈을 똑바로 뜬다. 뭐라 대답해야 좋을지 잠시 어리둥절하다가 이내 제가 이경홉니다, 하고 나의 정체를 밝히니까 그는 단마디로 저리 비키우, 당신은 참석할 자리가 아니요, 하고 내 손을 털고 눈을 흘기는 그 모양이 반지를 받고 실례롭다 생각한 사람커녕 정성스레 띄운 나의 편지도 제법 똑바로 읽어 준 사람이 아니다. 나는 그만 가슴이 섬뜩하여 뒤로 넋없이 바라만 보며 딴은 돈이 중하구나, 깨닫고 금덩어리 같은 몸뚱이를 망쳐 논 채선이가 저렇게까지도 미울 것도 같으나 그러나 그 큰 이유는 그담 일 년이 썩 지난 뒤에야 안 거지만 어느 날 신문에 옥화의 자살 미수의 보도가 났고 그 까닭은 실연이라 해서 보기 숭굴숭굴한 기사였다. 마는 속살을 가만히 들여다보면 그렇게 간단한 실연이 아니었고 어떤 부자놈과 배가 맞아서 한창 세월이 좋을 때 이놈이 그만 트림을 하고 버듬히 나둥그러지므로 계집이 나는 너와 못 살면 죽는다고 엄포로 약을 먹고 다시 물어들인 풍파이었던 바 그때 내가 병원으로 문병을 가보니 독약을 먹었는지 보제를 먹었는지 분간을 못 하도록 깨끗한 침대에 누워 발장단으로 담배를 피우는 그 손등에 살의 윤택이 반드르하였다. 그렇게 최후의 비상수단으로 써먹는 그 신성한 비결을 이런 누추한 행랑방에서 함부로 내굴리는 채선이의 소위를 생각하면 콧방아는 말고 빨고 있던 궐련 불로 그 등어리를 지진 그것도 무리는 아닐 것이다. 그렇다 하더라도 자정이 썩 지나서 얼만치나 속이 볶이는지는 모르나 채선이가 앙가슴을 두 손으로 쉐뜯으며 입으로 피를 돌림에는 옥화는 허둥지둥 신발째 드나들며 일변 저의 부모를 부른다, 어멈을 시키어 인력거를 부른다, 이렇게 눈코 뜰 새 없이 들몰아서는 온 집안 식구가 병원으로 달려가기에 바빴다. 그나마 참례 못 가는 두꺼비는 빈방에서 개밥의 도토리로 끙끙거리고, 그 꼴을 봐하니 가여운 생각이 안 나는 것도 아니다. 그러나 저의 집에서

봄·봄

는 개돼지만도 못하게 여기는 이놈이 제 말이면 누이가 끔뻑한
다고 속인 것을 생각하면 곧 분하고, 나는 내 분에 못 이겨 속으
로 개자식 그렇게 속인담, 하고 손등으로 눈물을 지우고 섰노라
니까 여태껏 말 한마디 없던 이놈이 고개를 쓰윽 들더니 이상,
의사 좀 불러 주슈, 하고 슬픈 낯을 하는 것이다. 신음하는 품이
괴롭기도 어지간히 괴로운 모양이나 그보다도 외따로 떨어져서
천대를 받는 데 좀 야속하였음인지 잔뜩 우그린 그 울상을 보니
나도 동정이 안 가는 것은 아니다마는 그러나 내 생각에 두꺼비
는 독약을 한 섬을 먹는대도 자살까지는 걱정 없다고 짐작도 하
였고 또 한편 저의 부모, 누이가 가만있는 데는 내가 어쭙지 않
게 의사를 불러 댔다간 큰코를 다칠 듯도 하고 해서 어정쩡하게
코대답만 해주고 그대로 섰지 않을 수 없다. 한 서너 번 그렇게
애원하여도 그냥만 섰으니까 나중에는 이놈이 또 골을 벌컥 내
가지고 그리고 이건 얻다 쓰는 버릇인지 너는 소용없단 듯이 내
흔들며 가거라 가, 가, 하고 제법 해라로 혼동을 하는 데는 나는
그만 얼떨떨해서 간신히 눈만 끔뻑일 뿐이다. 잘 따져 보면 내가
제 손을 붙들고 눈물을 흘려 가면서 누이와 좀 만나게 해달라고
애걸을 하였을 때 나의 처신은 있는 대로 다 잃은 듯도 싶으나
그 언제이던가 놈이 양돼지같이 뚱뚱한 그리고 알몸으로 찍은
제 사진 한 장을 내보이며 이래봬도 한때는 다아, 하고 슬며시
뻐기던 그것과 겹쳐서 생각하면 놈의 행실이 번이 꿀쩍찌분한*

* 꿀쩍찌분하다 : 꺼림칙하다. 마음에 걸려 언짢은 느낌이 있다.

것은 넉히 알 수 있다. 이때까지 있는 것도 한갓 저 때문인데 가라면 못 갈 줄 아냐 싶어서 나도 약이 좀 올랐으나 그렇다고 덜렁덜렁 그대로 나오기는 어렵고. 생각다 끝에 모자를 엉거주춤히 잡자 의사를 부르러 가는 듯 뒤를 보러 가는 듯 그새 중간을 채리고 비슬비슬 대문 밖으로 나오니 망할 자식 이젠 참으로 너희하곤 안 논다 하고 마치 호랑이굴에서 놓인 몸같이 두 어깨가 아주 가뜬하다. 밤 깊은 거리에 인적은 벌써 끊겼고 쓸쓸한 골목을 휘돌아 황급히 나오려 할 때 옆으로 뚫린 다른 골목에서 기껍지 않게 선생님, 하고 걸음을 방해한다. 주무시고 가지 벌써 가슈, 하고 엇먹는 거기에는 대답 않고 어떻게 됐느냐고 물으니까 뭘 호강이지 제깐 년이 그렇잖으면 병원엘 가보, 하고 내던지는 소리를 하더니, 시방 약을 먹이고 물을 집어 넣고 이렇게 법석들이라 하고 저는 집을 보러 가는 길인데 우리 빈집이니 같이 갑시다, 하고 망할 게 내 팔을 잡아끄는 것이다. 내가 모조리 처신을 잃었나, 생각하며 제물에 화가 나서 그 손을 홱 뿌리치니 이게 재미있단 듯이 한번 방긋 웃고 그러나 팔꿈치로 나의 허구리를 쿡 찌르고 나서 사람 괄시 이렇게 하는 거 아니라고 괜스레 성을 내며 토라진다. 그래도 제가 아쉬운지 슬쩍 눙치어 허리춤에서 아까 내가 준 담배를 꺼내어 제 입으로 한 개를 피워 주고는 그리고 그 잔소리가 선생님을 뚝 꺾어서 당신이라 부르며 옥화가 당신을 좋아할 줄 아우? 발 새에 낀 때만도 못하게 여겨요, 하고 나의 비위를 긁어 놓고 나서 편지나 잘 받아 봤으면 좋지만 그것도 체부가 가져오는 대로 무슨 편지고 간 두꺼비가 먼저 받아 보고는 치우고 치우고 하는 것인데 왜 정신을 못 차리고 이리 병신 짓이냐고 입을 내대고 분명히 빈정거린다. 그렇다 치면 내가 입때 옥화에게 한 것이 아니라 결국은 두꺼비한테 사랑 편지를 썼구나, 하고 비로소 깨달으니 아무것도 더 듣고 싶지 않아서 발길을 돌리려니까 이게 꽉 붙잡고 내 손에 끼인 먹던 궐련을 쑥 뽑아 제 입으로 가져가며 언제 한번 찾아갈 테니 노하지 않을 테냐 묻는 것이다. 저분저분히 구는 것이 너무 성이 가셔서 대답 대신 주머니에 남았던 돈 삼십 전을 꺼내 주며 담뱃값이나 하라니까 또 골을 발끈 내더니 돈을 도로 내 양복 주머니에 치뜨리고 다시 조련질을 하기 시작하는 것이 아닌가. 에이 그럼 맘대로 해라, 싶어서 그럼 꼭 한번 오우 내 기다리리다, 하고 좋도록 떼놓은 다음 골목 밖으로 부리나케 나와 보니 목롯집 시계는 한 점이 훨씬 넘었다. 나는 얼빠진 등신처럼 정신없이 내려오다가 그러자 선뜻 잡히는 생각이 기생이 늙으면 갈 데가 없을 것이다, 지금은 본 체도 안 하나 옥화도 늙는다면 내게밖에는 갈 데가 없으려니, 하고 조금 안심하고 늙어라, 늙어라, 하다가 뒤를 이어, 영어, 영어, 영어 하고 나오나 그러나 내일 볼 영어 시험도 곧 나의 연애의 연장일 것만 같아서 에라 될 대로 되겠지, 하고 집어치우고는 휑한 광화문통 거리 한복판을 내려오며 늙어라, 늙어라, 고 만물이 늙기만 마음껏 기다린다.

1936년 3월, 《시와 소설》

이런 음악회

내가 저녁을 먹고서 종로 거리로 나온 것은 그럭저럭 여섯 점 반이 넘었다. 너펄대는 우와기* 주머니에 두 손을 꽉 찌르고 그리고 휘파람을 불며 올라오자니까

"얘!" 하고 팔을 뒤로 잡아

"너 어디 가니?"

이렇게 황급히 묻는 것이다.

나는 삐끗하는 몸을 고르잡고 돌아보니 교모를 푹 눌러 쓴 황철이다. 본시 성미가 겁겁한 놈인 줄은 아나 그래도 이토록 씨근거리고 긴 달려듦에는, 하고

"왜 그러니?"

* '겉옷, 윗도리'를 일컫는 일본말.

봄·봄

"너 오늘 콩쿨 음악 대횐 거 아니?"

"콩쿨 음악 대회?" 하고 나는 좀 떠름하다가 그제야 그 속이 뭣인 줄을 알았다.

이 황철이는 참으로 우리 학교의 큰 공로자이다. 왜냐면 학교에서 무슨 운동 시합을 하게 되면 늘 맡아 놓고 황철이가 응원 대장으로 나선다. 뿐만 아니라 제 돈을 들여가면서 선수들을(학교에서 먹여야 번이 옳은 건데) 제가 꾸미꾸미 끌고 다니며 먹이고, 놀리고 이런다. 그리고 시합 그 이튿날에는 목에 붕대를 칭칭하게 감고 와서 똑 벙어리 소리로

"어떠냐? 내 어제 응원을 잘 해서 이기지 않았니?" 하고 잔뜩 뽐을 내고는

"그저 시합엔 응원을 잘해야 해!"

그러니까 이런 사람은 영영 남 응원하기에 목이 잠기고 돈을 쓰고 이래야 되는, 말하자면 팔자가 응원 대장일지도 모른다. 이번에는 콩쿨 음악 대회에 우리 반 동무가 나갔고 또 요행히 예선에까지 붙기도 해서 놈이 이제부터 응원대 모으기에 바빴다. 그러나 나에게는 아무 말도 없더니 왜 붙잡나, 싶어서

"그럼 얼른 가보지, 왜 이러구 있니?"

"다시 생각해 보니까 암만해도 사람이 부족하겠어." 하고 너도 같이 가자고 팔을 막 잡아끄는 것이다.

"너나 가거라, 난 음악횐 싫다."

나는 이렇게 그 손을 털고 옆으로 떨어지다가

"쟤! 쟤! 내 이따 나오다가 돼지고기 만두 사주마." 함에는 어

쩔 수 없이 고개를 모로 돌리어

"대관절 몇 시간이나 하냐?" 하고 묻지 않을 수 없다. 그러나 그 대답이 끽 두 시간이면 끝나리라 하므로 나는 안심하고 따라섰다.

둘이 음악회장 입구에 헐레벌떡하고 다다랐을 때는 우리 반 동무 열세 명은 벌써 와서들 기다리고 섰다. 저희끼리 낄낄거리고 수군거리고 하는 것이 아마 한창들 흉계가 벌어진 모양이다.

황철이는 우선 입장권을 사 가지고 와 우리에게 한 장씩 나눠 주며 명령을 하는 것이다. 즉 우리들이 네 무더기로 나뉘어서 회장의 전후좌우로 한구석에 한 무더기씩 앉고 시치미를 딱 떼고 있다가 우리 악사만 나오거든 덮어놓고 손바닥을 치며 재청이라고 악을 쓰라는 것이다. 그러면 암만 심사위원이라도 청중을 무시하는 법은 없으니까 일 등은 반드시 우리의 손에 있다고, 하나 다른 악사가 나올 적에는 손바닥커녕 아예 끽소리도 말라 하고 하나씩 붙들고는 그 귀에다

"알았지, 웅?"

그리고 또

"알았지, 재청?" 하고 꼭꼭 다진다.

"그래그래 알았어!"

나도 쾌히 깨닫고 황철이의 뒤를 따라서 회장으로 올라갔다.

새로 건축한 넓은 대강당에는 벌써 사람들 머리로 까맣게 깔리었다. 시간을 기다리다 지루했는지 고개들을 길게 뽑고 수선스레 들어가는 우리를 돌아본다.

봄·봄

우리는 황철이의 명령대로 덩어리 덩어리 지어 사방으로 헤졌다. 나는 황철이와 또 다른 동무 하나와 셋이서 왼쪽으로 뒤 한 구석에 자리를 잡았다.

일곱 점 정각이 되자 북적거리던 장내가 갑자기 조용하여진다. 모두들 몸을 단정히 갖고 긴장된 시선을 모았다.

제일 처음이 순서대로 성악이었다. 작달막한 젊은 여자가 나와 가냘픈 음성으로 노래를 부르는데 너무도 귀가 간지럽다. 하기는 노래보다도 조그만 두 손을 가슴께 고부려 붙이고 고개를 개웃이 앵앵거리는 그 태도가 나는 가엾다 생각하고 하품을 길게 뽑았다. 나는 성악은 원 좋아도 안 하려니와 일반 음악에도 씩씩한 놈이 아니면 귀가 가려워 못 듣는다.

그담에도 역시 여자의 성악, 그리고 피아노 독주, 다시 여자의 성악— 그러니까 내가 앞의 사람 의자 뒤에 고개를 틀어박고 코 곤 것도 그리 무리는 아닐 듯싶다. 얼마쯤이나 잤는지는 모르나 옆의 황철이가 흔들어 깨우므로 고개를 들어 보고 비로소 우리 악사가 등장한 걸 알았다. 중학 교복으로 점잖이 바이올린을 켜고 섰는 양이 귀엽고도 한편 앙증해 보인다. 나는 졸음을 참지 못하여 눈을 감은 채 손바닥을 서너 번 때렸으나 그러나 잘 생각하니까 다른 동무들은 다 가만히 있는데 나만 치는 것이 아닌가. 게다 황철이가 옆을 콱 치면서

"이따 끝나거든." 하고 주의를 시켜 주므로 나도 정신이 좀 들었다.

나는 그 바이올린보다도 응원에 흥미를 갖고 얼른 끝나기만

기다렸다. 연주가 끝나기가 무섭게 우리들은 목이 마른 듯이 손바닥을 치기 시작하였다. 이렇게 치고도 손바닥이 안 해지나 생각도 하였지만 이쪽에서

"재청이오!" 하고 악을 쓰면, 저쪽에서

"재청! 재청!" 하고 고함을 냅다 지른다.

나도 두 귀를 막고 "재청!"을 연발했더니 내 앞에 앉은 여학생 계집애가 고개를 뒤로 돌리어 딱한 표정을 하는 것이 아닌가.

이렇게 우리들은 기가 올라서 응원을 하련만 황철이는 시무룩하니 좋지 않은 기색이다. 그 까닭은 우리 십여 명이 암만 악장을 쳐도 휑하게 넓은 그 장내, 그 청중으로 보면 어서 떠드는지 알 수 없을 만치 우리들의 존재가 너무 희미하였다. 그뿐 아니라 재청을 요구함에도 불구하고 이번에는 말쑥히 차린 신사 한 분이 바이올린을 옆에 끼고 나오는 것이다.

신사는 예를 멋지게 하고 또 역시 멋지게 바이올린을 턱에 갖다 대더니 그 무슨 곡조인지 아주 장쾌한 음악이다. 그러자 어느 틈에 그는 제멋에 질리어 팔뿐 아니라 고개며 어깨까지 바이올린 채를 따라다니며 꺼떡꺼떡하는 모양이 얘, 이놈 참 진짜로구나, 하고 감탄 안 할 수 없다. 더구나 압도적 인기로 청중을 매혹케 한 그것을 보더라도 우리 악사보다 몇 배 뛰어남을 알 것이다.

그러나 내가 더 놀란 것은 넓은 강당을 뒤엎는 듯한 그 환영이다. 일반 군중의 시끄러운 박수는 말고 위층에서(한 삼사십 명 되리라) 떼 지어 악을 쓰는 것이 아닌가. 재청 소리에 귀청이 터지지 않은 것도 다행은 하나 손뼉이 모자랄까 봐 발까지 굴러

봄·봄

가며 거기에 장단을 맞추어 부르는 재청은 참으로 썩 신이 난다. 음악도 이만하면 나는 얼마든지 들을 수 있다 생각하였다. 그리고 저도 모르게 어깨가 실룩실룩하다가 급기야엔 나도 따라 발을 구르며 재청을 청구하였다. 실상 바이올린도 잘했거니와 그러나 나는 바이올린보다 씩씩한 그 응원을 재청한 것이다. 그랬더니 황철이가 불끈 일어서며 내 어깨를 잡고

"이리 좀 나오너라."

이렇게 급히 잡아끈다. 그리고 아무도 없는 변소로 끌고 와 세워 놓더니

"너 누굴 응원하러 왔니?" 하고 해쓱한 낯으로 입술을 바르르 떤다. 이놈은 성이 나면 늘 이 꼴이 되는 것을 잘 알므로

"너 왜 그렇게 성을 내니?"

"아니 너 뭐 하러 예 왔냐 말이야?"

"응원하러 왔지!" 하니까 놈이 대뜸 주먹으로 내 복장을 콱 지르며

"예이 이 자식! 우리 건 고만 납작했는데 남을 응원해 줘?"

그리고 또 주먹을 내대려 하니 암만 생각해도 아니꼽다. 하여튼 잠깐 가만히 있으라고 손으로 주먹을 막고는

"너 왜 주먹을 내대니, 말루 못 해?" 하다가

"이놈아! 우리 얼굴에 똥칠한 것 생각 못 허니?"

하고 또 주먹으로, 대들려는 데는 더 참을 수 없다.

"돼지고기만두 안 먹으면 고만이다!"

이렇게 한마디 내뱉고는 나는 약이 올라서 부리나케 층계로

내려왔다.

1936년 4월, 《중앙》

동백꽃*

   오늘도 또 우리 수탉이 막 쪼키었다.** 내가 점심을 먹고 나무를 하러 갈 양으로 나올 때였다. 산으로 올라서려니까 등 뒤에서 푸드득 푸드득 하고 닭의 횃소리가 야단이다. 깜짝 놀라서 고개를 돌려 보니 아니나 다르랴 두 놈이 또 엃었다.

   점순네 수탉(대강이가 크고 똑 오소리같이 실팍하게 생긴 놈)이 덩저리 작은 우리 수탉을 함부로 해내는 것이다. 그것도 그냥 해내는 것이 아니라 푸드득, 하고 면두***를 쪼고 물러섰다가 좀 사이를 두고 푸드득, 하고 모가지를 쪼았다. 이렇게 멋을 부려 가며 여지없이 닦아 놓는다. 그러면 이 못생긴 것은 쪼일 적마다 주둥

---

    * 생강나무의 꽃. 생강나무는 산동백 또는 산동박이라고도 불린다.
   ** 쪼키다 : '쪼이다'의 강한 의미.
*** '볏'의 강원도 방언.

동백꽃

289

이로 땅을 받으며 그 비명이 킥, 킥, 할 뿐이다. 물론 미처 아물지도 않은 면두를 또 쪼으며 붉은 선혈은 뚝뚝 떨어진다.

이걸 가만히 내려다보자니 내 대강이가 터져서 피가 흐르는 것같이 두 눈에서 불이 번쩍 난다. 대뜸 지게막대기를 메고 달려들어 점순네 닭을 후려칠까 하다가 생각을 고쳐먹고 헛매질로 떼어만 놓았다.

이번에도 점순이가 쌈을 붙여 났을 것이다. 바짝 바짝 내 기를 올리느라고 그랬음에 틀림없을 것이다. 고놈의 계집애가 요새로 들어서 왜 나를 못 먹겠다고 고렇게 아르릉거리는지 모른다.

나흘 전 감자 쪼간*만 하더라도 나는 저에게 조금도 잘못한 것은 없다.

계집애가 나물을 캐러 가면 갔지 남 울타리 엮는 데 쌩이질을 하는 것은 다 뭐냐. 그것도 발소리를 죽여 가지고 등 뒤로 살며시 와서

"얘! 너 혼자만 일하니?" 하고 긴치 않은 수작을 하는 것이다.

어제까지도 저와 나는 이야기도 잘 않고 서로 만나도 본 척만 척하고 이렇게 점잖게 지내던 터이련만 오늘로 갑작스레 대견해졌음은 웬일인가. 항차** 망아지만 한 계집애가 남 일하는 놈보구—

"그럼 혼자 하지 떼루 하디?"

내가 이렇게 내뱉는 소리를 하니까

* 일, 사건.
** '황차(況且)'의 변한말. '하물며'의 뜻.

"너 일하기 좋니?"

또는

"한여름이나 되거든 하지 벌써 울타리를 하니?"

잔소리를 두루 늘어 놓다가 남이 들을까 봐 손으로 입을 틀어막고는 그 속에서 깔깔댄다. 별로 우스울 것도 없는데 날씨가 풀리더니 이놈의 계집애가 미쳤나 하고 의심하였다. 게다가 조금 뒤에는 즈 집께를 할금할금 돌아보더니 행주치마의 속으로 꼈던 바른손을 뽑아서 나의 턱밑으로 불쑥 내미는 것이다. 언제 구웠는지 더운 김이 홱 끼치는 굵은 감자 세 개가 손에 뿌듯이 쥐었다.

"느 집엔 이거 없지?" 하고 생색 있는 큰소리를 하고는 제가 준 것을 남이 알면은 큰일 날 테니 여기서 얼른 먹어 버리란다. 그리고 또 하는 소리가

"너 봄감자가 맛있단다."

"난 감자 안 먹는다. 너나 먹어라."

나는 고개도 돌리지 않고 일하던 손으로 그 감자를 도로 어깨 너머로 쑥 밀어 버렸다.

그랬더니 그래도 가는 기색이 없고, 뿐만 아니라 쌔근쌔근하고 심상치 않게 숨소리가 점점 거칠어진다. 이건 또 뭐야 싶어서 그때에야 비로소 돌아다보니 나는 참으로 놀랐다. 우리가 이 동네에 들어온 것은 근 삼 년째 되어 오지만 여태껏 가무잡잡한 점순이의 얼굴이 이렇게까지 홍당무처럼 새빨개진 법이 없었다. 게다가 눈에 독을 올리고 한참 나를 요렇게 쏘아보더니 나중에

는 눈물까지 어리는 것이 아니냐. 그리고 바구니를 다시 집어 들더니 이를 꼭 악물고는 엎더어질 듯 자빠질 듯 논둑으로 휭하게 달아나는 것이다.

어쩌다 동리 어른이

"너 얼른 시집을 가야지?" 하고 웃으면

"염려 마서유. 갈 때 되면 어련히 갈라구ㅡ"

이렇게 천연덕스레 받는 점순이었다. 본시 부끄럼을 타는 계집애도 아니거니와 또한 분하다고 눈에 눈물을 보일 얼병이도 아니다. 분하면 차라리 나의 등어리를 바구니로 한번 모질게 후려쌔리고 달아날지언정.

그런데 고약한 그 꼴을 하고 가더니 그 뒤로는 나를 보면 잡아먹으려고 기를 복복 쓰는 것이다.

설혹 주는 감자를 안 받아먹는 것이 실례라 하면, 주면 그냥 주었지 "느 집엔 이거 없지"는 다 뭐냐. 그러잖아도 저희는 마름이고 우리는 그 손에서 배재*를 얻어 땅을 부치므로 일상 굽실거린다. 우리가 이 마을에 처음 들어와 집이 없어서 곤란으로 지낼 제 집터를 빌리고 그 위에 집을 또 짓도록 마련해 준 것도 점순네의 호의였다. 그리고 우리 어머니 아버지도 농사 때 양식이 딸리면 점순네한테 가서 부지런히 꾸어다 먹으면서 인품 그런 집은 다시없으리라고 침이 마르도록 칭찬하곤 하는 것이다. 그러면서도 열일곱씩이나 된 것들이 수군수군하고 붙어 다니면

* 땅을 소작할 수 있는 권리.

봄·봄

동리의 소문이 사납다고 주의를 시켜 준 것도 또 어머니였다. 왜냐하면 내가 점순이하고 일을 저질렀다가는 점순네가 노할 것이고, 그러면 우리는 땅도 떨어지고 집도 내쫓기고 하지 않으면 안 되는 까닭이었다.

그런데 이놈의 계집애가 까닭 없이 기를 복복 쓰며 나를 말려 죽이려고 드는 것이다.

눈물을 흘리고 간 담날 저녁나절이었다. 나무를 한 짐 잔뜩 지고 산을 내려오려니까 어디서 닭이 죽는소리를 친다. 이거 뉘 집에서 닭을 잡나, 하고 점순네 울 뒤로 돌아오다가 나는 고만 두 눈이 뚱그레졌다. 점순이가 저희 집 봉당에 홀로 걸터앉았는데 아 이게 치마 앞에다 우리 씨암탉을 꼭 붙들어 놓고는

"이놈의 씨닭! 죽어라 죽어라."

요렇게 암팡스레 패 주는 것이 아닌가. 그것도 대가리나 치면 모른다마는 아주 알도 못 낳으라고 그 볼기짝께를 주먹으로 콕콕 쥐어박는 것이다.

나는 눈에 쌍심지가 오르고 사지가 부르르 떨렸으나 사방을 한번 휘둘러보고야 그제야 점순이 집에 아무도 없음을 알았다. 자분참 지게막대기를 들어 울타리의 중턱을 후려치며

"이놈의 계집애! 남의 닭 알 못 낳으라구 그러니?" 하고 소리를 빽 질렀다.

그러나 점순이는 조금도 놀라는 기색이 없고 그대로 의젓이 앉아서 제 닭 가지고 하듯이 또 죽어라, 죽어라, 하고 패는 것이다. 이걸 보면 내가 산에서 내려올 때를 겨냥해 가지고 미리부터

닭을 잡아 가지고 있다가 네 보라는 듯이 내 앞에서 쥐지르고 있음이 확실하다.

그러나 나는 그렇다고 남의 집에 뛰어들어가 계집애하고 싸울 수도 없는 노릇이고 형편이 썩 불리함을 알았다. 그래 닭이 맞을 적마다 지게막대기로 울타리를 후려칠 수밖에 별 도리가 없다. 왜냐하면 울타리를 치면 칠수록 울섶이 물러앉으며 뼈대만 남기 때문이다. 허나 아무리 생각하여도 나만 밑지는 노릇이다.

"아 이년아! 남의 닭 아주 죽일 터이야?"

내가 도끼눈을 뜨고 다시 꽥 호령을 하니까 그제야 울타리께로 쪼르르 오더니 울 밖에 섰는 나의 머리를 겨누고 닭을 내팽개친다.

"에이 더럽다! 더럽다!"

"더러운 걸 널더러 입때 끼고 있으랬니? 망할 계집애년 같으니." 하고 나도 더럽단 듯이 울타리께를 횡하케 돌아내리며 약이 오를 대로 다 올랐다, 라고 하는 것은 암탉이 풍기는 서슬에 나의 이마빼기에다 물지똥을 찍 갈겼는데 그걸 본다면 알집만 터졌을 뿐 아니라 골병은 단단히 든 듯싶다.

그리고 나의 등 뒤를 향하여 나에게만 들릴 듯 말 듯한 음성으로

"이 바보 녀석아!"

"애! 너 배냇병신이지?"

그만도 좋으련만

"애! 너 느 아버지가 고자라지?"

"뭐 울 아버지가 그래 고자야?"

할 양으로 열병거지가 나서 고개를 홱 돌리어 바라봤더니 그때까지 울타리 위로 나와 있어야 할 점순이의 대가리가 어디 갔는지 보이지를 않는다. 그러다 돌아서서 오자면 아까에 한 욕을 울 밖으로 또 퍼붓는 것이다. 욕을 이토록 먹어 가면서도 대거리 한 마디 못하는 걸 생각하니 돌부리에 채키어 발톱 밑이 터지는 것도 모를 만큼 분하고 급기야는 두 눈에 눈물까지 불끈 내솟는다.

그러나 점순이의 침해는 이것뿐이 아니다.

사람들이 없으면 틈틈이 제집 수탉을 몰고 와서 우리 수탉과 쌈을 붙여 놓는다. 제집 수탉은 썩 험상궂게 생기고 쌈이라면 홰를 치는 고로 으레 이길 것을 알기 때문이다. 그래서 툭하면 우리 수탉이 면두며 눈깔이 피로 흐드르하게 되도록 해놓는다. 어떤 때에는 우리 수탉이 나오지를 않으니까 요놈의 계집애가 모이를 쥐고 와서 꾀어내다가 쌈을 붙인다.

이렇게 되면 나도 다른 배차*를 차리지 않을 수 없다. 하루는 우리 수탉을 붙들어 가지고 넌지시 장독께로 갔다. 쌈닭에게 고추장을 먹이면 병든 황소가 살모사를 먹고 용을 쓰는 것처럼 기운이 뻗친다 한다. 장독에서 고추장 한 접시를 떠서 닭 주둥아리께로 들이밀고 먹여 보았다. 닭도 고추장에 맛을 들였는지 거스르지 않고 거진 반 접시 턱이나 곧잘 먹는다.

---

* 방법. 대책.

그리고 먹고 금세는 용을 못 쓸 터이므로 얼마쯤 기운이 돌도록 횃속에다 가두어 두었다.

밭에 두엄을 두어 짐 져 내고 나서 쉴 참에 그 닭을 안고 밖으로 나왔다. 마침 밖에는 아무도 없고 점순이만 저희 울안에서 헌 옷을 뜯는지 혹은 솜을 터는지 웅크리고 앉아서 일을 할 뿐이다.

나는 점순네 수탉이 노는 밭으로 가서 닭을 내려 놓고 가만히 맥을 보았다. 두 닭은 여전히 얼리어 쌈을 하는데 처음에는 아무 보람이 없다. 멋지게 쪼는 바람에 우리 닭은 또 피를 흘리고 그러면서도 날갯죽지만 푸드득, 푸드득, 하고 올라뛰고 뛰고 할 뿐으로 제법 한번 쪼아 보지도 못한다.

그러나 한번엔 어쩐 일인지 용을 쓰고 펄쩍 뛰더니 발톱으로 눈을 하비고* 내려오며 면두를 쪼았다. 큰 닭도 여기에는 놀랐는지 뒤로 멈씰하며 물러난다. 이 기회를 타서 작은 우리 수탉이 또 날째게 덤벼들어 다시 면두를 쪼니 그제서는 감때사나운 그 대강이에서도 피가 흐르지 않을 수 없다.

옳다 알았다, 고추장만 먹이면은 되는구나 하고 나는 속으로 아주 쟁그러워 죽겠다. 그때에는 뜻밖에 내가 닭쌈을 붙여 놓는데 놀라서 울 밖으로 내다보고 섰던 점순이도 입맛이 쓴지 눈살을 찌푸렸다.

나는 두 손으로 볼기짝을 두드리며 연방

---

* 하비다 : 손톱이나 날카로운 물건 따위로 조금 긁어 파다.

"잘한다! 잘한다!" 하고, 신이 머리끝까지 뻗치었다.

그러나 얼마 되지 않아서 나는 넋이 풀리어 기둥같이 묵묵히 서 있게 되었다. 왜냐하면 큰 닭이 한 번 쪼인 앙갚음으로 호들 갑스레 연거푸 쪼는 서슬에 우리 수탉은 찔끔 못하고 막 곯는다. 이걸 보고서 이번에는 점순이가 깔깔거리고 되도록 이쪽에서 많이 들으라고 웃는 것이다.

나는 보다 못하여 덤벼들어서 우리 수탉을 붙들어 가지고 도로 집으로 들어왔다. 고추장을 좀 더 먹였더라면 좋았을걸 너무 급하게 쌈을 붙인 것이 퍽 후회가 난다. 장독께로 돌아와서 다시 턱밑에 고추장을 들이댔다. 흥분으로 말미암아 그런지 당최 먹질 않는다.

나는 하릴없이 닭을 반듯이 눕히고 그 입에다 궐련 물부리를 물리었다. 그리고 고추장 물을 타서 그 구멍으로 조금씩 들이부 었다. 닭은 좀 괴로운지 킥킥 하고 재채기를 하는 모양이나 그러 나 당장의 괴로움은 매일같이 피를 흘리는 데 델 게 아니라 생 각하였다.

그러나 한 두어 종지가량 고추장 물을 먹이고 나서는 나는 고 만 풀이 죽었다. 싱싱하던 닭이 왜 그런지 고개를 살며시 뒤틀고 는 손아귀에서 뻐드러지는 것이 아닌가. 아버지가 볼까 봐서 얼 른 홰에다 감추어 두었더니 오늘 아침에서야 겨우 정신이 든 모 양 같다.

그랬던 걸 이렇게 오다 보니까 또 쌈을 붙여 놓으니 이 망할 계집애가 필연 우리 집에 아무도 없는 틈을 타서 제가 들어와

홰에서 꺼내 가지고 나간 것이 분명하다.

나는 다시 닭을 잡아다 가두고 염려는 스러우나 그렇다고 산으로 나무를 하러 가지 않을 수도 없는 형편이었다.

소나무 삭정이를 따며 가만히 생각해 보니 암만해도 고년의 목쟁이를 돌려 놓고 싶다. 이번에 내려가면 망할 년 등줄기를 한 번 되게 후려치겠다 하고 싱둥겅둥 나무를 지고는 부리나케 내려왔다.

거지반 집에 다 내려와서 나는 호드기* 소리를 듣고 발이 딱 멈추었다. 산기슭에 널려 있는 굵은 바윗돌 틈에 노란 동백꽃이 소보록하니 깔리었다. 그 틈에 끼어 앉아서 점순이가 청승맞게 시리 호드기를 불고 있는 것이다. 그보다도 더 놀란 것은 고 앞에서 또 푸드득, 푸드득, 하고 들리는 닭의 횃소리다. 필연코 요년이 나의 약을 올리느라고 또 닭을 집어내다가 내가 내려올 길목에다 쌈을 시켜 놓고 저는 그 앞에 앉아서 천연스레 호드기를 불고 있음에 틀림없으리라.

나는 약이 오를 대로 올라서 두 눈에서 불과 함께 눈물이 퍽 쏟아졌다. 나뭇지게도 벗어 놓을 새 없이 그대로 내동댕이치고는 지게막대기를 뻗치고 허둥지둥 달려들었다.

가까이 와 보니 과연 나의 짐작대로 우리 수탉이 피를 흘리고 거의 빈사지경에 이르렀다. 닭도 닭이려니와 그러함에도 불구하고 눈 하나 깜짝 없이 고대로 앉아서 호드기만 부는 그 꼴에 더

* 봄철에 물오른 버드나무 가지의 껍질을 고루 비틀어 뽑은 껍질이나 짤막한 밀짚 토막 따위로 만든 피리.

욱 치가 떨린다. 동네에서도 소문이 났거니와 나도 한때는 걱실 걱실 일 잘하고 얼굴 예쁜 계집애인 줄 알았더니 시방 보니까 그 눈깔이 꼭 여호 새끼 같다.

나는 대뜸 달려들어서 나도 모르는 사이에 큰 수탉을 단매로 때려엎었다. 닭은 푹 엎어진 채 다리 하나 꼼짝 못 하고 그대로 죽어 버렸다. 그리고 나는 멍하니 섰다가 점순이가 매섭게 눈을 홉뜨고 닥치는 바람에 뒤로 벌렁 나자빠졌다.

"이놈아! 너 왜 남의 닭을 때려죽이니?"

"그럼 어때?" 하고 일어나다가

"뭐 이 자식아! 누 집 닭인데?" 하고 복장을 떼미는 바람에 다시 벌렁 자빠졌다. 그러고 나서 가만히 생각을 하니 분하기도 하고 무안도 스럽고, 또 한편 일을 저질렀으니 인젠 땅이 떨어지고 집도 내쫓기고 해야 될는지 모른다.

나는 비슬비슬 일어나며 소맷자락으로 눈을 가리고는 얼김에 엉, 하고 울음을 놓았다. 그러다 점순이가 앞으로 다가와서

"그럼 너 이담부턴 안 그럴 테냐?" 하고 물을 때에야 비로소 살길을 찾은 듯싶었다. 나는 눈물을 우선 씻고 뭘 안 그러는지 명색도 모르건만

"그래!" 하고 무턱대고 대답하였다.

"요담부터 또 그래 봐라, 내 자꾸 못살게 굴 테니."

"그래 그래 인젠 안 그럴 테야!"

"닭 죽은 건 염려 마라, 내 안 이를 테니."

그리고 뭣에 떠다 밀렸는지 나의 어깨를 짚은 채 그대로 픽 쓰

러진다. 그 바람에 나의 몸뚱이도 겹쳐서 쓰러지며 한창 피어 퍼드러진 노란 동백꽃 속으로 폭 파묻혀 버렸다.

알싸한 그리고 향긋한 그 냄새에 나는 땅이 꺼지는 듯이 온 정신이 고만 아찔하였다.

"너 말 마라!"

"그래!"

조금 있더니 요 아래서

"점순아! 점순아! 이년이 바느질을 하다 말구 어딜 갔어?" 하고 어딜 갔다 온 듯싶은 그 어머니가 역정이 대단히 났다.

점순이가 겁을 잔뜩 집어먹고 꽃밑을 살금살금 기어서 산 아래로 내려간 다음 나는 바위를 끼고 엉금엉금 기어서 산 위로 치빼지 않을 수 없었다.

1936년 5월, 《조광》

야앵 夜櫻

　향기를 품은 보드라운 바람이 이따금씩 볼을 스쳐 간다. 그
럴 적마다 꽃잎새는 하나 둘, 팔라당팔라당 공중을 날며 혹은
머리 위로 혹은 옷고름에 사뿐 얹히기도 한다. 가지가지 나무들
새에 낀 전등도 밝거니와 그 광선에 아련히 비치어 연분홍 막이
나 벌여 논 듯, 활짝 피어 벌어진 꽃들도 곱기도 하다.

　'아이구! 꽃도 너무 피니까 어지럽군!'

　경자는 여러 사람들 틈에 끼여 사쿠라나무 밑을 거닐다가 우
연히도 콧등에 스치려는 꽃 한 송이를 똑 따 들고 한번 느긋하
도록 맡아 본다. 맡으면 맡을수록 가슴속은 후련하면서도 저도
모르게 취하는 듯싶다. 뒤서너 번 더 코에 들이대다가 이번에는

　"얘! 이 꽃 좀 맡아 봐." 하고 옆에 따르는 영애의 코밑에다 들
이대고

"어지럽지?"

"어지럽긴 뭐가 어지러워, 이까짓 꽃 냄새 좀 맡고!"

"그럴 테지!"

경자는 호박같이 뚱뚱한 영애의 몸짓을 한번 훔쳐보고 속으로 저렇게 디룩디룩하니까 코청도 아마, 하고는

"너는 꽃두 볼 줄 모르는구나!"

혼잣말로 탄식하지 않을 수 없었다.

"그래 내사 꽃 볼 줄 몰라, 얘두 그럼 왜 이렇게 창경원엘 찾아왔드람?" 하고 눈을 똑바로 뜨니까

"얘! 눈 무섭다, 저리 치워라." 하고 경자는 고개를 저리 돌리어 웃음을 날려 놓고

"눈만 있으면 꽃 보는 거냐, 코루 냄새를 맡을 줄 알아야지."

"보자는 꽃이지 그럼, 누가 애들같이 꺾어 들고 그러디."

"넌 아주 모르는구나. 아마 교양이 없어서 그런가 부다. 꽃은 이렇게 맡아 보고야 비로소 좋은 줄 아는 거야!" 하면서 경자는 짓궂게 아까의 그 꽃송이를 두 손바닥으로 으깨어 가지고는 다시 맡아 보고

"아! 취한다, 아주 어지럽구나!"

그러나 영애는 거기에는 아무 대답도 아니 하고

"얘! 쥔놈이 또 지랄을 하면 어떡허니?" 하고 그 왁살스러운 대머리를 생각하며 은근히 조를 비빈다.

"얘! 듣기 싫다. 별소릴 다 하는구나, 그까짓 자식 지랄 좀 하거나 말거나."

봄·봄

"그래도 아홉 점 안으로 다녀온댔으니까 약속은 지켜야 할 텐데……." 하고 팔을 들어 보고는 깜짝 놀라며

"벌써 아홉 점 칠 분인데!"

"열 점이면 어때? 카페 여급이면 뭐 즈 집서 기르는 개돼진 줄 아니? 구경혈 거나 허구 가면 그만이지."

경자는 이렇게 애꿎은 영애만 쏘아박고는 새삼스레 생각난 듯이 같이 왔던 정숙이를 찾아보았다.

정숙이는 어느 틈엔가 저만치 떨어져서 홀로 걸어가고 있었다. 어른의 손에 매달리어 오고 가는 어린아이들을 일일이 살펴보며 귀여운 듯이 어떤 아이는 머리까지 쓰다듬어 본다마는, 바른손에 꾸겨 든 손수건을 가끔 얼굴로 가져가며 시름없이 걷고 있는 그 모양이 심상치 않고

'저게 눈물을 짓는 것이 아닌가? 정숙이가 왜 또 저렇게 풀이 죽었을까? 아마도 아까 주인녀석에게 말대답하다가 패랑패랑한 여자라구 사설을 당한 것이 분해 저러는 게 아닐까? 그러나 정숙이는 그렇게 맘 좁은 사람은 아닐 텐데…….' 하고 경자는 아리송한 생각을 하다가 떼로 몰리는 어른 틈에 끼여 좋다고 방싯거리는 알숭달숭한, 어린애들을 가만히 바라보고야 아하, 하고 저도 비로소 깨달은 듯싶었다.

계집아이의 등에 업히어 밤톨만 한 두 주먹을 내흔들며 낄낄거리는 언내도 귀엽고 어머니 품에 안기어 장난감을 흔드는 언내도 또한 귀엽다.

한 손으로 입에다 빵을 꾸겨 넣으며 부지런히 따라가는 양복

입은 어린애······.

아버지 어깨에 두 다리를 걸치고 걸터앉아 "말 탄 양반 *끄떡!*"
하는 상고머리 어린애······.

이런 번화로운 구경은 처음 나왔는지 어머니의 치마 속으로
기어들려는 노랑 저고리에 쪼꼬만 분홍 몽당치마······.

"쟤! 영애야! 아마 정숙이가 잃어버린 딸 생각이 또 나나 보
지? 저것 좀 봐라, 자꾸 눈물을 씻지 않니?"

"글쎄."

영애는 이렇게 엉거주춤히 받고는 언짢은 표정으로 정숙이의
뒷모양을 이윽히 바라보다가

"요새론 더 버쩍 생각이 나나 보더라. 집에서도 가끔 저래."

"애 좀 잃어버리고 뭘 저런담, 나 같으면 도리어 몸이 가뜬해
서 좋아하겠다."

"어째서 제가 난 아이가 보고 싶지 않으냐? 넌 아직 애를 못
나 봐서 그래." 하고 영애는 바로 제 일같이 펄쩍 뛰었으나 앞뒤
좌우에 빽빽히 사람들이매 혹시 누가 듣지나 않았나, 하고 좀 무
안스러웠다. 그는 제 주위를 흘끔흘끔 둘러본 다음 경자의 곁으
로 바싹 다가서며

"네 살이나 먹여 놓고 잃어버렸으니 왜 보고 싶지 않으냐? 그
것도 아주 죽었다면 모르지만 극장 광고 돌리느라고 뿡뺑대는
바람에 쫓아 나간 것을 누가 집어 갔어, 그러니 애통을 안 하겠
니?"

"오, 그래! 난 잃어버렸다게 아주 죽은 줄 알았구나, 그러면 수

봄·봄

색원을 내지 그래 왜?"

"수색원 낸 진 벌써 이태나 된다나."

"그래두 못 찾았단 말이지? 가만있자."

하고 눈을 깜박거리며 무엇을 한참 궁리해 본 뒤에

"그럼 개 아버지가 누군질 정숙이두 모르겠구먼?"

"넌 줄 아니, 모르게?"

영애가 이렇게 사박스리 단마디로 쏘아붙이는 통에 경자는 암말 못 하고 그만 얼굴이 빨개졌다.

'애두! 누긴 갠 줄 아나? 아이 망할 년 같으니! 이년 떼 내던지고 혼자 다닐까 부다.' 하고 경자는 골김에 도끼눈을 한번 떠봤으나 그렇다고 저까지 노하긴 좀 어색하고 해서 타이르는 어조로

"별 애두 다 본다. 네 대답이나 했으면 고만이지 고렇게 톡 쏠 건 뭐 있니?"

그리고 고개를 숙이고 한 대여섯 발 옮겨 놓다가 다시 영애 쪽을 돌아보며

"지금 정숙이는 혼자 살지 않어? 그럼 개 아버지는 가끔 만나 보긴 허나?"

"난 몰라."

"좀 알면 큰일 나니, 모른다게? 너 한집에 같이 있고 그리고 정숙이허구 의형제까지 한 애가 그걸 모르겠니?"

경자는 발을 딱 멈추고 업신여기는 눈초리로 영애를 쏘아본다. 빙충맞은 이년하고는 같이 다니지 않아도 좋다고 생각한 때문이었다.

하나 영애가 면점에는 좀 비쌌으나 불리한 저의 처지를 다시
깨닫고

"헤어진 걸 뭘 또 만나니? 말하자면 언니가 이혼해서 내던진
걸." 하고 고분히 숙어드니까

"그럼 말이야, 가만있자." 하고 경자는 눈을 째긋이 감아 보며
아까부터 해오던 저의 궁리에 다시 취하다가

"그럼 말이야, 그 애를 걔 아버지가 집어 가지 않았을까?"

이렇게 아주 큰 의견이나 된 듯이 우좌스리 눈을 희번덕인다.

"그건 모르는 소리야. 걔 아버지란 작자는 자식이 귀여운지 어
떤지도 모르는 사람이란다. 아내를 사랑할 줄 알아야 자식이 귀
여운 줄도 알지."

"그럼 아주 못된 놈을 얻었었구나?"

"못되구 말구 여부 있니. 난 직접 보질 못해 모르지만 정숙이
언니 얘기를 들어 보면 고생두 요만조만 안 했나 보더라. 집에서
아내는 먹을 것이 없어서 굶고 앉았는데 이건 젊은 놈이 밤낮
술이래. 저두 가난하니까 어디 술 먹을 돈이 있겠니. 아마 친구
들 집을 찾아가서 이래저래 얻어먹구는 밤중이 돼서야 비틀거리
고 들어오나 보더라. 그런데 집에 들어와서는 아내가 뭐래두 이
렇다 대답 한마디 없고 벙어리처럼 그냥 쓰러져 잠만 자. 그뿐이
냐, 집에 붙어 있기가 왜 그렇게 싫은지 아침 훤해서 나가면 밤
중에나 들어오고 또 담날도 훤해 나가곤 헌대. 그러니까 아내는
그걸 붙들고 앉아서 조용히 말 한마디 해볼 겨를이 없지. 살림
두 그렇지, 안팎이 손이 맞아야 되지 혼자 애쓴다구 되니? 그래

오죽해야 정숙이 언니가……" 하다가 가만히 생각해 보니 남의 신변에 관한 일을 너무 지껄여 논 듯싶다. 이런 소리가 또 잘못해서 그 귀에 들어가면 어쩌나 하고 좀 좌지가 들렸으나 그렇다고 이왕 꺼낸 이야기, 도중에서 말기도 입이 가렵고 해서

"너 괜히 이런 소리 입 밖에 내지 마라."

"내 왜 미쳤니, 그런 소릴 허게." 하고 철석같이 맹세를 하니까

"그래 오죽해야 정숙이 언니가 아주 멀미를 내다시피 해서 떼내던졌어요. 방세는 내라구 조르고 먹을 건 없고 어린애는 보채고 허니 어떻게 사니. 나 같으면 분통이 터져서 죽을 노릇이지. 그래서 하루는 잔뜩 취해 들어온 걸 붙들고 앉아서 이래선 당신하구 못 살겠수, 난 내대로 빌어먹을 터이니 당신은 당신대로 어떡헐 셈 대구 내일은 민적을 갈라 주. 조금도 화도 안 내고 좋은 소리루 그랬대. 뭐 화두 낼 자리가 따루 있지 그건 화를 낸댔자 아무 소용이 없으니까. 그리고 어린애는 아직 젖먹이니까 에미 품을 떨어져서는 못 살 게니 내가 데리구 있겠소. 그랬더니 그날은 암말 않고 그대로 자고는 그담 날부터는 들어오질 않더래. 별것두 다 많지? 그리고 나달 후에는 엽서 한 장이 왔는데 읽어 보니까 당신 원대로 인제는 이혼 수속이 다 되었으니 당신은 당신 갈 데로 가시오, 하고 아주 뱃심 좋은 편지래지. 그러니 이따위가 자식새끼를 생각하겠니? 아내 떼버리는 게 좋아서 얼른 이혼해 주고 이렇게 편지까지 헌 놈이……"

"그렇지 그래, 그런데 사내들은 제 자식이라면 눈깔을 까뒤집고 들이덤비나 보던데…… 그럼 이건 미환 게로구나?"

"미화다마다! 그래 정숙이 언니도 매일같이 바가질 긁다가도 그래도 들은 둥 만 둥 하니까 나중에는 기가 막혀서 말 한마디 안 나온다지. 그런데 처음에는 그렇지도 않았대. 순사 다닐 때에는 아주 똬롱똬롱하고 점잖은 것이 그걸 내떨리고 나서 술을 먹고 그렇게 바보가 됐대요. 왜 첨에야 의두 좋았지. 아내가 병이 나면 제 손으로 약을 대려다 바치고 대리미도 붙들어 주고 이러던 것이 그만 바보가…… 그 후로 삼 년이나 되건만 어디 가 죽었는지 살았는지 소식도 들어 보질 못하겠대."

"아주 바본 게로군? 허긴 얘! 바볼수록 더 기집에게 받치나 보더라, 왜 저 우린 쥔녀석 좀 봐, 얼병이같이 어릿어릿하는 자식이 그래도 기집애 꽁무니만 노리고 있지 않아?"

"글쎄 아마 그런가 봐. 그런 것한테 걸렸다간 아주 신세 조질 걸? 정숙이 언니 좀 봐. 좀 가여운가. 게다 그 후 일 년두 채 못 돼서 딸까지 마저 잃었으니. 넌 모르지만 카페로 돌아다니며 벌어다가 모녀가 먹고 살기에 고생 묵찐히 했다. 나갈 때마다 쥔여편네에게 어린애 어디 가나 좀 봐달라구 신신부탁은 허나 어디 애들 노는 걸 일일이 쫓아다니며 볼 수 있니?"

"그건 또 있어 뭘 하니? 외려 잘 됐지."

"그러나 애 어머니야 어디 그러냐?" 하고 툭 찼으나 남의 일이고 밑천 드는 것이 아닌 걸 좀 더 지껄이지 않고는 속이 안심치 않다. 그는 경자 귀에다 입을 들이대고 몇만 냥짜리 이야기나 되는 듯이 넌지시

"그래서 우리 집 주인 마나님이 어디 다른 데 중매를 해줄 터

이니 다시 시집을 가보라구 날마다 쑹쑹거려두 언니가 말을 안 들어. 한번 혼이 나서 서방이라면 진절머리가 난다구⋯⋯." 하고 안 해도 좋을 소리를 마저 쏟아 놓았다.

"그럴 거 뭐 있어? 얻었다가 싫으면 또 차 내던지면 고만이지."

"말이 쉽지 어디 그러냐? 사내가 한번 달라붙으면 진드기 모양으로 어디 잘 떨어지니. 너 같으면 혹⋯⋯." 하고 은연히 너와 정숙이 언니와는 번이 사람이 다르단 듯이 입을 삐쭉했으나 경자가 이 눈치를 선뜻 채고 저도 뒤둥그러지며

"암 그럴 테지! 넌 술 취한 손님이 앞에서 소리만 빽 질러도 눈물이 글썽글썽하는 바보가 아니냐? 그러니 남편한테 겁도 나겠지, 허지만 그게 다 교양이 없어서 그래."

이렇게 뱁을 긁는 데는 큰 무안이나 당한 듯싶어 얼굴이 빨개지며 짜장 눈에 눈물이 핑 돌지 않을 수가 없다.

'망할 년, 그래 내가 바보야? 남의 이야기는 다 듣고 고맙단 소리 한마디 없이, 망할 년! 학교는 얼마나 다녔다구 밤낮 저만 안다지. 그리고 그 교양인가 빌어먹을 건 어서 들은 문자인지 건뜻하면*

〈넌 교양이 없어서 그래—?〉 말대가리같이 생긴 년이 저만 잘났대⋯⋯.'

영애는 속으로 약이 바짝 올랐으나 그렇다고 겉으로 내대기에는 말솜씨로든 그 위풍으로든 어느 모로든 경자한테 달린다.

---

* 걸핏하면. 조금이라도 일이 있기만 하면 곧.

입문을 곧 열었으나 그러나 주저주저하다가

"남편이 무서워서 그러니? 애두! 왜 고렇게 소견이 없니? 하루라도 같이 살던 남편을 암만 싫더라두 무슨 체모에 너 나가라고 그러니?"

"체모? 흥! 어서 목말라 죽은 것이 체모야?"

하고 콧등을 흥흥 하고 울리니까

"너는 체모도 모르는구나! 아이 별 아이두! 그게 교양이 없어서 그래."

하고 때는 이때라고 얼른 그 '교양'을 돌려대고 써먹어 보았다.

경자는 저의 '교양'을 제법 무난히 써먹는 데 자존심이 약간 꺾이면서

'이년 보레! 내가 쓰는 걸 배워 가지고 그래 내게 도루 써먹는 거야? 시큰둥헌 년! 제가 교양이 뭔지나 알고 그러나?' 하고 모로 슬며시 눈을 흘겼으나 그걸 가지고 다투긴 유치하고

"체모는 다 뭐야, 배고파도 체모에 몰려서 굶겠구나? 애두! 배우지 못헌 건 참 헐 수 없어!"

"넌 요렇게 잘 뱄니? 그래서 요전에 주정꾼에게 '삐루*' 세례를 받았구나?"

"뭐? 내가 '삐루' 세례를 받건 말건 네가 알 게 뭐야? 건방지게 이년이 누길." 하고 그 팔을 뒤로 홱 잡아채고 그리고 색색거리며 독이 한창 오르려 하였을 때, 예기치 않고 그들은 얼김에 서

* 맥주. 'beer'의 일본식 발음.

로 폭 얼싸안고 말았다. 인적이 드문 외진 이 구석, 게다가 그게 무슨 놈의 짐승인지 바로 언덕 위에서 이히히히, 하고 기괴하게 울리는 그 울음소리에 고만 온 전신에 소름이 쪽 끼치는 것이다.

그들은 정숙이에게로 힝하게 따라가며

"아 무서워! 얘 그게 무어냐?"

"글쎄 뭘까…… 아주 징그럽지?"

이렇게 서로 주고받으며 어린애같이 마주 대고 웃어 보인다.

경자는 정숙이 곁으로 바짝 붙으며

"정숙이! 다리 아프지 않어? 우리 저 식당에 가서 좀 앉았다 가 돌아서 나가지?"

"그럴까……"

정숙이는 아까부터 그만 나가고 싶었으나 경자가 같이 가자 고 굳이 붙잡는 바람에 건성 따라만 다녔다. 이번에는 경자가 하 자는 대로 붐비는 식당으로 들어가 자리를 잡았을 때 골머리가 아찔하고 아무 생각도 없었으나

"우리 사이다나 먹어 볼까?" 하고 묻는 그대로

"아무거나 먹지." 하고 좋도록 대답하였다.

그들은 사이다 세 병과 설고 세 개를 시켜 놓았다.

경자는 사이다 한 컵을 쭉 들이켜고 나서

"영애야! 너 아까 보자는 꽃이라고 그랬지? 그럼 말이야, 그림 한 장을 사다 걸구 보지 애써 여기까지 올 게 뭐냐?" 하고 아까 부터 미결로 온 그 문제를 다시 건드린다. 마는 영애는 저 먹을 것만 천천히 먹고 있을 뿐으로 숫제 받아 주질 않는다. 억설쟁이

경자를 데리고 말을 주고받다간 결국엔 제가 곱는 것을 여러 번 경험하고 있다. 나중에는 하 비위를 긁어 놓으니까 할 수 없이 정숙이 쪽으로 고개를 돌리며

"언니는 어떻게 생각허우? 그래 보자는 꽃이지 꺾어 들구 냄새를 맡자는 꽃이우? 바루 그럴 양이면 향수를 사다 뿌려 놓고 들엎디었지 왜 예까지 온담?" 하고 응원을 청할 수밖에 없었다.

그러나 정숙이는 처음엔 무슨 소린지 몰라서 얼떨하다가

"난 그런 거 모르겠어……." 하고 울가망으로 씀씀이 받고 만다.

영애는 잇속 없이 경자에게 가끔 쪼여 지내는 자신을 생각할 때 여간 야속하지 않다. 연못가로 돌아 나오다 경자가 군이 유원지에 들어가 썰매 한번 타보고 가겠다 하므로 따라서 들어가긴 하였으나 그때까지 말 한마디 건네지 않았다. 뿐만 아니라 경자가 마치 망아지 모양으로 껑충거리며 노는 걸 가만히 바라보고는 '에이 망할 계집애두! 저것두 그래 계집애년이람?' 하고 속으로 손가락질을 않을 수 없다.

유원지 안에는 여러 아이들이 이리 몰리고 저리 몰리고 하였다. 부랑꼬*에 매어 달렸다가 그네로 옮겨 오고 그네에서 흥이 지면 썰매 위로 올라온다.

그 틈에 끼어 경자는 호기 있게 썰매를 한번 쭈욱 타고 나서는 깔깔 웃었다. 그리고 다시 기어 올라가서 또 찌익 미끄러져 내릴 때 저편 구석에서

* '그네'의 일본말.

봄·봄

"저 궁뎅이 해진다!" 하고 손뼉을 치며 껄껄거리고 웃는 것이다.

경자는 치마를 털며 일어서서 그쪽을 바라보니 열칠팔밖에 안 돼 보이는 중학생 셋이 서서 이쪽을 향하여 웃고 있다. 분명히 그 학생들이 히야까시*를 하였음에 틀림없었다.

경자는 날카로운 음성으로 대뜸

"어떤 놈이냐? 내 궁뎅이 해진다는 놈이……" 하고 쏘아붙이며 영애가 말림에도 듣지 않고 달려들었다. 철없는 학생들은 놀리면 달아날 줄 알았지 이렇게까지 독수리처럼 대들 줄은 아주 꿈밖이었다. 모두 얼떨떨해서 암말 못 하고 허옇게 닦이다가

"우리가 뭐랬다고 그러세요?"

혹은

"우리끼리 이야기하고 웃었는데요."

이렇게 밑 빠진 구멍에 물을 채우려고 땀이 빠진다마는 경자는 좀체로 그만두려지 않고

"학생이 공부는 안 하구 남의 여자 히야까시하러 다니는 게 일이야." 하고 그중 나이 찬 학생의 얼굴을 벌겋게 달궈 놓는다. 이 서슬에 한 사람 두 사람 구경꾼이 모이더니 나중에는 삘 둘리어 성이 되고 말았다. 어떤 이는 너무 신이 나서

"암, 그렇지 그래 잘한다!" 하고 소리를 내지르기도 하고, 또는

"나이 어려 그렇지요. 그쯤 하고 그만두십시오." 하고 뜯어말리는 사람……

* '조롱, 희롱, 놀림, 또는 그러는 사람'을 뜻하는 일본말.

그러나 정숙이는 이편에 따로 떨어져 우두커니 서서는 제 앞만 바라보고 있었다.

거기에는 대여섯 살 될지 말지 한 어린아이 둘이 걸상에 마주 걸터앉아서 그네질을 하며 놀고 있다. 눈을 뚝 부릅뜨고 심술궂게 생긴 그 사내아이도 귀엽고 스스러워서 눈치만 할금할금 보는 조선옷에 단발한 그 계집애도 또한 귀엽다. 바람이 불 적마다 단발머리가 보르르 날리다가는 사뿟 주저앉는 그 모양은 보면 볼수록 한번 담싹 껴안아 보고 싶은 생각이 간절하였다.

'우리 모정이두 그대루 컸다면 조만은 하겠지!'

그리고 정숙이는 여태껏, 어딘가 알 수 없이 모정이와 비슷비슷한 어린 계집애를 벌써 여남은이나 넘어 보아 오던 기억이 난다. 요 계집애두 어쩌면 그 눈매며 입모습이 모정이같이 그렇게 닮았는지. 비록 살은 포들포들히 오르고 단발은 했을망정 하관만 좀 길다 하고 그리고 어디 가 엎어져서 상처를 얻은 듯싶은 이마와 그 흠집만 없었더라면 어지간히 같을 뻔도 하였다. 하고 쓸쓸히 웃어 보다가

'남이 우리 모정이를 집어 간 것 마찬가지로 고런 계집애 하나 훔쳐다가 기르면 고만 아닌가?'

이렇게 요즈음 가끔 하여 보던 그 무서운 생각을 다시 하여 본다.

정숙이는 갖은 열정과 애교를 쏟아 가며 허리를 구부리어

"얘! 아가야! 너 몇 살이지?" 하고 손으로 단발머리를 쓸어 본다.

봄·봄

계집애는 낯선 사람의 손을 두려워함인지 두 눈을 말똥히 뜨고 쳐다만 볼 뿐으로 아무 대답도 없었다. 그러다 손이 다시 들어와

"아이 참! 우리 애기 이뻐요! 이름이 뭐지?" 하고 또 머리를 쓰다듬으면 이번에는 마치 모욕이나 당한 사람같이 어색하게도 비슬비슬 일어서더니 저리로 곧장 달아난다.

정숙이는 낙심하여 쌀쌀한 애도 다 많군, 하고 속으로 탄식을 하며 시선이 그 뒤를 쫓다가 이상도 하다고 생각하였다. 거리가 좀 있어 똑똑히는 보이지 않으나마 병객인 듯싶은 흰 두루마기에 중절모를 눌러쓴 한 사나이가 괴로운 듯이 쿨룩거리고 서서 앞으로 다가오는 계집애와 이쪽을 번갈아 가며 노려보고 있었다. 얼뜬 보기에 후리후리한 키며 구부정한 그 어깨가. 정숙이는 사람의 일이라 혹시 하면서도 그러나 결코 그럴 리는 천만 없으리라고 혼자 이렇게 또 우기면서도 저도 모르게 앞으로 몇 걸음 걸어 나간다. 시나브로 거리를 접어 가며 댓 걸음 사이를 두고까지 아무리 고쳐서 뜯어보아도 그는 비록 병에 얼굴은 꺼졌을망정. 그리고 몸은 반쪽이 되도록 시들었을망정 확실히 전일 제가 떼어 버리려고 민줄대던 그 남편임에 틀림없고…….

"아이, 당신이?"

정숙이는 무슨 말을 하려는지 저도 모르고 이렇게 입을 벌렸으나 그다음 말이 나오지를 않았다. 원수같이 진저리를 치던 그 사람도 오랜만에 뜻 없이 만나고 보니까 이상스레도 더한층 반가웠다. 한참 멍하니 바라만 보다가 더 참을 수가 없어서

"그동안 서울 계셨어요?" 하고 간신히 입을 열었다.

사나이는 고개를 저리 돌리고 외면한 그대로

"이리저리 돌아다녔습니다." 하고 활하게 대답하였다. 그러고는 반갑다는 기색도 혹은 놀랍다는 기색도 그 얼굴에는 아무 표정도 찾아볼 수가 없었다.

정숙이는 무엇보다도 먼저 그 앞에 푹 안긴 그 단발한 계집애가 모정이인지 아닌지 그것이 퍽도 궁거웠다.* 주볏주볏 손을 들어 계집애를 가리키며

"얘가 우리 모정인가요?" 하고 물어보았으나 그는 못 들은 듯이 잠자코 있더니 대답 대신 주먹으로 입을 막고는 쿨룩거린다.

그러나 정숙이는 속으로

'저것이 모정이겠지! 입 눈을 보더라도 정녕코 모정이겠지?' 하면서 이 년 동안이란 참으로 긴 세월임을 다시 깨달을 만치 이렇게까지 몰라보도록 될 줄은 아주 꿈밖이었다. 마는 그보다도 더욱 놀라운 것은 자식도 모르는 폐인인 줄 알았더니 그래도 제 자식이라고 몰래 훔쳐다가 이렇게 데리고 다니는 것을 생각하면 그 속은 암만해도 하늘땅이나 알 듯싶다. 뿐만 아니라 갈릴 때에는 그렇다 소리 한마디 없더니 일 년 후에야 슬며시 집어간 그 속도 또한 알 수 없고…….

'저것이 정말 귀여운 줄 알까?'

"얘가 모정이지요?"

* 궁겁다 : '궁금하다'의 북한말.

봄·봄

정숙이는 묻지 않아도 좋을 소리를 다시 물어보았다. 여전히 사나이는 못 들은 척하고 묵묵히 섰는 양이 쭐기고 맛장수이던 그 버릇을 아직도 못 버린 듯싶었다. 그러나 저는 구지레하게 걸쳤을망정 계집애만은 깨끗하게 옷을 입혀 논 걸 보더라도, 그리고 어미한테서 고생을 할 때보다 토실토실히 살이 오른 그 볼따귀를 보더라도, 정숙이는 어느 편으로든 어미에게 있었던 것보다는 그 아버지가 데려간 것이 애를 위하여는 오히려 천행인 듯싶었다.

정숙이는 사나이에게 암만 물어야 대답 한마디 없을 것을 알고 이번엔 계집애를 향하여

"얘! 모정아!" 하고 불러 보니 어른 두루마기에 파묻혔던 계집애가 고개를 반짝 든다. 이태 동안이 길다 하더라도 저를 기르던 즈 어미를 이렇게 몰라볼까, 하고 생각해 보니 곧 두 눈에서 눈물이 확 쏟아지며 그대로 꼭 껴안아 보고 싶은 생각이 간절은 하나 그러나 서름히* 구는 아이를 그러다간 울릴 것도 같고 해서 엉거주춤히 손만 내밀어 머리를 쓰다듬어 주며

"얘! 모정아, 너 올해 몇 살이지?"

또는

"얘! 모정아! 너 나 모르겠니?"

이렇게 대답 없는 질문을 하고 있을 때 저만큼 등 뒤에서

"정숙이 안 가?" 하고 경자가 달려드는 모양이었다.

---

* 서름하다 : 남과 가깝지 못하고 사이가 좀 서먹하다. 사물 따위에 익숙하지 못하고 서툴다.

"그럼 요즘엔 어디 계세요?"

정숙이는 조급히 그러나 눈물을 머금은 음성으로 애원하다시피 묻다가 의외에도 사나이가 사직동 몇 번지라고 순순히 대답하므로 그제야 안심하고

"모정이 잘 가거라……." 하고 다시 한번 쓰다듬어 보고는 경자가 이쪽으로 다가오기 전에 그쪽을 향하여 힘차게 떨어져 간다.

경자는 활갯짓을 하고 걸어가며 신이야 넋이야 오른 어조로

"내 그 자식들 납작하게 눌러 줬지. 아 내 궁둥이가 해진다는구면, 망할 자식들이, 내 좀 더 닦아셀래다……."

"넌 너무 그래, 철모르는 애들이 그렇지 그럼 말두 못 하니? 그걸 가지고 온통 사람을 모아 놓고 이 야단이니!"

영애는 경자 때문에 창피스러운 욕을 당한 것이 생각하면 할수록 썩 분하였다.

그런데도 경자는 저 잘났다고 시퉁그러진 소리로

"너는 그럴 테지! 왜 너는 체모 먹구 사는 사람이냐?"

하고 또 비위를 거슬러 놓다가 저리 향하여

"정숙이! 아까 그 궐자가 누구?"

"웅, 그 사내 말이지? 그전에 나 세들어 있든 집 주인이야."

정숙이는 이렇게 선선히 대답하고 다시 얼굴로 손수건을 가져간다.

'자식이 그렇게 귀엽다면 그걸 낳아 놓은 아내두 좀 귀여울 텐데?' 하고 지내 온 일의 갈피를 찾아오다가 그래도 비록 말은 없

봄·봄

었다 하더라도 아내도 속으로는 사랑하리라고 굳이 이렇게 믿어 보고 싶었다. 어쩌다 그렇게 되었는지 병까지 든 걸 보면 그동안 고생은 무던히 한 듯싶고, 그렇다면 전일에 밤늦게 돌아와 쓰러진 사람을 멱살잡이를 하여 일으켜서는 들볶던 그것도 잘못하였고, 술 먹었으니 아침은 그만두라고 하며 마악 먹으려 드는 콩나물죽을 땅으로 내던진 그것도 잘못하였고, 일일이 후회가 날 뿐이었다. 즈 아버지를 그토록 푸대접을 하였으니 계집애만 하더라도 어미를 탐탁히 여겨 주지 않는 것이 당연하지 않을까 생각하니 더욱 큰 설움이 복받쳐 오른다. 그러나 내일 아침에는 일찍 찾아가서 전사 일은 모조리 잘못하였다고 정성껏 사과하고, 그리고 앞으로는 암만 굶더라도 찍소리 안 하리라고 다짐까지 둔다면 혹시 사람의 일이니 다시 같이 살아 줄는지 모르리라고 이렇게 조금 안심하였을 때 영애가 팔을 흔들며

"언니! 오늘 꽃구경 잘했지?"

"참 잘했어!"

"꽃은 멀리서 봐야 존 걸 알아, 가찹게 가면 그놈의 냄새 때문에 골치가 아프지 않아. 그렇지만 오늘 꽃구경은 참 잘했어!"

영애가 경자에게 무수히 쪼이고 게다가 욕까지 당한 것이 분해서 되도록 갚으려고 애를 쓰니까 경자는 코로 흥, 하고는

'느들이 무슨 꽃구경을 잘했니? 참말은 내가 혼자 잘했다!'

"꽃은 냄샐 맡을 줄 알아야 꽃구경이야! 보는 게 다 무슨 소용이 있어?" 하고 희자를 뽑다가 정숙이 편을 돌아보니 아까보다 더 뺀질 손수건이 올라간다. 보기에 하도 딱하여 그 옆으로 바

싹 붙어 서며 친절히 위로하여 가로되

"그까짓 딸 하나 잃어버리고는 뭘 그래? 없어지면 몸이 가뜬하고 더 편하지 않어?"

그때 눈 같은 꽃이파리를 포르르 날리며 쌀쌀한 꽃샘이 목덜미로 스며든다.

문간 쪽에서는 고만 나가라고 종소리가 댕그렁댕그렁 울리기 시작하였다.

1936년 7월, 《조광》

옥토끼

나는 한 마리 토끼 때문에 자나 깨나 생각하였다. 어떻게 하면 요놈을 얼른 키워서 새끼를 낳게 할 수 있을까 이것이었다.

이 토끼는 하느님이 나에게 내려 주신 보물이었다.

몹시 춥던 어느 날 아침이었다. 내가 아직 꿈속에서 놀고 있을 때 어머니가 팔을 흔들어 깨우신다. 아침잠이 번이 늦은 데다가 자는데 깨우면 괜스레 약이 오르는 나였다. 팔꿈치로 그 손을 툭 털어 버리고

"아이 참 죽겠네!"

골을 이렇게 내자니까

"너 이 토끼 싫으냐?" 하고 그럼 고만두란 듯이 은근히 나를 댕기고 계신 것이다.

나는 잠결에 그럼 아버지가 아마 오랜만에 고기 생각이 나서

토끼고기를 사오셨나, 그래 어머니가 나를 먹이려고 깨우시는 것이 아닐까, 하였다. 그리고 고개를 돌리어 뻑뻑한 눈을 떠보니 이게 다 뭐냐, 조막만하고도 아주 하얀 옥토끼 한 마리가 어머니 치마 앞에 폭 싸여 있는 것이 아닌가.

나는 눈곱을 비비고 허둥지둥 다가앉으며

"이거 어서 났수?"

"이쁘지?"

"글쎄 어서 났냔 말이야?" 하고 조급히 물으니까

"아침에 쌀을 씻으러 나가니까 우리 부뚜막 위에 올라앉아서 웅크리고 있더라. 아마 누 집에서 기르는 토낀데 빠져나왔나 봐."

어머니는 얼른 두 손을 화로 위에서 비비면서 무척 기뻐하셨다. 그 말씀이 우리가 이 신당리로 떠나온 뒤로는 이날까지 지지리 지지리 고생만 하였다. 이렇게 옥토끼가 그것도 이 집에 네 가구가 있으련만 그중에서 우리를 찾아왔을 적에는 새해부터는 아마 운수가 좀 피려는 거나 아닐까 하며 고생살이에 찌든 한숨을 내쉬고 하시었다.

그러나 나는 나대로의 딴 희망이 있지 않아선 안 될 것이다. 이런 귀여운 옥토끼가 뭇사람을 제치고 나를 찾아왔음에는 아마 나의 셈평이 차차 피려나 보다 하였다. 그리고 어머니 치마 앞에서 옥토끼를 끄집어내 들고 고놈을 입에 대보고 뺨에 문질러 보고 턱에다 받쳐도 보고 하였다.

참으로 귀엽고도 아름다운 동물이었다.

　　　　　　　　　　　　　　　　봄·봄

나는 아침밥도 먹을 새 없이 그리고 어머니가 팔을 붙잡고

"너 숙이 갖다줄려구 그러니? 내 집에 들어온 복은 남 안 주는 법이야. 인 내라 인 내."

이렇게 굳이 말리는 것도 듣지 않고 덜렁거리고 문밖으로 나섰다. 뒷골목으로 들어가 숙이를 문간으로 (불러 만나 보면 물론 둘이 떨고 섰는 것이나 그 부모가 무서워서 방에는 못 들어가고) 넌지시 불러내다가

"이 옥토끼 잘 길루." 하고 두루마기 속에서 고놈을 꺼내 주었다. 나의 예상대로 숙이는 가선진 그 눈을 똥그랗게 뜨더니 두 손으로 담싹 집어다가는 저도 역시 입을 맞추고 뺨을 대보고 하는 것이 아닌가. 하지만 가슴에다 막 부둥켜안는 데는 나는 고만 질색을 하며

"아 아, 그렇게 하면 뼈가 부서져 죽우, 토끼는 두 귀를 붙들고 이렇게……" 하고 토끼 다루는 법까지 가르쳐 주지 않을 수 없었다. 하라는 대로 두 귀를 붙잡고 섰는 숙이를 가만히 바라보며 나는 이 집이 내 집이라 하고 또 숙이가 내 아내라 하면 얼마나 좋을까 하였다. 숙이가 여자 양말 하나 사다 달라고 부탁하고 내가 그래라고 승낙한 지가 달장근이 되련만 그것도 못 하는 걸 생각하니 나 자신이 불쌍도 하였다.

"요놈이 크거든 짝을 채워서 우리 새끼를 자꾸 받읍시다. 그 새끼를 팔구 팔구 하면 나중에는 큰돈이……"

그리고 토끼를 쳐들고 암만 들여다보니 대체 수놈인지 암놈인지 분간을 모르겠다. 이게 적이 근심이 되어

"그런데 뭔지 알아야 짝을 채지!" 하고 혼자 투덜거리니까

"그건 인제……."

숙이는 이렇게 낯을 약간 붉히더니 어색한 표정을 웃음으로 버무리며

"낭중 커야 알지요!"

"그렇지! 그럼 잘 길루." 하고 집으로 돌아와서는 그담 날부터 매일매일 한 번씩 토끼 문안을 가고 하였다.

토끼가 나날이 달라 간다는 숙이의 말을 듣고 나는 퍽 좋았다.

"요새두 잘 먹우?" 하고 물으면

"네, 무 찌꺼기만 주다가 오늘은 배추를 주었더니 아주 잘 먹어요."

하고 숙이도 대견한 대답이었다. 나는 이렇게 병이나 없이 잘만 먹으면 다 되려니, 생각하였다. 아니나다르랴 숙이가

"인젠 막 뛰다니구 똥두 밖에 가 누구 들어와요." 하고 까만 눈알을 뒤굴릴 적에는 아주 훤칠한 어른 토끼가 다 되었다. 인제는 짝을 채워 줘야 할 터인데, 하고 나는 돈 없음을 걱정하며 집으로 돌아왔다. 그러나 아무리 생각하여도 돈을 변통할 길이 없어서 내가 입고 있는 두루마기를 잡힐까 그러면 뭘 입고 나가나 이렇게 양단을 망설이다가 한 닷새 동안 토끼에게 가질 못하였다. 그러자 하루는 저녁을 먹다가 어머니가

"금철어메게 들으니까 숙이가 그 토끼를 잡아먹었다더구나?" 하고 역정을 내는 바람에 깜짝 놀랐다. 우리 어머니는 싫다는 걸 내가 들이 졸라서 한번 숙이네한테 통혼을 넣다가 거절당한

일이 있었다. 겉으로는 아직 어리다는 것이나 그 속살은 돈 있는 집으로 딸을 내놓겠다는 내숭이었다. 이걸 어머니가 아시고 모욕을 당한 듯이 그들을 극히 미워하므로

"그럼 그렇지! 그것들이 김생* 구여운 줄이나 알겠니?"

"그래 토끼를 먹었어?"

나는 이렇게 눈에 불이 번쩍 나서 밖으로 뛰어나왔으나 암만해도 알 수 없는 일이다. 제 손으로 색동조끼까지 해 입힌 그 토끼를 설마 숙이가 잡아먹을 성싶지는 않았다.

그러나 숙이를 불러내다가 그 토끼를 좀 잠깐만 봬 달라 하여도 아무 대답이 없이 얼굴만 빨개져서 서 있는 걸 보면 잡아먹은 것이 확실하였다. 이렇게 되면 이놈의 계집애가 나에게 벌써 맘이 변한 것은 넉넉히 알 수 있다. 나중에는 같이 살자고 우리끼리 맺은 그 언약을 잊지 않았다면 내가 위하는 그 토끼를 제가 감히 잡아먹을 리가 없지 않은가.

나는 한참 도끼눈으로 노려보다가

"토끼 가질러 왔수, 내 토끼 도루 내우."

"없어요!"

숙이는 거반 울 듯한 상이더니 이내 고개를 떨어치며,

"아버지가 나두 모르게……." 하고는 무안에 취하여 말끝도 다 못 맺는다.

실상은 이때 숙이가 한 사날 동안이나 밥도 안 먹고 대단히

---

* 짐승.

앓고 있었다. 연초회사에 다니며 벌어들이는 딸이 이렇게 밥도 안 먹고 앓으므로 그 아버지가 겁이 버쩍 났다. 그렇다고 고기를 사다가 몸보신시킬 형편도 못 되고 하여 결국에는 딸도 모르게 그 옥토끼를 잡아서 먹여 버리고 말았던 것이다.

그러나 나는 그런 속은 모르니까 남의 토끼를 잡아먹고 할 말이 없어서 벙벙히 섰는 숙이가 다만 미웠다. 뭘 못 먹어서 옥토끼를, 하고 다시

"옥토끼 내놓우, 가져갈 테니." 하니까

"잡아먹었어요."

그제야 바로 말하고 언제 그렇게 괴었는지 눈물이 뚝 떨어진다. 그리고 무엇을 생각했음인지 허리춤을 뒤지더니 그 지갑(은 우리가 둘이 남몰래 약혼을 하였을 때 금반지 살 돈은 없고 급하긴 하고 해서 내가 야시에서 십오 전 주고 사 넣고 다니던 돈지갑을 대신 주었는데 그것)을 내놓으며 새침히 고개를 트는 것이다.

망할 계집애, 남의 옥토끼를 먹고 요렇게 토라지면 나는 어떡하란 말인가. 하나 여기서 더 지껄였다가는 나만 앵한* 것을 알았다. 숙이의 옷가슴을 부랴사랴 헤치고 허리춤에다 그 지갑을 도로 꾹 찔러 주고는 쫓아올까 봐 집으로 힝하게 달아왔다. 제가 내 옥토끼를 먹었으니까 암만 즈 아버지가 반대를 한다더라도, 그리고 제가 설혹 마음이 없더라도 인제는 하릴없이 나의 아내가 꼭 되어 주지 않을 수 없을 것이다.

* 앵하다 : 기회를 놓치거나 손해를 보아서 분하고 아깝다. .

이렇게 나는 생각하고 이불 속에서 잘 따져 보다 그 옥토끼가 나에게 참으로 고마운 동물임을 비로소 깨달았다.

'인제는 틀림없이 너는 내 거다.'

1936년 7월, 《여성》

정조貞操

주인아씨는 행랑어멈 때문에 속이 썩을 대로 썩었다. 나가래자니 그것이 고분히 나갈 것도 아니거니와 그렇다고 두고 보자니 괘씸스러운 것이 하루가 다 민망하다.

어멈의 버릇은 서방님이 버려 놓은 것이 분명하였다.

아씨는 아직 이불 속에 들어 있는 남편 앞에 도사리고 앉아서는 아침마다 졸랐다. 왜냐면 아침때가 아니곤 늘 난봉 피우러 쏘다니는 남편을 언제 한번 조용히 대해 볼 기회가 없었다. 그나마도 어제 밤이 새도록 취한 술이 미처 깨질 못하여 얼굴이 벌거니 늘어진 사람을 흔들며

"여보! 자우? 벌써 열 점 반이 넘었수. 기운 좀 채리우." 하고 말을 붙이는 것은 그리 정다운 일이 아니었다.

그러면 서방님은 그 속이 무엇임을 지레 채고 눈 하나 떠 보려

지 않았다. 물론 술에 곯아서 못 들은 적도 태반이지만 간혹 가다간 듣지 않을 수 없을 만한 그렇게 큰 음성임에도 불구하고 역시 못 들은 척하였다.

이렇게 되면 아내는 제물에 더 악이 올라서 이번에도 설마 하고는

"아니 여보! 일을 저질러 놨으면 당신이 어떻게 처칠 하든지 해야지 않소."

"글쎄 관둬 다 듣기 싫으니." 하고 그제야 어리눅은 소리로 눈살을 찌푸리다가

"듣기 싫으면 어떡허우? 그 꼴은 눈허리가 시어서 두구 볼 수가 없으니 일이나 허면 했지 그래 쥔을 손아귀에 넣고 휘두르려는 이따위 행랑것두 있단 말이유?"

"글쎄 듣기 싫어."

이렇게 된통 호령은 하였으나 원체 뒤가 딸리고 보니 슬쩍 돌리고

"어서 나가 아침이나 채려 오."

"난 세상없어도 어떻게 할 수 없으니 당신이 내쫓든지 치갈 하든지……" 하고 말끝이 그만 살며시 뒤둥그러지며

"어쩌자구 글쎄 행랑걸!"

"주둥아리 좀 못 닥쳐?"

여기에서 드디어 남편은 열병 든 사람처럼 벌떡 일어나 앉지 않을 수가 없었다. 그와 동시에 놋재떨이가 공중을 날아와 벽에 부딪고 떨어지며 쟁그렁 하고 요란스러운 소리를 낸다.

이렇게까지 하지 않으면 서방님은 머리에 떠오르는 그 징글징글한 기억을 어떻게 털어 버릴 도리가 없는 것이다. 하기는 아내를 더 지껄이게 하였다가는 그 입에서 무슨 소리가 나올지 모르니 겁도 나거니와 만일에 행랑어멈이 미닫이 밖에서 엿듣고 섰다가 이 기맥을 눈치챈다면 그는 더욱 우좌스러운 저의 몸을 발견함에 틀림없을 것이다.

아내가 밖으로 나간 뒤 서방님은 멀뚱히 앉아서 쓴침을 한번 삼키려 하였으나 그것도 잘 넘어가질 않는다. 수전증 들린 손으로 머리맡에 냉수를 쭈욱 켜고는 이불 속으로 들어가 다시 눈을 감아 보려 한다. 잠이 들면 불쾌한 생각이 좀 덜어질 듯싶어서이다.

그러나 눈만 뽀송뽀송할 뿐 아니라 감은 눈 속으로 온갖 잡귀가 다아 나타난다. 머리를 풀어 헤치고 손톱을 길게 늘인 거지 귀신, 뿔 돋친 사자 귀신, 치렁치렁한 꼬리를 휘저으며 낄낄거리는 여우 귀신. 그중의 어떤 것은 한짝 눈깔이 물커졌건만 그래도 좋다고 아양을 부리며 "아이 서방님!" 하고 달려들면 이번에는 다리 팔 없는 오뚜기 귀신이 조쪽에 올롱히* 앉아서 "요 녀석!" 하고 눈을 똑바로 뜬다. 이것들이 모양은 다르다 할지라도 원바탕은 한바탕이리라.

'에이 망할 년들!'

서방님은 진저리를 치며 벌떡 일어나 앉아서는 궐련에 불을 붙인다. 등줄기가 선뜩하며 식은땀이 흥건히 내솟았다.

---

* 유별날 정도로 회동그랗게.

봄·봄

그것도 좋으련만 부엌에서는 그릇 깨지는 소리와 함께 아내가 악을 쓰는 걸 보면 행랑어멈과 또 말 시단이 되는 듯싶다. 무슨 일인지 자세히는 알 수 없으나

"자넨 그래 기어 다니나?" 하니까

"전 빨리 다니진 못해요." 하고 행랑어멈의 데퉁스러운 그 대답—

서방님도 행랑어멈의 음성만 들어도 몸서리를 치며 사지가 졸아드는 듯하였다. 그리고

'아 아! 내 뭘 보구 그랬던가? 검붉은 그 얼굴, 푸르딩딩하고 꺼칠한 그 입술, 그건 그렇다 하고 찝찔한 짠지 냄새가 홱 끼치는, 그리고 생후 목물 한 번도 못 해봤을 듯싶은 때꼽 긴 그 몸뚱어리는? 에잇 추해! 추해! 내 뭘 보구? 술이다. 술, 분명히 술의 작용이었다.' 하고 또다시 애꿎은 술만 탓하지 않을 수 없다. 아무리 생각을 안 하려 하여도 그날 밤 지냈던 일이, 추악한 그 일이 저절로 머릿속에서 빙글빙글 도는 것이다.

과연 새벽녘 집에 다다랐을 때쯤 하여서는 하늘땅이 움직이도록 술이 잔뜩 올랐다. 택시에서 내리어 엎으러지고 다시 일어나다가 옆집 돌담에 부딪치어 면상을 깐 것만 보아도 취한 것이 확실하였다. 그러나 대문을 열어 주고 눈을 비비고 섰는 어멈더러

"왔나?" 하다가

"아직 안 왔어요. 아마 며칠 묵어서 올 모양인가 봐요."

그제야 안심하고 그 허리를 콱 부둥켜안고 행랑방으로 들어간 걸 보면 전혀 정신이 없던 것도 아니었다. 왜냐면 아침나절

아범이 들어와 저 살던 고향에 좀 다녀오겠다고 인사를 하고 나간 것을 정말 취한 사람이면 생각해 냈을 리가 있겠는가.

하나 년의 행실이 더 고약했는지도 모른다. 전일부터 맥없이 빙글빙글 웃으며 눈을 째긋이 꼬리를 치던 것은 그만두고라도 방에서 그 알량한 낯바대기를 갖다 비비며

"전 서방님허구 살구 싶어요. 웬일인지 전 서방님만 뵈면 괜스리 좋아요."

"그래그래 살아 보자꾸나!"

"전 뭐 많이도 바라지 않아요. 그저 집 한 채만 사주시면 얼마든지 살림하겠어요."

그리고 가장 이쁜 듯이 팔로 그 목을 얽어들이며

"그렇지 않아요? 서방님! 제가 뭐 기생첩인가요, 색시 첩인가요, 더 바라게?"

더욱이 앙큼스러운 것은 나중에 발뺌하는 그 태도이었다. 안에서 이 눈치를 채고 아내가 기겁을 하여 뛰어나와서 그를 끌어낼 때 어멈은 뭐랬던가. 아내보다도 더 분한 듯이 쌔근거리고 서서는 그리고 눈을 사박스레 홉뜨고는

"행랑어멈은 일 시키자는 행랑어멈이지 이러래는 거예요?"

이렇게 바로 호령하지 않았던가. 뿐만 아니라 고대 자기를 보면 괜스레 좋아서 죽겠다던 년이 딴통같이

"아범이 없길래 망정이지 이걸 아범이 안다면 그냥 안 있어요. 없는 사람이라구 너무 업신여기진 마셔요."

물론 이것이 쥔아씨에게 대하여 저의 면목을 세우려는 뜻도

되려니와 하여튼 년도 무던히 앙큼스러운 계집이었다. 그러고 나서도 그다음 날 밤중에는 자기가 대문을 들어서자마자 술 취한 사람을 되는대로 잡아끌고서 행랑방으로 들어간 것도 역시 그년이 아니었던가. 하지만 잘 따져 보면 모두가 자기의 불건실한 탓으로 돌릴 수밖에 없고

'문지방 하나만 넘어서면 곱고 깨끗한 아내가 있으련만 그걸 뭘 보구?'

이렇게 생각해 보니 곧 창자가 뒤집힐 듯이 속이 아니꼽다.

그러나 이미 엎친 물이니 주워 담을 수도 없는 노릇이고 어째 볼래야 어째 볼 엄두조차 나질 않는다.

서방님은 생각다 못하여 하릴없이 궁한 음성으로 아씨를 넌지시 도로 불러들였다. 그리고 거진 울 듯한 표정으로

"여보! 설혹 내가 잘못했다 합시다. 이왕 이렇게 되고 난 걸 노하면 뭘 하오?"

하고 속 썩는 한숨을 휘돌리고는

"그렇다고 내가 나서서 나가라 마라 할 면목은 없소. 허니 당신이 날 살리는 셈치고 그걸 조용히 불러서 돈 십 원이나 주어서 나가게 하도록 해보우."

"당신이 못 내보내는 걸 내 말은 듣겠소?"

아씨는 아까에 옥박질렀던 앙갚음으로 이렇게 톡 쏘긴 했으나

"만일 친구들에게 이런 걸 발설한다면 내가 이 낯을 들고 문밖엘 못 나설 터이니 당신이 잘 생각해서 해주." 하고 풀이 죽어서 빌붙는 이 마당에는

"그년에게 그래 괜히 돈을 준담!" 하고 혼잣소리로 종알거리고는 밖으로 나오지 않을 수 없다. 더 비위를 긁었다가는 다시 재떨이가 공중을 날 것이고 그러면 집안만 소란할 뿐 외려 더욱 창피한 일이었다.

아씨는 마루 끝에 와 웅크리고 앉아서 심부름하는 계집애를 시키어 어멈을 부르게 하고 그리고 다시 생각해 보니 어멈도 물론 괘씸하거니와 계집이면 덮어놓고 맥을 못 쓰는 남편도 남편이었다. 그의 본처라는 자기 말고도 수하동에 기생첩을 치가하였고 또는 청진동에 쌀 나무만 대고 드나드는 여학생 첩도 있는 것이다. 꽃 같은 계집들이 이렇게 앞에 놓였으련만 무슨 까닭에 행랑어멈은 그랬는지 그 속을 모르겠고

'그것두 외양이나 잘났음 몰라두 그 상판대기를 뭘 보구? 에! 추해!'

하고 아씨는 자기가 치른 것같이 메스꺼운 생각이 안 날 수 없었다.

그러나 이런 일이란 언제든지 계집이 먼저 꼬리를 치는 법이었다. 그렇게 생각하면 우선 행랑어멈 이년이 더욱 숭칙스러운* 골치라 안 할 수 없다. 처음 올 적만 해도 시골서 살다 쫓겨 올라온지 며칠 안 되는데 방이 없어서 이러고 다닌다고 하며 궁상을 떠는 것이 좀 측은히 보인 것이 아니었던가. 한편 시골 거라 부려먹기에 힘이 덜 드나 하고 둔 것이 단 열흘도 못 되어 까만 낯바대

* 숭칙스럽다 : 흉측스럽다. 몹시 흉악한 데가 있다.

기에 분배기를 칠한다. 머리에 기름을 바른다. 치마를 외로 돌려 입는다 하며 휘두르고 다니는 걸 보니 서울서 자라도 어지간히 닳아먹은 계집이었다. 그렇다 치더라도 일을 시켜 보면 뒷간까지 도 죽어 가는 시늉으로 하고 하던 것이 행실을 버려 논 다음부 터는 제가 마땅히 해야 할 걸레질까지도 순순히 하려질 않는다. 그리고 고기 한 메를 사러 보내도 일부러 주인이 안을 채이기 위 하여 열나절이나 있다 오는 이년이 아니었던가.

"자네 대리는 오금이 붙었나?"

아씨가 하 기가 막혀서 이렇게 꾸중을 하면

"저는 세상없는 일이라도 빨리는 못 다녀요!" 하고 시퉁스러운 소리로 눈귀가 실룩이 올라가는 이년이 아니었던가. 그나 그뿐 이랴. 아씨가 서방님과 어쩌다 같이 자게 되면 시키지도 않으련 만 아닌 밤중에 슬며시 들어와서 끓는 고래에다 불을 처지펴서 요를 태우고 알몸을 구워 놓는 이년이었다.

그러나 이렇게 생각하면 막벌이를 한다는 그 남편놈이 더 숭 악할는지 모른다.

이년의 소견으로는 도저히 애 뱄다는 자세로 며칠씩 그대로 자빠져서 내다 주는 밥이나 먹고 누웠을 그런 배짱이 못 될 것 이다. 아씨가 화가 치밀어서 어멈을 불러들이어

"자네는 어떻게 된 사람이길래 그리 도도한가, 아프다고 누웠 고 애 뱄다고 누웠고 졸립다고 누웠고 이러니 대체 일은 누가 할 건가?"

이렇게 눈이 빠지라고 톡톡히 역정을 내었을 제

"애 밴 사람이 어떻게 일을 해요? 아이 별일두! 아씨는 홀몸으로도 일 안 하시지 않아요?"

하고 저도 마주 대고 눈을 똑바로 뜬 걸 보더라도 제 속에서 우러나온 소리는 아닐 듯싶었다. 순사가 인구조사를 나왔다가 제 성명을 물어도 벌벌 떨며 더듬거리는 이년이 아니었던가. 이렇게 생각하면 아씨는 두 연놈에게 쥐키어 그 농간에 노는 것이 고만 절통하여

"그럼 자네가 쥔아씨 대우로 받쳐 달란 말인가?"

"온 별말씀을 다 하셔요. 누가 아씨로 받쳐 달랬어요?"

어멈은 저로도 엄청나게 기가 막힌지 콧등을 한번 씽긋하다가

"애 밴 사람이 어떻게 몸을 움직이란 말씀이야요? 아씨두 원심하시지!"

"애 애 허니 뉘 눔의 앨 뱄길래 밤낮 그렇게 우좌스리 대드나?" 하고 불같이 골을 팩 내니까

"뉘 눔의 애라니요? 아씨두! 그렇게 막 말씀할 게 아니야요. 애가 커서 이 담에 데련님이 될지 서방님이 될지 사람의 일을 누가 알아요?" 하고 저도 모욕이나 당한 듯이 아씨 부럽지 않게 큰소리로 대들었다.

아씨는 이 말에 가슴뿐만 아니라 온 전신이 그만 뜨끔하였다. 터놓고 말은 없어도 년의 어투가 서방님의 앨지도 모른다는 음흉이리라. 마는 설혹 그렇다면 실지 지금쯤은 만삭이 되어 배가 태독 같아야 될 것이다. 부른 배를 보면 댓 달밖에 안 되는 쥐새끼를 가지고도 틀림없이 서방님 애인 듯이 이렇게 흉중을 떠는

것을 생각하니 곧 달겨들어 뺨 한 대를 갈기고도 싶고 그러면서
도 일변 후환이 될까 하여 가슴이 죄어지지 않을 수도 없는 노
릇이었다.

'오늘은 이년을 대뜸……'

아씨는 이렇게 맘을 다부지게 먹고 중문을 들어서는 어멈에
게 매서운 시선을 보내었다.

그러나 그렇다고 얼러 딱딱거렸다는 더욱 내보낼 가망이 없을
터이므로 결국 좋은 소리로

"여보게, 자네에게 이런 소리를 하는 것은 좀 뭣하나……" 하
고 점잖이 기침을 한번 하고는

"자네더러 나가라는 건 나부터 좀 섭섭한데 말이야. 자네가
뭐 밉다든가 해서 내쫓는 게 아닐세. 그러면 자네 대신 딴사람
을 들여야 할 게 아닌가? 그런 게 아니라 자네도 알다시피 저 마
당에 쌓인 저 세간을 보지? 인제 눈은 내릴 터이고 저걸 어떻게
주체하나? 그래 생각다 못해 행랑방으로 척척 들여 쌓려고 하니
까 미안하지만 자네더러 방을 내달라는 말일세."

"그러나 차차 추워질 텐데 갑작스리 어디로 나가요?"

행랑어멈은 짐작치 않았던 그 명령에 얼떨떨하여 질척한 두
눈이 휘둥그랬으나

"그래서 말이지, 이런 일은 번이 없는 법이지만 내가 돈 십 원
을 줄 테니 이걸로 앞다리*를 구해 나가게."

* 집을 남에게 내어 주고 새로 옮겨 갈 집.

하고 큰 지전장을 생색 있게 내줌에는

"글쎄요, 그렇지만 그렇게 곧 나갈 수는 없는걸요." 하고 주밋주밋 돈을 받아 들고는 좋아서 행랑방으로 삥 나가지 않을 수 없었다.

아씨도 이만하면 네년이 떨어졌구나 하고 비로소 안심이 되었다마는 단 오 분이 못 되어 어멈이 부리나케 들어오더니 그 돈을 내어놓으며

"다시 생각해 보니까 못 떠나겠어요. 어떻게 몸이나 풀구 한 뒤 달 지나야 움직일 게 아냐요? 이 몸으로 어떻게 이사를 해요?" 하고 또라지게 딴청을 부리는 데는 아씨는 고만 가슴이 다시 달룽하였다. 이년이 필연코 행랑방에 나갔다가 서방놈의 훈수를 듣고 들어와서 이러는 것이 분명하였다.

아씨는 더 말할 형편이 아님을 알고 돈을 받아 든 채 그대로 벙벙히 섰지 않을 수 없었다. 그러나 한참 지난 뒤에야 안방으로 들어가서 서방님에게 일일이 고해바치고

"나는 더 할 수 없소. 당신이 내쫓든지 어떡허든지 해보우!" 하고 속 썩는 한숨을 쉬니까

"오죽 뱅충맞게 해야 돈을 주고도 못 내본낸담? 쩨! 쩨! 쩨!" 하고 서방님은 도끼눈으로 혀를 채인다. 어멈을 못 내보내는 것이 마치 아씨의 말주변이 부족해 그런 듯싶어서이다. 그는 무언으로 아씨를 이윽히 노려보다가

"나가! 보기 싫여!" 하고 공연스레 역정을 벌컥 내었다. 마는 역정은 역정이로되 그나마 행랑방에 들릴까 봐 겁을 집어먹은

봄·봄

가는 소리로 큰소리의 행세를 하려니까 서방님은 자기 속만 부쩍부쩍 탈 뿐이었다.

그것도 그럴 것이 서방님은 이걸로 말미암아 사날 동안이나 밖으로 낯을 들고 나오지 못하였다. 자기를 보고 실적게* 씽긋씽긋 웃는 년도 년이려니와 자기의 앞에 나서서 멋없이 굽신굽신 하는 그 서방놈이 더 능글차고 숭악한 것이 보기조차 두려웠다.

서방님은 이불을 머리까지 들쓰고는 여러 가지 귀신을 손으로 털어 가며

"끙! 끙!" 하고 앓는 소리를 치고 하였다. 그리고 밥도 잘 안 자시고는 무턱대고 죄 없는 아씨만 들볶아 대었다.

"물이 왜 이렇게 차? 아주 얼음을 떠 오지 그래."

어떤 때에는

"방에 누가 불을 때랬어? 끓여 죽일 터이야?"

이렇게 까닭 모를 불평이 자꾸만 자꾸만 나오기 시작하였다.

아씨는 전에도 서방님이 이렇게 앓은 경험이 여러 번 있으므로 이번에는 며칠 밤을 새우고 술을 먹더니 주체가 났나 보다고 생각할 것이 도리였다. 부모가 물려준 재산을 잘 온전히 못 쓰고 저러나 싶어서 딱한 생각을 먹었으나 그래도 서방님의 몸이 축갈까 염려가 되어 풍로에 으이**를 쑤고 있노라니까

"아씨, 전 오늘 이사를 가겠어요."

하고 어멈이 앞으로 다가선다. 아씨는 어떻게 되는 속인지 몰

* 실적다 : 실없다.
** 몸보신하기 위해 먹는 음식의 일종.

라서 떨떠름한 낯으로

"어떻게 그렇게 곧 떠나게 됐나?"

"네! 앞다리도 다 정하고 해서 지금 이삿짐을 옮기려구 그래
요." 하고 어멈은 안마당에 놓였던 새끼 뭉텅이를 가지고 나간
다. 그 모양이 어떻게 신이 났는지 치마 뒤도 여밀 줄 모르고 미
친년같이 허벙거리며 나간 것이었다.

아씨는 이 꼴을 가만히 보고 하여튼 앓던 이 빠진 것처럼 시
원하긴 하나 그러나 년이 갑자기 떠난다고 서두는 그 속이 한편
이상도 스러웠다. 좀체로 해서 앉은 방석을 아니 털던 이년이 제
법 훌훌히 털고 일어설 적에는 여기에 딴속이 있지 않으면 안 될
것이다.

얼마 후 아씨는 궁금한 생각을 먹고 문간까지 나와 보니 어멈
네 두 내외는 구루마에 짐을 다 실었다. 그리고 보구니에 잔 세
간을 넣어 손에 들고는 작별까지 하고 가려는 어멈을 보고

"자네, 또 행랑살이로 가나?" 하고 물으니까

"저는 뭐 행랑살이만 밤낮 하는 줄 아세요?" 하고 그전부터
눌려 왔던 그 아씨에게 주짜를 뽑는 것이다.

"그럼 사글세루?"

"사글세는 왜 또 사글세야요? 장사하러 가는데요!" 하고 나도
인제는 너만 하단 듯이 비웃는 눈치이다가

"장사라니 밑천이 있어야 하지 않나?"

"고뿌 술집 할 테니까 한 이백 원이면 되겠지요. 더는 해 뭘 하
게요?"

　　　　　　　　　　　　　　　　　봄·봄

하고 네 보란 듯 토심스리 내뱉고는 구루마의 뒤를 따라 골목 밖으로 나간다.

아씨는 가만히 눈치를 봐하니 저년이 정녕코 돈 이백 원쯤은 수중에 가지고 희자를 빼는 모양이었다. 그렇다면 어제 저녁 자기가 뒤란에서 한참 바쁘게 약을 끓이고 있을 제 년이 안방을 친다고 들어가서 오래 있었는데 아마 그때 서방님과 수작이 되고 돈도 그때 주고받은 것이 확적하였다. 그렇지 않으면 고분고분히 떠날 리도 없거니와 그년이 생파같이 돈 이백 원이 어서 생기겠는가. 그렇게 따지고 보면 벌써부터 칠팔십 원이면 사줄 그 신식 의걸이 하나 사달라고 그리 졸랐건만도 못 들은 척하던 그가 어멈은 하상 뭐길래 이백 원씩 희떱게 내주나 싶어서 곧 분하고 원통하였다.

아씨는 새빨간 눈을 뜨고 안방으로 부르르 들어와서

"그년에게 돈 이백 원 주었수?" 하고 날카로운 소리를 내었다. 그러나 서방님은 암말 없이 드러누워서 입맛만 다시니 아씨는 더욱더 열에 뜨이어

"글쎄 이백 원이 얼마란 말이오? 그년에게 왜 주는 거요. 그런 돈 나에겐 못 주?"

이렇게 포악을 쏟아 놓다가 급기야는 눈에 눈물이 맺힌다.

그래도 서방님은 입을 꽉 다물고는 대답 대신

"끙! 끙!" 하고 신음하는 소리만 낼 뿐이다.

1936년 10월, 《조광》

슬픈 이야기*

    암만 때렸단대도 내 계집을 내가 쳤는 데야 네가, 하고 덤비면 나는 참으로 할 말 없다. 하지만 아무리 제 계집이기로 개 잡는 소리를 가끔 치게 해가지고 옆집 사람까지 불안스럽게 구는, 이것은 넉넉히 내가 꾸짖을 수 있다는 말이다. 그것도 일테면 내가 아내를 가졌다 하고 그리고 나도 저와 같이 아내와 툭추거릴 수 있다면 혹 모르겠다. 장가를 들었어도 얼마든지 좋을 수 있을 만치 나이가 그토록 지났는데도 어쩌는 수 없이 사글셋방에서 이렇게 홀로 둥글둥글 지내는 놈을 옆방에다 두고 저희끼리만 내외가 투닥닥투닥닥, 하고 또 끼익, 끼익, 하고 이러는 것은 썩 잘못된 생각이다. 요즘 같은 쓸쓸한 가을철에는 웬셈인지 자꾸

---

* 이 작품은 문장의 호흡이 길 뿐만 아니라 작품 전체가 하나의 문단으로 되어 있다.

                                      봄·봄

만 슬퍼지고, 외로워지고, 이래서 밤잠이 제대로 와주지 않는 것이 결코 나의 죄는 아니다. 자정을 넘어서 새로 두 점이나 바라보련만도 그대로 고생고생하다가 이제야 겨우 눈꺼풀이 어지간히 맞아 들어오려 하는데다 갑작스레 쿵, 하고 방이 울리는 서슬에 잠을 고만 놓치고 마는 것이다. 이것은 재론할 필요 없이 요 뒷집의 건넌방과 세들어 있는 이 내 방과를 구분하기 위하여 떡 막아 논, 벽이라기보다는 차라리 울섶으로 보아 좋을 듯싶은, 그 벽에 필연 육중한 몸이 되는대로 들이받고 나가떨어지는 소리일 것이 분명하다. 이렇게 벽을 들이받고, 떨어지고, 하는 것은 일상 맡아 놓고 그 아내가 해주므로 이번에도 그랬었음에 별로 틀리지 않을 것이다. 그러기에 들릴까 말까 한 나직한, 그러면서도 잡아먹을 듯이 앙크러뜯는 소리로 그 남편이 중얼거리다 픽, 하는 이것은 발길이 허구리로 들어온 게고, 그래 아내가 어구구, 하니까 그 바람에 옆에서 자던 세 살짜리 아들이 어아, 하고 놀라 깨는 것이 두루 불안스럽다. 허 이놈 또 했구나 싶어서 나는 약이 안 오를 수 없으니까 벌떡 일어나서 큰일을 칠 거라도 같이 제법 눈을 부라린 것만은 됐으나 그렇다고 벽 너머 저쪽을 향하여 꾸중을 한다든가 하는 것이 점잖은 나의 체면을 상하는 것쯤은 모를 리 없을 것이다. 이렇게 되면 잠자기는 영 그른 공사기로 궐련 하나를 피워 물었던 것이나 아무리 생각하여도 놈의 소행이 괘씸하여 그냥 배기기 어려우므로 캐액, 하고 요강 뚜껑을 괜스레 열었다가 깨지지 않을 만큼 아무렇게나 내리닫으며 역정을 내본단대도 저놈이 이것쯤으로 끔뻑할 놈이 아닌 것은 전에 여러 번 겪었으니 소용없다. 마땅치 않게 골피를 접고 혼자서 끙 끙거리고 앉아 있자니까 아이놈이 깬 듯싶어서 점점 더하는 것이 급기야엔 아내가 아마 옷 궤짝에나 혹은 책상 모서리에나 그런 데다 머리를 부딪는 것 같더니 얼마든지 마냥 울 수 있는 그 설움이 남의 이목에 걸리어 겨우 목젖 밑에서만 끅, 끅, 하도록 만들어 놓았다. 이놈이 사람을 잡을 작정인가, 하고 그대로 있기가 안심치가 않아서 내가 역정 난 몸을 불쑥 일으키어 가지고, 벽과 기둥이 맞붙은 쪽으로 한 지 오래된 도배지가 너털너털 쪼개지고, 그래서 어쩌다 뻥 뚫린 하잘것없는 구멍으로 내외간의 싸움을 들여다보는 것은 좀 나의 실수도 되겠지만 이놈과 나와 예의니 뭐니 하고 찾기에는 제가 벌써 다 처신은 잃어 났거니와 그건 말고라도 이렇게 남 자는 걸 깨놓았으니까 나 좀 보는데 누가 뭐랠 테냐. 너털대는 벽지를 가만히 떠들고 들여다보니까 외양이 불밤송이같이 단작맞게 생긴 놈이 전기회사의 양복을 입은 채 또는 모자도 벗는 법 없이 그대로 쪼그리고 앉아서, 저보담 엄장*도 훨씬 크고 투실투실히 번 아내의 머리를 어떻게 하다 그리도 묘하게시리 좁은 책상 밑구멍에다 틀어박았는지 궁둥이만이 위로 불끈 솟은 이걸 노리고 미리 쥐고 있었던 황밤 주먹으로 한번 콕 쥐어박고는, 이년아 네가 어쩌구 중얼거리다 또 한번 콕 쥐어박고 하는 것이다. 아내로 논지면 울려 들었다면 벌써도 꽤 많이 울어 두었겠지만 아마 시골서 조촐히 자란 계집인

* 몸의 길이나 크기. 주로 덩치가 큰 몸을 가리킬 때 쓴다.

듯싶어 여필종부의 매운 절개를 변치 않으려고 애초부터 남편 노는 대로만 맡겨 두고 다만 가끔가다 조금씩 끽, 끽, 할 뿐이었으나 한편에 올롱히 놀라 앉았는 어린 아들은 저의 아버지가 어머니를 잡는 줄 알고 때릴 때마다 소리를 빽빽 질러 우는 것이다. 그러면 놈은 송구스러운 그 악정에 다른 사람들이 깰까 봐 겁 집어먹은 눈을 이리로 돌리어 아들을 된통 쏘아보고는 이 자식 울면 죽인다. 하고 제깐에는 위협을 하는 것이나 그래도 조금 있으면 또 끼익, 하는 데는 어쩔 수 없이 입을 막고서 따귀 한 개를 먹여 놓았던 것이 그 반대로 더욱 난장판이 되니까 저도 어처구니가 없는지 멀거니 바라보며, 뒤통수를 긁는다. 놈이 워낙이 대담치가 못해서 낮 같은 때 여러 사람이 있는 앞에서는 제가 감히 아내를 치기커녕 외출에서 들어올 적마다 가장 금실이나 두터운 듯이 애기 엄마 저녁 자셨소 어쩌오 하고 낯간지러운 소리를 해두었다가, 다들 자고 만귀잠잠한 꼭 요맘때 야근에서 돌아와서는 무슨 대천지원수나 품은 듯이 울지 못하도록 미리 위협해 놓고는 은근히 치고, 차고, 이러는 이놈이다. 허기야 제 아내 제가 잡아먹는데 그야 뭐랄 게 아니겠지. 그렇지만 놈이 주먹으로 얼마고 콕콕 쥐어박아도 아내의 살 잘 찐 투실투실한 궁덩이에는 좀처럼 아플 성싶지 않으니까 이번에는 두 손가락을 집게같이 꼬부려 가지고 그 허구리를 꼬집기 시작하는 것인데 아픈 것은 참아 왔더라도 채신이 없이 요렇게 꼬집어 뜯는 데 있어서야 제아무리 춘향이기로 간지럼을 아니 타는 법이 없을 게다. 손가락이 들어올 적마다 구부려 있던 커단 몸집이 우질끈 하고 노는 바람에 머리 위에 거반 얹히다시피 된 조그만 책상마저 들먹들먹하는 걸 보면 저 괴로워도 요만조만한 괴로움이 아닐 텐데 저런 저런. 계집을 친다기로 숫제 뺨 한 번을 보기 좋게 쩔 격, 하고 치면 쳤지 나는 참으로 저럴 수는 없으리라고, 아— 나쁜 놈, 하고 남의 일 같지 않게 울화가 터지려고 하였던 것이다. 그보다도 우선 아무리 남편이란대도 이토록 되면 그 뭐 낼쯤 두고 보아 괜찮으니까 그까짓 거 실팍한 살집에다 근력 좋겠다 달롱 들고 나와서 뒷간 같은 데다 틀어박고는 되는대로 투드려 주어도 아내가 두려워서 제가 감히 찍소리 한 번 못 할 텐데 그걸 못 하고 저런 저런. 에이 분하다. 그럼 그것은 내외간의 찌든 정이 막는다 하기로니 당장 그 무서운 궁뎅이만 위로 번쩍 들 지경이면 그 통에 놈의 턱주가리가 치받쳐서 뒤로 벌렁 나가떨어지는 꼴이 그런대로 해롭지 않을 텐데 글쎄 어쩌자고, 그러나 좀 더 분을 돋워 놓으면 혹 그럴는지도 모를 듯해서 놈의 무참한 꼴을 상상하며 이제나저제나 하고 은근히 조를 부볐던 것이 이내 경만 치고 말므로 저런, 저런 하다가 부지중 주먹이 불끈 쥐어졌던 것이나 놈이 휘둥그런 눈을 들어 이쪽을 바라볼 때에 비로소 내 주먹이 벽을 올려 친 걸 알고 깜짝 놀랐다. 허물 벗겨진 주먹을 황망히 입에 들이대고 엉거주춤히 입김을 쏘이고 섰노라니까 잠 안 자고 게 서서 뭘 하오, 하고 변소에를 다녀가는 듯싶은 심술궂은 쥔 노파가 긴치 않게 바라보더니 내 방 앞으로 주춤주춤 다가와서 눈을 찌긋 하고 하는 소리가 왜 남의 계집을 자꾸 들여다보고 그류, 괜히 맘이 동하면 잠도 못 자고, 하고 거지반 비웃는 것이 아닌가. 내가 나이 찬 홀몸이고 또 저쪽이 남편에게 소박받는 계집이고 하니까 이런 경우에는 남모르게 이러구저러구 하는 것이 사차불피*의 일이라고 제멋대로 생각한 그는 요즘으로 들어서 나의 일거일동, 일테면 뒷간에서 뒤를 보고 나온다든가 하는 쓸데 적은 그런 행동에나마 유난히 주목하여 두는 버릇이 생겨서 가끔 내가 어마어마하게 눈총을 겨누는 것도 무서운 줄 모르고 나중에는 심지어 저놈이 계집을 떼던지려고 지금 저렇게 못살게 구는 거라우, 이혼만 하거든 그저 두말 말고 데꺽 꿰차면 고만 아니오, 하며 그러니 얼마나 좋으냐고 나는 별로 좋을 것이 없는 것 같은데 아주 좋다고 깔깔 웃는 것이다. 이 노파의 말을 들어 보면 저놈이 십삼 년 동안이나 전차 운전수로 있다가 올에야 겨우 감독이 된 것이라는데 그까짓 걸 바로 무슨 정승판서나 한 것같이 곤내질을 하며 동리로 돌아치는 건 그런 대로 봐준다 하더라도 갑작스레 무슨 지랄병이 났는지 여학생 장가 좀 들겠다고 아내보고 너 같은 시골뜨기하고 살면 내 낯이 깎인다, 하며 어서 친정으로 가라고 줄청같이 들볶는 모양이니 이건 짜장 괘씸하다. 제가 시골서 처음 올라와서 전차 운전수가 되어 가지고, 지금 사람이 원체 착실해서 돈도 무던히 모였다고요 통안서 소문이 자자하게 난 그 지금 팔백 원이라나 얼마나를 모으기 시작할 때 어떻게 생각하면 밤일에서 늦게 돌아오다가 속이 후줄하여 다른 동무들은 냉면을 먹고, 설렁탕을 먹고, 하

---

* 죽을지라도 피하지 않음.

는 것을 놈은 홀로 집으로 돌아와 이불 속에서 언제나 잊지 않고 꼭 대추 두 개로만 요기를 하고는 그대로 자고 자고 한 그 덕도 있거니와 엄동에 목도리, 장갑, 하나 없이 그리고 겹저고리로 떨면서 아침저녁 겨끔내기로 벤또를 부치러 다니던 그 아내의 피땀이 안 들고야 그 칠팔백 원 돈이 어디서 떨어지는가. 그런 공로를 모르고 똥개 떨 거 다 떨고 나니까 놈이 계집을 내차는 것이지만 그렇게 되면 제놈 신세는 볼일 다 볼 게라고 입을 삐쭉하다가 아무튼 이혼만 한다면야 내가 새에서 중신을 서주기라도 할 게니 어디 한번 데리고 살아 보구려, 하며 그 아내의 얼마큼이든가 남편에게 충실할 수 있는 미점을 들기에 야윈 손가락이 부질없이 폈다 접었다. 이리 수선이다. 이 산당리라는 데는 본시가 푼푼치 못한 잡동사니만이 옹기종기 몰킨 곳으로 점잖은 짓이라고는 전에 한 번도 해본 일 없이 오직 저 잘난 놈이 태반일진댄 감독 됐으니까, 여학생 장가 좀 들어 보자고 본처더러 물러서 달라는 것이 별로 이상할 게 없고, 또 한편 거리에서 말똥만 굴러도 동리로 돌아다니며 말을 드는 수다쟁이들이매 밤마다 내가 벽 틈으로 눈을 들여 정코 정신없이 서 있어서 저 남의 계집보고 조갈이 나서 저런다는 것쯤 노해서는 아니 되겠지만 그래도 조금 심한 것 같다. 이놈의 늙은이가 남 곧잘 있는 놈 바람 맞히지 않나, 싫어서 할머니나 그리로 장가가시구려, 하고 소리를 빽 질렀던 것이나 실상은 밤낮 남편에게 주리경을 치는 그 아내가 가엾은 생각이 들길래 그럴 양이면 애초에 갈라서는 것이 좋지 않을까 보냐. 마는 부부간의 정이란 그 무엔지, 짧지 않은 세월에 찔기둥찔기둥히 맺어진 정은 일조일석에 못 끊는 듯싶어 저러고 있는 것을, 요즘에는 그 동생으로 말미암아 더 매를 맞는다는 소문이었다. 한편에다 여학생 신가정을 꿈꾸는 놈에게 본처라는 것이 눈의 가시만치나 미운 데다가 한 열흘 전에는 시골 처가에서 처남이 올라와서 농사 못 짓겠으니 나 월급자리에 좀 넣어 달라고 언내 알라 세 사람을 재우기에도 옹색한 셋방에 깍지똥* 같은 커단 몸집이 널찍하게 터를 잡고는 늘큰히 묵새기고 있다면 그야 화도 조금 나겠지. 하지만 놈에게는 그게 아니라 하루에 세 그릇씩 없어지는 그 밥쌀에 필연 겁이 버럭 났을 것이다. 그렇다고 처남을 면대 놓고 밥쌀이 아까우니 너 갈 데로 가라고 내어쫓을 수는 없을 만큼 그만큼쯤은 놈도 소견이 되었던 것이다. 이것은 적실히 놈의 불행이라 안 할 수 없는 것으로 상전에서는, 아 여보게 그만 자시나, 물에 말아서 찬찬히 더 들어 봐, 하고 겉면을 꾸리다가 밤에 들어와서는 이러면 저두 생각이 있으려니, 확신하고 아내를 생트집으로 뚜드려 패자니 몇 푼어치 못 되는 근력에 허덕허덕 그만 지고 마는 것이다. 그러면 처남은 누이 맞는 것이 가엾기는 하나 그렇다고 어쩌는 수는 없는 고로 무색하여 밖으로 비슬비슬 피해 나가는 것이나, 이래도 맞고 저래도 맞는 그 아내의 처지는 실로 딱한 것으로 이대로 내가 두고 보는 것은 인륜에 벗어나는 일이라 생각하고, 그담 날 부리나케 찾아가 놈을 꾸짖었단대도 그리 어쭙잖은 일은 아닐 것이다.

* 콩깍지 등을 담아 두는 커다란 원통.

내가 대문간에 가 서서 그 집 아이에게 건넌방에 세든 키 쪼고만 감독 좀 나오래라, 해가지고 그동안 곁방에서 살았고 또 전자부터 잘났다는 성식은 익히 들었건만 내가 못나서 인사가 이렇게 늦었다고 나의 이름을 대니까 놈도 좋은 낯으로 피차없노라고 달랑달랑 쏟으며 멋없이 빙긋 웃는 양이 내 무슨 저에게 소청이라도 있어 간 것같이 생각하는 듯하여 불쾌한 마음으로 나는 뭐 전기회사에서 오란대두 안 갈 사람이라고 오해를 풀어 주고는 그 면상판을 이윽히 들여다보며, 오 네가 매밤의 대추 두 개로 돈 팔백 원을 모은 놈이냐, 하고는 그 지극한 정성에 다시금 감탄하지 않을 수가 없었다. 비록 낯짝이 쪼그라들어 코, 눈, 입이 번뜻하게 제자리에 못 뇌고는 넝마전 물건같이 시들번히 게붙고 게붙고 하였을망정 제법 총기 있어 보이는 맑은 두 눈이며 깝신깝신 굴러 나오는 쇠명된 그 음성, 아하 돈은 결국 이런 사람이 갖는 게로구나, 하고 고개를 끄덕거리다 그럼 무슨 일로 오셨습니까? 하는 바람에 그제야 나의 이 심방의 목적을 다시금 깨닫게 되었다. 하나 그대로 네 계집 치지 말라고 할 수는 없는 게니까 아 참 전기회사의 감독 되기가 무척 힘드나 보던데, 하며 그걸 어떻게 그다지도 쉽사리 네가 영예를 얻었느냐고 놈을 한참 구슬리다가, 뭐 그야 노력하면 될 수 있겠지요, 하며 흥청흥청 뻐기는 이때가 좋을 듯싶어서 그렇지만 그런 감독님의 체면으로 부인을 콕콕 쥐어박는 것은 좀 덜된 생각이니까 아예 그러지 마슈, 하니까 놈이 남의 충고는 듣는 법 없이 대번에 낯을 붉히더니 댁이 누굴 교훈하는 거요, 하고 볼멘소리를 치며 나를 얼

350   봄·봄

마간 노리다가 남의 내간사에 웬 참견이요, 하는 데는 그만 어이가 없어서 벙벙히 서 있었던 것이나 암만해도 놈에게 호령을 당한 것은 분한 듯싶어 그럼 계집을 쳐서 개 잡는 소리를 끼익끽 내게 해가지고 옆집 사람도 못 자게 하는 것이 잘했소, 하고 놈보다 좀 더 크게 질렀다. 그랬더니 놈이 삐얀히 쳐다보다가 이건 또 무슨 의민지 잠자코 한옆으로 침을 탁 뱉어 던지기가 무섭게, 이것이 필연 즈 여편네의 신이겠지, 커다란 고무신을 짤짤 끌며 안으로 들어갔으니 놈이 나를 모욕했는가 혹은 내가 무서워서 피했는가, 그걸 알 수가 없으니까 옆에서 구경하고 서 있던 아이에게 다시 한번 그 감독을 나오라고 시키어 보았던 것이나 인젠 안 나온대요, 하고 전갈만 해오는 데야 난들 어떻게 하겠는가. 망할 놈, 아주 겁쟁이로구나, 하고 입속으로 중얼거리며 좀더 행위가 방정토록 꾸짖어 주지 못한 것이 유한이 되는 그대로 별수 없이 집으로 돌아왔던 것이나 밤이 이슥하여 잠결에 두 내외의 소곤소곤하는 소리가 벽 너머로 들려 올 적에는 아하 그래도 나의 꾸중이 제법 컸구나, 싶어 맘으로 흡족했던 것이 웬일인가. 차츰차츰 어세가 돋워져서 결국에는 이년, 하는 엄포와 아울러 제격, 하고 김치항아리라도 깨지는 소리가 요란히 나는 것이 아닌가. 이놈이 또 무슨 방정이 나 이러나 싶어 성가스레 눈을 비비고 일어나서 벽 틈으로 조사해 보았더니 놈이 방바닥에다 아내를 엎어 놓고 그리고 그 허리를 깡총 타고 올라앉아서 이년아 말해, 바른대로 말해 이년아 하며 그 팔 한 짝을 뒤로 꺾어 올리는 그런 기술이었으나 어쩌면 제 다리보다도 더 굵은지 모르는 그 팔목이 호락호락히 꺾일 것도 아니거니와, 또 거기에 열을 내가지고 목침으로 뒤통수를 콕콕 쥐어박다가 그것도 힘에 부치어 결국에는 양 옆구리를 두 손으로 꼬집는다 하더라도, 그 것쯤에 뭣할 아내가 아닐 텐데 오늘은 목을 놓아 울 수 있었던 만치 남다른 벅찬 설움이 있는 모양이다. 그렇게 들을 만치 타일 렀건만 이놈이 또 초라니 방정을 떠는 것이 괘씸도 하고, 일방 뭘 대라 하고 또 울고 하는 것이 심상치 않은 일인 듯도 하고, 이 래서 괜스레 언짢은 생각을 하느라고 새로 넉 점에서야 눈을 좀 붙인 것이 한나절쯤 일어났을 때에는 얻어맞은 몸같이 휘휘 둘 리어 얼떨김에 세수를 하고 있노라니까 쩐 노파가 부리나케 다 가와서 내 귀에 입을 들이대고는 글쎄 어쩌자고 남 매를 맞히우. 무슨 매를 맞혀요, 하고 고개를 돌리니까 당신이 어제 감독보고 뭐래지 않았소. 그래 저의 아내 역성을 들 때에는 필시 무슨 관 계가 있을 게니 이년 서방질한 거 냉큼 대라고 어젯밤은 매로 밝 혔다는 것인데, 아까 아침에 그 처남이 와서 몇 번이나 당부하기 를 내가 찾아와 그런 짓을 하면 저 누님의 신세는 영영 망쳐 놓 는 것이니 앞으론 아예 그러한 일이 없도록 삼가 달라고 하였으 니 글쎄 반했으면 속으로나 반했지 제 남편보고 때리지 말라는 법이 어디 있소, 하고 매우 딱하게 눈살을 접는 것이다. 그리고 보니 그 아내를 동정한 것이 도리어 매를 맞기에 똑 알맞도록 만 들어 논 폭이라 미안도 하려니와, 한편 모든 걸 그렇게도 알알이 아내에게로만 들씌러 드는 놈의 소행에는 참으로 의분심이 안 일 수 없으니까, 수건으로 낯도 씻을 줄 모르고 두 주먹만 불끈 쥐고는 그냥 뛰어나갔다. 가로지든 세로지든 이놈과 단판 씨름을 하리라고 결심을 하고는 대문간에 가 서서 커다랗게 박감독, 하고 한 서너 번 불렀던 것이나 놈은 아니 나오고, 한 삼십여 세가량의 가슴이 떡 벌어지고 우람스러운 것이 필연 이것이 그 처남일 듯싶은 시골 친구가 나와서 뻔히 쳐다보더니 마침내 말없이도 제대로 알아차렸는지 어리눅은 어조로, 아 이거 글쎄 왜 이러십니까 하며 답답한 상을 지어 보이는 것이 아닌가. 그리고 넌지시 하는 사정의 말이, 이러시면 우리 누님의 전정은 아주 망쳐 놓으시는 겜다. 그러니 아무쪼록 생각을 고치라고, 촌뜨기의 분수로는 너무 능숙하게 널찍한 손뼉을 펴들고 안 간다고 뻗디디는 나의 어깨를 왜 이러십니까 하고 골문 밖으로 슬근슬근 밀어 내오는 것이었으나 주춤주춤 밀려 나오며 가만히 생각해보니 변변히 초면 인사도 없는 이놈에게마저 내가 어린애로 대접을 받는 것은 참 너무도 슬픈 일이었다. 나중에는 약이 바짝 올라서 어깨로 그 손을 뿌리치며 홱 돌아선 것만은 썩 잘된 것 같은데, 시꺼먼 낯바대기와 떡 번 그 엄장에 이건 나하고 맞두드릴 자리가 아님을 깨닫고는, 어째 보는 수 없이 그대로 돌아서고 마는 자신이 너무도 야속할 뿐으로 이렇게 밀려오느니 차라리 내 발로 걷는 것이 나을 듯싶어 집을 향하여 삥잉 오는 것이다. 내가 아내를 갖든지 그렇지 않으면 이놈의 신당리를 떠나든지 이러는 수밖에 별도리가 없으리라고 마음을 먹고는 내 방으로 부루루 들어와 이부자리며 옷가지를 거듬거듬 뭉치고 있는 것을 한옆에서 수상히 보고 서 있던 주인 노파가 눈을 찌긋이 그

왜 짐을 묶소, 하고 묻는 것까지도 내 맘을 제대로 몰라주는 듯
하여 오직 야속한 생각만이 들 뿐이므로 난 오늘 떠납니다 하고
투박한 한마디로 끊어 버렸다.

1936년 12월, 《여성》

봄·봄

따라지

쪽대문을 열어 놓으니 사직공원이 환히 내려다보인다.

인제는 봄도 늦었나 보다. 저 건너 돌담 안에는 사쿠라꽃이 벌겋게 벌어졌다. 가지가지 나무에는 싱싱한 싹이 돋고, 새침히 옷깃을 핥고 드는 요놈이 꽃샘이겠지. 까치들은 새끼 칠 집을 장만하느라고 가지를 입에 물고 날아들고—

이런 제길헐, 우리 집은 언제나 수리를 하는 겐가. 해마다 고친다, 고친다, 벼르기는 연실 벼르면서. 그렇다고 사직골 꼭대기에 올라붙은 깨웃한* 초가집이라서 싫은 것도 아니다. 납작한 처마 밑에 비록 묵은 이엉이 무더기 무더기 흘러내리건 말건, 대문짝 한 짝이 삐뚜로 박히건 말건, 장독 뒤의 판장이 아주 벌컥

---

* 깨웃하다 : 한쪽으로 매우 귀엽게 조금 기울어져 있다.

나자빠져도 좋다. 참말이지 그놈의 부엌 옆의 뒷간만 좀 고쳤으면 원이 없겠다. 밑둥의 벽이 확 나가서 어떤 게 부엌이고 뒷간인지 분간을 모르니 게다 여름이 되면 부엌 바닥으로 구더기가 슬슬 기어들질 않나. 이걸 보면 고대 먹었던 밥풀이 그만 곤두서고 만다. 에이 추해. 망할 녀석의 영감쟁이 그것 좀 고쳐 달라고 그렇게 성화를 해도—

쪽대문이 도로 닫겨지며 소리를 요란히 낸다. 아침 설거지에 젖은 손을 치마로 닦으며 주인마누라는 오만상이 찌푸려진다.

그러나 실상은 사글세를 못 받아서 약이 오른 것이다. 영감더러 받아 달라면 마누라에게 밀고 마누라가 받자니 고분히 내질 않는다.

여태껏 미뤄 왔지만 느들 오늘은 안 될라, 마음을 아주 다부지게 먹고 건넌방 문을 홱 열어젖힌다.

"여보! 어떻게 됐소?"

"아 이거 참 미안합니다. 오늘두—"

텁수룩한 칼라 머리를 이렇게 긁으며 역시 우물쭈물이다.

"오늘두라니 그럼 어떡할 작정이오?" 하고 눈을 한번 크게 떠보였다마는 이 위인은 암만 얼러도 노할 주변도 못 된다.

나이가 새파랗게 젊은 녀석이 왜 이리 할 일이 없는지 밤낮 방구석에 팔짱을 지르고 멍하니 앉아서는 얼이 빠졌다. 그렇지 않으면 이불을 뒤쓰고는 줄창같이 낮잠이 아닌가. 햇빛을 못 봐서 얼굴이 누렇게 찌들었다. 경무과 제복공장의 직공으로 다니는 즈 누이의 월급으로 둘이 먹고 지낸다. 누이가 과부길래 망정

봄·봄

이지 서방이라도 해가면 이건 어떡하려고 이러는지 모른다. 제
신세 딱한 줄은 모르고 맨날

"돈은 우리 누님이 쓰는데요— 누님 나오거든 말씀하십시오."

"당신 누님은 밤낮 사날만 참아 달라는 게 아니요, 사날 사날
허니 그래 언제나 돼야 사날이란 말이오?"

"미안스럽습니다. 그러나 이번엔 사날 후에 꼭 드리겠습니다.
이왕 참아 주시던 길이니—"

"글쎄 언제가 사날이란 말이오?" 하고 주름 잡힌 이맛살에 화
가 다시 치밀지 않을 수가 없다. 이놈의 사날이란 석 달인지 삼
년인지 영문을 모른다. 그러나 저쪽도 쾌쾌히 들이덤벼야 말하
기가 좋을 텐데, 올가망으로 한풀 꺾이어 들옴에는 더 지껄일 맛
도 없는 것이다.

"돈두 다 싫소. 오늘은 방을 내주."

그는 말 한마디 또렷이 남기고 방문을 탁 닫아 버렸다. 그리고
서너 발 뚜덜거리며 물러서자 다시 가서 문을 열어 잡고

"오늘 우리 조카가 이리 온다니까 어차피 방은 있어야 하겠소."

장독 옆으로 빠진 수채를 건너서면, 바로 아랫방이다. 본시는
광이었으나 셋방 놓으려고 싱둥겅둥 방을 들인 것이다. 흙칠한
것도 위채보다는 아직 성하고 신문지로 처덕이었을망정 제법 벽
도 번뜻하다.

비바람이 들이치어 누렇게 들뜬 미닫이였다. 살며시 열고 노
려보니 망할 노랑퉁이*가 여전히 이불을 쓰고 끙, 끙, 누웠다. 노
란 낯짝이 광대뼈가 툭 불거진 게 어제만도 더 못한 것 같다. 어

쩌자고 저걸 들였는지 제 생각을 해도 소갈찌는 없었다. 돈도 좋 거니와 팔자에 없는 송장을 칠까 봐 애간장이 다 졸아든다. 하 기야 처음 올 때에 저 병색을 모른 것도 아니고

"영감님! 무슨 병환이슈?" 하고 겁을 먹으니까

"감기가 좀 들렸다니 이러우."

이런 굴치 같은 영감쟁이가 또 있으랴. 그리고 그날부터 뒷간 에다 피똥을 내갈리며 이 앓는 소리로 쩔쩔매는 것이다. 보기에 추하기도 할뿐더러 그 신음 소리를 들을 적마다 사지가 으스러 지는 것 같다.

그러나 더 얄미운 것은 이걸 데리고 온 그 딸이었다. 뻐쓰껄**
다니니까 아마 거짓말이 심한 모양이다. 부족증이라고 한마디만 했으면 속이나 시원할 걸 여태도 감기가 쇄서 그렇다고 빠득빠득 우긴다. 방을 안 줄까 봐 속인 그 행실을 생각하면 곧 눈에 불이 올라서

"영감님! 오늘은 방셀 주셔야지요?"

"시방 내 몸이 아파 죽겠소."

영감님은 괜한 소리를 한단 듯이 썩 귀찮게 벽 쪽으로 돌아눕 는다. 그리고 어그머니 끙, 움츠러드는 소리를 친다.

"아니 영 방세는 안 내실 테요?" 하고 소리를 빽 지르지 않을 래야 않을 수 없다.

"내 시방 죽는 몸이오, 가만있수."

---

* 노랑퉁이. 영양 부족, 병 따위로 얼굴빛이 노랗고 부석부석한 사람을 낮잡아 이르는 말.
** 버스 걸(Bus Girl).

봄 · 봄

"글쎄 죽는 건 죽는 거고 방세는 방세가 아니오. 영감님 죽기로서니 어째 내 방세를 못 받는단 말이오!"

"내가 죽는데 어째 또 방세는 낸단 말이오?"

영감님은 고개를 돌리어 눈을 부릅뜨고 마나님 부럽지 않게 호령이었다. 죽을 때가 가까워 오니까 악이 받칠 대로 송두리 받친 모양이다.

"정 그렇거든 내 딸 오거든 받아 가구려."

"이건 누구에게 찌다운가 원, 별일두 다 많어이." 하고 홀로 입속으로 중얼거리며 물러가는 것도 상책일는지 모른다. 괜스레 병든 것과 겯고틀고 이러단 결국 이쪽이 한 굽 죄인다. 그보다는 딸이나 오거든 톡톡히 따져서 내쫓는 것이 일이 쉬우리라.

그 옆으로 좀 사이를 두고 나란히 붙은 미닫이가 또 하나 있다. 열고자 문설주에 손을 대다가 잠깐 멈칫하였다. 툇마루 위에 무람없이 올려놓인 이 구두는 분명히 아키코의 구두일 게다. 문 열어 볼 용기를 잃고 그는 부엌 쪽으로 돌아가며 쓴 입맛을 다시었다.

카펜가 뭔가 다니는 계집애들은 죄다 그렇게 망골*들인지 모른다. 영애하고 아키코는 아무리 잘 봐도 씨알이 사람 될 것 같지 않다. 아래위턱도 몰라보는 애들이 난봉질에 향수만 찾고 그래도 영애란 계집애는 비록 심술은 내고 내댈망정 뭘 물으면 대답이나 한다. 요 아키코는 방세를 내래도 입을 꼭 다물고는 안차

---

* 亡骨. 언행이 매우 난폭하거나 주책없는 사람을 낮잡아 이르는 말.

게도 대꾸 한마디 없다. 여러 번 듣기 싫게 조르면 그제는 이쪽이 낼 성을 제가 내가지고

"누가 있구두 안 내요? 좀 편히 계셔요. 어련히 낼라구, 그런 극성 첨 보겠네."

이렇게 쥐어박는 소리를 하는 것이 아닌가. 좀 편히 계시라는 이 말에는 하 어이가 없어서도 고만 찔끔 못 한다.

"망할 년! 언제 병이 들었었나?"

쓸 방을 못 쓰고 사글세를 논 것은 돈이 아쉬웠던 까닭이었다. 두 영감 마누라가 산다고 호젓해서 동무로 모은 것도 아니다. 그런데 팔자가 사나운지 모두 우거지상, 노랑퉁이, 말괄량이, 이런 몹쓸 것들뿐이다. 이 망할 것들이 방세를 내는 셈도 아니요, 그렇다고 아주 안 내는 것도 아니다. 한 달 치를 비록 석 달에 별러 내는 한이 있더라도 역 내는 건 내는 거였다. 즈들끼리 짜기나 한 듯이 팔십 전 칠십 전 일 원, 요렇게 짤금짤금거리고 만다.

오늘은 크게 얼를 줄 알았더니 하고 보니까 역시 어저께나 다름이 없다. 방의 세간을 마루로 내놔 가며 세를 들인 보람이 무엇인지. 그는 마루 끝에 걸터앉아서 화풀이로 담배 한 대를 피워 문다.

그러나 아무리 생각해도 내 방 빌리고 내가 말 못 하는 것은 병신스러운 짓임에 틀림이 없다. 담뱃대를 마루에 내던지고 약을 좀 올려 가지고 다시 아래채로 내려간다. 기세 좋게 방문이 홱 열리었다.

"아키코! 이봐! 자?"

아키코는 네 활개를 꼬 벌리고 아키코답게 무사태평히 코를 골아 울린다. 젖퉁이를 풀어 헤친 채 부끄럼 없고, 두 다리는 이불 싼 위로 번쩍 들어 올렸다. 담배 연기 가득 찬 방 안에는 분내가 획 끼치고—

"이봐! 아키코! 자?"

이번에는 대문 밖에서도 잘 들릴 만큼 목청을 돋웠다. 그러나 생시에도 대답 없는 아키코가 꿈속에서 대답할 리 없음을 알았다. 그저 겨우 입속으로

"망할 계집애두, 가랑머릴 쩍 벌리고 저게 원— 쩨쩨."

미닫이가 딱 닫겨지는 서슬에 문틀 위의 안약 병이 떨어진다.

그제야 아키코는 조심히 눈을 떠보고 일어나 앉았다. 망할 년, 저보고 누가 보랬나, 하고 한옆에 놓인 손거울을 집어 든다. 어젯밤 잠을 설친 바람에 얼굴이 부석부석하였다. 궐련에 불이 붙는다.

그는 천장을 향하여 연기를 내뿜으며 가만히 바라본다. 뾰족한 입에서 연기는 고리가 되어 한 둘레 두 둘레 새어 나온다. 고놈을 하나씩 손가락으로 꼭 찔러서 터치고 터치고.

아까부터 영애를 기다렸으나 오정이 가까워도 오질 않는다. 단성사엘 갔는지 창경원엘 갔는지, 그래도 저 혼자는 안 갈걸. 이런 때이면 방 좁은 것이 새삼스레 불편하였다. 햇빛이 안 들고 늘 습한 건 말고, 조금만 더 넓었으면 좋겠다. 영애나 아키코나 둘 중의 누가 밤의 손님이 있으면 하나는 나가 잘 수밖에 없다.

둘이 자도 어깨가 맞부딪는데, 그런데, 셋이 자기에는 너무 창피하였다. 나가서 자면 숙박료는 오십 전씩 받기로 하였으니까 못 잘 것도 아니다마는 그담 날 밝은 낮에 여기까지 허덕허덕 찾아오는 것이 어째 좀 어색한 일이었다.

어제도 카페서 나오다가 골목에서 영애를 꾹 찌르고

"얘! 너 오늘 어디서 자구 오너라." 하고 귓속말을 하니까

"또? 얘 너는 좋구나!"

"좋긴 뭐가 좋아? 애두!"

아키코는 좀 수줍은 생각이 들어 쭈뼛쭈뼛 그 손에 돈 팔십 전을 쥐어 주었다. 여느 때 같으면 오십 전이지만 그만치 미안하였다마는 영애는 지루퉁한* 낯으로 돈을 받아 넣으며 또 하는 소리가

"얘! 이젠 종로 근처로 우리 큰 방을 얻어 오자."

"그래 가만있어― 잘 가거라, 그리고 내일 일찍 와!"

남 인사하는 데는 대답 없고

"나만 밤낮 나와 자는구나!"

이것은 필시 아키코에게 엇먹는 조롱이겠지. 망할 애두 저더러 누가 뚱뚱하고 못생기게 낳랬나, 그렇게 삐지게 하지만 영애가 설마 아키코에게 삐지거나 엇먹지는 않았으리라.

아키코는 베개로 허리를 펴며 팔뚝시계를 다시 본다. 오정하고 십오 분 또 삼 분. 영애가 올 때가 되었는데, 망할 거 누가 채

---

* 지루퉁하다 : 찌무룩하다. 마음이 시무룩하여 유쾌하지 아니하다.

봄·봄

갔나. 기지개를 한번 늘이고 드러누우며 미닫이께로 고개를 가져간다. 문 아랫도리에 손가락 하나 드나들 만한 구멍이 뚫리었다. 주인마누라가 그제야 좀 화가 식었는지 안방으로 휘젓고 들어가는 치마꼬리가 보인다. 그리고 마루 뒤주 위에는 언제 꺾어다 꽂았는지 정종 병에 엉성히 뻗은 꽃가지. 붉게 핀 것은 복숭아꽃일 게고, 노랗게 척척 늘어진 저건 개나리다. 건넌방 문은 여전히 꼭 닫혔고, 뒷간에 가는 기색도 없다. 저 속에는 지금 제가 별명 지은 톨스토이가 책상 앞에 웅크리고 앉아서 눈을 감고 앉았으리라. 올라가서 이야기 좀 하고 싶어도 구렁이 같은 주인마누라가 지키고 앉아서 감히 나오지를 못한다.

이것은 아키코가 안채의 기맥을 정탐하는 썩 필요한 구멍이었다. 뿐만 아니라 저녁나절에는 재미스러운 연극을 보는 한 요지경도 된다. 어느 때에는 영애와 같이 나란히 누워서 베개를 베고 하나 한 구멍씩 맡아 가지고 구경을 한다. 왜냐면 다섯 점 반쯤 되면 완전히 히스테리인 톨스토이의 누님이 공장에서 나오는 까닭이었다.

그 누님은 성질이 어찌 괄괄한지 대문간에서부터 들어오는 기색이 난다. 입을 다물고 눈살을 접은 그 얼굴을 보면 일상 마땅치 않은, 그리고 세상의 낙을 모르는 사람 같다. 어깨는 축 늘어지고 풀 없어 보이면서 게다 걸음만 빠르다. 들어오면 우선 건넌방 툇마루에다 빈 벤또를 쟁그렁, 하고 내다붙인다. 이것은 아우에게 시위도 되거니와 이래야 또 직성도 풀린다.

그리고 그는 눈을 휘둥그렇게 뜨고 사면의 불평을 찾기 시작한다마는 아우는 마당도 쓸어 놓고, 부뚜막의 그릇도 치우고, 물독의 뚜껑도 잘 덮어 놓았다. 신발장이라도 잘못 놓여야 트집을 걸 텐데 아주 말쑥하니까 물바가지를 땅으로 동댕이친다. 이렇게 불평을 찾다가 불평이 없어도 또한 불평이었다.

"마당을 쓸면 잘 쓸든지, 그릇에다 흙칠을 온통 해놨으니 이게 다 뭐냐?"

끝이 꼬부라진 그 책망, 아우는 빈속에서 끽소리 없다.

"밥을 얻어먹으면 밥값을 해야지, 늘 부처님같이 방구석에 꽉 앉았기만 하면 고만이냐?"

이것이 하루 몇 번씩 귀 아프게 듣는 인사이었다. 눈을 흡뜨고 서서, 문 닫힌 건넌방을 향하여 퍼붓는 포악이었다. 그런 때이면 야윈 목에 굵은 핏대가 불끈 솟고, 구부정한 허리로 게거품까지 흐른다. 그러나 이건 보통 때의 말이다. 어쩌다 공장에서 뒤를 늦게 본다고 감독에게 쥐어박히거나 혹은 재봉 침에 엄지손톱을 박아서 반쯤 죽어 오는 적도 있다. 그러면 가뜩이나 급한 그 행동이 더 불이야 불이야 한다. 손에 잡히는 대로 그릇을 내던져 깨치며

"왜 내가 이 고생을 해가며 널 먹이니, 응 이놈아?"

헐없이 미친 사람이 된다. 아우는 그래도 귀가 먹은 듯이 잠자코 앉았다. 누님은 혼자 서서 제 몸을 들볶다가 나중에는 울음이 탁 터진다. 공장살이에 받는 설움을 모두 아우의 탓으로 돌린다. 그러면 하릴없이 아우는 마당에 내려와서 누님의 어깨를 두 손으로 붙잡고

봄·봄

"누님, 다 내가 잘못했수, 그만두." 하고 달래지 않을 수 없다.

"네가 이놈아! 내 살을 뜯어먹는 거야."

"그래 알았수, 내가 다 잘못했으니 그만둡시다."

"듣기 싫여, 물러나." 하고 벌떡 떠다밀면 땅에 펄썩 주저앉는 아우다. 열적은 듯, 죄송한 듯, 얼굴이 벌게서 털고 일어나는 그 아우를 보면 우습고도 일변 가여웠다.

그러나 더 우스운 것은 마루에서 저녁을 먹을 때의 광경이다. 누님이 밥을 퍼가지고 올라와서는 암말 없이 아우 앞으로 한 그릇을 쭉 밀어 놓는다. 그리고 자기는 자기대로 외면하여 푹푹 퍼먹고 일어선다. 물론 반찬도 각각 먹는 것이다. 아우는 군말 없이 두 다리를 세우고 눈을 내리깔고는 그 밥을 떠먹는다. 방에 앉아서, 주인마누라는 업신여기는 눈으로 은근히 흘겨 준다.

영애는 톨스토이가 너무 병신스러운 데 골을 낸다. 암만 얻어먹더라도 씩씩하게 대들질 못하고 저런, 저런. 그러나 아키코는 바보가 아니라, 사람이 너무 착해서 그렇다고 우긴다.

하긴 그렇다고 누님이 자기 밥을 얻어먹는 아우가 미워서 그런 것도 아니다. 나뭇잎이 둥금둥금* 날리던 작년 가을이었다. 매일같이 하 들볶으니까 온다간다 말 없이 하루는 아우가 없어졌다. 이틀이 되어도 없고 사흘이 되어도 없고, 일주일이 썩 지나도 영 들어오지를 않는다.

누님은 아우를 찾으러 다니기에 눈이 뒤집혔다. 그렇게 착실

---

* 듬성듬성. 매우 드물고 성긴 모양.

히 다니던 공장에도 며칠씩 빠지고, 혹은 밥도 굶었다. 나중에는 아우가 한을 품고 죽었나 보다고 집에 들어오면 마루에 주저앉아서 통곡이었다. 심지어 아키코의 손목을 다 붙잡고

"여보! 내 아우 좀 찾아 주, 미치겠수."

"그렇지만 제가 어딜 간 줄 알아야지요."

"아니 그런 데 놀러 가거든 좀 붙들어 주, 부모 없이 불쌍히 자란 그놈이—"

말끝도 다 못 마치고 이렇게 울던 누님이 아니었던가. 아흐레 만에야 아우를 남대문 밖 동무 집에서 찾아왔다. 누님은 기뻐서 또 울었다. 그리고 그다음 날부터 다시 들볶기 시작하였다.

이 속은 참으로 알 수 없고, 여북해야 아키코는 대문 소리만 좀 다르면

"얘 영애야! 변덕쟁이 온다. 어서 이리 와." 하고 잇속 없이 신이 오른다.

아키코는 남모르게 톨스토이를 맘에 두었다. 꿈을 꾸어도 늘 올가망으로 톨스토이가 나타나곤 한다. 꼭 발렌티노같이 두 팔을 떡 벌리고 하는 소리가, 오! 저는 당신을 사랑합니다. 이 가슴에 안겨 주소서. 그러나 생시에는 이놈의 톨스토이가 아키코의 애타는 속도 모르고 본 둥 만 둥이 아닌가. 손님에게 꼭 답장할 필요가 있어서

"선생님! 저 연애편지 하나만 써주셔요."

아키코가 톨스토이를 찾아가면

"저 그런 거 못 씁니다."

"소설 쓰는 이가 그래 연애편지를 못 써요?" 하고 어안이 벙벙해서 한참 쳐다본다. 책상 앞에서 늘 쓰고 있는 것이 소설이란 말은 여러 번이나 들었다. 그래 존경해서 선생님이라고 부르고 뒤에서는 톨스토이로 바치는데 그래 연애편지 하나 못 쓴다니 이게 말이 되느냐. 하도 기가 막혀서

"선생님! 연애 해보셨어요?" 하면, 무안당한 계집애처럼 그만 얼굴이 벌게진다.

"전 그런 거 모릅니다."

아키코는 톨스토이가 저한테 흥미를 안 갖는 걸 알고 좀 샐쭉하였다. 카페서 구는 여급이라고 넘보는 맥인지 조선말로 부르면 흉해서 아키코로 행세는 하지만 영영 아키콘 줄 아나 보다. 어쩌면 톨스토이가 흉측스럽게 아랫방 뻐쓰걸과 눈이 맞았는지도 모른다. 왜냐하면 뻐쓰걸이 나갈 때 그때쯤 해서 톨스토이가 세수를 하러 나오고 하는 것을 보았다. 그리고 옥생각인지 몰라도 뻐쓰걸도 요즘엔 버쩍 모양을 내기에 몸이 달았다. 며칠 전에 뻐쓰걸이 거울과 가위를 손에 들고 아키코의 방엘 찾아왔다.

"언니, 나 이 머리 좀 잘라 주."

"건 왜 자를려구 그래? 그냥 두지."

"날마다 머리 빗기가 구찮아서 그래." 하고 좀 거북한 표정을 하더니

"난 언니 머리가 좋아, 뭉툭한 게!" 웃음으로 겨우 버무린다.

하 조르므로 아키코도 그 좋은 머리를 아니 자를 수 없다. 가위에 힘을 주어 그 중턱을 툭 끊었다. 뻐쓰걸은 손으로 만져 보

더니 재겹게 기쁜 모양이다. 확 돌아앉아서 납죽한 주둥이로 해해 웃으며

"언니 머리같이 더 좀 들여 잘라 주어요."

"더 자르믄 못써. 이만하면 좋지 않어?"

대고 졸랐으나 아키코는 머리를 버려 놀까 봐 더 응칠 않았다. 여기에 성이 바르르 나서 뻐쓰걸은 제 방으로 가서는 제 손으로 더 몽총히 잘라 버렸다. 그 뜯어 논 머리에다 분을 하얗게 바르고는 아주 좋다고 나다니는 계집애다. 양말 뒤축에 빵꾸가 좀 나도 제 방 들어갈 제 뒤로 기어든다.

아침에 나갈 제 보면 뻐쓰걸은 커단 책보를 옆에 끼고 아주 버젓하다. 처음에 아키코가 고등과에 다니는 학생인가, 한 것도 무리는 아니었다. 왜냐면 그 책보가 고등과에 다니는 책보같이 그렇게 탐스럽고 허울이 좋았다. 그러나 차차 알고 보니 보지도 않는 헌 잡지를 그렇게 포개고, 그사이에 벤또를 꼭 물려서 싼 책보이었다. 벤또 하나만 싸면 공장의 계집애나 뻐쓰걸로 알까 봐서 그 무거운 잡지책을 힘드는 줄도 모르고 들고 왔다갔다하는 것이 아니냐. 그래 놓고는 저녁에 돌아올 때면 웬 도둑놈 같은 무서운 중학생놈이 쫓아오고 한다고 늘 성화다.

"그놈 대리를 꺾어 놓지."

이렇게 딸의 비위를 맞추어 병든 아버지는 이불 속에서 큰소리다. 그리고 아침마다 딸 맘에 썩 들도록 그 책보를 싸는 것도 역시 그의 일이었다. 정성스레 귀를 내어 문밖으로 두 손을 내받치며

봄·봄

"애! 일찌가니 돌아오너라, 감기 들라."

이런 걸 보면 영애는 또 마음에 마뜩치 않았다. 딸에게 구리 칙칙이 구는 아버지는 보기가 개만도 못하다 했다. 그래 아키코와 쓸데 적게 주고받고 다툰 일까지 있다.

"그럼 딸의 거 얻어먹구 그렇지도 않어?"

"그러니 더 든적스럽지 뭐냐?"

"든적스럽긴 얻어먹는 게 든적스러, 몸에 병은 있구 그럼 어떡하니? 애두! 너무 빠장빠장* 웃기는구나!"

아키코는 샐쭉이 토라지다 고개를 다시 돌리어 웅크려 뜯는 소리로

"너 느 아버지가 팔아먹었다지, 그래 네 맘에 좋으냐?"

"애두! 절더러 누가 그런 소리 하라나?" 하고 영애는 더 덤비지 못하고 그제는 눈으로 치마를 걷어 올린다. 이렇게까지 영애는 그 병쟁이가 몹시도 싫었다. 누렇게 말라붙은 그 얼굴을 보고 김마까**라는 병명을 지을 만치 그렇게 밉살스럽다. 왜냐면 어느 날 김마까가 영애를 방해하였다.

그날은 어쩐 일인지 김마까가 초저녁부터 딸과 싸운 모양이었다. 새로 두 점쯤 해서 영애가 들어오니까 둘이 소곤소곤하고 싸우는 맥이다. 가뜩이나 엄살을 부리는 데다 더 흉측을 떨며

"어이쿠! 어이쿠! 하나님 맙시사!"

그렇지 않으면

---

* 빠득빠득. 악지를 부려 자꾸 우기거나 조르는 모양.
** '노란 참외'를 뜻하는 일본말.

"하나님 날 잡아가지 왜 이리 남겨 두슈!"

아래위칸을 흙벽으로 막았으면 좋을 걸 얇은 빈지를 들이고 종이로 발랐다. 위칸에서 부시럭 소리만 나도 아래칸까지 고대로 흘러든다. 그 벽에다 머리를 쾅쾅 부딪치며

"어이구 이놈의 팔자두!"

제깐에는 딸 앞에서 죽는다고 결기를 이는 꼴이다. 그러면 딸은 표독스러운 음성으로

"누가 아버지보고 돌아가시랬어요? 괜히 남의 비위를 긁어 놓구 그러시네!"

"늙은이보구 담밸 끊으라는 게 죽으라는 게지 뭐야."

"그게 죽으라는 거야요? 남 들으면 정말로 알겠네—"

딸이 좀 더 볼멘소리로 쏘아박으니, 또다시

"어이구! 이놈의 팔자두!"

벽에 머리를 부딪치며 어린애같이 깩깩 울고 앉았다. 질긴 귀로도 못 들을 징그러운 그 울음소리—

가물에 빗방울같이 모처럼 끌고 왔던 영애의 손님이 이마를 접는다. 그리고 아무 말 없이 취한 걸음으로 비틀비틀 쪽마루로 내걷는다. 되는대로 구두짝이 끌린다.

"왜 가셔요?"

"요담 또 오지."

"여보세요! 이 밤중에 어딜 간다구 그러셔요?" 하고 대문간서 그 양복을 잡아챈다. 마는 허황한 손이 올라와 툭툭 털어 버리고

"요담 또 오지."

그리고 천변을 끼고 비틀거리는 술 취한 걸음이다. 영애는 눈에 독이 잔뜩 올라서 한 전등이 둘 셋씩 보인다. 빈방 안에 홀로 누워서 입속으로 김마까를 악담을 하며 눈물이 핑 돈다.

벌써 한 점 사십오 분. 영애는 디툭디툭 들어오며 살집 좋은 얼굴이 싱글벙글이다. 손에는 통통한 과자봉지. 미닫이를 여니 윗목 구석에 쓸어박은 헌 양말짝, 때 전 속옷, 보기에 어수선 산란하다.

"벌써 오니? 좀 더 있지."

"애두! 목욕허구 온단다."

"목욕은 혼자 가니?" 하고 좀 삐지려 한다.

"그래 너 주려구 과자 사왔어요—"

"그럼 그렇지 우리 영애가!"

요강에서 손을 뽑으며 긴히 달려든다. 아키코는 오줌을 눌 적마다 요강에 받아서는 이 손을 담그고 한참 있고 저 손을 담그고. 그러나 석 달이나 넘어 그랬건만 손결이 별로 고와진 것 같지 않다. 그 손을 수건에 닦고 나서

"모두 나마카시*만 사왔구나."

우선 하나를 덥석 물어 뗀다.

"그 손으로 그냥 먹니? 애! 난 싫단다!"

"메 드러워? 저도 오줌을 누면서 그래."

---

* '생과자'의 일본말. 물기가 조금 있도록 무르게 만든 과자.

"그래두 먹는 것허구 같으냐?" 하지만 영애는 아키코보다 마음이 훨씬 눅었다. 더 화내지 않고 그런 양으로 앉아서 같이 집어 먹는다. 그의 마음에는 아키코의 생활이 몹시 부러웠다. 여러 손님의 사랑에 고이며 예쁜 얼굴을 자랑하는 아키코. 영애 자신도 꼭 껴안아 주고 싶은, 아담스러운 그런 얼굴이다.

"그인 은제 갔니?"

"새벽녘에 내뺐단다. 아주 숫배기야."

"넌 참 좋겠다. 나두 연애 좀 해봤으면!"

"허려무나. 누가 허지 말라니?"

"아니 너 같은 연앤 싫여, 정신으로만 허는 연애 말이지." 하고 어딘가 좀 뒤둥그러진 소리.

"오! 보구만 속 태우는 연애 말이지?" 하긴 했으나 아키코는 어쩐지 영애에게 너무 심하게 한 듯싶었다. 가뜩이나 제 몸 못난 것을 은근히 슬퍼하는 애를—

"애! 별소리 말아요, 연애두 몇 번 해보면 다 시들해지는 걸 모르니? 난 일상 맘 편히 혼자 지내는 네가 부럽더라!" 하고 슬그머니 한번 문질러 주면

"메가 부러워? 애두! 괜히 저러지."

영애는 이렇게 부인은 하면서도 벙싯하고 짜장 우월감을 느껴 보려 한다. 영애도 한때에는 주체궂은 살을 말리고자 아편도 먹어 봤다. 남의 말대로 듬뿍 먹었다가 꼬박이 이틀 동안을 일어나지도 못하고 고생하던 생각을 하면 시방도 등어리가 선뜻하

봄·봄

다. 그러나 영애에게도 어쩌다 염서*가 오는 것은 참 신통한 일이라 안 할 수 없다.

"또 뭐 뒤져 갔니?" 하고 영애는 의심이 나서 제 경대 서랍을 뒤져 본다. 과연 며칠 전 어떤 전문학교 학생에게서 받은, 끔찍이 귀한 연애편지가 또 없어졌다. 사내들은 어째서 남의 계집애 세간을 뒤져 가기 좋아하는지, 그 심사는 참으로 알 수 없고

"또 집어 갔구나. 이럼 난 모른단다!"

영애는 고만 울상이 된다.

"뭐?"

"편지 말이야!"

"무슨 편지를?"

"왜 요전에 받은 그 연애편지 말이야"

"저런! 그 망할 자식이 그건 뭣 하러 집어 가. 난 통히 보덜 못했는데, 수줍은 척하더니 아주 숭악한 자식이로군!"

아키코는 가는 눈썹을 더욱이 잰다. 그리고 무색한 듯 영애의 눈치만 한참 바라보더니

"내 톨스토이보고 하나 써달라마. 그럼 이담 연애편지 쓸 때 그거 보구 쓰면 고만 아냐" 하고 곱게 달랜다. 그러나 과연 톨스토이가 하나 써줄는지 그것도 의문이다. 영애가 벌써 전부터 여기를 떠나자고 졸라도 좀 좀 하고 망설이고 있는 아키코! 그런 성의를 모르고 톨스토이는 아키코를 보아도 늘 한 양으로 대단

---

* '艶書. 남녀 간에 애정을 담아 써서 보내는 편지.

치 않게 지나간다.

그렇다고 한때는 뻐쓰걸에게 맘을 두었나, 하고 의심을 해봤으나, 실상은 그런 것도 아닐 것이다. 낮에 사직동 공원으로 올라가면 아키코는 가끔 톨스토이를 만난다. 굵은 소나무 줄기에 등을 비겨 대고 먼 하늘만 정신없이 바라보고 섰는 톨스토이다. 아키코가 그 앞을 지나가도 못 본 척하고 들떠보도 않는다. 약이 올라서 속으로 망할 자식, 하고 욕도 하여 본다. 그러나 나중 알고 보면 못 본 척이 아니라, 사실 눈 뜨고 못 보는 것이다. 그렇게 등신같이 한눈을 팔고 섰는 톨스토이다. 이걸 보면 아키코는 여자고보를 중도에 퇴학하던 저의 과거를 연상하고 가엾은 생각이 든다. 누님에게 얻어먹고 저러고 있는 것이 오죽 고생이랴. 그리고 학교 때 수신* 선생이 이야기하던 착하고 바보 같다던 그 톨스토이가 과연 저런 건지, 하고 객쩍은 조바심도 든다.

아키코는 기침을 캑 하고 그 앞으로 다가선다. 눈을 깜박깜박하며

"선생님! 뭘 그렇게 생각하셔요?" 하고 불쌍한 낯을 하면

"아니오—" 하고 어색한 듯이 어물어물하고 만다.

"그렇게 섰지 마시고 좀 운동을 해보셔요."

하도 딱하여 아키코는 이렇게 권고도 하여 본다.

"오늘은 방을 좀 치워야 하겠소. 여기 내 조카도 지금 오고 했으니까—"

---

* 현재의 '도덕'에 해당되는 일제강점기 교과목.

봄·봄

주인마누라는 약이 바짝 올라서 매섭게 쏘아본다. 방에서만 꾸물꾸물 방패막이를 하고 있는 톨스토이가 여간 밉지 않다.

"아, 여보! 방의 세간을 좀 치워 줘요. 그래야 오는 사람이 들어가질 않소?"

"사날만 더 참아 줍쇼. 이번엔 꼭 내겠습니다."

"아니 뭐 사글세를 안 낸대서 그런 게 아니오. 내가 오늘부터 잘 데가 없고 이 방을 꼭 써야 하겠기에 그래서 방을 내달라는 것이지—"

양복바지를 거반 엉덩이에 걸친 버드렁니가 이렇게 허리를 쓱 편다. 주인마누라가 툭하면 불러온다던 저 조카라는 놈이 필연 이걸 게다. 혼자 독학으로 부청에까지 출세를 한 굉장한 사람이라고 늘 입의 침이 말랐다. 그러나 귀 처진 눈은 말고, 헤벌어진 입과 양복 입은 체격하고 별로 굉장한 것 같지 않다. 게다 얼짜가 분수없이 뻐팅기려고

"참아 주시던 길이니 며칠만 더 참아 주십시오."

이렇게 애걸하면

"아 여보! 당신도 그래 사람이오?" 하고 제법 삿대질까지 할 줄 안다.

"저런 자식두! 못두 생겼다. 저게 아마 경성부 고쓰깽*인 거지?"

"글쎄, 그래도 제법 넥타일 다 잡숫구." 하고 손가락이 들어가

---

* 고스카이. 소사(小使)의 일본말. 관청이나 회사, 학교, 가게 따위에서 잔심부름을 시키기 위하여 고용한 사람.

문의 구멍을 좀 더 후벼판다. 마는 아키코는 구렁이(주인마누라)의 속을 빠안히 다 안다. 인젠 방세도 싫고 셋방 사람을 다 내쫓으려 한다. 김마까나 아키코는 겁이 나서 차마 못 건드리고 제일 만만한 톨스토이로부터 우선 몰아내려는 연극이었다.

"저 구렁이 좀 봐라. 옆에 서서 눈짓을 해가며 자꾸 시키지."

"글쎄 자식도 얼간이가 아냐? 즈 아즈멈 시키는 대로 놀구 섰게."

"어쭈, 얼짜가 뻐팅긴다. 지가 우와기를 벗어 노면 어쩔 테야 그래? 자식두!"

"톨스토이가 잠자쿠 앉았으니까 약이 올라서 저래. 맛부리는 게 밉살머리궂지? 자식 그저 한 대 앵겨 줬으면."

"내가 한 대 먹이면 저거 고택골* 간다. 그러니깐 아키코한테 감히 못 오지 않어."

주먹을 이렇게 들어 뵈다가 고만 영애의 턱을 치질렀다. 영애는 고개를 저리 돌리어 또 뻬쭉하고

"얘 이럼 난 싫단다!"

"누가 뭐 부러 그랬니, 또 뻬쭉하게?" 하고 아키코도 좀 뻬쭉하다가 슬슬 능치며

"그래 잘못했다. 고만두자. 쎅쎅쎅—"

영애의 턱을 손등으로 문질러 주고

"쟤! 저것 봐라. 놈은 팔을 걷고 구렁이는 마루를 구르고 야단

---

* 고씨들이 살던 마을이라는 뜻으로, 지금의 서울특별시 은평구 신사동에 해당하는 마을의 옛 이름. 공동묘지가 있었다.

이다."

"얘 재밌다. 구렁이가 약이 바짝 올랐지?"

"저 자식 보게. 제 맘대로 남의 방엘 막 들어가지 않어?"

아키코가 영애에게 눈을 크게 뜨니까

"뭐 일을 칠 것 같지? 병신이 지랄한다더니 정말인가 베!"

"저 자식이 남의 세간을 제 맘대로 내놓질 않나? 경을 칠 자식!"

"그건 나무래 뭘 해. 그저 톨스토이가 바보야! 그래도 부처같이 잠자코 있지 않어. 세상엔 별 바보두 다 많어이!"

아키코는 그건 들은 체도 안 하고 대뜸 일어선다. 미닫이가 열리자 우람스러운 걸음. 한숨에 툇마루로 올라서며 볼멘소리다.

"아니 여보슈! 남의 세간을 그래 맘대로 내놓는 법이 있소?"

"당신이 웬 챙견이오?"

얼짜는 톨스토이의 책상을 들고 나오다 방문턱에 우뚝 멈춘다. 눈을 휘둥그렇게 뜨고 주저주저하는 양이 대담한 아키코에 적이 놀란 모양—

"오늘부터 내가 여기서 자야 할 테니까— 그래서— 방을 치는데—"

얼짜는 주변성 없는 말로 이렇게 굴다가

"당신 맘대로 방은 치는 거요?"

"그럼 내 방 내 맘대로 치지 뉘게 물어 본단 말이유?" 하고 제법 을딱딱이긴* 했으나 뒷갈망은 구렁이에게 눈짓을 슬슬 한다.

---

* 을딱딱이다 : 으르딱딱이다. 무서운 말로 위협하며 을러대다.

"그렇지, 내 방 내가 치는 데 누가 뭐 하러 있나?"

"당신 맘대룬 안 되우, 그 책상 도루 저리 갖다 놓우. 사글세를 내란다든지 하는 게 옳지, 등을 밀어 내쫓는 경우가 어디 있단 말이오?"

"아니 아키코는 제 거나 낼 생각 하지 웬 걱정이야? 저리 비켜서!"

구렁이는 문을 막고 섰는 아키코의 팔을 잡아당긴다. 에패*는 찍소리 없이 눌려 왔지만 오늘은 얼짜를 잔뜩 믿는 모양이다. 이걸 보고 옆에 섰던 영애가 또 아니꼬워서

"제 거라니? 누구보고 저야. 이 늙은이가 눈깔 뺐나?" 하고 그 팔을 뒤로 확 잡아챈다. 늙은 구렁이와 영애는 몸 중량의 비례가 안 된다. 제풀에 비틀비틀 돌더니 벽에 가 쿵 하고 쓰러진다. 그러나 눈을 감고 턱이 떨리는 아이고 소리는 엄살이다.

얼짜가 문턱에 책상을 떨구더니 용감히 홱 넘어 나온다. 아키코는 저 자식이 달마찌**의 흉내를 내는구나, 할 동안도 없이 영애의 뺨이 쩔꺽—

"이년아! 늙은이를 쳐?"

"아 이 자식 보레! 누구 뺨을 때려?"

아키코는 악을 지르자 그 혁대를 뒤로 잡아 낚아 친다. 마루 위에 놓였던 다듬잇돌에 걸리어 얼짜는 엉덩방아가 쿵 하고 자분참 날아드는 숯바구니는 독 오른 영애의 분풀이다.

* 예전, 지난날.
** 1930년대 할리우드의 희극, 활극 영화배우.

봄·봄

그러자 또 아랫방 문이 확 열리고, 지팡이가 김마까를 끌고 나온다.

"이 자식이 웬 자식인데 남의 계집애 뺨을 때려? 원 이런 망하다 판이 날 자식이, 눈에 아무것두 뵈질 않나— 세상이 망한다 망한다 한대두만 이런 자식은."

김마까는 뜰에서부터 사방이 들으라고 와짝 떠들며 올라온다. 구렁이한테 늘 쪼여 지내던 원한의 복수로 아키코와 서로 멱살잡이로 섰는 얼짜의 복장을 지팡이로 내지른다.

"이런 염병을 하다 땀통이 끊어질 자식이 있나!"

그와 동시에 김마까는 검불같이 뒤로 벌렁 나자빠졌다. 내댔던 지팡이가 도로 물러오며 바짝 마른 허구리를 쳤던 것이다. 개신개신 몸을 일으집으며 김마까는 구시월 서리 맞은 독사가 된다.

"이 자식아! 너는 니 애비두 없니?"

대뜸 지팡이는 날아들어 얼짜의 귓배기를 내리갈긴다. 딱 하고 뼈 닿는 무딘 소리. 얼짜는 고개를 푹 꺾고 귀에 두 손을 들이대자 죽은 듯이 꼼짝 못 한다.

아키코도 얼짜에게 뺨 한 대를 얻어맞고 울고 있었다. 이 좋은 기회를 타서 얼짜의 등뒤로 빨간 얼굴이 달려든다. 이건 권투식으로 집어셀까 하다 그대로 그 어깻죽지를 뒤로 물고 늘어진다. 아, 아, 이렇게 외마디소리로 아가리를 딱딱 벌린다. 그리고 뒤통수로 암팡스레 날아든 것은 영애의 주먹이다.

톨스토이는 모두가 미안쩍고, 따라 제풀에 지질려서 어쩔 줄

을 모른다. 옆에서 눈을 흘기는 영애도 모르고

"노세요, 고만 노세요. 이거 이럼 어떡합니까?" 하며 아키코의 등을 두 손으로 흔든다. 구렁이도 벌벌 떨어 가며

"이년이 사람을 뜯어먹을 텐가, 안 놓니 이거 안 놔?"

아키코를 대고 잡아당기며 얼른다. 그러나 잡아당기면 당길수록 얼짜는 소리를 더 지른다. 이러다간 일만 더 크게 벌어질 걸 알고 구렁이는 간이 고만 달룽한다. 이 사품에 안방 미닫이는 설쭉이 부러지고 뒤주 위에 얹었던 대접이 둘이나 떨어져 깨졌다. 잔뜩 믿었던 조카는 저렇게 죽게 되고 이러단 방은커녕 사람을 잡겠다, 생각하고 그는 온몸이 덜덜 떨리었다. 게다 모질게 내려치는 김마까의 지팡이—

구렁이는 부리나케 대문 밖으로 나왔다. 골목길을 내려오며 뒤에 날리는 치맛자락에 바람이 났다.

"사글세를 내랬으면 좋지, 내쫓을려고 하니까 그렇게 분란이 일구 하는 게 아니야?"

"아닙니다. 누가 내쫓을려고 그래요. 세를 내라구 그러니깐 그렇게 아키코란 년이 올라와서 온통 사람을 뜯어먹고 그러는군요!"

"말 마라. 내쫓으려구 헌 걸 아는데 그래, 요전에도 또 한번 그런 일이 있었지?"

순사는 노파의 뒤를 따라오며 나른한 하품을 주먹으로 끈다. 툭하면 와서 진대를 붙는 노파의 행세가 여간 귀찮지 않다. 조그맣게 말라붙은 노파의 센 머리쪽을 바라보며

"올해 몇 살이야?"

"그년 열아홉이죠. 그런데 그렇게—"

"아니 노파 말이야?"

"네, 제 나요? 왜 쉰일곱이라고 전번에 여쭸지요. 그런데 이 고생을 하는군요." 하고 궁상스레 우는 소리다.

노파는 김마까보다도 톨스토이보다도 아키코가 가장 미웠다. 방세를 받을래도 중뿔나게 가로맡아서 지랄하기가 일쑤요, 또 밤낮 듣기 싫게 창가질이요, 게다 세숫물을 버려도 일부러 심청궂게 안마루 끝으로 홱 끼얹는 아키코. 이년을 이번에는 경을 흠씬 치도록 해야 할 텐데, 속이 간질대서 그는 총총걸음을 치다가 돌부리에 채여 고만 나가둥그러진다. 그 바람에 쓰레기통 한 귀에 내뻗은 못에 가서 치맛자락이 찌익 하고 찢어진다.

"망할 자식 같으니, 씨레기통의 못두 못 박았나!" 하고 흙을 털고 일어나며 역정이 난다. 그 꼴을 보고 순사는 손으로 웃음을 가린다.

"그 봐! 이젠 다시 오지 마라, 이번엔 할 수 없지만 또다시 오면 그땐 노파를 잡아갈 테야?"

"네— 다시 갈 리 있겠습니까, 그저 이번에 그 아키코란 년만 흠씬 버릇을 아르켜 주십시오. 늙은이보구 욕을 않나요, 사람을 치질 않나요! 그리고 아직 핏대도 다 안 마른 년이 서방이 몇인지 수가 없어요!"

순사는 코대답을 해가며 귓등으로 듣는다. 너무 많이 들어서 인제는 흥미를 놓친 까닭이었다. 갈팡질팡 문지방을 넘다, 또 고

꾸라지려는 노파를 뒤로 부축하여 눈살을 찌푸린다. 알고 보니 짐작대로 노파 허통에 또 속은 모양이었다. 살인이 났다고 짓떠들더니 임장하여 보니까 조용한 집 안에 웬 낯선 양복쟁이 하나만 마루 끝에서 천연스레 담배를 피울 뿐이다. 그러고는 장독 사이에서 왔다갔다하며 뭘 주워 먹는 생쥐가 있을 뿐 신발짝 하나 난잡히 놓이지 않았다. 하 어처구니가 없어서

"어서 죽었어?"

"어이구 분해! 이것들이 또 저를 고랑땡*을 먹이는군요! 입때까지 저 마루에서 치고 차고 깨물고 했답니다."

노파는 이렇게 주먹으로 복장을 찧으며 원통한 사정을 하소한다. 왜냐면 이것들이 이 기맥을 벌써 눈치채고 제각기 헤져서 아주 얌전히 박혀 있다. 아키코는 문을 닫고 제 방에서 콧노래를 부르고, 지팡이를 들고 날뛰던 김마까는 언제 그랬더냔 듯이 제 방에서 끙끙, 여전한 신음 소리. 이렇게 되면 이번에도 또 자기만 나무라키게 될 것을 알고

"어이구 분해! 어이구 분해!"

주먹으로 복장을 연방 두들기다 조카를 보고

"애— 넌 어떻게 돼서 이렇게 혼자 앉았니?"

"뭘 어떻게 돼요, 되긴?" 하고 눈을 지릅뜨는 그 대답은 썩 퉁명스럽고 걱세다. 이런 화중으로 끌고 온 아즈멈이 몹시도 밉고 원망스러운 눈치가 아닌가. 이걸 보면 경은 무던히 치고 난 놈이다.

* 골탕.

봄·봄

"어이구 분해! 너꺼정 이러니!"

"뭘 분해? 이 망할 것아!"

순사는 소리를 빽 지르고 도로 돌아서려 한다.

"나리! 저 좀 보세요. 문 부서진 것하구 대접 깨진 걸 보셔두 알지 않어요?"

"어떤 조카가 죽었어 그래?"

"이것이 그렇게 죽도록 경을 치고도 바보가 돼서 이래요!"

"바보면 죽어두 사나?" 하고 순사는 고개를 디밀어 마루께를 살펴보니 딴은 그릇은 깨지고 문은 부서졌다. 능글맞은 노파가 일부러 그런 줄은 아나, 그렇다고 책임상 그냥 가기도 어렵다. 퍽 도 극성스러운 늙은이라 생각하고

"누가 그랬어 그래?"

"저 아키코가 혼자 그랬어요!"

"아키코! 고반*까지 같이 가."

"네! 그러세요."

하도 여러 번 겪는 일이라, 이제는 아주 익숙하다. 저고리를 갈아입으며 웃는 얼굴로 내려온다. 그러나 순사를 따라 대문을 나설 적에는 고개를 모로 돌리어 구렁이에게 몹시 눈총을 준다.

순사는 아키코를 데리고 느른한 걸음으로 골목을 꼽든다. 쪽 다리를 건너니 화창한 사직원 마당, 봄이라고 땅의 잔디는 파릇 파릇 돋았다. 저 위에선 투덕거리는 빨래 소리. 한옆에선 풋볼을

---

* 交番. '파출소'의 속칭 '교반소'의 일본말.

차느라고 날뛰고 떠들고 법석이다. 뿌웅, 하고 음충맞게 내대는 자동차의 사이렌. 남치마에 연분홍 저고리가 버젓이 활을 들고 나온다. 그리고 키 홀쩍 큰 놈팡이는 돈지갑을 내든다.

"너 왜 또 말썽이냐?" 하고 순사는 고개를 돌리어 아키코를 씽긋이 흘겨본다. 그는 노파가 왜 그렇게 아키코를 못 먹어서 기를 쓰는지 영문을 모른다. 노파의 눈에도 아키코가 좀 귀여울 텐데, 그렇게 미울 때에는 아마 아키코가 뭘 좀 먹이질 않아 그랬는지 모른다. 그렇지 않으면 다른 사람 다 제쳐놓고 아키코만 씹을 리가 없다. 생각하다가

"뭘 말썽이유, 내가?"

"네가 뭐 쿤마누라를 깨물고 사람을 죽이고 그런다며? 그리구 요전에도 카페서 네가 손님을 쳤다는 소문도 들리지 않니?" 하고 눈살을 접고 웃어 버린다. 얼굴 똑똑한 것이 아주 할 수 없는 계집애라고 돌릴 수밖에 없다.

"난 그런 거 몰루!"

아키코는 땅에 침을 탁 뱉고 아주 천연스레 대답한다. 그리고 사직원의 문간쯤 와서는

"이담 또 만납시다."

제멋대로 작별을 남기고 저는 저대로 산 쪽으로 올라온다.

활텃길로 올라오다 아키코는 궁금하여 뒤를 한번 돌아본다. 너무 기가 막혀서 벙벙히 바라보고 있다가 다시 주먹으로 나른한 하품을 끄는 순사. 한편에선 날뛰고, 자빠지고, 쾌활히 공을 찬다. 아키코는 다시 올라가며 저도 남자가 됐더라면 '풋볼'을 차

볼걸 하고 후회가 막급이다. 그리고 산을 한 바퀴 돌아 내려가서는 이번엔 장독대 위에 요강을 버리리라 결심을 한다. 구렁이는 장독대 위에 오줌을 버리면 그것처럼 질색이 없다.

"망할 년! 이번에 봐라! 내 장독 위에 오줌까지 깔길 테니!"

이렇게 아키코는 몇 번 몇 번 결심을 한다.

1937년 2월, 《조광》

땡볕

우람스리 생긴 덕순이는 바른팔로 왼편 소맷자락을 끌어다 콧등의 땀방울을 훑고는 통안 네거리에 와 다리를 딱 멈추었다. 더위에 익어 얼굴이 벌거니 사방을 둘러본다. 중복허리의 뜨거운 땡볕이라 길 가는 사람은 저편 처마 밑으로만 배앵뱅 돌고 있다. 지면은 번들번들히 닳아 자동차가 지날 적마다 숨이 탁 막힐 만치 무더운 먼지를 풍겨 놓는 것이다.

덕순이는 아무리 참아 보아도 자기가 길을 물어 좋을 만치 그렇게 여유 있는 얼굴이 보이지 않음을 알자, 소맷자락으로 또 한번 땀을 훑어 본다. 그리고 거북한 표정으로 벙벙히 섰다. 때마침 옆으로 지나는 어린 깍쟁이에게 공손히 손짓을 한다.

"얘! 대학병원을 어디루 가니?"

"이리루 곧장 가세요."

덕순이는 어린 깍쟁이가 턱으로 가리킨 대로 그 길을 북으로 접어들며 다시 내걷기 시작한다. 내딛는 한 발짝마다 무거운 지게는 어깨에 배기고 등줄기에서 쏟아져 내리는 진땀에 궁둥이는 쓰라릴 만치 물렀다. 속 타는 불김을 입으로 불어 가며 허덕지덕 올라오다 엄지손가락으로 코를 힝 풀어 그 옆 전봇대 허리에 쓱 문댈 때에는 그는 어지간히 가슴이 답답하였다. 당장 지게를 벗어 던지고 푸른 그늘에 가 나자빠지고 싶은 생각이 굴뚝같으련만 그걸 못 하니 짜증이 안 날 수 없다. 골피를 찌푸리어 데퉁스리

"빌어먹을 거! 왜 이리 무거!"

하고 내뱉으려 하였으나, 그러나 지게 위에서 무색하여질 아내를 생각하고 꾹 참아 버린다. 제 속으로만 끙끙거리다 겨우

"에이 더웁다!"

하고 자탄이 나올 적에는 더는 갈 수가 없었다.

덕순이는 길가 버들 밑에다 지게를 벗어 놓고는 두 손으로 적삼 등을 흔들어 땀을 들인다. 바람기 한 점 없는 거리는 그대로 타 붙었고, 그 위의 모래만 이글이글 달아 간다. 하늘을 쳐다보았으나 좀체로 비 맛은 못 볼 듯싶어 바상바상한 입맛을 다시고 섰을 때 별안간 댕댕 소리와 함께 발등에 물을 뿌리고 물차가 지나가니 그는 비로소 산 듯이 정신기가 반짝 난다. 적삼 호주머니에 손을 넣어 곰방대를 꺼내 물고 담배 한 대 붙이려 하였으나 홀쭉한 쌈지에는 어제부터 담배 한 알 없었던 것을 다시 깨닫고 역정스레 도로 집어넣는다.

"꽁무니가 배기지 않어?"

덕순이는 이렇게 아내를 돌아본다.

"괜찮어요!"

하고 거진 죽어 가는 상으로 글썽글썽 눈물이 괸 아내가 딱하였다. 두 달 동안이나 햇빛 못 본 얼굴은 누렇게 시들었고, 병약한 몸으로 지게 위에 앉아 까댁이는 양이 금시라도 꺼질 듯싶은 그 아내였다.

덕순이는 아내를 이윽히 노려본다.

"아 울긴 왜 우는 거야?"

하고 눈을 부라렸으나

"병원에 가면 쨀대겠지요."

"째긴 아무거나 덮어놓고 째나? 연구한다니까."

하고 되도록 아내를 안심시킨다. 그러나 덕순이 생각에는 째든 말든 그건 차차 해놓고 우선 먹어야 산다고

"왜 기영이 할아버지의 말씀 못 들었어?"

"병원서 월급을 주구 고쳐 준다는 게 정말인가요?"

"그럼 노인이 설마 거짓말을 헐라구. 그래 시방두 대학병원의 이등 박산가 뭐가 열네 살 된 조선 아이가 어른보다도 더 부대한 걸 보구 하두 이상한 병이라고 붙잡아 들여서 한 달에 십 원씩 월급을 주고, 그뿐인가 먹이구 입히구 이래 가며 지금 연구하고 있대지 않어?"

"그럼 나도 허구헌 날 늘 병원에만 있게 되겠구려."

"인제 가봐야 알지, 어떻게 될는지."

이렇게 시원스리 받기는 받았으나 덕순이 자신 역시 기영 할 아버지의 말을 꼭 믿어서 좋을지가 의문이었다. 시골서 올라온 지 얼마 안 되는 그로서는 서울 일이라 혹 알 수 없을 듯싶어 무료 진찰권을 내온 데 더 되지 않았다. 그렇다 하더라도 병이 괴상하면 할수록 혹은 고치기가 어려우면 어려울수록 월급이 많다는 것인데 영문 모를 아내의 이 병은 얼마짜리나 되겠는가고 속으로 무척 궁금하였다. 아이가 십 원이라니 이건 한 십오 원쯤 주겠는가, 그렇다면 병 고치니 좋고, 먹으니 좋고, 두루두루 팔자를 고치리라고 속안으로 육조배판*을 늘이고 섰을 때

"여보십쇼! 이 채미 하나 잡숴 보십쇼"

하고 조만치서 참외를 벌여놓고 앉았는 아이가 시선을 끌어간다. 길쭘길쭘하고 싱싱한 놈들이 과연 뜨거운 복중에 하나 벗겨 들고 으썩 깨물어 봄직한 참외였다. 덕순이는 참외를 이놈 저놈 멀거니 물색하여 보다 쌈지에 든 잔돈 사 전을 얼른 생각은 하였으나 다음 순간에 그건 안 될 말이라고 꺽진 마음으로 시선을 걷어 온다. 사 전에 일 전만 더 보태면 희연 한 봉이 되리라고 어제부터 잔뜩 꼽여 쥐고 오던 그 사 전, 이걸 참외 값으로 녹여서는 사람이 아니다.

"지게를 꼭 붙들어!"

덕순이는 지게를 지고 다시 일어나며 그 십오 원을 생각했던 것이니 그로서는 너무도 벅찬 희망의 보행이었다.

---

* 육조(六曹)의 담당자가 모두 참석하는 회의. 여기서는 여러 준비와 계획을 의미한다.

덕순이는 간호부가 지도하여 주는 대로 산부인과 문밖에서 제 차례가 돌아오기를 기다리고 있었다.

아내는 남편이 업어다 놓은 대로 걸상에 가 번듯이 늘어져 괴로운 숨을 견디지 못한다. 요량 없이 부어오른 아랫배를 한 손으로 치마째 걷어 안고는 매 호흡마다 간댕거리는 야윈 고개로 가쁜 숨을 돌리고 있는 것이다. 게다가 수술실에서 들것으로 담아내는 환자와 피고름이 섞인 쓰레기통을 보는 것은 그로 하여금 해쓱한 얼굴로 이를 떨도록 하기에는 너무도 충분한 풍경이었다.

"너무 그렇게 겁내지 말아, 그래두 다 죽을 사람이 병원엘 와야 살아 나가는 거야!"

덕순이는 아내를 위안하기 위하여 이런 소리도 하는 것이나, 기실 아내 못지않게 저로도 조바심이 적지 않았다. 아내의 이 병이 무슨 병일까, 짜장 기이한 병이라서 월급을 타먹고 있게 될 것인가, 또는 아내의 병을 씻은 듯이 고쳐 줄 수 있겠는가, 겸삼수삼* 모두가 궁거웠다.

이 생각 저 생각으로 덕순이는 아내의 상체를 떠받쳐 주고 있다가 우연히도 맞은편 타구 옆댕이에 가 떨어져 있는 궐련 꽁댕이에 한눈이 팔린다. 그는 사방을 잠깐 살펴보고 힝허케 가서 집어다가는 곰방대에 피워 물며 제 차례를 기다렸으나 좀체로 불러 주질 않는 것이다.

이렇게 하여 그들은 허무히도 두 시간을 보냈다.

---

* 겸사겸사. 여러 가지 일을 하려고, 이 일도 하고 저 일도 할 겸 해서.

한 점을 사십 분가량 지났을 때 간호부가 다시 나와 덕순이 아내의 성명을 외는 것이다.

"네, 여깄습니다!"

덕순이는 허둥지둥 아내를 들춰 업고 진찰실로 들어갔다.

간호부 둘이 달려들어 우선 옷을 벗기고 주무를 제 아내는 놀란 토끼와 같이 조그맣게 되어 떨고 있었다. 코를 찌르는 무더운 약내에 소름이 끼치기도 하려니와 한쪽에 번쩍번쩍 늘어 놓인 기계가 더욱이 마음을 조이게 하는 것이다. 아내가 너무 병신스리 떨므로 옆에 섰는 덕순이까지도 겸연쩍지 않을 수 없었다. 아내의 한 팔을 꼭 붙들어 주고, 집에서 꾸짖듯이 눈을 부릅떠

"뭬가 무섭다구 이래?"

하고는 유리판에서 기계 부딪는 젤그럭 소리에 등줄기가 다 섬뜩할 제

"은제부터 배가 이래요?"

간호부가 뚱뚱한 의사의 말을 통변한다.

"자세히는 몰라두!"

덕순이는 이렇게 머리를 긁고는 아마 이토록 부르기는 지난겨울부턴가 봐요, 처음에는 이게 애가 아닌가 했던 것이 그렇지도 않구요, 애라면 열 달에 날 텐데

"열석 달씩이나 가는 게 어딨습니까?"

하고는 아차 애니 뭐니 하는 건 괜히 지껄였군, 하였다. 그래 의사가 무어라고 또 입을 열 수 있기 전에 얼른 뒤미처

"아무두 이 병이 무슨 병인지 모른다구 그래요, 난생처음 본

다구요."

하고 몇 마디 더 얹었다.

덕순이는 자기네들의 팔자를 고칠 수 있고 없고가 이 순간에 달렸음을 또 한번 깨닫고 열심히 의사의 입만 쳐다보고 있는 것이다. 마는 금테 안경 쓴 의사는 그리 쉽사리 입을 열려지 않았다. 몇 번을 거듭 주물러 보고, 두드려 보고, 들어 보고, 이러기를 얼마 한 다음 시답지 않게 저쪽으로 가 대야에 손을 씻어 가며 간호부를 통하여 하는 말이

"이 뱃속에 어린애가 있는데요. 나올려다 소문*이 적어서 그대로 죽었어요. 이걸 그냥 둔다면 앞으로 일주일을 못 갈 것이니 불가불 수술을 해야 하겠으나 또 그 결과가 반드시 좋다고 단언할 수도 없는 것이매 배를 가르고 아이를 꺼내다 만일 사불여의하여 불행을 본다더라도 전혀 관계없다는 승낙만 있으면 내일이라도 곧 수술을 하겠어요."

하고 나어린 간호부는 조금도 거리낌 없는 어조로 줄줄 쏟아 놓다가

"어떻게 하실 테야요?"

"글쎄요!"

덕순이는 이렇게 얼떨떨한 낯으로 다시 한번 뒤통수를 긁지 않을 수 없었다.

간호부의 말이 무슨 소린지 다는 모른다 하더라도 속대중으

* 小門. 여자의 음부를 완곡하게 이르는 말.

봄·봄

로 저쯤은 알아챘던 것이니 아내의 생명이 위험하다는 그 말이 두렵기도 하려니와 겨우 아이를 뱄다는 것쯤, 연구 거리는 못 되는 병인 양싶어 우선 낙심하고 마는 것이다. 하나 이왕 버린 노릇이매

"그럼 먹을 것이 없는데요—"

"그건 여기서 입원시키고 먹일 것이니까 염려 마셔요—"

"그런데요 저—"

하고 덕순이는 열적은 낯을 무얼로 가릴지 몰라 주볏주볏

"월급 같은 건 안 주나요?"

"무슨 월급이요?"

"왜 여기서 병을 고치면 월급을 주는 수도 있다지요."

"제 병 고쳐 주는데 무슨 월급을 준단 말이요?"

하고 맨망스리도 톡 쏘는 바람에 덕순이는 고만 얼굴이 벌게지고 말았다. 팔자를 고치려던 그 계획이 완전히 어그러졌음을 알자, 그의 주린 창자는 척 꺾이며 두꺼운 손으로 이마의 진땀이나 훑어 보는밖에 별도리가 없는 것이다. 하나 아내의 생명은 어차피 건져야 하겠기로 공손히 허리를 굽신하여

"그럼 낼 데리고 올게 어떻게 해주십시오."

하고 되도록 빌붙어 보았던 것이, 그때까지 끔찍끔찍한 소리에 얼이 빠져서 멀뚱히 누웠던 아내가 별안간 기급을 하여 일어나 살뚱맞은* 목성으로

---

* 살뚱맞다 : 당돌하고 생뚱맞다.

"나는 죽으면 죽었지 배는 안 째요!"

하고 얼굴이 노랗게 되는 데는 더 할 말이 없었다. 죽이더라도 제 원대로나 죽게 하는 것이 혹은 남편 된 사람의 도릴지도 모른다. 아내의 꼴에 하도 어이가 없어

"죽는 거보담야 수술을 하는 게 좀 낫겠지요!"

비소를 금치 못하고 섰는 간호부와 의사가 눈에 보이지 않도록, 덕순이는 시선을 외면하여 뚱싯뚱싯 아내를 업고 나왔다. 지게 위에 올려놓은 다음 엎디어 다시 지고 일어나려니 이게 웬일일까, 아까 오던 때와는 갑절이나 무거웠다.

덕순이는 얼마 전에 희망이 가득히 차 올라가던 길을 힘 풀린 걸음으로 터덜터덜 내려오고 있었다. 보지는 않아도 지게 위에서 소리를 죽여 훌쩍훌쩍 울고 있는 아내가 눈앞에 환한 것이다. 학식이 많은 의사는 일자무식인 덕순이 내외보다는 더 많이 알 것이니 생명이 한 이레를 못 가리라던 그 말을 어찌 볼 도리가 없다. 인제 남은 것은 우중충한 그 냉골에 갖다 다시 눕혀 놓고 죽을 때나 기다리고 있을 따름이었다.

덕순이는 눈 위로 덮는 땀방울을 주먹으로 훔쳐 가며 장차 캄캄하여 올 그 전도를 생각해 본다. 서울을 장대고 왔던 것이 벌이도 제대로 안 되고 게다가 인젠 아내까지 잃는 것이다. 지에 미붙을! 이놈의 팔자가, 하고 딱한 탄식이 목을 넘어오다 꽉 깨무는 바람에 한숨으로 터져 버린다.

한나절이 되자 더위는 더한층 무서워진다.

덕순이는 통째 짓무를 듯싶은 등어리를 견디지 못하여 먼첫번에 쉬어 가던 나무 그늘에 지게를 벗어 놓는다. 땀을 들여 가며 아내를 가만히 내려다보니 그동안 고생만 시키고 변변히 먹이지도 못하였던 것이 갑자기 후회가 나는 것이다. 이럴 줄 알았더면 동넷집 닭이라도 훔쳐다 먹였을걸, 싶어

"울지 말아, 그것들이 뭘 아나? 제까짓 게―"

하고 소리를 빽 지르고는

"채미 하나 먹어 볼 테야?"

"채민 싫어요―"

아내는 더위에 속이 탔음인지 한길 건너 저쪽 그늘에서 팔고 있는 얼음냉수를 손으로 가리킨다. 남편이 한 푼 더 보태어 담배를 사려던 그 돈으로 얼음냉수를 한 그릇 사다가 입에 먹여까지 주니 아내도 황송하여 한숨에 들이켠다. 한 그릇을 다 먹고 나서 하나 더 사다 주랴 물었을 때 이번에 왜떡이 먹고 싶다 하였다. 덕순이는 이것이 마지막이라는 생각으로 나머지 돈으로 왜떡 세 개를 사다 주고는 그대로 눈물도 씻을 줄 모르고 그걸 오직오직 깨물고 있는 아내를 이윽히 바라보고 있었다. 그러나 아내가 무슨 생각을 하였는지 왜떡을 입에 문 채 훌쩍훌쩍 울며

"저 사촌형님께 쌀 두 되 꿔다 먹은 거 부대 잊지 말구 갚우."

하고 부탁할 제 이것이 필연 아내의 유언이라 깨닫고는

"그래 그건 염려 말아!"

"그리구 임자 옷은 영근 어머니더러 사정 얘길 하구 좀 빨아

달래우."

하고 이야기를 곧잘 하다가 다시 입을 일그리고 홀쩍홀쩍 우는 것이다.

덕순이는 그 유언이 너무 처량하여 눈에 눈물이 핑 돌아 가지고는 지게를 도로 지고 일어선다. 얼른 갖다 눕히고 죽이라도 한 그릇 더 얻어다 먹이는 것이 남편의 도릴 게다.

때는 중복, 허리의 쇠뿔도 녹이려는 뜨거운 땡볕이었다.

덕순이는 빗발같이 내려붓는 등골의 땀을 두 손으로 번갈아 훔쳐 가며 끙끙 내려올 제, 아내는 지게 위에서 그칠 줄 모르는 그 수많은 유언을 차근차근 남기자, 울자, 하는 것이다.

1937년 2월, 《여성》

봄·봄

형兄

아버지가 형님에게 칼을 던진 것이 정통을 때렸으면 그 자리에 엎어질 것을 요행 뜻밖에 몸을 비켜서 땅에 떨어질 제 나는 다르르 떨었다. 이것이 십오 성상*을 지난 묵은 기억이다. 마는 그 인상은 언제나 나의 가슴에 새로웠다. 내가 슬플 때, 고적할 때, 눈물이 흐를 때, 혹은 내가 자라난 그 가정을 저주할 때, 제일 처음 나의 몸을 쏘아드는 화살이 이것이다. 이제로는 과거의 일이나 열 살이 채 못 된 어린 몸으로 목도하였을 제 나는 그 얼마나 간담을 졸였던가. 말뚝같이 그 옆에 서 있던 나는 이내 울음을 터치고 말았다. 극도의 놀람과 아울러 애원을 표현하기에 나의 재주는 거기에서 넘지 못하였던 까닭이다.

* 星霜. 햇수를 비유적으로 나타내는 단위.

부자간의 고롭지* 못한 이 분쟁이 발생하길 아버지의 허물인지 혹은 형님의 죄인지 나는 그것을 모른다. 그리고 알려 하지도 않았다. 한갓 짐작하는 건 형님이 난봉을 부렸고 아버지는 그 비용을 담당하고도 터 보이지 않을 만치 재산을 가졌건만 한 푼도 선심치 않았다. 우리 아버지, 그는 뚝뚝한 수전노이었다. 또한 당대에 수십만 원을 이룩한 금만가**이었다. 자기의 사후 얼마 못 되나 그 재산이 맏아들 손에 탕진될 줄을 그도 대중은 하였으련만 생존 시에는 한 푼을 아끼었다. 제가 모은 돈 저 못 쓴다는 말이 이걸 이름이리라. 그는 형님의 생활비도 안 델뿐더러 갈아 마실 듯이 미워하였다. 심지어 자기 눈앞에도 보이지 말라는 엄명까지 내리었다. 아들이라곤 그에게 단지 둘이 있을 뿐이었다. 형님과 나— 허나 나는 차자이고 그의 의사를 받들어 봉양하기에 너무 어렸으니 믿을 곳은 그의 맏아들, 형님이었을 것이다. 게다 아버지는 애지중지하던 우리 어머니를 잃고는 터져 오르는 심화를 뚝기로 누르며 어린 자식들을 홑손으로 길러 오던 바 불행히도 떼치지 못할 신병으로 말미암아 몸져누운 신세이었다. 그는 가끔 나를 품에 안고는 어미를 잃은 자식이라고 눈물을 뿌리다가는 느 형님은 대리를 꺾어 놀 놈이야, 하며 역정을 내고 내고 하였다. 어버이의 권위로 형님을 구박은 하였으나 속으로야 그리 좋을 리 없었다. 이 병이 낫도록 고수련만 잘하면 회복 후 토지를 얼마 주리라는 언약을 앞두고 나의 팔촌 형을 임시 양자

　* 고롭다 : 마음이나 몸이 편하다.
　** 재산가.

로 데려온 그것만으로도 평온을 잃은 그의 심사를 알기에 족하리라. 친구들은 그를 대하여 자식을 박대함은 노후의 설움을 사는 것이라고 간곡히 충고하였으나 그의 태도는 여일 꼿꼿하였다. 다만 그 대답으로는 옆에 앉았는 나의 얼굴을 이윽히 바라보며 고소하는 것이었다. 나는 왜떡 사 먹을 돈이나 주려는가 하여 맥 모르고 마주 보고 웃어 주었으나, 좀 영리하였던들 이 자식은 크면 나의 뒤를 받들어 주려니 하는 그의 애소임을 선뜻 알았으리라.

효자와 불효를 동일시하는 나의 관념의 모순도 이때 생긴 것이었다. 형님이 아버지의 속을 썩였다고 그가 애초부터 망골은 아니다. 남 따르지 못할 만치 지극히 효성스러웠다. 아버지에게 토지가 많았다. 여기저기 사면에 흩어진 전답을 답품하랴 추수하랴 하려면 그 노력이 적잖이 드는 것이었다. 병에 자유를 잃은 아버지는 모든 수고를 형님에게 맡기었다. 그리고 형님은 그의 뜻을 받들어 낙자없이 일을 행하였다. 물론 이삼백 리씩 걸어가 달포씩이나 고생을 하며 알뜰히 가을하여 온들 보수의 돈 한 푼 여벌로 생기는 건 아니었다. 아버지는 아들과 마주 앉아 추수기를 대조하여 제대로 셈을 따질 만치 엄격하였던 까닭이다. 형님은 호주의 가무를 대신만 볼 뿐 아니라, 집에 들어서는 환자를 위하여 몸을 사리지 않았다. 환자의 곁을 떠날 새 없이 시중을 들었다. 밤에는 이슥도록 침울한 환자의 말벗이 되었고 또는 갖은 성의로 그를 위로하였다. 그는 이따금 깜박 졸다간 경풍을 하여 고개를 들고는 자리를 책하는 듯이 꼿꼿이 다시 무릎을 꿇었다. 그러나 밤거리에 인적이 끊일 때가 되면 그는 나를 데리고 수물통* 우물을 향하여 밖으로 나섰다. 이 우물이 신성하다 하여 맑은 그 물을 떠다가 장독간에 올려놓고 정화수를 드렸다. 곧 아버지의 병환이 하루바삐 씻은 듯 나으시도록 신령에게 비는 것이었다. 그리고 아침에 먼저 눈을 뜨는 것도 역시 형님이었다. 밝기 무섭게 일어나는 길로 배우개장**으로 달려갔다. 구미에 딸리는 환자의 성미를 맞추어 야채랑, 과일이랑, 젓갈 혹은 색다른 찬거리를 사들고 들어오는 것이었다. 언젠가 나는 혼이 난 적이 있다. 겨울인데 몹시 추웠다. 아침 일찍이 나는 뒤가 마려워 안방에서 나오려니까 형님이 그제야 식식거리며 장에서 돌아오는 길이었다. 장놈과 다투었다고 중얼거리며 덜덜 떨더니 얼음이 제그럭거리는 종이뭉치 하나를 마루에 놓는다. 펴보니 조기만 한 이름 모를 생선. 그는 두루마기, 모자를 벗어부치곤 물을 떠오라, 칼을 가져오라, 수선을 부리며 손수 배를 갈라 씻은 다음 석쇠에 올려놔 장을 발라 가며 정성스레 구웠다. 누이동생들도 있고 그의 아내도 있건만 느년들이 하면 집어 먹기도 쉽고 데면데면히 하는 고로 환자가 못 자신다는 것이었다. 석쇠 위에서 지글지글 끓으며 구수한 냄새를 피우는 이름 모를 그 생선이 나의 입맛을 잔뜩 당겼다. 나는 언제나 아버지와 겸상을 하므로 좀 맛갈스러운 음식은 모두 내 것이었다. 그날도 나는 상을 끼고 앉아 아버지도 잡숫기 전에 먼젓번부터 노려 두었던 그 생선에 선뜻 젓

* 수물통. 성(城)이나 방죽 따위의 수문에서 물이 빠져나오는 통.
** 배오개장. 배오개 너머에 있는 시장이란 뜻으로, 동대문 시장을 이르던 말.

가락을 박고는 휘져 놓았다. 그때 옆에서 따로 상을 받고 있던 형님의 죽일 듯이 쏘아보는 눈총을 곁눈으로 느끼고는 나는 멈칫하였다. 그러나, 나를 싸 주는 아버지가 앞에 있는 데야 설마, 이쯤 생각하고는 서름서름 다시 집어 들기 시작하였다. 좀 있더니 형님은 물을 쭉 들이켜고 나서 그 대접을 상 위에 꽉 놓으며 일부러 소리를 된통 내인다. 어른이 계시므로 차마 야단은 못 치고 엄포로 욱기를 보이는 것이었다. 나는 무안도 하고 무섭기도 하여 들었던 생선을 채 입으로 넣지도 못하고 얼굴이 벌겋게 멍멍하였다. 이 눈치를 채고 아버지는 껄껄 웃더니 어여 먹어라. 네가 잘 먹고 얼른 커야 내 배가 부르다, 하며 매우 만족한 낯이었다. 물론 내가 막내아들이라 귀엽기도 하였으려나 당신의 팔이 되고 다리가 되는 맏자식의 지극한 효성이 대견하단 웃음이리라.

노는 돈에는 난봉나기가 첩경 쉬운 일이다. 형님은 난봉이 났다. 난봉이라면 천한 것도 사랑이라 부르면 좀 고결하다. 그를 위하여 사랑이라 하여 두자. 열여덟, 열아홉 그맘때 그는 지각없는 사랑에 빠지고 말았다. 장가는 열다섯에 들었으나 부모가 얻어 준 아내일뿐더러 그 얼굴이 마음에 안 들었다. 사랑에서 한문을 읽을 적이었다. 낮에는 방에 들어앉아서 아버지의 엄명이라 무서워서라도 공부를 하는 체하고 건성 왱왱거리다간 밤이 깊으면 슬며시 빠져나갔다. 그리고 새벽에 몰래 들어와 자고 하였다. 물론 돈은 평소 어른 주머니에서 조금씩 따끔질*해 두었

* 큰 덩어리에서 조금씩 뜯어내는 일.

다 뭉텅이 돈을 만들어 쓰고 쓰고 하는 것이었다. 아버지는 자식에게 도끼날같이 무서운 어른이었다. 이 기미를 눈치채고 아들을 붙잡아 놓고는 벼룻돌, 목침, 단소 할 것 없이 들어서는 거의 혼도할 만치 두들겨 팼다. 겸하여 다시는 출입을 못 하게 하고자 그의 의관이며 신발 등을 사랑 다락에 넣고 쇠를 채워 버렸다. 그래도 형님의 수단에는 교묘히 그 옷을 꺼내 입고 며칠 동안 밤거리를 다시 돌 수 있었으나 사랑하는 어머니를 잃고 또 얼마 안 되어 아버지마저 병환에 들매 그럴 여유가 없었다. 밖으로는 아버지의 일을 대신 보랴, 안으로는 그의 병구완을 하랴 눈코 뜰 새 없이 자식 된 도리를 다하니, 문내에 없던 효자라고 칭찬이 자자하였다.

병환은 날을 따라 깊었다. 자리에 든 지 한 돌이 지나고 가랑 잎은 또다시 부수수 지니 환자도 간호인도 지리한 슬픔이 안 들 수 없었다. 그러자 하루는 형님이 자리 곁에 공손히 무릎을 꿇으며 아버님, 하고 입을 열었다. 지금의 처는 사람이 미련하고 게다 시부모 섬길 줄 모르는 천치니 친정으로 돌려보내는 게 좋다. 그러니 아버지의 병환을 위해서라도 어차피 다시 장가를 들겠다는 그 필요를 말하였다. 그때 아버지는 정색하여 아들의 낯을 다시 한번 훑어보더니 간단히 안 된다 하였다. 내가 살아 있는 동안엔 안 된다, 하였다. 아버지도 소싯적에는 뭇사랑에 몸을 헤였다마는* 당신은 빠땀뿡, 하였으되 널랑은 바람풍 하라, 하였

---

* 망쳤다마는. 그르쳤다마는.

봄 · 봄

다. 나중에야 알았지마는 이때 벌써 형님은 어느 집 처녀와 슬
며시 약혼을 해놓고 틈틈이 드나들었다. 아직 총각이라고 속이
는 바람에 부자의 자식이렷다. 문벌 좋겠다, 대뜸 훌쩍 넘은 모
양이었다. 그리고 성례를 독촉하니 어른의 승낙도 승낙이려니와
첫째 돈이 없으매 형님은 몸이 달았다. 아버지는 자식을 사랑하
였고 당신의 몸같이 부리긴 하였으나 돈에 들어선 아주 맑았다.
가용에 쓰는 일 전 일 푼이라도 당신의 손을 거쳐서야 들고 났
고 자식이라고 푼푼한 돈을 맡겨 본 법이 없었다. 형님은 여기서
뱃심을 먹었다. 효성도 돈이 들어야 비로소 빛나는 듯싶다. 이날
로부터 나흘 동안이나 형님은 집에서 얼굴을 볼 수 없었다. 똥오
줌까지 방에서 가려 주던 자식이 옆을 떠나니 환자는 불편하여
가끔 화를 내었고 따라 어린 우리들은 미구에 불상사가 일 것을
기수채고 은근히 가슴을 검뜯었다. 닷새째 되던 날 어두울 무렵
이었다. 나는 술이 취하여 비틀거리며 대문을 들어서는 형님을
보고는 이상히 놀랐다. 어른 앞에 그런 버릇은 연래에 보지 못
한 까닭이었다. 환자는 큰사랑에 있는데 그는 안방으로 들어가
서 엣가락뎃가락하며* 주정을 부린다. 그런 뒤 집안 식구들을 자
기 앞에 모아 놓고는 약주술이 카랑카랑한 대접에다가 손에 들
었던 아편을 타는 것이다. 누이동생들은 기겁을 하여 덤벼들어
그 약을 뺏으려 했으나 무지스러운 주먹을 당치 못하여 몇 번씩
얻어맞고는 울며 서서 뻔히 볼 뿐이었다. 술에다 약을 말짱히 풀

* 엣가락뎃가락하다 : 서로 뜻이 맞지 않아 이러니저러니 옳고 그름을 따지다.

어 놓더니 그는 요강을 번쩍 들어 대청으로 던져서 요란히 하며 점잖이 아버지의 함자를 불렀다. 그리고 나는 너 때문에 아까운 청춘을 죽는다, 고 선언을 하고는 홀쩍…… 울었다. 전이면 두말 없이 도끼날에 횡사는 면치 못하리라마는 자유를 잃은 환자라 넘봤을뿐더러 그 태도가 어른을 휘어잡을 맥이었다. 그러나 사랑에서도 문갑이 깨지는지 제그럭 소리와 아울러 이놈 얼른 죽어라, 는 호령이 폭발하였다. 이 음성이 취한 그에게도 위엄이 아직 남았는지 그는 눈을 둥글둥글 굴리고 있더니, 나중에는 동생들을 하나씩 붙잡아 가지곤 두들겨 주기 비롯하였다. 이년들 느들 죽이고 나서 내가 죽겠다, 고 이를 악물고 치니 울음소리는 집안을 뒤집었다. 어른이 귀여워하는 딸일 뿐 아니라 언제든 조용하길 원하는 환자에게 보복 수단으로는 이만한 것이 다시없으리라. 그리고 이제 생각하면 어른에게 행한 매끝을 우리들이 받았는지도 모른다. 매질에 누이들이 머리가 터지고 옷이 찢기고 하는 서슬에 나는 두려워서, 드러누운 아버지에게로 달려가 그 곁을 파고들며 떨고 있었다. 그는 상기하여 약 오른 뱀눈이 되고 소리를 내이도록 신음하였다. 앙상한 가슴을 벌떡이었다. 병마에 시달리는 설움도 컸거늘 그중에 하나같이 믿었던 자식마저 잃고 보니 비장한 그 심사는 이루 헤아릴 수 없을 것이다. 눈물을 머금고 나의 손을 지그시 잡더니만 당신의 몸을 데려다 안방에 놓아 달라고 애원 비슷이 말하였다. 하지만 그러기에 나는 너무 조그맸다. 형님에게 매 맞을 생각을 하고 다만 떨 뿐이었다. 그런대로 그날은 무사하였다. 맏아들의 자세로 돈이나 나올까

봄·봄

하여 얼러 보았으나 이도저도 생각과 틀림에 그는 실쭉하여 약
사발을 발로 차버리고는 나가 버렸다. 그 뒤 풍편에 들으매 그는
빚을 내어 저희끼리 어떻게 결혼이라고 해서는 자그만 집을 얻
어 신접살이를 나갔다는 것이었다. 그곳을 누님들은 가끔 찾아
갔다. 그리고 병에 들어 울고 계시는 아버님을 생각하여 다시 그
품으로 돌아오라고 간곡히 깨쳐 주었다마는 그는 종내 듣지를
않고 도리어 동기를 두들겨 보내고 보내고 하였다.

아버지의 성미는 우리와 별것이었다. 그는 평소 바둑을 좋아
하였다. 밤이면 친구를 조용히 데리고 앉아 몇백 원씩 돈을 걸
고는 바둑을 두었다. 그렇지 않을 때에는 밤출입이 잦았다. 말인
즉슨 오입을 즐겼고 그걸로 몸을 망쳤다 한다. 술도 많이 자셨다
는데 나는 직접 보진 못한바 아마 돈을 아껴서이리라. 또는 점이
특출하였다. 엽전 네 닢을 흔들어 떨어뜨려선 이걸 글로 풀어 앞
에 닥쳐올 운명을 판단하는 수완이 능하여 나는 여러 번 신기
한 일을 보았다. 그러나 일단 돈 모으는 데 들어서는 몸을 아낌
이 없었다. 초작에는 물론이요 돈을 쌓아 논 뒤에도 비단 하나
몸에 걸칠 줄 몰랐고 하루의 찬가로 몇십 전씩 내놓을 뿐 알짜
돈은 당신이 움켜쥐고는 혼자 주물렀다. 병에 들어서도 나는 데
없이 파먹기만 하는 건 망조라 하여 조석마다 칠 홉씩이나 잡곡
을 섞도록 분부하여 조투성이를 만들었고 혹은 죽을 쑤게 하였
다. 그리고 찬이라도 몇 가지 더 하면 그는 안 자시고 밥상을 그
냥 내보내고 하였다. 이렇게 뼈를 깎아 모은 그 돈으로 말미암아
시집을 보낼 적마다 딸들의 신세를 졸였고, 또 마지막엔 아들까

지 잃었다. 이걸 알았는지 그는 날마다 슬픈 빛으로 울었다. 아들이 가끔 와서 곁으로 돌며 북새를 부리다 갈 적마다 드러누운 채 야윈 주먹을 들어 공중을 내려치며 죽일 놈, 죽일 놈 하며 외마디소리를 내었다. 따라 심화에 병은 날로 더쳤다. 이러길 반 해를 지나니, 형님은 자기의 죄를 뉘우쳤는지 하루는 풀이 죽어서 왔다. 그리고 대접 하나를 손에서 내놓으며 병환에 신효한 보약이니 갖다 드리라 한다. 나는 그걸 받아 환자 앞에 놓으며 그 연유를 전하였다. 환자는 손에 들고 이윽히 보더니만 그놈이 날 먹고 죽으라고 독약을 타왔다, 하며 그대로 요강에 쏟아 버렸다. 이 말을 듣고 아들은 울며 돌아갔다. 이것이 보약인지 혹은 독약인지 여태껏 나는 모른다. 마는 형님이 환자 때문에 알밴 자라 몇 마리를 우정 구하여 정성으로 고아 온 것만은 사실이었다. 며칠 후 그는 죄진 낯으로 또다시 왔다. 부엌으로 들어가더니 부지깽이처럼 굵다란 몽둥이를 몇 자루 다듬어서는 두 손에 공손히 모아 쥐고 아버지 앞으로 갔다. 그러나 그 방에는 차마 못 들어가고 사랑방 문턱에 바싹 붙어서 머뭇거릴 뿐이었다. 결국 그러다 울음이 터졌다. 아버님, 이 매로 저를 죽여 줍소사, 그리고 저의 죄를 사해 주소서, 하며 애걸애걸 빌었다. 답은 없다. 열 번을 하여도 스무 번을 하여도 아무 답이 없었다. 똑같은 소리를 외며 울며 빌기를 아마 한 시간쯤이나 하였을 게다. 방에서 비로소 보기 싫다, 물러가거라, 고 환자는 거푸지게 한마디로 끊는다. 그러니 형님은 울음으로 섰다가 울음으로 물러갈밖에 도리가 없었다. 그는 다시 오지 않았다. 자식을 사랑하는 마음이

봄·봄

야 뉘라고 없었으랴마는 하는 그 행동이 너무 괘씸하였고 치가 떨렸다. 복받치는 분심과 아울러 한 팔을 잃은 그 슬픔이 이때에 양자를 하게 된 동기가 되었다. 그 양자란 시골서 데려 올려온 농부로 후분에 부자 될 생각에 온갖 고생을 무릅쓰고 약을 달이랴, 오줌똥을 걷으랴, 잔심부름에 달리랴, 본자식 저 이상의 효성으로 환자에게 섬기었다. 물론 그때야 환자가 죽은 다음 그 아들에게 돈 한 푼 변변히 못 받을 것을 꿈에도 생각지는 못하였으리라.

아직껏 총각이라고 속이어 혼인이랍시고 저희끼리 부랴사랴 엉둥거리긴 하였으나 생활에 쪼들리니 형님은 뒤가 터질까 하여 애가 탔다. 물론 식량은 대었으되 아버지의 분부를 받아 입쌀 한 되면 좁쌀 한 되를 섞어서 보냈다. 그뿐으로 동전 한 푼 현금은 무가내였다. 형님은 그 쌀을 받아서 체로 받치어 좁쌀은 뽑아 버리곤 도로 입쌀을 만들어 팔았다. 그 돈으로 젊은 양주가 먹고 싶은 음식이며 담배, 잔용들에 소비하는 것이었다. 이 소문을 듣고 아버지는 그담부터 다시 보내지 말라고 꾸중하였다. 애비를 반역한 그 자식 괘씸한 품으로 따지면 당장 다리를 꺾어 놓을 것이나, 그만이나마 하는 것도 당신이 아니면 어려울진대 항차 그놈이 무슨 호강에 그러랴 싶어서 대로한 모양이었다. 부자간 살육전은 여기서 시작되었다. 밥줄이 끊어진 형님은 틈틈이 달려와서 나를 꾀었다. 담모퉁이로 끌고 가서 내 귀에다 입을 대고는 이따 왜떡을 사 줄 테니 아버지 주무시는 머리맡에 가서 가방을 슬며시 열고 저금통과 도장을 꺼내 오라고 소곤거리는 것이었다. 그때 그는 의복이며 신색이 궁기에 끼어 출출하였다. 부자의 자식커녕 굴하방* 친구로도 그 외양이 얼리지 못하였으니 마땅히 자기의 차지 될 그 재산을 임의로 못 하는 그 원한이야 이만저만 아니었으리라. 나는 그의 말대로 갖다주면 그는 거나하여 나의 머리를 뚜덕이며 데리고 가서는 왜떡을 사주고 볼일을 다 본 통장과 도장은 도로 내놓으며 두었던 자리에 다시 몰래 갖다 두라 하였다. 그 왜떡이란 기름하고 검누른 바탕에 누비줄 몇 줄이 줄을 친 것인데 나는 그놈을 퍽 좋아했다. 그 맛에 들리어 종말에는 아버지에게 된통 혼이 났다. 그담으로는 형님이 와서 누이동생들을 족대기었다. 주먹을 들어, 혹은 방망이를 들어, 함부로 때려 울려 놓고는 찬가로 몇 푼 타 두었던 돈을 다급하게 갖고 가고 하였다. 그는 원래 불량한 성질이 있었다. 자기만 얼러 달라고 날뛰는 사품에 우리들은 그 주먹에 여러 번 혹을 달았다. 양자로 하여 자기에게 마땅히 대물려야 할 그 재산이 귀 떨어질까 어른을 미워하는 중 하물며 식량까지 푼푼치 못하매 그는 독이 바짝 올랐다. 뜨거운 여름날이라 해질 임시하여 씩씩 땀을 흘리며 달려들었다. 환자는 안방에 드러누워 돌아가지도 않고 뼈만 남은 산송장이 되어 해만 끄니, 그를 간호하는 산 사람 따라 늘어질 지경이었다. 서슬이 시퍼렇게 들어오던 형님은 긴 병에 시달리어 맥을 잃고는 마루에들 모여 앉았던 우리 앞에 딱 서더니 도끼눈으로 우리를 하나씩 훑어 주고는 코웃음

* 몸을 굽히고 들어가야 할 만큼 작은 문이 달린 방.

을 친다. 우리는 또 매 맞을 징조를 보고는 오늘은 누가 먼저 맞나 하여 속을 졸였다. 그는 부리나케 부엌으로 들어갔다. 솥뚜껑을 여는 소리가 나더니 느들만 처먹니, 하는 호령과 함께 쟁그렁 하고 쇠 부딪는 소리가 굉장하였다. 방에서는 이놈, 하고 비장한 호령, 음울한 분위기에 싸여 오던 집안 공기는 일시에 활기를 띠었다. 이 소리에 형님은 기가 나서, 뒤껼으로 달아나는 셋째누이를 때려 보자고 쫓아갔다. 어른에게 대한 노함, 혹은 어른을 속여서라도 넌즛넌즛이 자기에게 양식을 안 댔다는 죄목이었다. 누이는 뒤란을 한 바퀴 돌더니 하릴없이 마루 위로 한숨에 뛰어올랐다. 방의 문을 열고 어른이 드러누웠으매 제가 설마 여기야, 하는 맥이나, 형님은 거침없이 신발로 뛰어올라 그 허구리를 너더댓 번 차더니 꼬꾸라뜨렸다. 그러고는 이년들 혼자 먹어, 이렇게 얼르자* 그담 누님을 머리채를 잡고 마루 끝으로 자르르 끌고 와서 댓돌 아래로 굴려 버리니 자지러지는 울음소리에 귀가 놀랐다. 세상이 눈만 감으면 어른도 칠 형세이라, 나는 눈이 휘둥그렇게 아버지의 곁으로 피신하였다. 환자는 눈물을 흘리며 묵묵히 누웠다. 우는지 웃는지 분간을 못 할 만치 이를 악물어 보이다가 슬며시 비웃어 버리며 주먹으로 고래를 칠 때 나는 영문 모르는 눈물을 청하였다. 수심도 수심 나름이거니와 그의 슬픔은 그나 알리라. 그는 옆에 앉았는 양자의 손을 잡으며 당신을 업어다 마루에 내다놓으라, 분부하였다. 양자는 잠자코 머

* 위협하자.

리를 숙일 뿐이다. 만일에 그대로 하면 병만 더칠 뿐 아니라 집 안에 살풍경이 일 것을 염려하여서이다. 하지만 환자의 뜻을 거스름이 그의 임무는 아니었다. 재삼 명령이 내릴 적엔 환자를 마지못하여 고이 다루며 마루 위에 업어다 놓으니 환자는 두 다리를 세우고 웅크리고 앉아서는 마당에 하회를 기다리고 우두커니 섰는 아들을 쏘아보았다. 이태 만에야 비로소 정면으로 대하는 그 아들이다. 그는 기에 넘어 대뜸 이놈, 하다가 몹쓸 병에 가새질려* 턱을 까불며 한참 쿨룩거리더니 나를 잡아먹으라고, 하고는 기운에 부치어 뒤로 털뻑 주저앉고 말았다. 그리고 몸을 전후로 흔들며 시근거린다. 가슴에 맺히도록 한은 컸건만 병으로 인하여 입만 벙긋거리며 할 말을 못 하는 그는 매우 괴로운 모양이었다. 그러나 당신 옆에 커다란 식칼이 놓였음을 알자 그는 선뜻 집어 아들을 향하여 힘껏 던졌다. 정갱이를 맞았으면 물론 살인을 쳤을 것이나 요행히도 칼은 아들의 발끝에서 힘을 잃었다. 이 순간 딸들도 아버지를 앞뒤로 얼싸안고 아버님 저를 죽여 줍소사, 애원하며 그 품에 머리들을 박고는 일시에 통곡이 낭자하였다. 마당의 아들은 다만 머리를 숙이고 멍멍히 섰더니 환자 옆에 있는 그 양자를 눈독을 몹시 들이곤 돌아가 버렸다. 하나 며칠 아니면 자기도 부자의 호강을 할 수 있음을 짐작했던들 그리 분할 것도 아니련만—

얼마 아니어서 아버지는 돌아갔다. 바로 빗방울이 부슬부슬

* 꼼짝 못 하고.

내리던 이슥한 밤이었다. 숨을 몬다고 기별하니 형님은 그 부인을 동반하여 쏜살같이 인력거로 달려들었고 문간서부터 울음을 놓더니 아버지의 머리를 얼싸안을 때엔 세상을 모른다. 그는 느껴 가며 전날에 지은 죄를 사해 받고자, 대고 애원하였다. 환자는 마른 얼굴에 적이 안심한 빛을 띠며 몇 마디의 유언을 남기곤 송장이 되었다. 점돈을 놓으면 일상 부자간 공이 맞는 쾌라 영영 잃은 놈으로 쳤더니 당신 앞에 다시 돌아오매 좋이 마음을 논 모양이었다. 그리고 형님의 효성이 꽃핀 것도 이때이었다. 그는 시급하여 허둥거리다가 단지를 하고자 어금니로 자기의 손가락을 깨물어 뜯었다마는 으스러져도 출혈이 시원치 못하매 그제는 다듬잇돌에 손가락을 얹어 놓고 방망이로 짓이겼다. 이 결과 손가락만 팅팅 부어 며칠을 두고 고생이나 하였을 뿐, 피도 짤끔짤끔하였고 아무 효력도 보지 못하였다. 나는 어떻게 되는 건지 가리*를 모르고 송장만 빤히 바라보고 서서 울다가 가끔 새아주머니를 곁눈으로 훑었다. 그는 백주에 보도 못 하던 시아비의 송장을 주무르고 앉아서 슬피 울고 있더니 형님에게 송장의 다리팔을 펴라고 명령하는 것이었다. 남편은 거기에 순종하였다.

내가 만일 이때에 나의 청춘과 나의 행복이 아버지의 시체를 따라갈 줄을 미리 알았더면 나는 그를 붙들고 한 달이고 두 달이고 내리 울었으리라. 그러나 나는 사람을 모르는 철부지였다.

* 일의 갈피와 조리.

설움도 설움이려니와 긴치 못한 아버지의 상사가 두고두고 성가
시었다. 왜냐면 아침상식은 형님과 둘이 치르나 저녁상식은 나
혼자 맡는 것이었다. 혼자서 제복을 입고 대막대를 손에 짚고는
맘에 없는 울음이라도 어구데구 하지 않으면 불공죄로 그에게
단박 몽둥이찜질을 받았다. 그러면 자기는 너무 많은 그 돈을 처
치 못 하여 밤거리를 휘돌다가 새벽녘에는 새로운 한 계집을 옆
에 끼고 술이 만취하여 들어오고 하였다. 천금을 손에 쥐고 가
장이 되니 그는 향락이란 향락을 다 누렸다마는 하루는 골피를
찌푸렸다. 철궤에 든 지전 뭉치를 헤어 보기가 불찰, 십 원짜리
다섯 장이 없어졌음을 알았던 것이다. 아침에 그는 상청에서 곡
을 하고 나더니 안방으로 들어가 출가하였던 둘째누님을 호출
하였다. 그리고 다른 사람은 일절 그 근처에 얼씬도 못 하게 영
이 내렸다. 방문을 꼭꼭 닫치고 한참 중얼거리더니 이건 때리는
게 아니라 필시 죽이는 소리이다. 애가가 하고 까부러지는 비
명이 들리다간 이번엔 식식거리며 숨을 돌리는 신음, 그리고 다
시 애가가다. 그 뒤 들어 보니 전날 밤 아버지의 삭망에 잡술
제물을 장만하러 간 것이 불행히 이 누님이던 바 혹시나 이 기회
에 그 돈을 다른 데로 돌리지나 않았나 하는 혐의로 그렇게 고
문을 당한 것이었다. 처음에는 치마만 남기고 빨가벗기어 그 옷
을 일일이 뒤져 보고 털어 보았으나 그 돈이 내닫지 않으매 대뜸
엎어 놓고 발길로 차며 때리며 하여 불이 내렸다 한다. 그래도
단서는 얻지 못하였으니 셋째, 넷째, 끝의 누님들은 물론 형수,
하녀 또는 어린 나에 이르기까지 어찌 그 고문을 면할 수 있었

으랴. 끝의 누님은 한 움큼 빠진 머리칼을 손바닥에 들고는 만져보며 무한 울었다. 그러나 제일 호되게 경을 친 것은 역시 둘째누님이었다. 허리를 못 쓰고 드러누워 느끼며 냉수 한 그릇을 나에게 청할 제 나는 애매한 누님을 주리를 튼 형님이 극히 야속하였다. 실상은 삼촌댁이나 셋째누이나 그들 중에 그 돈을 건넌방 다락 복고개를 뚫고 넣었으리라고 생각은 하였다마는 나는 입을 다물었다. 만약에 토설을 하는 나절에는 그들은 형님 손에 당장 늘어질 것을 염려하여서이다.

1939년 11월, 《광업조선》

콩트

봄밤

"얘, 오늘 사진 재밌지?"

영애는 옥녀의 옆으로 다가서며 정다이 또 물었다. 마는 옥녀는 고개를 폭 숙이고 그저 걸을 뿐 역시 대답이 없다.

극장에서 나와서부터 이제까지 세 번을 물었다. 그래도 한마디의 대답도 없을 때에는 아마 나에게 삐졌나 부다. 영애는 이렇게 생각도 하여 봤으나 그럴 아무 이유도 없다. 필연 돈 없어 뜻대로 되지 않는 저의 연애를 슬퍼함에 틀림없으리라.

쓸쓸한 다옥정 골목으로 들어서며 영애는 날씬한 옥녀가 요즘으로 부쩍 더 자란 듯싶었다. 이젠 머리를 틀어올려야 되겠군, 하고 생각하다 옥녀와 거반 동시에 발이 딱 멈추었다. 누가 사가지고 가다가 떨어쳤는가 발 앞에 네모 번득한 갑 하나가 떨어져 있다.

옥녀는 걸쌈스러운 시늉으로 사방을 돌아보고 선뜻 집어 들었다. 그리고 갑의 흙을 털며 그 귀에 가만히

"영애야, 시곈 게지?"

"글쎄, 갑을 보니 아마 금시곈걸!"

그늘은 전등 밑에 바짝 붙어 서서 어깨를 맞대었다. 그리고 부랴부랴 갑이 열리었다. 그 속에서 나오는 물건은 또 반질반질한 종이에 몇 겹 싸이었다. 그놈을 마저 허둥지둥 펼치었다. 그러나 그 속 알이 나타나자 그들은 기겁을 하여 땅으로 도로 내던지며 퉤, 퉤, 하고 예방이나 하듯이 침을 배알지 않을 수 없다. 그보다 더 놀란 건 골목 안에 사람이 없는 줄 알았더니 이 구석 저 구석에서 장난꾼들이 불쑥불쑥 빠져나온다. 더러는 재밌다고 배를 얼싸안고 껄껄거리며

"똥은 왜 금이 아닌가?"

하고 콧등을 찌긋하는 놈……

영애는 옥녀를 끌고 저리로 달아나며

"망할 자식들 같으니!"

"으하하하하! 고것들 이쁘다!"

1936년 4월, 《여성》

수필

조선의 집시
─ 들병이 철학

아내를 구경거리로 개방할 의사가 있는가 혹은 그만한 용기가 있는가, 나는 이렇게 가끔 묻고 싶은 충동을 느낀다. 물론 사교계에 용납한다는 의미는 아니다. 아내의 출세와 행복을 바라지 않는 자가 누구랴─

그러나 내가 하는 말은 자기의 아내를 대중의 구경거리로 던질 수 있는가, 그것이다. 그야 일부러 물자를 들여 가며 이혼을 소송하는 부부도 없지는 않다. 마는 극진히 애지중지하는 자기의 아내를 대중에게 봉사하겠는가, 말이다.

밥! 밥! 이렇게 부르짖고 보면 대뜸 신성치 못한 아귀를 연상케 된다. 밥을 먹는다는 것이 따는 그리 신성치는 못한가 보다. 마치 이 사회에서 구명회생하는 호구(糊口)가 그리 신성치 못한

봄·봄

것과 같이— 거기에는 몰지각적 복종이 필요하다. 파렴치적 허세가 필요하다. 그리고 매춘부적 애교 아첨도 필요할는지 모른다. 그렇지 않고야 어디 제가 감히 사회적 지위를 농단하고 생활해 나갈 도리가 있겠는가—

그러나 이것은 그런 모든 가면 허식을 벗어난 각성적 행동이다. 아내를 내놓고 그리고 먹는 것이다. 애교를 판다는 것도 근자에 이르러서는 완전히 노동화하였다. 노동하여 생활하는 여기에는 아무도 이의가 없을 것이다.

이것이 즉 들병이다.

그들도 처음에는 다 나쁘지 않게 성한 오장육부가 있었다. 그리고 남만 못하지 않게 낌끌한* 희망으로 땅을 파던 농군이었다.

농사라는 것이 얼른 생각하면 한가로운 신선 노릇도 같다. 마는 실상은 그런 고역이 다시없을 것이다. 땡볕에 논을 맨다. 김을 맨다. 혹은 비 한 방울에 갈급이 나서 눈 감고 꿈에까지 천기를 엿본다— 그러나 어떻게 해서라도 농작물만 잘되고 추수 때 소득만 여의하다면이야** 문제 있으랴.

가을은 농촌의 유일한 명절이다. 그와 동시에 여러 위협과 굴욕을 겪고 나는 한 역경이다. 말하자면 그들은 지주와 빚쟁이에게 수확물로 주고 다시 한겨울을 염려하기 위하여 한 해 동안 땀을 흘렸는지도 모른다.

여기에서 한번 분발한 것이 즉 들병이 생활이다.

* 깨끗한. 깔끔한.
** 여의하다 : 일이 마음먹은 대로 되다.

들병이가 되면 밥은 식생대로 먹을 수 있다는 것과 또는 그 준비에 돈 한 푼 안 든다는 이것에 그들은 매혹된다. 아내의 얼굴이 수색(秀色)이면 더욱 좋다.

그렇지 않더라도 농촌에서 항상 유행하는 가요나 몇 마디 반반히 가르치면 된다.

남편은 아내를 데리고 앉아서 소리를 가르친다. 낮에는 물론 벌어야 먹으니까 그럴 여가가 없고 밤에 들어와서는 아내를 가르친다. 재조(才操) 없으면 몇 달도 걸리고 총명하다면 한 달포만에 끝이 난다. 아리랑으로부터 양산도, 방아타령, 신고산타령에 배따라기— 그러나 게다 이 풍진 세상을 만났으니 나의 희망을 부르면 더욱 시세가 좋을 것이다.

이러면 그때에는 남편이 데리고 나가서 먹으면 된다. 그들이 소리를 가르친다는 것은 예술가적 명칭이 아니었다. 개 끄는 소리라도 먹을 수 있을 만큼 세련되면 그만이다.

아내의 등에 자식을 업혀 가지고 이렇게 남편이 데리고 나간다. 산을 넘어도 좋고 강을 몇 씩 건너도 좋다. 밥 있는 곳이면 산골이고 버덩을 불구하고 발길을 닿는 대로 유랑하는 것이다.

이것을 다른 데 예를 잡으면 애급(埃及)의 집시— (유랑민)적 존재다.

한창 낙엽이 질 때이면 추수는 대개 끝이 난다. 그리고 궁하던 농촌에도 방방곡곡 두둑한 볏섬이 늘려 놓인다.

들병이는 이때로부터 백열(白熱)적 생활을 시작한다. 마치 그것은 볏섬을 습격하는 참새들의 행동과 동일시하여도 좋다. 다만 한 가지 차이라면 참새는 당장의 충복이 목적이로되 그들은 포식 이외에 그다음 해 여름의 생활까지 지탱해 나갈 연명 자료가 필요하다. 왜냐면 농가의 봄, 여름이란 가장 궁한 때이요 따라 들병이들의 큰 공황기다.

이리하여 가을에 그들은 결사적으로 영업을 개시한다. 영업이라야 적수공권(赤手空拳)으로 유랑하며 아무 술집에고 유숙하면 그뿐이지만—

촌의 술집에서는 어디고 들병이를 환영한다. 아무개 집에 들병이 들었다 하면 그날 밤으로 젊은 축들은 몰려든다. 소리 조금만 먼저 해보라는 놈, 통성명만으로 낼 밤의 밀회를 약속하는 놈, 혹은 데리고 철야하는 놈…… 하여튼 음산하던 술집이 이렇게 담박 활기를 띤다.

술집 주인으로 보면 두 가지의 이득을 보는 것이다. 들병이에게 술을 팔고 밥을 팔고—

들병이가 보통 작부와 같은 점이 여기다. 그들은 남의 술을 팔고 보수를 바라는 것이 아니라 주막 주인에게 막걸리를 됫술로 사면 팔 때에는 잔술로 환산한다. 막걸리 한 되의 원가가 가령 십칠 전이라면 그것을 이십여 전에 맞는다. 그리고 손님에게 잔으로 풀어 열 잔이 낫다 치고 오십 전, 다시 말하면 탁주 일승(一升)의 순이익이 삼십 전이라 할 것이다.

그러나 한 잔에 반드시 오십 전만 받겠다는 선언은 없다. 십 전도 좋고 이십 전도 좋다. 주객의 처분대로 이쪽에서는 받기만 하면 된다. 그럴 리야 없겠지만 한 잔에 일 원씩을 설사 쳐준다

해도 결코 마다하지는 않는다. 다만 그 대신 객의 소청이면 무엇을 물론하고 응낙할 만한 호의만 가질 것이다.

들병이는 무엇보다도 들병이로서의 수완이 있어야 된다. 술 팔고 안주로 아리랑타령만 하면 되는 것이 아니다. 아리랑쯤이면 농군들은 물릴 만치 들었고 또 하기도 선수다. 그 아리랑을 들으러 삼사십 전의 대금을 낭비하는 농군이 아니었다. 술 몇 잔 사먹으면 으레 딴 안주까지 강요하는 것이다. 또 그것이 여러 번 거듭하는 동안에 아예 한 개의 완전한 권리로서 행사케 된다.

만약 들병이가 여기에 응치 않는다면 그건 큰 실례다. 안주를 덜 받은 데 그들은 담박 분개하여 대들지도 모른다. 혹은 지불하였던 술값을 도로 내라고 협박할는지도 모른다.

이런 소박한 농군들을 상대로 생활하는 들병이라 그 수단도 서울의 주부들과는 색채를 달리한다. 말하자면 주부들의 애교는 임시변통으로 족하나 그러나 들병이는 끈끈한 사랑 즉 사랑의 지속성을 요한다. 왜냐면 밤마다 오는 놈들이 거의 동시에 몰려들기 때문에 일정한 추파를 보유치 않으면 당장에 권비백산(眷飛魄散)의 수라장이 되기가 쉽다.

들병이가 되려면 이런 화근을 없애도록 첫째 눈치가 빨라야 할 것이다. 그러나 그렇다고 현금으로 청구해서는 또한 실례가 될는지도 모른다. 보통 외상이므로 떠날 때쯤 해야 집으로 찾아다니며 쌀이고 벼고 콩팥, 조, 이런 곡식을 되는대로 수합함이 옳을 것이다.

그리고 두 내외 짊어지고 그담 마을로 찾아간다.

봄 · 봄

들병이를 객관적으로 평가하여 빈궁한 농민들을 잠식하는 한 독충이라 할는지도 모른다. 사실 들병이와 관련되어 발생하는 춘사(椿事)가 비일비재다. 풍기문란은 고사하고 유혹, 사기, 도난, 폭행— 주재소에서 보는 대로 추출을 명령하는 그 이유도 여기에 있을 것이다.

그러나 이것은 일면만을 관찰한 편견에 지나지 않는다. 들병이에게는 그 해독을 보가(報價)하고도 남을 큰 기능이 있을 것이다.

시골의 총각들이 취처를 한다는 것은 실로 용이한 일이 아니다. 결혼 당일의 비용은 말고 우선 선납금을 조달하기가 어렵다. 적어도 사오십 원의 현금이 아니면 매혼시장에 출마할 자격부터 없는 것이다. 이에 늙은 총각은 삼사 년간 머슴살이 고역에 부득이 감내한다.

그리고 한편 그들의 후일의 가정을 가질 만한 부양 능력이 있냐 하면 그것도 한 의문이다. 현재 처자와 동락하는 자로도 졸지에 이별되는 경우가 없지 않다. 모든 사정은 이렇게 그들로 하여금 독신자의 생활을 강요하고 따라서 정열의 포만 상태를 초래한다. 이것을 주기적으로 조절하는 완화작용을 즉 들병이의 역할이라 하겠다.

들병이가 동리에 들었다. 소문만 나면 그들은 시각으로 몰려들어 인사를 청한다. 기실 인사가 목적이 아니라 우선 안면만 익혀 두자는 심산이었다. 들병이의 용모가 출중나다든가, 혹은 성악이 탁월하다든가 하는 것은 그리 문제가 못 된다. 유두분면(油

頭粉面)에 비녀쪽 하나만 달리면 이런 경우에는 그대로 통과한다. 연래의 숙원을 성취시키기 위하여 그 호기를 감축할 뿐이다.

들병이가 들면 그날 밤부터 동리의 청년들은 떼난봉이 난다. 그렇다고 무심히 산재(散財)를 한다든가 탈선은 아니한다. 아무쪼록 염가로 향락하도록 강구하는 것이 그들의 버릇이다. 여섯이고 몇이고 작당하고 추렴을 모아 술을 먹는다. 한 사람이 오십 전씩을 낸다면 도합 삼 원— 그 삼 원을 가지고 제각기 삼 원어치 권세를 표방하며 거기에 부수되는 염태를 요구한다. 만약 들병이가 이 가치를 무시한다든가, 혹은 공평치 못한 애욕 낭비가 있다든가, 하는 때에는 담박 분란이 일어난다. 다 같이 돈은 냈는데 어째서 나만 떼놓느냐, 하고 시비조로 덤비면 큰 두통거릴 뿐만 아니라 돈 못 받고 따귀만 털리는 봉변도 없지 않다. 하니까 들병이는 이 여섯 친구를 동시에 무마하며 삼 원어치 대안을 무사 공정히 하는 것이 한 비결일지도 모른다.

이렇게 결산하면 내긴 오십 전을 냈으되 그 효용 가치는 무려 십팔 원에 달하는 심이었다. 이런 좋은 기회를 바라고 농군들은 들병이의 심방을 적이 고대하는 것이다.

그러나 들병이로 보면 빈농들만 상대로 하고 있는 것도 아니다. 때로는 지주댁 사랑에서 청할 적도 있다. 그러면 들병이는 항아리나 병에 술을 넣어 가지고 찾아간다. 들병이가 큰돈을 잡는 것은 역시 이런 부잣집 사랑이다. 그리고 들병이라는 명칭도 이런 영업 수단에서 추상된 형용사일지도 모른다.

일반 농촌 부녀들이 들병이를 희망과 시기로 바라보는 까닭도 여기에 있다. 자기네들은 먹지도 잘 못하거니와 의복 하나 변변히 얻어 입지 못한다. 양반댁 사랑에 기탄없이 출입하며 먹고 입고 또는 며칠 밤 유숙하다 나오면 지전장을 만져 보니 얼마나 행복이랴—

들병이가 들면 남자뿐 아니라 아낙네까지 수군거리며 마을에 묘한 분위기가 떠돈다.

들병이를 처음 만나면 우선 남편이 있느냐고 묻는 것이 술꾼의 상투적인 일이다. 그러면 그 대답은 대개 전일에는 금슬이 좋았으나 생활난으로 말미암아 이혼했다 한다.

들병이는 남편이 없다는 것이 유일의 자본이다. 부부생활이 얼마나 무미건조하였던가를 역력히 해몽함으로써* 그들은 술꾼을 매혹케 한다.

그러나 들병이에게는 언제나 남편이 수행하고 있는 것이다. 아내가 술을 팔고 있으면 남편은 그 근처에서 배회하고 있다.

들병이의 남편이라면 흔히 도박자요 불량하기로 정평이 났다. 그들은 아내의 밥을 무위도식하며 일종의 우월권을 주장한다. 아내가 돈을 벌어 놓으면 가끔 달겨들어 압수하여 간다. 그리고 그걸로 투전을 한다. 술을 먹는다— 이렇게 명색 없이 소비되고 만다.

그러나 아내는 이에 불평을 품거나 남편을 질책하지 않는다. 이러는 것이 남편의 권리요 또는 아내의 직무로 안다. 하기야 노

* 해몽(解蒙)하다 : 어리석음을 일깨워 주다.

름에 일확천금하면 남편뿐 아니라 아내도 호사로운 생활을 가질 수 있다. 잡담여하고 노름 밑천이나 대주는 것도 두량 있는 일인지도 모른다.

들병이로 나서면 주객 접대도 힘들거니와 첫째 남편 공양이 더 난사다. 밥만 먹일 뿐 아니라 옷뒤도 거둬야 한다. 술 팔기에 밤도 새우지만 낮에는 빨래를 하고 옷을 꿰매고 그래야 입을 것이다. 게다 젖먹이나 달리면 강보도 늘 빨아 대야 하는 것을 잊어서는 안 된다.

그러나 그것만도 좋다. 엄동설한에 태중으로 나섰다가 산기가 있을 때에는 좀 곡경*이다. 술을 팔다 말고 술상 앞에서 해산하는 수밖에 별도리 없다. 물론 아무 준비가 있을 까닭이 없다. 까칠한 공석 위에서 덜덜 떨고 있을 뿐이다. 들병이 수업 중 그중 어렵다면 이것이겠다.

이런 때이면 남편은 비로소 아내에게 밥값을 보답한다. 희색이 만면해서 방에 불을 지피고 밥을 짓고 국을 끓이고 지성으로 보호한다. 남편은 이 아이가 자기의 자식이라고는 믿지 않는다. 다만 자기 소유에 속하는 자식이라는 그 점에 만족할 뿐이다.

상식으로 보면 이런 아이가 제대로 명을 부지할 것 같지 않다마는 들병이의 자식인 만치 무병하고 죽음과 인연이 먼 아이는 다시없을 것이다. 한 칠 일만 겨우 지나면 눈보라에 떨쳐 업고 방랑의 길로 나선다.

* 曲境. 몹시 힘들고 어려운 처지.

봄·봄

들병이가 유아를 데리고 다니는 것은 기이한 현상이 아니다. 대개 하나씩은 그 품에부터 다닌다. 고생스러운 노동에도 불구하고 자식만은 극진히 보육하는 것이다.

그러나 누가 그들을 동정하여 아이를 데리고 다니기가 곤란일 테니 길러 주마 한다면 그들은 노할지도 모른다. 이것은 고생이 아니라 생활 취미다.

그러다가도 춘궁 때가 돌아오면 들병이는 전혀 한가롭다. 그들은 고향으로 돌아가 옛집에 칩거한다. 품을 팔아 먹어도 좋고 땅을 파도 좋다. 하여튼 다시 농민 생활로 귀화하는 것이다.

그리고 그담 가을을 기다린다.

들병이는 어디로 판단하든 물론 정당한 노동자이다. 그러나 때로는 불법행위가 없는 것도 아니니 그런 때에도 우리는 증오감을 갖기보다는 일종의 애교를 느끼게 된다. 왜냐면 그 방식이 너무 단순하고 솔직하고 무기교라 해학미가 따르기 때문이다.

예를 들면 남편이 간혹 야심하여 아내의 처소를 습격하는 경우가 있다. 이때에는 방에 들어가 등잔의 불을 대려 놓고 한구석에 묵묵히 앉았다. 강박하거나 공갈은 안 한다. 들병이니까 그럴 염치는 하기야, 없기도 하거니와— 얼마 후에야 남편은 겨우 뒤통수를 긁으며

"머리 깎아야 할 텐데—"

이렇게 이발료가 없음을 장탄하리라.

그러면 이것이 들병이의 남편임을 비몽사몽간 깨닫게 된다. 실상은 죄가 못 되나 순박한 농군이라 남편이라는 위력에 압도

되어 대경실색하는 것이 항례다. 그러나 놀랄 건 없고 몇십 전 희사하면 그뿐이다. 만일 현금이 없을 때에는 내일 아침 집으로 오라 하여도 좋다. 그러면 남편은 무언으로 그 자리를 사양하되 아무 주저도 없으리라. 여기에 들병이 남편으로서의 독특한 예의가 있는 것이다. 절대로 현장을 교란하거나 가해하는 행동은 안 한다.

들병이에게 유혹되어 절도를 범하는 일이 흔히 있다. 기십 원의 생활비만 변통하면 너와 영구히 동거하겠다는 감언이설에 대개 혹하는 것이다. 그들은 들병이를 도락적 대상으로서가 아니라 아내로서의 애정을 요망한다. 늙은 홀애비가 묘령 들병이를 연모하여 남의 송아지를 끌어냈다든가, 머슴이 주인의 벼를 퍼냈다든가, 이런 범행이 빈번하다.

들병이가 내방하면 그들 사이에는 암암리의 경쟁이 시작된다. 서로 들병이를 독점하기 위하여 가진 방법으로 그 환심을 매수한다. 데리고 가서 국수를 먹이고, 닭을 먹이고, 혹은 감자도 구워다 선사한다. 그러나 좀 현명하면 약간의 막걸리로 그 남편을 수의*로 이용하여도 좋을 것이다.

들병이가 되려면 이런 자분(自分)의 추세를 민감으로 파악하여야 할 것이다. 소리는 졸렬할지라도 이 수단만 능숙하다면 호구는 무난일 게다. 그리고 남편은 배후에서 아내를 물론 지휘 조종하며 간접적으로 주객을 연락하여야 된다. 아내는 근육으

* 隨意. 자기 마음대로 함.

봄·봄

로 남편은 지혜로, 이렇게 공동전선을 치고 생존경쟁에 처한다.

들병이는 술값으로 곡물도 받는다고 전술하였다. 그러나 사실은 곡물뿐만 아니라 간혹 가장집물에까지 이를 경우도 없지 않다. 식기, 침구, 의복류— 생활상 필수품이면 구태여 흑백을 가리지 않는다.

들병이에게 철저히 열광되면 그들 부부 틈에 끼어 같이 표박하는* 친구도 있다. 이별은 아깝고, 동거는 어렵고, 그런 이유로 결국 한 예찬자로서 추종하는 고행이었다. 이런 때에는 들병이의 남편도 이 연애지상주의자의 정성을 박대하지는 않는다. 의좋게 동행하며 심복같이 잔심부름이나 시켜 먹고 한다. 이렇게 되면 누가 본남편인지 분간하기 어렵고 자칫하면 종말에 주객이 전도되는 상외(想外)의 사실도 없는 것이 아니다.

1935년 10월, 《매일신보》

---

* 표박(漂泊)하다 : 일정한 주거나 생업이 없이 떠돌아다니며 지내다.

나와 귀뚜라미
─ 나와 동식물

　폐결핵에는 삼복더위가 끝없이 얄궂다. 산의 녹음도 좋고 시원한 해변이 그립지 않은 것도 아니다. 착박(窄迫)한 방구석에서 빈대에 뜯기고 땀을 쏟고 이렇게 하는 피서는 그리 은혜로운 생활이 못 된다. 야심하여 홀로 일어나 한참 쿨룩거릴 때이면 안집은 물론 벽 하나 격(隔)한 옆집에서 끙 하고 돌아눕는 인기(人氣)를 나는 가끔 들을 수 있다. 이 몸이 길래 이 지경이라면 차라리 하고 때로는 딱한 생각도 하여 본다. 그러나 살고도 싶지 않지만 또한 죽고도 싶지 않은 그것이 즉 나의 오늘이다. 무조건하고 철이 바뀌기만, 가을이 되기만 기다린다.

　가을이 오면 밝은 낮보다 캄캄한 명상의 밤이 귀엽다. 귀뚜라미 노래를 읊을 제 창밖의 낙엽은 온온(穩穩)히 지고 그 밤은 나

　　　　　　　　　　　　　　　봄·봄

에게 극히 엄숙한 그리고 극히 고적한 순간을 가져온다. 신묘한 이 음률을 나는 잘 안다. 낯익은 처녀와 같이 들을 수 있다면 이 것이 분명히 행복임을 나는 잘 알고 있다. 그러나 분수에 넘는 허영이려니 이번 가을에는 귀뚜라미의 부르는 노래나 홀로 근청 (謹聽)하며 나는 건강한 밤을 맞아 보리라.

1935년 11월, 《조광》

오월의 산골짜기
— 내가 그리는 신록향新綠鄕

　나의 고향은 저 강원도 산골이다. 춘천읍에서 한 이십 리가량 산을 끼고 꼬불꼬불 돌아 들어가면 내닫는 조그마한 마을이다. 앞뒤 좌우에 굵직굵직한 산들이 빽 둘러섰고, 그 속에 묻힌 아늑한 마을이다. 그 산에 묻힌 모양이 마치 옴팍한 떡시루 같다 하여 동명(同名)을 '실레'라 부른다. 집이라야 대개 쓰러질 듯한 헌 초가요, 그나마도 오십 호밖에 못 되는, 말하자면 아주 빈약한 촌락이다.

　그러나 산천의 풍경으로 따지면 하나 흠잡을 데 없는 귀여운 전원이다. 산에는 기화이초(奇花異草)로 바닥을 틀었고, 여기저기에 쫄쫄거리며 내솟는 약수도 맑고 그리고 우리의 머리 위에서 골골거리며 까치와 시비를 하는 노란 꾀꼬리도 좋다.

주위가 이렇게 시적(詩的)이니만치 그들의 생활도 어디인가 시적이다. 어수룩하고 꾸물꾸물 일만 하는 그들을 대하면 딴 세상 사람을 보는 듯하다.

벽촌이라 교통이 불편하므로 현 사회와 거래가 드물다. 편지도 나달에 한 번씩밖에 안 온다. 그것도 배달부가 자전거로 이 산골짝까지 오기가 괴로워서 도중에 마을 사람이나 만나면 편지 좀 전해 달라고 부탁하고는 도로 가기도 한다.

이렇게 도회와 인연이 멀므로 그 인심도 그리 야박하지가 못하다. 물론 극히 궁한 생활이 아닌 것은 아니나, 그러나 그들은 아직 악착한 행동을 모른다. 그 증거로 아직 나의 기억에 상해 사건으로 마을의 소동을 일으킨 적은 없었다.

그들이 모이어 일하는 것을 보아도 폭 우의적이요, 따라서 유쾌한 노동을 하는 것이다.

오월쯤 되면, 농가에는 한창 바쁠 때이다. 밭일도 급하거니와 논에 모도 내야 한다. 그보다는 논에 거름을 할 갈이 우선 필요하다. 갈을 꺾는 데는 갈잎이 알맞게 퍼드러졌을 때, 그리고 쇠기 전에 부랴사랴 꺾어 내려야 한다.

이러한 경우에는 일시에 많은 품이 든다. 그들은 여남은씩 한 떼가 되어 돌려 가며 품앗이로 일을 해주는 것이다. 이것은 일의 권태를 잊을 뿐만 아니라 또한 일의 능률까지 오르게 된다.

갈 때가 되면, 산골에서는 노유(老幼)를 막론하고 무슨 명절이나처럼 공연히 기꺼웁다. 왜냐면 갈꾼을 위하여 막걸리며 고등어, 콩나물, 두부에 이밥― 이렇게 별식이 벌어지기 때문이다.

농군하면 얼른 앉은자리에서 밥 몇 그릇씩 치는 탐식가로 정평이 났다. 사실 갈을 꺾을 때, 그들이 먹는 식품(食稟)은 놀라운 것이다. 그리고 그렇게 먹지 않으면 몸이 감당해 나가지 못할 만치 일도 역 고된 일이다. 거한 산으로 헤매며 갈을 꺾어서 한 짐 잔뜩 지고 오르내리자면 방울땀이 떨어지니 여느 일과 노동이 좀 다르다. 그러니 만치 산골에서는 갈꾼만은 특히 잘 먹이고 잘 대접하는 법이다.

개동(開東)부터 어두울 때까지 그들은 밥을 다섯 끼를 먹는다. 다시 말하면, 조반, 점심 겨누리*, 점심, 저녁 겨누리, 저녁 이렇게 여러 번 먹는다. 게다가 참참이 먹이는 막걸리까지 친다면 하루에 무려 여덟 번을 식사를 하는 셈이다. 그것도 감투밥으로 올려 담은 큰 그릇의 밥 한 사발을 그들은 주는 대로 어렵지 않게 다 치고 치고 하는 것이다.

"아, 잘 먹었다. 이렇게 먹어야 허리가 안 휘어—"

이것이 그들이 가진 지식이다. 일에 과로하여 허리가 아픈 것을 모르고, 그들은 먹은 밥이 삭아서 창자가 홀쭉하니까 허리가 휘는 줄로만 안다. 그러니까 빈창자에 연신 밥을 먹여서 꼿꼿이 만들어야, 따라서 허리는 펴질 걸로 알고 굳이 먹는 것이다.

갈꾼들은 흔히 바깥뜰에 멍석을 펴고 쭉 둘러앉아서 술이고 밥이고 한데 즐긴다. 어쩌다 동리 사람이 그 앞을 지나가게 되면 그들은 손짓으로 부른다.

---

* '곁두리'의 강원도 방언. 농사꾼이나 일꾼들이 끼니 외에 참참이 먹는 음식.

봄·봄

"여보게, 이리 와 한 잔 하게—"

"밥이 따스하니 한술 뜨게유—"

이렇게 옆사람을 불러서 음식을 나누는 것이 그들의 예의다. 어떤 사람은 아무개 집의 갈 꺾는다 하면 일부러 찾아와 제 몫을 당당히 보고 가는 이도 있다.

나도 고향에 있을 때 갈꾼에게 여러 번 얻어먹었다. 그 막걸리의 맛도 좋거니와, 옹기종기 모이어 한 가족같이 주고받는 그 기분만도 깨끗하다. 산골이 아니면 보기 어려운 귀여운 단란이다.

그리고 산골에는 잔디도 좋다.

산비알*에 포근히 깔린 잔디는 제물로 침대가 된다. 그 위에 바둑이와 같이 벌룽 자빠져서 묵상하는 재미도 좋다. 여길 보아도 저길 보아도 우뚝우뚝 섰는 모조리 푸른 산이매, 잡음 하나 들리지 않는다.

이 산속에 누워 생각하자면, 비로소 자연의 아름다움을 고요히 느끼게 된다. 머리 위로 날아드는 새들도 갖가지다. 어떤 놈은 밤나무 가지에 앉아서 한 다리를 반짝 들고는 기름한 꽁지를 회회 두르며

"삐죽! 삐죽!"

이렇게 노래를 부른다. 그러면 이번에는 하얀 새가

"뺑!" 하고 날아와 앉아서는 고개를 까땍까땍 하다가 도로

"뺑!" 하고 달아난다. 혹은 나무줄기를 쪼며 돌아다니는 딱따

---

* '산비탈'의 방언.

구리도 있고. 그러나 떼를 지어 푸른 가지에서 유희를 하며 지저 귀는 꾀꼬리도 몹시 귀엽다.

산골에는 초목의 내음새까지도 특수하다. 더욱이 새로 튼 잎 이 한창 퍼드러질 임시(臨時)하여 바람에 풍기는 그 향취는 일필 로 형용하기가 어렵다. 말하자면 개운한 그리고 졸음을 청하는 듯한 그런 나른한 향기다. 일종의 선정적 매력을 느끼게 하는 짙 은 향기다.

뻐꾸기도 이 내음새에는 민감한 모양이다. 이때부터 하나 둘 울기 시작한다.

한 해 만에 뻐꾸기의 울음을 처음 들을 적만치 반가운 일은 없다. 우울한 그리고 구슬픈 그 울음을 울어 대이면 가뜩이나 한적한 마음이 더욱 늘어지게 보인다.

다른 데서는 논이나 밭을 갈 때 노래가 없다 한다. 그러나 산 골에는 소 모는 노래가 따로이 있어 논밭 일에 소를 부릴 적이면 으레 그 노래를 부른다. 소들도 세련이 되어 주인이 부르는 그 노 래를 잘 이해하고 있다. 그래서 노래대로 좌우로 방향을 변하기 도 하고, 또는 보조*의 속도를 늘이고 줄이고 이렇게 순종한다.

먼발치에서 소를 몰며 처량히 부르는 그 노래도 좋다.

이것이 모두 산골이 홀로 가질 수 있는 성스러운 음악이다.

산골의 음악으로 치면, 물소리도 빼지는 못하리라. 쫄쫄 내솟 는 샘물 소리도 좋고 또는 촐랑촐랑 흘러내리는 시내도 좋다. 그

* 步調. 걸음걸이의 속도나 모양 따위의 상태.

봄·봄

러나 세차게 쾅쾅 쏠려 내리는 큰 내를 대하면 정신이 번쩍 난다.

논에는 모를 내는 것도 이맘때다. 시골서는 모를 낼 적이면 새로운 희망이 가득하다. 그들은 즐거운 노래를 불러 가며 가을의 수확까지 연상하고 한 포기의 모를 심어 나간다. 농군에게 있어서 모는 그들의 자식과도 같이 귀중한 물건이다. 모를 내고 나면, 그들은 그것만으로도 한 해의 농사를 다 지은 듯싶다.

아낙네들도 일꾼에게 밥을 해 내기에 눈코 뜰 새 없이 바쁘다. 그리고 큰 함지에 처담아 이고는 일터에까지 나르지 않으면 안 된다. 아이들은 그 함지 끝에 줄레줄레 따라다니며 묵묵히 제 몫을 요구한다.

그리고 갈 때 전후하여 송화가 한창이다. 바람이라도 세게 불 적이면 시냇면(面)에 송홧가루가 노랗게 엉긴다.

아낙네들은 기회를 타서 머리에 수건을 쓰고, 산으로 송화를 따러 간다. 혹은 나무 위에서 혹은 나무 아래에서 서로 맞붙어 일을 하며, 저희도 모를 소리를 몇 마디 지껄이다가는 포복절도 하듯이 깔깔대고 하는 것이다.

이것이 오월경 산골의 생활이다.

산 한주택에 번듯이 누워 마을의 이런 생활을 내려다보면, 마치 그림을 보는 듯하다. 물론 이지(理智) 없는 무식한 생활이다. 마는 좀 더 유심히 관찰한다면 이지 없는 생활이 아니고는 맛볼 수 없을 만한 그런 순결한 정서를 느끼게 된다.

내가 고향을 떠난 지 한 사 년이나 되었다. 그동안 얼마나 산천이 변했는지 모르겠다. 그러나 금장이의 화를 아직 입지 않은 곳이매, 상전벽해(桑田碧海)의 변은 없으리라.

내게 건재(健在)하기 바란다.

1936년 5월, 《조광》

봄·봄

어떠한 부인을 맞이할까[*]

나는 숙명적으로 사람을 싫어합니다. 다시 말하면 사람을 두려워한다는 것이 좀 더 적절할는지 모릅니다. 늘 주위의 인물을 경계하는 버릇이 있습니다. 그 버릇이 결국에는 말없는 우울을 낳습니다.

그리고 상당한 폐결핵입니다. 최근에는 매일같이 피를 토합니다.

나와 똑같이 우울한 그리고 나와 똑같이 피를 토하는 그런 여성이 있다면 한번 만나고 싶습니다. 나는 그를 한없이 존경하겠습니다. 왜냐하면 나는 내 자신이 무언가를 그 여성에게서 배울

---

[*] 이 글은 '그분들의 결혼플랜—어떠한 남편 어떠한 부인을 맞이할까'라는 공동제로 쓰였다. 《여성》 4쪽에는 박봉자의 글과 사진이, 5쪽에는 김유정의 이 글과 사진이 나란히 게재되었다. 이를 계기로 박봉자에게 매료된 김유정은 그녀에게 수십 통의 편지를 보내기도 했다.

수 있으리라고 기대하기 때문입니다.

이렇게 되면 이건 연애가 아닐지도 모릅니다. 단순히 서로 이해할 수 있는 한 동무라 하겠습니다. 마는 다시 생각건대 이성의 애정이란 여기에서 출발하는 것이 아니라 생각합니다.

그리고 나에게 그런 특권이 있다면 그를 사랑하겠습니다. 결혼까지 이르게 된다면 감축할 일입니다. 그러면 그담에는

이몸이 죽어져서 무엇이 될고 하니
봉래산 제일송에 낙락장송 되었다가
백설이 만건곤할 제 독야청청하리라

그 봉래산 제일봉이 어딜는지, 그 위에 초가삼간 집을 짓고 한번 살아 보고 싶습니다. 많이도 바라지 않습니다. 단 사흘만 깨끗이 살아 보고 싶습니다.

그러나 한 가지 큰 의문입니다. 서로 사람을 싫어하는 사람끼리 모여 결혼 생활이 될는지 모릅니다. 만일 안 된다면 안 되는 그대로 좋습니다.

1936년 5월, 《여성》

길
—아무도 모를 내 비밀

    며칠 전 거리에서 우연히 한 청년을 만났다. 그는 나를 반기어 다방으로 끌어다 놓고 이 이야기 저 이야기 하던 끝에 돌연히 충고하여 가로되 "병환이 그러시니 만치 돌아가시기 전에 얼른 걸작을 쓰셔야지요?" 하고 껄껄 웃는 것이다.

    진정에서 우러나온 충고가 아니면 모욕을 느끼는 게 나의 버릇이었다.

    나는 못들은 척하고 옆에 놓인 얼음냉수를 들어 쭈욱 마시었다. 왜냐면 그는 귀여운 정도를 넘을 만치 그렇게 자만스러운 인물이다. 남을 충고함으로써 뒤로 자기 자신을 높이고 그리고 거기에서 어떤 만족을 느끼는 그런 종류의 청춘이었던 까닭이다.

    얼마 지난 뒤에야 나는 입을 열어 물론 나의 병이 졸연(猝然)히 나을 것은 아니나 그러나 어쩌면 성성한 그대보다 좀 더 오래 살 수 있는 이것이 결국 나의 병일는지 모른다 하고 그러니 그대도 "아예 부주의 마시고 성실히 사시기 바랍니다." 하였다.

그러고 보니 유정(裕貞)이! 너도 어지간히 사람은 버렸구나. 이렇게 기운 없이 고개를 숙였을 때 무거운 고독과 아울러 슬픔이 등위로 내려침을 알았다. 그러나 나는 아직 버리지 않았다.

작년 봄 내가 한 달포를 두고 몹시 앓았을 때 의사를 찾아가니 그 말이, 돌아오는 가을을 넘기기가 어렵다 하였다. 말하자면 요양을 잘한대도 위험하다는 눈치였다. 그러나 나는 술을 맘껏 먹었다. 연일 주야로 원고와 다투었다. 이러고도 그 가을을 무사히 넘기고 그다음 가을 즉 올가을을 앞에 두고 이렇게 기다리고 있는 것이다. 과학도 얼마만치 농담임을 알았다.

가만히 생각하면 나의 몸을 좌우할 수 있는 것은 다만 그 '길'이다. 그리고 그 '길'이래야 다만 나는 온순히 그 앞에 머리를 숙일 것이다.

요즘에 나는 헤매던 그 길을 바로 들었다. 다시 말하면 전일 잃은 줄로 알고 헤매고 있던 나는 요즘에 이르러서야 비로소 나를 위하여 따로이 한 길이 옆에 놓여 있음을 알았다. 그 길이 얼마나 멀는지 나는 그걸 모른다. 다만 한 가지 내가 그 길을 완전히 걷는 날 그날까지 나의 몸과 생명이 결코 꺾임이 없을 것을 굳게굳게 믿는 바이다.

1936년 8월, 《여성》

봄·봄

행복을 등진 열정

이젠 여름도 다 갔나 보다. 아침저녁으로 제법 맑은 높새가 건들거리기 시작한다. 머지않아 가을은 올 것이다. 얼른 가을이 되어 주기를 나는 여간 기다리지 않는다. 가을은 마치 나에게 커다랗고 그리고 아름다운 그 무엇을 가져올 것만 같이 생각이 든다.

요즘에 나는 또 하나의 병이 늘었다. 지금 두 가지의 병을 앓으며 이렇게 철이 바뀌기만 무턱대고 기다리고 누워 있다. 나는 바뀌는 절서(節序)에 가끔 속았다.

지난겨울만 하여도 이른 봄이 되어 주기를 그 얼마나 기다렸던가. 봄이 오면 날이 화창할 게고 보드라운 바람에 움이 트고 꽃도 피리라. 만물은 씩씩한 소생의 낙원으로 변할 것이다. 따라 나에게도 보드라운 그 무엇이 찾아와 무거운 이 우울을 씻어줄 것만 같았다.

"오냐! 봄만 되거라."

"봄이 오면!"

나는 이렇게 혼잣소리를 하며 뻔찔 주먹을 굳게 쥐었다. 한번은 옆에 있던 한 동무가 수상스러워 묻는 것이다.

"김 형! 봄이 오면 뭐 큰 수나 생기십니까?"

"그러믄요!"

하고 나는 제법 토심스리 대답하였다. 내 자신 역시 난데없는 그 수라는 것이 웬 놈의 순지 영문도 모르련만. 그러자 봄은 되었다. 갑자기 변하는 일기로 말미암아 그런지 나는 매일같이 혈담(血痰)을 토하였다. 밤이면 불면증으로 시난고난 몸이 말랐다.

이렇게 병세가 점점 악화되어 갈 제 그 동무는 나를 딱하게 쳐다본다.

"김 형! 봄이 되었는데 어째."

"글쎄요!"

이때 나의 대답은 너무도 무색하였다. 그는 나를 데리고 술집으로 가더니

"이젠 그렇게 기다리지 마십시오. 그거 안 됩니다."

하고 넘겨짚는 소리로 낯에 조소를 띠는 것이다. 허나 그는 설마 나를 비웃지는 않았으리라. 왜냐면 그도 또한 바뀌는 철만 기

봄·봄

다리는 사람의 하나임을 나는 잘 안다. 그는 수재의 시인이었다. 거칠어진 나의 몸에서 그의 자신을 비로소 깨닫고 그리고 역정스레 웃었는지도 모른다.

바뀌는 철만 기다리는 마음 그것은 분명히 우울의 연장이다. 지척에 임 두고 못 보는 마음 거기에나 비할는지. 안타깝고 겹겹한 희망으로 가는 날짜를 부지런히 손꼽아 본다. 그러나 정작 제철이 닥쳐오면 덜컥 하고 그만 낙심하고 마는 것이다.

행복의 본질은 믿음에 있으리라. 속으면서 그래도 믿는, 이것이 어쩌면 행복의 하날지도 모른다.

사실인즉 나는 그 행복과 인연을 끊은 지 이미 오랬다. 지금에 내가 살고 있는 것은 결코 그것 때문이 아니다. 말하자면 행복과 등진 열정에서 뻗쳐 난 생활이라 하는 게 옳을는지.

그러나 가을아 어서 오너라.

이번에 가을이 오면 그는 나를 찾아 주려니, 그는 반드시 나를 찾아 주려니, 되지 않을 걸 이렇게 혼자 자꾸만 우기며 나는 철이 바뀌기만 까맣게 기다린다.

1936년 10월, 《여성》

밤이 조금만 짧았더면

　허공에 둥실 높이 떠올라 중심을 잃은 몸이 삐끗할 제 정신이 고만 아찔하여 눈을 떠 보니, 이것도 꿈이랄지, 어수산란한 환각이 눈앞에 그대로 남아 아마도 그동안에 잠이 좀 든 듯싶고, 지루한 보조로 고작 두 점 오 분에서 머뭇거리던 괘종이 그사이에 십오 분을 돌아 두 점 이십 분을 가리킨다. 요 바닥을 얼러 몸을 적시고 흥건히 내솟은 귀죽죽한 도한(盜汗)을 등으로 느끼고는 그 옆으로 자리를 좀 비켜 눕고자 끙, 하고 두 팔로 상체를 떠들어 보다 상체만이 들리지 않을 뿐 아니라 예리한 칼날이 하복부로 저미어 다는 것이 무되게 치뻗는 진통으로 말미암아 이를 꽉 깨물고는 도로 그 자리에 누워 버린다. 그래도 이 역경에서 나를 구할 수 있는 것이 수면일 듯싶어 다시 눈을 지그시 감아 보았으나, 발치에 걸린 시계종 소리만 점점 역력히 고막을 두드려 올

　　　　　　　　　　　　　　봄·봄

뿐 달아난 잠을 잡으려고 무리를 거듭하여 온 두 눈뿌리는 쿡쿡 쑤시어 들어온다. 이번에는 머리맡에 내던졌던 로우드 안약을 또 한번 집어 들어 두 눈에 점주(點注)하여 보다가는 결국 그것 마저 실패로 돌아갔음을 깨닫자 인제는 나머지로 하나 있는 그 행동을 아꼈음에도 불구하고 그대로 드러누운 채 마지못하여 떨리는 손으로 낮추었던 램프의 심지를 다시 돋워 올린다. 밝아 진 시계판에서 아직도 먼동이 트기까지 세 시간이 넘어 남았음 을 새삼스리 읽어 보고는 골피를 찌푸리며 두 어깨가 으쓱하고 우그러들 만치, 그렇게 그 시간의 위협이 두려워진다. 시계에서 겁 집어먹은 시선을 천정으로 힘없이 걷어 올리며 생각하여 보 니 이렇게 굴신을 못하고 누워 있는 것이 오늘째 나흘이 되어 오 련만 아무 가감도 없는 듯싶고 어쩌면 변비로 말미암아 내치핵 (內痔核)이 발생한 것을 이것쯤, 하고 등한시하였던 것이 그것이 차차 퍼지고 그리고 게다 결핵성 농양을 이루어 치질 중에도 가 장 악성 치루, 이렇게 무서운 치루를 갖게 된 자신 밉지 않은 것 은 아니나 그러나 다시 생각하면 나의 본병인 폐결핵에서 필연 적으로 도달한 한 과정일 듯도 싶다. 치루 하면 선뜻 의사의 수 술을 요하는 종양인 줄은 아나 우선 나에게는 그런 물질적 여유 도 없거니와 설혹 있다 하더라도 이렇게 쇠약한 몸이 수술을 받 고 한 달포 동안 시달리고 난다면, 그 꼴이 말 못 될 것이니 이러 도 못하고 저러도 못하고 진퇴유곡에서 딱한 생각만 하여 본다.

날이 밝는다고 거기에 별 뾰족한 수가 있는 것도 아니로되 아 마도 이것은 딱한 사람의 가냘픈 위안일 듯싶어 어떡하면 이 시간을 보낼 수 있을까 하고 그 수단에 한참 궁하다가 요행히도 나에게 흡연술(吸煙術)이 있음을 문득 깨닫자 옆의 신문지를 두 손을 똥치똥치 말아서 그걸로다 저쪽에 놓여 있는 성냥갑을 끌어당겨 가지고 궐련 한 개를 입에 피워 문다. 평소에도 기침으로 인하여 밤 궐련을 삼가 왔던 나이매 한 모금을 조심스리 빨아서 다시 조심스리 내뿜어 보고는 그래도 무사한 것이 신통하여 좀 더 많이 빨아 보고, 좀 더 많이 빨아 보고 이렇게 나중에는 강렬한 자극을 얻어 보자 한 가슴 듬뿍이 흡연을 하다가는 그만 아차, 하고 재채기로 시작되어 괴로이 쏟아지는 줄기침으로 말미암아 결리는 가슴을 만져 주랴, 쑤시는 하체를 더듬어 주랴, 눈코 뜰 새 없이 허둥지둥 얽매인다. 이때까지 혼곤히 잠이 들어 있었는 듯싶은 옆방의 환자가 마저 나의 기침이 옮아가 쿨룩거리기 시작하니 한동안은 경쟁적으로 아래윗방에서 부지런히 쿨룩거리자 급기야 얼마나 괴로움인지 어그머니, 하고 자지러지게 뿜어 놓는 그 신음소리에 나는 뼈끝이 저리어 온다. 나의 괴로움보다도 그 소리를 듣는 것이 너무도 약약하여 미안한 생각으로 기침을 깨물려고 노력은 하였으나 입 막은 손을 떠들고까지 극성스리 나오는 그 기침을 어찌할 길이 없이 손으로 입을 가리고는 죄송스리 쿨룩거리고 있노라니 날로 더하여 가는 아들의 병으로 하여 끝없이 애통하는 옆방 그 어머니의 탄식이 더욱 마음에 아파 온다. 아들의 병을 고치고자 협수룩한 이 절로 끌고 와 불전에 기도까지 올렸건만 도리어 없던 병세만 날로 늘어가는 것이 목이 부어 밥도 못 먹고는 하루에 겨우 밈 몇 숟가락

봄·봄

씩 떠 넣는 것도 그나마 돌려 놓고 마는 것이나, 요즘이 이르러서는 거지반 보름 동안을 웬 딸꾹질이 그리 심악한지 매일같이 계속되므로 겁이 덜컥 났던 차에, 게다가 어제 아침에는 복고개에서 우연히도 쥐가 떨어져 아차, 이젠 글렀구나 싶어 때를 기다리고 앉았는 그 어머니였다. 한때는 나도 어머니가 없음을 슬퍼도 하였으나 이 정경을 목도하고 보니 지금 나에게 어머니가 계셨더라면 슬퍼하는 그 꼴을 어떻게 보았으랴 싶어 일찍이 부모를 여읜 것이 차라리 행복이라고, 없는 행복을 있는 듯이 느끼고는 후우 하고 가벼이 숨을 돌리어 본다. 머리맡의 지게문을 열어젖히니 가을바람은 선들선들 이미 익었고, 구슬피 굴러드는 밤벌레의 노래에 이윽히 귀를 기울이고 있었던 나는 불현듯 몸이 아팠는가, 그렇지 않으면 무엇이 슬펐는가, 까닭 모르게 축축이 젖어 오는 두 눈뿌리를 깨닫자 열을 벌컥 내가지고는 네가 울 테냐, 네가 울 테냐, 이렇게 무뚝뚝한 태도로 비열한 자신을 얼러 보다. 그래도 그 보람이 있었는지 흥, 하고 콧등에 냉소를 띄우고는 주먹으로 방바닥을 후려치고 그리고 가슴 위에 얹었던 손바닥으로 이마의 땀을 초조히 훔쳐 낸다. 너 말고도 얼마든지 울 수 있는 창두적각*이 허구 많을 터인데 네가 울다니 그건 안 돼, 라고 쓸쓸히 비웃어 던지고는 동무에게서 온 편지를 두 손에 펼쳐 들고 이것이 네 번째이련만 또다시 경건한 심정으로 근독(謹讀)하여 본다.

* 蒼頭赤脚. 푸른 머리와 붉은 다리. 남자 노비는 머리를 싹 깎고 여자 노비는 짧은 치마를 입은 채 노동으로 붉게 익은 다리를 드러냈다. 흔히 남녀 노비들을 '창적'이라 불렀다.

김 형께

심히 놀랍습니다.

이처럼 사람의 일이 막막할 수가 없습니다. 울어서 조금이라도
이 답답한 가슴이 풀릴 수 있다면 얼마든지 울 것 같습니다.

이것은 나의 이 사실을 인편으로 듣고 너무도 놀란 마음에 황
황(慌慌)히 뛰어 오려 하였으나 때마침 자기의 아우가 과한 객혈
로 말미암아 정신없이 누웠고 그도 그렇건만 돈 없어 약 못 쓰니
형 된 마음에 좋을 리 없을 테니 이럴까 저럴까 양란지세(兩難之
勢)로 그 앞에 우울히 지키고만 앉았는 그 동무의 편지였다. 한
편에는 아우가 누웠고 또 한편에는 동무가 누웠고 그리고 이렇
게 시급히 돈이 필요하련만 그에게는 왜 그리 없는 것이 많았던
지, 간교한 교제술이 없었고 비굴한 아첨이 없었고 게다 때에 찌
든 자존심마저 없고 보매 세상은 이런 어리석은 청년에게 처세
의 길을 열어 줄 수 없어 그대로 내굴렸으니, 드디어 말없는 변질
이 되어 우두커니 앉았는 그를 눈앞에 보는 듯하다. 아, 나에게
돈이 왜 없었던가 싶어 부질없는 한숨이 터져 나올 때 동무의
편지를 다시 집어 들고 읽어 보니 그 자자구구에 맺혀진 어리석
은 그의 순정은 나의 가슴을 커다랗게 때려 놓고 그리고 앞으로
내가 마땅히 걸어야 할 길을 엄숙히 암시하여 주는 듯하여 우정
을 넘는 그 무엇을 느끼고는 감격 끝에 눈물이 머금어진다. 며칠
있으면 그는 나를 찾아오려니, 그때까지 이 편지를 고이 접어 두
었다 이것이 형에게 보내는 나의 답장입니다, 고 그 주머니에 도

로 넣어 주리라고 이렇게 마음을 먹고 봉투에 편지를 넣어 요 밑에다가 깔아 둔다. 지금의 나에게는 한 권의 성서보다 몇 줄의 이 글발이 지극히 은혜롭고 거칠어 가는 나의 감정을 매만져 주는 것이니 그것을 몇 번 거듭 읽는 동안에 더운 몸이 점차로 식어 옴을 알자 또 한번 램프의 불을 낮춰 놓고 어렴풋이 눈을 감아 본다. 그러나 허공에 둥실 높이 떠올라 중심을 잃은 몸이 삐끗하였을 때 정신이 그만 아찔하여 눈을 떠 보니 시간은 석 점이 되려면 아직도 오 분이 남았고 넓은 뜰에서 허황히 궁그는 바람에 법당의 풍경이 은은히 울리어 오는 것이니 아아, 가을밤은 왜 이리 안 밝는가, 고 안타깝게도 더딘 시간이 나에게는 너무나 원망스럽다.

1936년 11월, 《조광》

병상영춘기 病床迎春記

햇빛을 보는 것은 실로 두려운 일이었다.

햇살이 퍼질 때이면 밤 동안에 깊이 잠재하였던 모든 의욕이 현실로 향하여 활동하기 시작한다. 만일 자유를 잃어 몸이 여기에 따르지 못한다면 그건 참으로 우울한 일이다. 뼈가 저릴 만치 또한 슬픈 일이었다.

햇살!

두려운 햇살!

머리 위까지 이불을 잡아 들쓰고는 암흑을 찾는다. 마는 두터운 이 이불로도 틈틈이 새어 드는 광선은 어쩌볼 길이 없다. 두 손으로 이불을 버쩍 치올렸다가는 이번에는 베개까지 얼러 싸고 비어진 구멍을 꼭 여미어 본다. 간밤에 몇 번 몸을 추겨 놓았던 도한으로 말미암아 퀴퀴한 냄새는 코를 지른다. 감을려고 감을려고 무진히 애를 써 보았던 눈에는 수면 대신 눈물이 솟아오른다. 그뿐으로 눈꺼풀이 아물아물할 때에는 그래도 필연 틈틈으로 광선이 새어 드는 모양이다. 열뚱적은 빛도 빛이려니와 우선 잠을 자야 한다. 한밤 동안을 멀거니 앉아 새고 난 몸이라 늘 척지근한 것이 마치 난타를 당한 사람의 늘어진 몸과도 같다. 무엇보다도 건강에는 잠을 자야 할 것이다. 잠이다 잠. 몸을 이쪽으로 돌려 눕히고 네 보란 듯이 탐스럽게 코를 골아 본다. 이렇게 생코를 골다가 자칫하면 짜장 단잠이 되는 수도 없지 않다. 잠을 방해하는 것은 흔히 머리에 얼킨 환상과 주위의 위협 그리고 등을 누르는 무거운 병마, 그놈이었다. 이 모든 걸 한번 털어 보고자 되도록 소리를 높이어 코를 골아 본다.

그러나 에헤, 이건 다 뭐냐. 객쩍은 어린애의 짓이 아닐까. 아무리 코를 곤대도, 새벽 물을 길어 오는 물장사의 물지게 소리보다 더 높일 수는 없을 것이다. 누구에게 화를 내는 것도 아니련만 눈을 뚝 부릅뜨고 그리고 벌떡 일어나 앉는다. 이불을 홱 제쳐 던지는 서슬에 찬바람이 일며 땀에 물은 등어리에 소름이 쭉 끼친다. 기침을 쿨룩거리며 벽께로 향하고 앉은 채

"뒤, 뒤."

이렇게 기함한 음성으로 홀로 쑹얼거린다. 그러면 옆에서 자고 있는 조카가 어느덧 그 속을 알아차리고 밖으로 나가 얼른 변기를 들고 들어온다. 그 위에 신문지를 깔고, 소독약을 뿌리고 하얀 방 한구석에 놓아 주며

"지금도 배 아프서요?"

"응!"

왜 이리 배가 아프냐. 줄대여 쏟는 설사에는 몸이 척척 휘인다. 어제는 낮에 네 번, 밤에 세 번, 낮밤으로 설사에 몸이 녹았다. 지금 잠을 못 잔다고 물장사를 탓할 것도 아니다. 어쩌면 터지려는 설사를 참으려고 애를 써 이마에 진땀을 흘린 것이 나빴는지도 모른다.

아, 아, 너무도 단조로운 행사 어떻게 이 뒤를 안 보고 사는 도리가 없을까. 치루에 설사는 크게 금물이다. 그러나 종양의 고통보다는 매일 똑같은 형식으로 치르지 않으면 안 될 단조로운 그 동작에 그만 울적하고 만다. 그렇다고 마다할 수도 없는 일, 남의 일이나 해주는 듯이 찌루퉁이 뒤를 까고 앉아서

"얘, 오늘 눈 오겠니?" 하고 입버릇같이 늘 하는 소리를 또 물어본다.

조카는 미닫이를 열고 천기를 이윽히 뜯어본다. 삼촌에게 실망을 주지 않고자 하여 자세히 눈의 모양을 찾아보는 것이나 요즘 일기는 너무도 좋았다.

"망할 날 같으니 구름 한 점 없네―"

이렇게 혼자서 쓸데없는 불평을 토하다가는

"오늘두 눈은 안 오겠어요." 하고 풀죽은 대답이었다.

눈이 내리는 걸 바라보는 것은 요즘 나의 유일한 기쁨이었다. 눈이 내린다고 나의 마음에 별반 소득이 있을 것도 아니다.

눈이 내리면 다만 검은 자리가 희게 되고, 마른 땅에 얼음이 얼어붙는 그뿐이다. 요만한 변동이나마 자연에서 찾아보려는 가

낱폰 욕망임에 틀림없으리라.

이렇게 기다리고 보니 눈도 제법 내려 주질 않는다. 이제나저제나 하고, 이불 속에 누워 눈만 멀뚱멀뚱 굴리고 있는 것이다. 아침나절에는 눈이 곧바로 내릴 듯이 날이 흐려 들다가도 슬그머니 벗겨지고 마는 건 애타는 노릇이었다. 이십여 일 전에 눈발 좀 날리고는 그 후에는 싹도 없다.

날이 흐리기를 초조히 기다리며 미닫이께를 뻔질 쳐다본다. 그러다 앞집 용마루를 넘어 해는 어느덧 미닫이에 퍼지고 만다. 제—기 왜 이리 밝은가 빌어먹을 햇덩어리 깨지지도 않으려나. 까닭 없이 홀로 역정을 내다가도 불현듯 또 한 걱정이 남아 있음을 깨닫는다. 자고 나면 낯을 씻는 것이 사람들은 좋은 일이란다. 나도 팔을 걷고는 대야 앞에 가 쭈그리고 앉지 않을 수 없다. 그리고 이 손으로 물을 찍어다 이마에 붙이고는 이 생각이요 저 손으로 콧등에 물을 찍어다 붙이고는 저 생각이다.

이리하여 세수 한 번에 삼사십 분, 잘못하면 한 시간도 넘는다.

간신히 수건질을 하여 저리 던지고 이불 속으로 꾸물꾸물 기어들려니 "아주 아침 좀 잡숫고 누시지요" 하고 성급한 명령이다. 그래도 고역이 또 한 가지 남은 것이다. 밥이 참으로 먹고가 싶지 않다. 마는 그러자면 못 먹는 이유를 이리저리 둘러대야 할 게니 더욱 귀찮다. 다시 뚱싯뚱싯 일어나 상전에다 턱을 받쳐 놓는다. 조카는 이것저것 내 비위에 맞을 듯싶은 음식을 코밑에다 끌어대어 준다. 그러면 나는 젓가락을 뻗쳐 들고 집엄집엄 들어다는 입속에 넣어 명색만으로라도 조반을 치르는 것이다. 이렇게 밥을 먹는 것에까지 권태를 느끼게 되면 사람은 족히 버렸다. 눈을 감고 움질움질 새김질을 하고 있다가 문득 생각나는 것이 있어 문 밖에서 불을 피우고 있는 형수에게

"오늘 편지 없어요?" 하고 물어본다. 그도 그제야 생각난 듯이 아까 대문간에서 받아 두었던 엽서 몇 장을 방 안으로 들이민다. 좋다. 반갑다. 편지를 받는 것은 말할 수 없이 반가운 일이다. 하나씩하나씩 정성스리 뒤적거린다. 연하장, 연하장, 원고독촉장. 아따 아무 거라도 좋다. 하얀 빈 종이가 날아왔대도 이때 나에게는 넉넉히 행복을 갖다 줄 수 있다. 밥 한술 떠 넣고는 다시 뒤져 보고, 또 한술 떠 넣고는 또 한 번 뒤져 본다. 새해라고, 그러니 병을 그만 앓으란다. 흐응, 실없는 소리도 다 많고, 언제 해가 바뀌었다고 나도 모르는 새 해가 바뀌는 수도 있는가. 공연스리 화를 내가지고 방 안 구석으로 엽서를 내동댕이치고 나니, 느린 식사에 몸은 이미 기진하고 말았다.

식후 삼십 분 내지 한 시간에 일시식(一匙式) 복용하는 태전위산이다. 상에서 물러앉자 한 너덧 숟갈 되는대로 넣고는 황황히 이불 속으로 파고든다. 끄을꺽, 끄을꺽. 위산을 먹고는 시원스리 트림이 나와야 먹은 보람이 있단다. 아니 나오는 트림을 우격다짐으로 끄을꺽, 끄을꺽. 이렇게 애를 태다가는 이건 또 웬일인가, 갑작스리 아이구 배야. 아랫배를 쥐어뜯는 복통으로 말미암아 이마에 진땀이 내솟는다. 냉수에 위산을 먹었으니 아마도 거기에 체했나 보다. 아이고 배야, 배야. 다시 일어나 온탕에 영신환 십여 개를 꾸겨 넣고는, 이번에는 이불 속에서 가만히 엎드려

봄·봄

본다.

　식후 직시에 이렇게 눕는 것도 결코 위생적이 못 된다. 하나 아무래도 좋다. 건강만으로 살 수 있는 이 몸이 아니니까― 당장 햇빛만 안 보면 된다.

　나에게 낮은 큰 원수였다. 정낮이 되어 오면 태양은 미닫이의 전폭을 점령하여 들어온다. 망할 놈의 태양. 쉴 줄도 모르느냐. 미닫이를 향하여 막을 가려 치고 그리고 이불을 들쓰고 눈을 감고 이렇게 어둠으로 파고든다. 마는 빛이란 그리 쉽사리 막히는 것이 아니다. 눈꺼풀로 희미한 광선을 느끼고는 입맛을 다시며 이마에 주름을 잡는다.

　다시 따져 보면 나는 넉넉지 못한 조카에게 와 폐를 끼치고 있는 신세였다. 늘 그 은혜를 감사하여야 할 것이요 그 앞에 온순하여야 할 것이다. 허나 나는 요즘으로 사람이 더욱 싫어졌다. 형수도, 조카도, 아무도 보고 싶지가 않다. 사람을 보면 발광한 개와 같이, 그렇게 험악한 성정을 갖게 되는 자신이 딱하였다. 윗목 쪽으로 사람 하나 누울 만침 터전을 남기고는 사방으로 빽 돌리어 장막을 가려 치고 말았다.

　이것이 혹은 그들을 불쾌하게 했을지도 모른다. 그러나 은혜가 은혜이면 내가 싫은 건 싫은 것이다. 언제나 주위에 염증을 느낄 적이면 나는 이렇게 막을 둘러치고 그 속에 깔아 놓은 이불로 들어가 은신하고 마는 것이다. 이만하면 낮도 좋고 밤도 좋다.

　눈에 비치는 형상은 임의로 하였거니와 귀로 들어오는 음향은 무얼로 막을 것이냐. 이불을 끌어 올려 두 귀를 덮어 보나 그

역 헛수고다. 모든 잡음은 얼굴 위로 역력히 들려오지 않는가. 자동차 소리 전차 소리 외치는 행상인들의 목쉰 소리, 안집 아이들의 주책없이 지껄이는 소리도 듣기 싫거니와 서로 툭탁거리고 찍찍대는 여기에는 짜장 귀 아파 못 견디겠다. 허나 그것도 좋다 하자. 입에 칼날 품은 소리로

"아니 여보, 오늘낼 오늘낼 미뤄만 갈 테요?" 하는 월수쟁이 노파의 악성에는 등줄기가 다 선뜩하다. 뻔질 이사를 다니기에 빚을 져 놓고 갚기가 쉽지 않다. 물론 안 갚는 것이 아니라 못 갚는다. 형수는 한참 훅닥이다가 종당에는 넉넉지 못한 그 구변으로

"돈이 없는 걸 그럼 어떡해요?" 하고 그대로 빌붙는 애소였다.

"그렇게 남의 빚이란 무서운 거야— 에헴! 에헴!"

이것은 주인마누라의 비지 먹다 걸린 목성이었다. 그는 물론 이 월수에 알 배 있는 턱없다. 허나 월세 한 다리를 못 받는 것에 잔뜩 품어 두었던 감정이 요런 때 상대의 약점을 보아 슬그머니 머리를 드는 것이다. 이렇게 되면 형수는 두 악바리에게 여타없이 시달리고 섰다. 자기의 의견 한마디 버젓이 표시 못하고 얼굴이 벌거니 서 계실 형수를 생각하니 이불 속에 틀어박은 나의 얼굴마저 화끈 달고 마는 것이다.

아이고 귀야, 귀야, 귀야. 월수쟁이를 모조리 붙들어다 목을 베는 수가 없을런가, 아이고 참으로 듣기 싫다. 하지만 아무래도 좋다. 저이들이 뜯어먹기밖엔 더 못하리니 음— 음— 음— 신음소리를 높여, 앞뒤로 몰려드는 잡음에 굳이 저항하련다. 하기야 몸이 아프지 않은 것도 아니다. 여섯 달 동안이나 문밖출입을

봄·봄

못 하고 한자리에 누워 있는 몸이매 야윌 대로 야위었다. 인제는 온 전신의 닿는 곳마다 쑤시고 아프다. 드러누웠으면 기침이 폭발하고 그렇다고 앉자니 치질이 괴롭다.

그렇더라도 먹은 것이 소화만 잘되어도 좋겠다. 묵다란 죽을 한 보시기쯤 먹고도 꿀꺽 꿀꺽 하고 한종일 볶이지 않는가. 이까짓 병쯤에 그래 열이 벌컥 올라서 그저께는 고기를 사다가 부실한 창자에 함부로 꾸겨 넣었다. 그리고 이제 하루를 일수 설사로 줄대□기에 몸이 착 까부러지고 말았다. 아직도 그 여파로 속이 끓는다. 아랫배가 꼿꼿한 것이 싸르르 아파들 온다.

"재― 약 좀―"

그러면 설사를 막는 산약과 함께 한 그릇의 밀즙이 막 틈으로 들어온다. 그걸 받아 들고 그리 허둥지둥 먹지 않아도 좋으련만 성이 가신 생각에 한숨에 훌쩍, 빈 그릇을 만들어서는 밖으로 도로 내보낸다. 그리고 다시 자리에 누워 손으로 기침을 막아 가며 공손히 잠을 청하여 본다. 우울할 때 귀찮을 때 슬플 때 아플 때 다만 잠만이 신효한 결과를 가져올 수 있으리라. 그러나 잠이란 좀체로 얻어 보기 어려운 권외 사람의 행복일지도 모른다. 눈을 멀뚱이 뜨고는 가장잠이나 자는 듯이 그대로 누워 있는 것이다.

저녁이 되어 오면 모든 병이 머리를 들기 시작한다.

시간을 보지 않아도 전신이 올라 오한으로 뼛끝이 쑤시어 올 때면 그것은 틀림없는 저녁이다. 오한에는 도한이 따른다. 도한을 한번 쑤욱 흘리고 나면 몸은 풀이 죽는다. 삼복더위에 녹아붙은 엿가락 같기도 하고 양춘(陽春)에 풀리는 잔설 같기도 하

다. 이렇게 근력을 잃고 넋 없이 늘어져 있노라면

"작은아버지— 저녁 다 됐어요—"

조카가 막 밖에 와서 가만히 귀를 기울인다. 그는 행여나 나의 기분을 상할까 하여 음성마다 주의를 게을리하지 않았다. 어쩌면 그는 삼촌숙부인 나를 격외의 괴물로 여겼는지도 모른다. 때때로 언짢은 표정을 지어 가지고 살금살금 나의 눈치를 살펴보고 하는 것이다.

계집애니 만치 자상도 하려니와 요즘 나의 병으로 인하여 그는 몇 달 동안을 학교도 못 갔다. 그리고 뒤를 받아 내랴, 세수를 씻겨 주랴, 탕약을 달여 오랴, 이렇게 남다른 역심으로 구구히 간호하여 준다. 그의 성의만으로도 넉넉히 병이 나았으련만 왜 이리 끄느냐. 나의 조카는 참으로 고맙다. 이 병이 나으면 나는 그에게 무얼로 이 은혜를 갚을 터인가. 가끔 이 생각에 홀로 잠기다가도 급기야엔 너무도 무력한 자신을 쓸쓸히 냉소하여 던지지 않을 수 없는 것이다. 그 대신에 나의 조카의 분부이면 그렇게 안 하여도 좋을 수 있는 이유를 갖고라도 그대로 잠잠이 맹종하고 하는 것이다. 이것이 그 은혜를 생각하는 나의 유일한 보답이겠다.

오한 뒤의 밥맛이란 바로 모래 씹는 맛이었다. 그러나 조카의 명령이라는 까닭만으로 꾸물꾸물 기어 나오면 방 한복판에 어느덧 저녁상이 덩그렇게 놓여 있다.

밥을 먹는 것은 진정으로 귀찮다. 어떻게 안 먹고 사는 도리가 없는가. 이런 궁리를 하여 가며 눈을 감고 앉아서 꾸역 떠 넣는다. 그러다 옆을 돌아보면 조카는 나의 식사 행동에 어이가 없었음인지 딱한 시선으로 이윽히 바라보고 있었다.

이렇게 하여 근근히 저녁을 때우고 궐련 하나를 피우고 나면 이럭저럭 밤이 든다. 밤, 밤, 밤이 좋다. 별이 좋은 것도 아니요 달이 좋은 것도 아니다. 그믐칠야의 캄캄한 밤 그것만이 소용된다. 자정으로 석 점까지 그 시간에야 비로소 원고를 쓸 수 있는 것이 나의 버릇이었다. 그때에는 주위의 모든 것이 잠이 들어 있다. 두 주먹 외의 아무것도 없고, 게다 몸에 병들어 건강마저 잃은 나에게 이 시간만은 극히 귀중한 나의 소유였다. 자정을 넘어서면 비로소 정신을 얻어 아직도 살아 있는 자신을 깨닫는다. 이만하면 원고를 써도 되겠지. 원고를 책상 앞에 끌어다 놓고 강제로 펜을 들린다. 홀홀히 부탁을 받고, 몇 장 쓰다 두었던 원고였다. 한 서너 장 계속하여 쓰고 나면 두 어깨가 앞으로 휘어든다. 그리고 가슴속에가, 힘없이 먼지가 낀 듯이 매캐하고 답답하여 들어온다. 기침 발작의 전조. 미리 예방하고자 펜을 가만히 놓고 냉수를 마셔 본다. 심호흡을 하여 본다. 궐련을 피워 본다. 그러다 황망히 터져 나오는 기침을 어쩔 수 없어, 쿨룩거리다가는, 결국에는 그 자리에 가로 늘어지고 만다. 어구머니 가슴이야, 이 가슴속에 무엇이 들었는가. 날카로운 칼로 한번 뻐겨나 볼는지. 몸이 아프면 아플수록 나느니 어머니의 생각. 하나 없기를 다행이다. 그는 당신이 낳아 놓은 자식이 이토록 못생기게스리 될 줄은 꿈에도 생각지 못하고 편히 잠드셨다. 만일에 나의 이 꼴을 보신다면 응당 그는 슬프려니. 하면 없기는 불행 중 다행이다. 한숨을 휘, 돌리고 눈에 고였던 눈물을 씻을 때에는 기침에 욕을 볼 대로 다 본 뒤였다. 웅크리고 앉아서 다시 궐련에 불을 붙이자니 이게 웬일인가. 설사가 나올 때도 되었을 텐데 무사한 것이 암만해도 수상쩍다. 변비가 된 것이 아닐까. 아까에 설사 막힌 약을 먹은 것이 몹시 후회가 난다. 변비 변비 무서운 변비. 치질에 변비는 극히 위험하다. 치루로 말미암아 여섯 달째 고생을 하여 오는 나이니 만치 만의 하나를 염려 안 할 수 없고 종내는 하제(下劑) '낙사토울' 한 알을 입에 넣을 때까지 마음이 놓이지 않는다. 이걸 먹었으니 낼 아침에는 설사가 터질 것이다. 한번 터지면 줄대서 나올 터인데 그럼 그담에는 무슨 약을 먹어야 옳을는지—

이러다 보니 시계는 석 점이 훨쩍 넘었다. 눈알은 보송보송하니 잠 하나 올 듯싶지 않고. 머지않아 먼동이 틀 것이다. 해가 뜰 것이다.

그럼 낼 하루는 무얼로 보내는가?

탈출을 계획하는 옥중의 죄수와도 같이 한껏 긴장이 되어 선후책을 강구한다. 밝은 날 이 땅에 퍼질 광선의 위협을 느끼며—

낼 하루를 무얼로 보내는가?

1937년 1월, 《조선일보》

봄·봄

네가 봄이런가
— 봄의 소야곡 小夜曲

나에게는 아침이고 저녁이고 구분이 없는 것이다. 왜냐하면 나는 수면을 잃어버린 지 이미 오랬다. 밤마다 뒤숭숭한 몽마(夢魔)의 조롱을 받는 걸로 그날그날의 잠을 때인다.

그러나 이나마 내가 마대서는 아니 되리라. 제때가 돌아오면 굴복한 죄인과도 같이 가만히 쓰러져서 처분만 기다린다.

그렇게 멀뚱히 누워 있노라니 이불 속으로 가냘픈 콧노래가 나직나직 흘러든다. 노래란 가끔 과거의 미적 정서를 재현시키는 극히 행복스러운 추억이 될 수 있다. 귀가 번쩍 띄어 나는 골몰히 경청한다. 그러나 어느덧 지난날의 건강이 불시로 그리워짐을 깨닫는다. 머리까지 뒤집어쓴 이불을 주먹으로 차 던지며

"지금 몇 시냐?" 하고 몸을 일으킨다.

"열 점 사십 분이야요."

그러면 나는 세 시간 동안이나 잠과 씨름을 하였는가. 이마의 진땀을 씻으며 속의 울분을 한숨으로 꺼 본다. 그리고 벽을 향하여 눈을 감고는 덤덤히 앉아 있다.

"가슴이 아프셔요?"

"으응—"

하고 그쪽으로 고개를 돌리니 나의 조카는 오랜만에 얼굴에 화색이 보인다. 고대 들려온 콧노래도 아마도 그의 기쁨인 양 싶다. 웬일인가고 어리둥절하여 아하, 오늘이 슬*이구나. 슬, 슬, 슬은 어릴 적의 모든 기쁨을 가져온다. 나도 가슴속에서 제법 들먹거리는 무엇이 있는 듯싶다. 오늘은 슬이라는 그것만으로 나의 생활에 변동이 있을 듯싶다.

조카가 먹여 주는 대로 눈을 감고 앉아서 그럭저럭 아침을 치른다. 슬, 슬은 새해의 첫날이다. 지금 나에게는 새것이라는 그것이 여간 큰 매력을 갖지 않았다. 새것, 새것이 좋다.

새 정신이 반짝 미닫이를 활짝 열어젖힌다. 안집 어린애들의 울긋불긋한 호사가 좋다. 세배주에 공으로 창취(暢醉)한 그 잡담도 좋다. 사람뿐만 아니라 날씨조차 새로워진 것 같다. 어제 내렸던 백설은 흔적도 없다. 앞집 처마 끝에는 물기만이 지르르 흘러 있다. 때때로 뺨을 지내는 미풍이 곱기도 하다. 그런데 이 향기는, 분명히 이 향기는, 그러다, 나는 고만 가슴이 덜컥 내려앉

* 설. 설날. 새해의 처음.

봄·봄

고 만다.

　나긋나긋한 이 향기는 분명히 봄의 회포려니, 손을 꼽아 내가 기다리던 그 봄이려니, 그리고 나는 아직도 이 병석을 걷지 못하였다. 갑작스리 치미는 울적한 심사를 어째 볼 길이 없어 장막을 가려 치고 이불 속으로 꿈실꿈실 기어든다. 아무것도 보고 싶지가 않다. 나는 홀로 어둠 속에 이렇게 들어앉아 아무것도 안 보리라. 이를 악물고 한평생의 햇빛과 굳게 작별한다.

　그러나 동무가 찾아와 부를 때에는 안 일어날 수도 없는 것이다. 다시 꾸물꾸물 기어 나오면 그새 하루는 다 가고, 전등까지 불이 켜져 있다. 나는 이 동무를 쳐다볼 만한 면목이 없다. 그는 나를 일으켜 주고 그의 가진 바 모든 혈성*을 다하였다. 그리고 이따금씩 이렇게 들여다보는 것이다. 아아, 이놈의 병이 왜 이리 끄느냐. 좀체로 나가는가 싶지 않으매, 그의 속인들 오죽이나 답답한 것인가ㅡ

　그는 오늘도 찌뿌둥한 나의 얼굴을 보고 실망한 모양이다. 딱한 낯으로 이윽히 나를 바라보다

　"올에는 철수가 한 달이나 이르군요."

　그리고 그 말이 봄 오길 그렇게 기다리더니 어떻게 되었느냐고. 오늘은 완전히 봄인데

　"어떻게 좀 나가 보실 생각이 없습니까?"

　여기에 나는 무에라고 대답하여야 옳겠는가. 쓴 입맛만 다시

* 血誠. 진심에서 우러나오는 정성.

고 우두커니 앉았다 겨우 입을 연 것이

  "나는 나갈려는데 내보내줘야지요오—" 하고, 불현듯 내솟느니 눈물이다.

1937년 4월, 《여성》

봄·봄

김유정 연보

1908. 2월 12일(음력 1월 11일) 강원도 춘천시 신동면 증리(실레)에서 청풍 김
씨 김춘식과 청송 심씨의 2남 6녀 중 일곱째이자 차남으로 출생.

1915. 3월 18일 어머니 사망. 춘천에 내려갔던 형이 미처 오지 못하자 홀로
상주가 됨.

1917. 5월 23일 아버지 사망으로 고아가 됨.
3년 동안 한문과 붓글씨를 익힘.

1920. 재동공립보통학교(齋洞公立普通學校)에 입학.

1923. 4월 9일 휘문고등보통학교(徽文高等普通學校)를 검정(檢定)으로 입학. 이
름을 김나이(金羅伊)로 고쳐 집에서 부름. 소설가가 된 안회남(安懷南)과
같은 반으로 각별히 친하게 지냄.

1926. 휘문고보 3학년을 마치고 휴학.

1927. 휘문고보 4학년에 복학.

1928. 서울시 종로구 봉익동 삼촌 집에 얹혀 지냄.

1930. 연희전문학교(延禧專門學交) 문과에 입학했으나 6월 24일 학칙 제26조
에 의거, 제명.
판소리 명창 박녹주를 짝사랑했으나 끝내 거절당함.
춘천 실레마을에 내려옴.

1931. 4월 20일 보성전문학교(普成專門學校) 상과에 다시 입학. 그 후 자퇴함
(퇴학자 명단에만 있을 뿐 상세한 기록은 없음).
실레마을에 야학당(夜學堂)을 열었다. 농우가(農友歌) 지어 부름. 이러한
농촌 계몽 운동을 하며 당대 농촌의 실상을 알게 됨.

1932. 야학당을 '금병의숙(錦屛義塾)'으로 인가받음.

1933. 상경하여 서울 사직동에서 누님과 함께 기거. 폐결핵 발병 진단.
안회남의 주선으로《제일선(第一線)》3월호에「산골 나그네」발표.
8월 6일「총각과 맹꽁이」를 탈고,《신여성(新女性)》9월호에 발표.
이석훈(李石薰), 채만식(蔡萬植), 박태원(朴泰遠), 이상(李箱) 등을 만남.

1934. 8월 16일「정분」탈고. 9월 10일「만무방」탈고. 12월 10일「애기」탈
고. 12월에「노다지」탈고.
1933년에 쓴「따라지의 목숨」을 1934년「흙을 등지고」로 개작. 안회남
이 대신 신춘문예 응모작으로 부침.

1935. 조선일보 신춘문예 현상 모집에 「흙을 등지고」가 1등 당선. 신문사와
     협의하여 제목을 「소낙비」로 함. 조선중앙일보 신춘문예 현상 모집에
     「노다지」 가작 입선.
     단편 「금 따는 콩밭」 「금」 「떡」 「산골」 「만무방」 「솥」 「봄 · 봄」 등 발표.
     수필 「조선의 집시」 「나와 귀뚜라미」 「아내」 등을 발표.
     구인회(九人會) 후기 동인으로 참여. 이상(李箱)과 깊은 친분을 가짐.
1936. 단편 「심청」 「봄과 따라지」 「가을」 「두꺼비」 「봄밤」 「이런 음악회」 「동
     백꽃」 「야앵(夜櫻)」 「옥토끼」 「정조(貞操)」 발표.
     수필 「오월의 산골짜기」 「어떠한 부인을 맞이할까」 「길」 「행복을 등진
     정열」 「밤이 조금만 짧았더면」 「슬픈 이야기」 발표.
     미완의 장편소설 『생의 반려(伴侶)』는 《중앙》 8월호와 9월호에 연재됨.
     병이 깊어져 김문집이 병고 작가 구조 운동을 벌임.
1937. 서간문 「문단에 올리는 말씀」을 《조선문학》 1월호에 게재.
     수필 「병상영춘기(病床迎春記)」 발표.
     2월 조카 진수에 의지하여 경기도 광주의 매형 유세준의 집에 옮겨와
     요양 치료함.
     단편 「따라지」 「땡볕」 「연기」 발표.
     3월 18일 「필승전」으로 되어 있는 마지막 편지를 안회남에게 보냄.
     3월 29일 오전 6시 30분 매형 유세준의 집에서 작고. 서대문 밖(홍제동
     화장터)에서 화장되어 유해는 한강에 뿌려짐.
     사후 수필 「네가 봄이런가」, 단편 「정분」, 번역동화 「귀여운 소녀」, 번
     역 탐정소설 「잃어진 보석」 발표.
1938. 단편집 『동백꽃』이 삼문사에서 발간됨.
1939. 사후 단편 「두포전」이 《소년》 1~5월호에, 「형」이 《광업조선》 11월호
     에, 「애기」가 《문장》 12월호에 발표됨.

대한민국 스토리DNA
독자들이 만들어 가는 이야기의 우주

우리는 무릇 이야기로 된 세상에 살고 있습니다. 호랑이 담배 피우던 아득한 옛날부터 이야기는 있어 왔습니다. 이야기가 없다면 이 세상은 존재하지 않을 것입니다. 우리는 이야기를 통해 이 세상을 구성하고 이해하게 됩니다.

'대한민국 스토리DNA'는 문학의 이야기성에 주목했습니다. 단군의 신화 시대에서 첨단 문명의 오늘날까지 우리 대한민국 사람들의 삶의 내력을 오롯이 껴안고 있으면서도 우리나라의 정신사를 면면히 이어 가고 있는 작품들을 꼼꼼하게 챙기고 골랐습니다.

우리 아이들이 우리의 유전자를 이어받듯이, 동시대의 우리뿐 아니라 미래의 독자들도 우리의 이야기를 물려받고 또 그들의 이야기를 새롭게 펼쳐 나가게 될 것입니다.

이 한 권 한 권의 이야기들이 모여 거대한 이야기의 우주가 만들어지리라 믿습니다.